Katrin Burseg

LIEBE IST EIN HAUS MIT VIELEN ZIMMERN

Katrin Burseg

LIEBE IST EIN HAUS MIT VIELEN ZIMMERN

Roman

Marion von Schröder

MIX
Papier aus verantwortungsvollen Quellen
FSC® C083411

Marion von Schröder ist ein Verlag
der Ullstein Buchverlage GmbH

ISBN: 978-3-547-71204-9

Gesetzt aus Dante MT Pro
Satz: Pinkuin Satz und Datentechnik, Berlin
Druck und Bindearbeiten: CPI books GmbH, Leck
Printed in Germany

»Give sorrow words. The grief that does not speak
whispers the o'erfraught heart and bids it break.«

William Shakespeare – *Macbeth*

Da ist etwas.
Ich kann es nicht sehen.
Aber ich kann es hören.
Vater sagt, es gibt keine Gespenster.
Nicht in unserem Haus.

EINS

Die Gänse waren im Morgengrauen zurückgekehrt. Als Carla die Vorhänge zurückzog, entdeckte sie die vertrauten Silhouetten, dunkle Körper, die sich gegen das Licht der schräg einfallenden Morgensonne abzeichneten. Sie zählte sieben Vögel, die auf der taufeuchten Rasenfläche am Fleet weideten. Es waren Graugänse. »Anser anser«, so hatte der große Carl von Linné sie 1758 in seiner *Systema Naturae* bezeichnet. Das Werk des Schweden hatte den Beginn der modernen Zoologie markiert.

Schon in der Nacht hatte Carla von den Gänsen geträumt. Von ihren Gänsen. Nein, vielmehr hatte sie beim Aufwachen gedacht zu träumen. Im Schlaf hatte sie den Flügelschlag der Vögel gehört, jenes charakteristische Surren und Pfeifen, ihr Kreisen über den kupferfarbenen Dächern der Stadt. Und dann das Schnattern und Rufen der Graugänse, ihr rauer, rostiger Gesang. Sie war mit einem Lächeln aufgewacht. Ungeduldig war sie aus dem Bett gesprungen.

Die Vögel dann tatsächlich zu sehen war ein Geschenk gewesen. Die Freude trieb ihr fast die Tränen in die Augen. Carla übersprang die morgendliche Routine des Sonnengrußes und griff nach dem Fernglas. Sie öffnete die Balkontür und trat hinaus. Wie ein stürmischer Liebhaber umfing sie die kalte, klare Morgenluft. Sie atmete tief ein und aus, die Kälte biss in ihre Zehenspitzen und tastete sich die nackten Beine empor. Und doch war dieser Moment ein Augenblick puren Glücks.

Woher waren die Gänse so plötzlich gekommen?

Zitternd hielt sie sich das Fernglas vor die Augen. Ausgehungert nach ihrem langen Flug von der afrikanischen Nordküste über das Mittelmeer und die Alpen widmeten sich die Vögel dem ersten zarten Grün der Alsterwiesen. Einige Tiere waren beringt, Carla sah die farbigen Aluminiumstreifen.

Hatte sie ihrem geselligen Geplauder bereits im vergangenen Sommer gelauscht? Jahr für Jahr kehrten die Gänse in die Gärten am Fleet zurück, beharrlich hielten sie an ihren angestammten Weideflächen fest. Sie waren ausdauernd und treu – sowohl untereinander als auch in der Wahl ihrer Rast- und Brutplätze. Carla hatte es immer als Auszeichnung empfunden, dass die Vögel sich auch ihren Garten erwählt hatten. Sie versuchte, die einzelnen Stimmen voneinander zu unterscheiden. Dann schüttelte sie den Kopf. Als sie wieder in ihr Schlafzimmer trat, begegnete ihr das eigene Spiegelbild im Fenster.

War es nicht eigentlich andersherum?

Wahrscheinlich hatte es die Gänse schon immer an diesen Ort gezogen. Auf alten Aufnahmen und Stichen sah man Gänse und Schwäne auf der Alster dümpeln. Sie waren vor den beiden Kriegen und zu Kaisers Zeiten dort gewesen. Und sie hatten die Alsterwiesen bereits besiedelt, bevor man die weiß verputzte Stadtvilla anno 1872 in den feuchten Grund gesetzt hatte. Es war also Carla gewesen, die sich das Haus an der Fleetbrücke ausgewählt hatte.

Die Nächte getrennt, das Frühstück zu zweit – das dritte Jahr nun schon. Und trotzdem eine stille Freude, Willem jeden Morgen zu begegnen. Lächelnd gab Carla ihm einen Kuss auf die Wange und strich über sein dichtes Haar.

»Die Gänse sind zurück.«

Carla setzte sich zu ihm an den gedeckten Tisch im Gartenzimmer und wies durch das hohe Sprossenfenster hinaus. Inzwischen hatte sie geduscht und sich angezogen. Zu engen dunklen Jeans und halbhohen Stiefeln trug sie einen hellen Kaschmirrolli. Die schulterlangen blonden Haare hatte sie zurückgenommen und mit wenigen Nadeln am Hinterkopf aufgesteckt. Einige Strähnen fielen ihr ins Gesicht, die sie sich den Tag über wohl hundertmal hinter die Ohren strich. Den taillierten Blazer, ebenfalls dunkel, jedoch mit matten, silbernen Knöpfen besetzt, würde sie später überziehen, wenn sie das Haus verließ und ins Museum fuhr. Ein dezenter Look, klassisch und solider, als sie sich eigentlich fühlte. »Meine Uniform«, verteidigte sie sich immer, wenn ihre Mutter ihr bei einem ihrer seltenen Besuche einen Stapel Modemagazine in den Arm drückte. »Die Bilder sollen leuchten, nicht ich.«

Willem blickte auf, doch er antwortete nicht. Stumm sah er sie an, seine Augen suchten einen Punkt, an dem sie sich festhalten konnten. Schließlich griff er mit beiden Händen nach seiner Tasse und trank in kleinen, vorsichtigen Schlucken den noch heißen Tee.

»Gänse«, wiederholte er stockend. Doch dann zog sich plötzlich ein Lächeln über sein Gesicht und hellte seine Züge auf. Als er den Blick wieder hob, sah er sie wach und verständig an. »Anser anser …« Im nächsten Moment hielt er ihr strahlend seinen Teller entgegen, und Carla reichte ihm den Toast mit Honig. Sie hatte ihn mit dem Messer in vier Stücke zerteilt.

Wie oft hatte sie das schon getan? Das kleingeschnittene Stück Brot war inzwischen morgendliche Routine, ein Ritual, so wie das Kerzenlicht, die klassische Musik und die bedeutsam knisternden Zeitungen, die immer noch neben Willems Teller lagen. Ein Stapel Gegenwart, der doch Vergangenheit war.

Solange Carla Willem kannte, war sein Kopf am Morgen

hinter der Zeitungswand verschwunden. Ab und an waren Nachrichten, Kommentare und Gedanken wie Rauchwölkchen dahinter aufgestiegen. Er hatte sie mit Zitaten und Anekdoten gefüttert, gemeinsam hatten sie über den Spott der Feuilletonisten gelacht, die filigrane Sprache eines Rezensenten bewundert. Doch irgendwann hatte er aufgehört, die Zeitungen aufzuschlagen. Sie hatten ihren unwiderstehlichen Reiz verloren, ihr Wissen von der Welt war nur noch monotones Rauschen. Nur die Musik, die hörte Willem immer noch gern. Mozart … Carla sah, wie Willems Finger den Takt der Klaviersonate auf das Tischtuch klopften. C-Dur für vier Hände.

Morbus Alzheimer. Die Krankheit hatte sich zunächst auf Zehenspitzen und dann mit immer deutlicheren Misstönen in ihr Leben geschlichen. Symptome, die sie aus der Presse, von Erzählungen und aus den abendlichen Talkshow-Runden im Fernsehen kannte, waren ihre Begleiter geworden. In der Neurologie des Universitätsklinikums hatte sich Carlas Verdacht bestätigt. Einige Tests und die verstörend direkten Kernspinaufnahmen von Willems Gehirn zeigten das Ausmaß der Verwüstung. Sieben bis zehn Jahre, so lautete die Prognose, die Carla sich von dem behandelnden Arzt erbetteln musste. Sieben bis zehn Jahre … Inzwischen wusste sie genug über den gnadenlosen Gast an ihrem Frühstückstisch, sie kannte seine Verbündeten: die Plaques und Neurofibrillen, die sich wie Wollknäuel um Willems graue Zellen legten und seinen einst so brillanten Geist in einen desolaten Flickenteppich verwandelten. Und die Zeit. Drei Jahre waren seit der Diagnose vergangen, inzwischen blieb Willem nicht mehr allein, wenn sie aus dem Haus ging. Willems Vermögen ließ ihm seine Würde und ermöglichte ihr einen Alltag im Museum für Stadtgeschichte.

»Ich bringe dir das Fernglas, wenn ich gehe.«

Carla zeigte noch einmal hinaus in den Garten, dann stand sie auf und gab Willem einen Abschiedskuss. Er roch frisch und vertraut, die Lavendel- und Rosmarinnoten seines Eau de Toilettes stiegen ihr in die Nase. Der Duft erinnerte sie an eine Fahrt durch die Provence. Damals hatte Willem ihr *sein* Frankreich gezeigt, Champagner in Reims, Fruits des Mer in Deauville, das Centre Pompidou in Paris. Malewitsch und Matisse, Léger und Gontscharowa: Die Namen der ausgestellten Künstler waren ihr wie ein verheißungsvolles Versprechen erschienen. Ein Versprechen auf etwas unverrückbar Schönes. Und auf eine wunderbare Zukunft.

Beim Hinausgehen fiel ihr Blick auf das Foto, das in einem schlichten Rahmen auf dem Sekretär stand. Ein Schnappschuss aus einer anderen Zeit. Wie jung war sie damals gewesen – und so glücklich! Auf dem Bild trug sie ein weißes Sommerkleid und silberne Sandalen, sie warf ihr Haar nach hinten, das Kinn himmelwärts gereckt. Willems Hemd war aufgeknöpft, im Knopfloch seines Jacketts blitzte eine Margerite. Sie lachten wie Kinder, ausgelassen und frei. Kurz nachdem das Foto entstanden war, hatten sie sich geküsst. Der Kuss hatte ihren Bund besiegelt.

Damals war Carla vierundzwanzig gewesen und er lässig und erfahren. Jetzt war der legendäre Willem van Velden dreiundsiebzig Jahre alt – und immer noch ihr Mann.

In der Küche schwelgte das Radio, irgendetwas aus den Sechzigern. Aufbruch und Fernweh, goldenes Licht und freie Liebe. Die Hymnen der Hippies waren inzwischen kaum mehr als sentimentale Erinnerungen, eine sorgenfreie Geräuschkulisse, Kochmusik. Carla steckte den Kopf durch die Tür.

»Ich komme gegen halb acht wieder, Frau Woldsen.«

Die Haushälterin drehte sich um und nickte. Das dichte igelgraue Haar, das ihr Gesicht rahmte, wippte dabei auf den

Schultern. Über Rock und Bluse trug sie eine makellos weiße Schürze, die um die Hüften etwas spannte. Sie verkörperte das Idealbild einer Perle – war verlässlich, zupackend und Willem treu ergeben. Für einen Moment versuchte Carla, sie sich als Zwanzigjährige mit bauchfreiem Top und Schlaghose im Summer of Love vorzustellen. Als junges Mädchen musste sie sehr hübsch gewesen sein, eine Augenweide, wie Willem zu sagen pflegte. Sie hatte ein rastloses Leben an der Seite eines Schiffskochs geführt, war viel gereist – Shanghai, Rio, San Francisco. Ihre Küche kannte Düfte und Geschmäcker aus aller Welt: fruchtiges Curry, Dim Sum im Bambuskörbchen, Coq au Vin auf burgundische Art mit schwerem Rotwein. Doch ihr Mann war schon lange tot, und so hatte sie sich vor mehr als zwanzig Jahren des Junggesellenhaushalts am Fleet angenommen.

Als Carla in Willems Leben getreten war, hatte Agnes Woldsen kurz und heftig mit ihr um die häusliche Hoheit am Fleet gerangelt. Und Carla hatte versucht, den Spitzen und Scharmützeln der Älteren mit ihrer unverschämten Jugend und ihrem sorgenfreien Lachen Paroli zu bieten. Ein albernes Schauspiel, das Willem schließlich mit einem Machtwort beendet hatte.

Carla hatte gelernt, die gewohnten Rechte und Freiheiten der Haushälterin zu respektieren, so wie diese sich an die Anwesenheit der Jüngeren gewöhnt hatte. Doch es war ihr nicht leichtgefallen, Carlas plötzliches Auftauchen in ihrem Reich zu akzeptieren. Trotz der täglichen Nähe war ihr Verhältnis seltsam distanziert geblieben. Und seitdem Willems Krankheit nicht mehr zu leugnen war, meinte Carla, ein Funkeln in ihrem Blick wahrzunehmen: »Wie gut, dass du mich hast«, schien es ihr entgegenzublitzen. »Was würdest du nur ohne mich tun?«

Und Agnes Woldsen hatte recht. Natürlich hatte sie recht, dachte Carla. Denn Willem war sie inzwischen eine unverzichtbare Stütze im Wirrwarr der sich ihm immer mehr verschließenden Welt. Ihr vertrautes Wesen, der selbstlose Einsatz, ihr scheinbar unbegrenztes Zeitbudget – keine Kinder, keine Enkel, keine weiteren Leidenschaften neben dem Kochen – könnte ihnen noch für ein oder zwei Jahre die Unannehmlichkeiten eines Pflegedienstes und fremder Personen im Haus ersparen.

»Fisch?« Carla zeigte auf die Anrichte, wo die Zutaten für das Mittagessen lagen. Frau Woldsen musste bereits auf dem Markt gewesen sein. Ihre Wangen waren noch leicht gerötet.

»Kutterscholle.« Die Haushälterin strich fast zärtlich über die Flundern, dann wies sie auf den Speck und die Krabben. »Und Bratkartoffeln – isst er doch so gerne. Ich bereite alles vor, dann können wir vor dem Essen noch einen Spaziergang machen. Vielleicht gehen wir ein Stück um die Alster oder trinken irgendwo einen Kaffee. Wenn er den ganzen Tag im Haus sitzt, sieht er zu viele Gespenster.«

»Aber nicht so viel Butter …« Carla biss sich auf die Zunge und verkniff sich eine Bemerkung über giftige Stoffwechselprodukte, oxidativen Stress und ihre fatalen Auswirkungen auf Gehirnmasse und geistige Beweglichkeit.

Für einen Moment sahen sie sich schweigend an, und in diesem Schweigen prallten ihre Gedanken aufeinander. Dann mussten sie über das Unausgesprochene lächeln.

Mit einer resoluten Handbewegung wischte die Haushälterin alle Einwände zur Seite.

»Halb acht, also«, wiederholte Carla und zog sich Blazer und Mantel über.

»Ist noch kalt«, nickte Frau Woldsen. Sie zeigte durch das Küchenfenster auf die Straße, wo der glückliche Teil der Nach-neun-Uhr-Werktätigen sich gemächlich auf den Weg zur Arbeit machte. Erben, Studenten und Kreative – sie alle hatten sich mit einer dicken Schicht aus Daunenjacken, fellgesäumten Kapuzen, Mützen und Handschuhen gegen die letzten Gefechte des Winters gewappnet. Das Thermometer, ein Relikt aus Nachkriegszeiten, das vor dem Fenster hing, zeigte nicht mehr als vier Grad.

Carlas Fahrrad lehnte an der Hauswand. Sie war zu müde gewesen, es am Vorabend die Kellertreppe hinunterzutragen. Eine dünne Eisschicht hatte sich auf dem Sattel gebildet, mit dem Handschuh wischte sie darüber. Dann stopfte sie ihre Tasche in den Lenkerkorb und setzte sich die Kopfhörer auf die Ohren. Nach dem Mozart zum Frühstück hörte sie nun Jazz: Jamie Cullum. Ein Wirbelwind am Klavier, seine Musik, mal atemlos, mal zärtlich und lockend, passte zur Liebe genauso wie zum Fahrradfahren. Mit den einsetzenden Klängen des ersten Stücks schob sie das Rad durch den Vorgarten und das schmiedeeiserne Tor auf die Straße und stieg auf.

Durchatmen. Ein und aus. Die Schönheit des frühen Morgens war noch zu erahnen. Die Kälte ließ ihren Atem zu einem feinen Nebel gefrieren, der sie begleitete. Hatten die Gänse sich geirrt? Ließ der Frühling doch noch auf sich warten?

In die Hecken links und rechts von ihr war das Leben noch nicht zurückgekehrt. Nur vereinzelt zitterten trockene Blätter aus dem Vorjahr im Wind, die kahlen Winteräste ließen den Blick widerstandslos passieren. Ein Stück weiter entdeckte Carla Nester, die sich verfroren in die Verästelungen der Zweige schmiegten. Wenn sich in wenigen Wochen der Blättervorhang schloss, würden nur noch die ein- und ausfliegenden Amseln, Finken und Zaunkönige etwas von dem verborgenen Leben verraten.

Carla trat gegen die leichte Steigung an, oben angekommen, schwenkte sie auf die Fahrradspur der viel befahrenen Straße. Zwanzig Minuten würde sie bis zum Museum benötigen, die Straße hinauf, um den kleinen Park, über die Fleetbrücke, die

Alster entlang bis zur Alsterhöhe nahe der Innenstadt. Eine Distanz, die immer ausgereicht hatte, um die häuslichen Malaisen hinter sich zu lassen und sich auf den Arbeitstag einzustimmen.

Doch heute blieben ihre Gedanken bei Willem hängen. Sie spürte, dass sie die guten Tage behüten musste. Würde er sich im nächsten Jahr noch über die Ankunft der Gänse freuen können? Oder wären sie ihm dann gleichgültig, ein diffuser Reiz auf seiner Netzhaut, für den er keinen Begriff mehr haben würde? Sie wusste, dass er auf der Schwelle zwischen Erinnern und Vergessen balancierte. Trat er eine Reise in die Dunkelheit an?

Ausgerechnet Willem van Velden … Als die ersten Gerüchte über seinen Zustand die Runde machten, hatte man noch ungläubig den Kopf geschüttelt. Der umschwärmte Grandseigneur der Kunst, dieser brillante Geist und Wegbereiter der Moderne, Direktor des Museums für Moderne Kunst, fand nicht mehr die rechten Worte. Verlor sich im Dickicht seiner Gedanken. Die ersten Anzeichen der Krankheit hatte man noch als Schrullen abgetan, alles Merkwürdige schien die Folge der Veränderungen in seinem Leben zu sein. Nach über dreißig Jahren hatte er sich mit fünfundsechzig ins Privatleben zurückgezogen. Schreiben wollte er, reisen, einen Lehrauftrag annehmen. Noch einmal eine Weile im Ausland leben, Frankreich, vielleicht sogar Boston oder New York. Und das Leben umarmen – mit ihr.

Das Leben umarmen. Für einen Moment wich die Musik in ihren Ohren einem fernen Stimmengewirr. Erinnerungen stürmten auf sie ein, der Summton ihrer Gedanken. Sie hatten sich auf einer Vernissage kennengelernt, vor einem Bild von Picasso. *El abrazo* – natürlich, die Umarmung. Ein Liebespaar, abstrakte, kubistische Formen, der dargestellte Kuss, die Intimität nur zu erahnen. Picassos Obsession, ein Lebensthema, durch alle Phasen seines Schaffens hindurch vertreten.

»Sie ähneln ihr, wissen Sie das?«, hörte sie plötzlich seine Stimme an ihrem Ohr. Sie hatte den Kopf geschüttelt. Mit hochgezogenen Augenbrauen hatte sie sich umgedreht, bereit, den aufdringlichen Gockel mit einem Blick in die Flucht zu schlagen. Doch seine Augen, eindringlich, aufmerksam, magnetisch, hatten sie sofort fasziniert. Seine Lippen kräuselten sich zu einem wissenden Lächeln. Ein intensiver Moment, sie hatte den Blick nicht von ihm lösen können.

»Sie ist schon lange tot«, hatte sie nur zu erwidern gewusst, denn die Dargestellte war eine von Picassos zahlreichen Liebschaften.

»Die Linie, schauen Sie.« Er hatte sie sanft am Arm berührt und noch näher an das Bild herangezogen. Mit der anderen Hand zeichnete er das Profil der Schönen nach.

Carla hatte die Luft angehalten. Unter seiner Berührung, so leicht sie auch war, brannte ihre Haut. Sie standen nun so nah vor dem Bild, dass es sich in einzelne Farbpunkte aufzulösen begann. In der nächsten Sekunde würde der schrille Signalton der Alarmanlage aufheulen und sie zurückscheuchen.

»Keine Angst …« Er hatte geflüstert, sein Mund ganz nah an ihrem Ohr. Und sie hatte sich gefragt, ob er den Moment meinte oder das Leben, von dem sie augenblicklich wusste, dass es vor ihnen lag.

Erst später hatte sie begriffen, wer er war. Dass es *seine* Ausstellung war, *seine* Vernissage. Willem van Velden – *der* Willem van Velden.

Sein Wirken hatte Deutschland mit der Kunst der Moderne versöhnt, und seine Begeisterung für den radikalen Bruch mit alten Maltraditionen hatte jeden angesteckt, der eine seiner Ausstellungen besucht hatte. Verehrt und umschwärmt, war er ein begnadet erfolgreicher Ausstellungsmacher, immer rastlos und voller Ideen.

Und eine Erscheinung. Alles an ihm war groß, die Statur,

der Charakterkopf mit dem welligen, nach hinten gekämmten Haar, die Hände. Eine weltmännische Aura umgab ihn, der maßgeschneiderte Anzug, die italienischen Schuhe, das Geld seiner Familie, nicht aufdringlich, aber spürbar. Durch das Gedränge der Ausstellungseröffnung bewegte er sich wie ein Fürst, selbstsicher und gewandt, so als könnte er sogar das Meer teilen.

Die Ausstellung war einer der gefeierten Höhepunkte seiner Karriere gewesen. Ein Fest der Moderne: Einhundertzwanzig Bilder hatte er in die Stadt geholt, darunter Werke, die eigentlich nicht mehr auf Reisen gingen. Zu aufwendig waren der Transport, zu hoch die Versicherungssummen. Doch sein Wort und sein Enthusiasmus hatten Unmögliches geschafft und die Picassos, Mondrians und Kandinskys um die halbe Welt bewegt. Zweimal war die Ausstellung verlängert worden, bevor sie nach Amsterdam und Wien weiterzog. Fast eine halbe Million Besucher hatten sich an den Farben, Formen und Tabubrüchen berauscht. Und vom Feuilleton war Willem ein »Magier« und »Bilderpapst« genannt worden. Wenig später hatte man ihm in Berlin im Beisein der kulturellen und politischen Prominenz das Bundesverdienstkreuz angeheftet. Für sein Lebenswerk.

Die Fahrt nach Berlin war ihre erste gemeinsame Reise gewesen. Es fühlte sich seltsam an, an Willems Seite aufzutreten. So viele Eindrücke auf einmal.

Für die Presse war sie nur eine Randnotiz, ein weiterer Farbtupfer im Reigen der Schauspielerinnen und Künstlerinnen, die bislang durch sein Leben gezogen waren. Nicht mehr als eine Bildunterschrift. Für ihre Mutter war sie das Opfer eines unerklärlichen Vaterkomplexes. Und für Kai, den sie von heute auf morgen verlassen hatte, berechnend und kalt. Eine Hochschläferin.

Doch Carla, die gerade erst ihr Volontariat am Museum

für Stadtgeschichte begonnen hatte, war dem Versprechen gefolgt, das sein erster Blick ihr geschenkt hatte. Keine Vernunft, nur Gefühle. Sie hatte sich nicht gegen den Sog dieses Mannes wehren können. Willem van Velden wurde zu ihrem Komplizen, Lehrmeister, Liebhaber.

Und es war gut gewesen. Viele Jahre lang. Jeden Tag hatten sie ihre Liebe zelebriert und das Leben umarmt. An seiner Seite hatte sie zu sich selbst gefunden.

ZWEI

Jamie Cullum ließ sein Piano explodieren. Ein Feuerwerk an Tönen und heiser hervorgestoßenen Versen. Carla fuhr schneller, ihre Beine bewegten die Pedale im Rhythmus der Musik, ihr Atem beschleunigte sich, ihr Herz pochte. Ein wärmender Strom begann durch ihren Körper zu fließen.

Von der Fleetbrücke aus konnte sie noch einmal einen Blick über das Wasser auf die alte Villa werfen. Das Haus strahlte Selbstsicherheit und Würde aus, drei Stockwerke hinter weißem Putz und ein riesiges Dachgeschoss. Die Fassade war mit Säulen und Reliefbändern geschmückt und täuschte die Heiterkeit italienischer Verhältnisse vor. Die hohen Fenster wirkten wie Augen, sie schienen ihr nachzublicken. Stand Willem mit dem Fernglas am Fenster, oder hielt er es verständnislos in der Hand?

Hinter der Brücke schwenkte Carla auf den Weg an der Alster ein. Die Sonne war ein Stück höher gestiegen, ihr Glanz brach sich auf dem dampfenden Wasser. Die ersten Segelboote waren bereits unterwegs, Ruderer beendeten ihr Morgentraining und kehrten in die Bootshäuser zurück, ein Alsterdampfer steuerte auf den nächsten Anleger zu. Jogger kamen ihr entgegengetrabt, ihr Atem zu Wolkenbildern gefroren. Die Runde um die Außenalster war eine der beliebtesten Laufstrecken der Stadt, am Wasser zeigte Hamburg sich ungeniert von seiner prächtigsten Seite. Und auch für die Läufer hieß es »Sehen und gesehen werden«, schon am frühen Morgen präsentierten sich die meisten in der neuesten Laufbekleidung. Ein kunterbuntes Durcheinander, schrilles Neon und Pink. Carla schloss für einen Moment die Augen und blendete die aufdringlichen Farben aus.

Die Fahrradreifen knirschten auf dem Sandweg, alter Baumbestand, Eichen, Buchen, Kastanien und auch einige Exoten, rahmte die Grünflächen. An heißen Tagen nutzten die Hamburger die Liegewiesen bis spät in den Abend. Allein die Schwäne, herrische Vögel, die ihr Revier mit Fauchen und Schnappen verteidigten, konnten dieses Vergnügen trüben. Die Tiere wussten um ihre besondere Rolle in der Stadt. In den Archiven des Stadtmuseums verwahrte man eine Abrechnung aus dem Jahr 1591, die belegte, dass die stolzen Vögel bereits seit mehr als vierhundert Jahren auf öffentliche Kosten mit Futter versorgt wurden. Hamburg ließ sich seine Wahrzeichen etwas kosten, und 1664 hatte der Senat die Schwäne sogar unter besonderen Schutz gestellt. Es war noch immer bei Strafe verboten, sie zu beleidigen, zu verletzen oder gar zu töten. Den Winter verbrachten die Tiere auf dem eisfreien Mühlenteich.

Frühling, so hieß es, war in Hamburg, wenn die Schwäne wieder die Alster und ihre Kanäle und Fleete bevölkerten. Carla schüttelte unwillkürlich den Kopf. Für sie waren die Graugänse die wahren Frühlingsboten – und nicht die Schwäne. Auch an der Außenalster entdeckte sie nun Gänse, die in der Nacht zurückgekehrt waren und sich zwischen den schützenden Armen der Trauerweiden ausruhten. Lächelnd versuchte sie, die Tiere zu zählen. Wenn sie auf mehr als fünfzig Vögel käme, so hatte sie mit den Jahren herausgefunden, würden die Temperaturen in den kommenden Tagen merklich steigen.

»Fünf, zehn, fünfzehn, zwanzig, fünfundzwanzig …« Carla spähte angestrengt in Richtung Wasser. Der Frühling war auf einem guten Weg.

Plötzlich gab es einen Ruck, der Vorderreifen ihres Fahrrades stellte sich quer. Bevor sie begriff, was geschehen war, lag sie schon unter ihrem Rad. Im nächsten Moment durchfuhr sie ein stechender Schmerz. Sie rang nach Luft. Ihre Beine – und irgendetwas war auch mit ihrem Arm passiert. Stöhnend versuchte sie sich aufzusetzen, ihr Kopf dröhnte, die Musik in ihren Kopfhörern war verstummt.

»Sind Sie wahnsinnig?«

Eine empörte Stimme, irgendwo über ihr. Mühsam versuchte sie, den Kopf zu heben.

»Können Sie nicht lesen?«

Da waren ein Paar Arbeitsschuhe, Cargohosen, lange Beine, ein Mann mit der Statur eines Zehnkämpfers.

»Der Ast hätte Sie fast erwischt.«

Die Stimme klang nun etwas weicher, fast besorgt. Hände erschienen neben ihrem Kopf, dann ein Helm und eine Sicherheitsbrille, Ohrenschützer. Und irgendwo dahinter ein Gesicht.

»Können Sie aufstehen?«

»Wenn Sie das Fahrrad …«

Der Schmerz in ihren Beinen ließ nach, als er das Rad anhob und gegen eine Bank lehnte. Sanft schob er seine Hände unter ihre Achseln und setzte sie auf, als wäre sie eine Puppe.

Der Schreck war ihr in alle Glieder gefahren. Er musste ihr den Schock ansehen.

»Bleiben Sie einen Moment sitzen, Sie sind ja ganz bleich.«

»Hm …«

Carla rieb sich die Stirn, versuchte ihre Gedanken zu ordnen. Dann hielt sie sich den schmerzenden Arm, bewegte ihn vorsichtig.

»Darf ich?«

Behutsam, als würde er etwas davon verstehen, drehte er den Arm in alle Richtungen. Carla stöhnte auf.

»Da ist nichts gebrochen, vielleicht eine Prellung.«

Seine Selbstsicherheit ärgerte sie. Wut wallte in ihr auf, sie schüttelte den Kopf.

»Was wissen Sie denn?«, schnappte sie, weil sie spürte, dass sich zornige Mädchentränen in ihren Augen sammelten.

Nur nicht weinen.

»Was machen Sie hier überhaupt?«

»Baumpflege.« Ungerührt wies er auf die Schilder und rotweißen Absperrbänder, die im Wind flatterten. »Die Schilder stehen hier seit einer Woche.«

Richtig. Sie kniff die Lider zusammen, blinzelte. Die Freude über die Graugänse hatte sie blind werden lassen für alles andere. Sie war mitten durch die abgesperrte Zone gefahren, während die Jogger einen Bogen darum herum geschlagen hatten. Sie ärgerte sich – auch über ihre Hilflosigkeit.

»Sie sind also ein *Baumdoktor*?« Carla zog das Wort spöttisch in die Länge. Sie wollte ihn verletzen, von ihren Tränen ablenken.

Touché. Für einen Moment sah er sie irritiert an, dann nickte er. Ihr Stich hatte gesessen, sie sah es ihm an. Er stand nun wieder auf und machte sich an ihrem Fahrrad zu schaffen, richtete den Lenker provisorisch gerade. Dann sammelte er ihre Tasche und alles, was herausgefallen war, auf und stopfte sie zurück in den Korb.

»Können Sie so weiterfahren?«

»Ich denke schon.«

Carla nickte. Sie biss die Zähne zusammen, stand mühsam auf und klopfte sich den Staub von den Ärmeln. Ihr Mantel hatte am Ellenbogen ein Loch, anklagend hielt sie es ihm entgegen.

»Sie haben wirklich Glück gehabt.« Er wies auf den armdicken Ast, der neben ihrem Fahrrad lag. Aus der Eichenkrone vor ihnen seilte sich kopfschüttelnd ein Kollege ab. »Hätte schlimmer kommen können.«

Dann schüttelte er gleichfalls den Kopf, hinter der dicken

Schutzbrille konnte sie seine Augen nicht sehen. Der betäubende Geruch nach frisch geschlagenem Holz überlagerte plötzlich alles. Sie sog ihn ein.

Carla zog die Schultern hoch, sie hatte keine Lust zu antworten. Demonstrativ schob sie sich die Kopfhörer über die Ohren. Jamie Cullum war wieder da. Dann nahm sie ihm schweigend das Fahrrad aus der Hand, schob es ein Stück, stieg auf und fuhr mit zitternden Knien und klapperndem Vorderrad davon.

»Sie sehen aus, als könnten Sie einen Kaffee vertragen.«

August Engel sah sie schmunzelnd an, wie immer steckten seine krummen Beine in gemütlichen Cordhosen. Freundlich kläffend kam ihr seine Dackeldame Brigitte entgegen.

»Sehr, sehr gern.«

Carla ging vorsichtig in die Hocke und kraulte Brigitte die seidigen Ohren. Ihr Arm schmerzte noch immer, sie unterdrückte ein Stöhnen.

»Das ist doch nix, immer nur Tee.«

Kopfschüttelnd verschwand der alte Engel mit seinem schwankenden Seemannsgang im hinteren Teil des Blumenladens, nach wenigen Augenblicken hielt er ihr einen dampfenden Becher entgegen.

»Riecht himmlisch.«

»Handgebrüht«, freute sich Engel. »Porzellankanne, nicht so widerliches Kapselzeugs. Mit dem Clooney können Sie mich jagen.«

Carla lachte und probierte einen Schluck.

»Genau richtig.«

»Ein Schuss Milch, mehr nicht. Muss ja nach Kaffee schmecken.«

Aus der Hosentasche zauberte Engel ein frisch gebügeltes Stofftaschentuch hervor und hielt es ihr entgegen.

»Sie haben da was im Gesicht …«

Carla wischte sich über die Wange, das Tuch roch ganz leicht nach Kölnischwasser, Anis und Pfeifenrauch.

Gute alte Zeit.

»Sie sind wirklich …«

Engel hob abwehrend die Hände und machte sich an einem Bündel Grün zu schaffen, das auf seinem Arbeitstisch lag. Die Blumen waren so frisch, dass sie quietschten. Liebevoll sortierte er die leuchtende Frühlingspracht in altmodische Vasen, Milchkannen und Zinkeimer.

»Tulpen?«

»Hm …«

Carla nickte in seinem Rücken, doch er wusste eh, was sie wollte. August Engel war eine Institution, seit mehr als sechzig Jahren betrieb er seinen kleinen Blumenpavillon am Hauptbahnhof. Seinen Kunden konnte er die Wünsche von der Nasenspitze ablesen, und für jedes Wehwehchen, jeden Anlass, jeden Geldbeutel hatte er den passenden Strauß parat. Ranunkeln, Funkien und Levkojen gegen die norddeutsche Melancholie, Löwenmäulchen für Verliebte und Tulpen für die Einsamen, weil die Blumen gesellig waren. Langstielige Rosen waren etwas für die Unseriösen, und ihre duftenden, dornigen Freilandschwestern halfen gegen Fernweh und Trennungsschmerz. Kleine Kinder bekamen eine Blüte nach Wahl geschenkt. »Blume zu Blume«, pflegte August Engel dann zu sagen.

»Jogger?«

Engel spuckte das Wort aus, als habe er etwas Ungenießbares im Mund. Er wies auf das Loch an ihrem Ellenbogen. Jede Art von sportlicher Betätigung war ihm zutiefst suspekt. Er lebte von Kaffee, Anisbonbons und Blumenduft.

Carla schüttelte den Kopf. »Eiche«, antwortete sie. »Na ja, fast …«

»Dafür sehen Sie aber reichlich mitgenommen aus.«

Engel beugte sich über die roten Tulpen und zählte fünfundzwanzig Stück ab. Dann begann er, ihren Strauß zu binden.

»Jemand hat mich vom Fahrrad gerissen, bevor mich die Eiche erwischt hat.«

»Die Baumarbeiten unten an der Alster?«

Carla nickte. Fasziniert beobachtete sie, wie sich die Blumen in Engels runzeligen Händen zu etwas noch Schönerem zusammenfügten. Seine Sträuße waren kleine Kunstwerke.

»Ich war abgelenkt, die Graugänse sind zurück.«

»Ich hab sie heute Morgen schon gehört, als ich zum Großmarkt gefahren bin. So gegen halb fünf.«

Halb fünf. Für einen Moment fragte sich Carla, wie der Alte seine Arbeit immer noch schaffte. Mitten in der Nacht aufzustehen, die schweren Blumenbündel ein- und auszuladen, zwölf Stunden im Laden zu stehen. Er war älter als Willem, musste über achtzig sein, doch ans Aufhören hatte er wohl noch nie gedacht. Die Blumen waren seine Kinder, und der Klönschnack mit den Kunden hielt ihn bei Laune. Er hatte nie etwas anderes gewollt, selbst für eine Frau war keine Zeit gewesen.

»Dann haben Sie ja heute schon Ihren Schutzengel strapaziert.«

Der Strauß war fertig, Engel hielt ihr die Pracht entgegen. Carla nickte zustimmend, und er schlug die Tulpen in Papier ein.

»Der Baumdoktor … Er ist mir ins Rad gesprungen.«

Wieder schwang Spott in ihrer Stimme, doch plötzlich bemerkte Carla, dass August Engel recht hatte. Sie war von dem Unbekannten tatsächlich vor Schlimmerem bewahrt worden. Und hatte sich dafür nicht einmal bei ihm bedankt. Im Gegenteil.

Gedankenverloren und ein wenig beschämt bezahlte sie und nahm ihren Strauß entgegen.

»Sie sind wohl noch bei den Gänsen?«

Engel zwinkerte ihr zu. Umständlich verstaute er das Geld in seiner alten Registrierkasse. Sie musste noch aus Vorkriegszeiten stammen; wenn Engel ihre Hebel und Kurbeln bewegte, klang es, als hustete das eiserne Ungetüm.

»Hm …« Nachdenklich strich Carla Brigitte noch einmal über das seidige Fell. Brigitte – ein merkwürdiger Hundename. Sie hatte sich nie getraut, danach zu fragen.

»Wieso eigentlich Brigitte, Herr Engel?«

»Na, wegen der Bardot …«

Er sprach den Namen hamburgisch aus, mit einem gerollten R und stimmhaften T am Ende.

Brigitte Bardot – *die* Brigitte Bardot?

»Die Schauspielerin?«

»Ich hab ihr mal Blumen verkauft.«

Über Engels altes Gesicht zog ein Leuchten. Für einen Augenblick wirkte er wie ein aufgeregter Junge, der in einem Bonbonglas fischte.

»Sie haben Brigitte Bardot Blumen verkauft? Hier?«

Carla lachte auf.

»Maiglöckchen, einen ganzen Eimer voll. Sie meinte, Rosen würden sie langweilen.«

»Maiglöckchen für ein Sexsymbol?«

Carla lachte noch immer, sie schüttelte den Kopf. In der Kunst gehörten die weißen Blüten zu den sogenannten Marienblumen, sie waren ein Symbol für Demut und Keuschheit.

»Ist ja ein Spargelgewächs …«

Jetzt grinste auch Engel spitzbübisch, die Erinnerung ließ seine Augen blitzen.

»Sie stand genau da, wo Sie jetzt stehen. Es war früher Morgen, sie war für Fotoaufnahmen in der Stadt. Sie trug ein weites, buntes Kleid, durch das die Sonne schien. Mit ihrem blonden Haar sah sie aus wie eine Göttin. Eine Blumengöttin. Na ja …«, Engel schwieg für einen Moment. Carla sah, wie die Bilder ihn bestürmten. »Sie hat dann den Sachs geheiratet. Der Ochse hat sich in einen Hubschrauber gesetzt und rote Rosen auf sie regnen lassen. Hat dann ja auch nicht lange gehalten, die Ehe. Als sie wieder frei war, hab ich ihr Maiglöckchen nach Paris geschickt.«

»Und?«

Die Geschichte wurde immer verrückter. Carla staunte. Wieder einmal dachte sie über ihre Idee nach, in einer Ausstellung Hamburgs Alte zu Wort kommen zu lassen. Nach einer wahren Geschichte … Sie hatte schon die erstaunlichsten Dinge auf ihren Seniorenführungen durchs Museum zu hören bekommen. Richtige Schätze traten da bisweilen zutage, schillernde Erinnerungen, die wie Seifenblasen aus der Vergangenheit aufstiegen.

»Wochen später kam eine Karte mit einem Merci – und ein roter Kussmund. Lippenstift, Sie wissen schon. Sie schrieb, dass sie mich besuchen würde, wenn sie nach Hamburg käme.«

»Und?«

Carla hielt den Atem an, doch Engel zuckte mit den Schultern.

»Ich bin jeden Tag im Laden. Die Karte hab ich auch noch irgendwo. Und meine kleine Brigitte hier, die macht mir genauso schöne Augen. Außerdem habe ich neulich irgendwo gelesen, dass sie inzwischen wohl ein bisschen wunderlich geworden ist, die Bardot.«

»Ach Herr Engel …«

Carla wusste nicht, was sie sagen sollte. Doch der Alte lachte schon wieder.

»Was soll ich auch mit einer Blumengöttin? Ich hab doch alles, was ich brauche.«

Er breitete die Arme aus, als wollte er seine gut gefüllten Kübel und Vasen ans Herz drücken.

»Sie müssen mir die Karte mal zeigen, Herr Engel. Machen Sie das?« Carla schaute auf die Uhr, es war schon fast halb zehn. »Ich muss los. Vielen Dank für den Kaffee – und für alles andere.«

»Das bleibt aber unter uns ...«

Der Alte legte den Zeigefinger auf seine Lippen.

»Versprochen.«

»Hier ...«

August Engel zupfte eine Margerite aus einer Vase.

»Die mag Ihr Mann doch so gerne. Grüßen Sie ihn von mir.«

»Das mache ich, Herr Engel. Willem wird sich freuen.«

Als sie den Laden verließ und wieder auf ihr Rad stieg, lächelte Carla noch immer. Ihr Herz hüpfte in kleinen, gut gelaunten Sprüngen in der Brust, als ob es tanzte. Mit Jamie Cullum um die Wette pfeifend, rollte sie die letzten Meter auf das Museum für Stadtgeschichte zu.

DREI

Carlas Museum lag nur einen Steinwurf entfernt vom Museum für Moderne Kunst. Mit seiner leicht angegrauten Fassade und der steifen Fensterfront wirkte es wie dessen ältere Tante – bildungsbeflissen und gouvernantenhaft. Wer das Haus besuchte, wurde jedoch von seiner Sammlung überrascht. Das Museum umspannte mehr als zwölfhundert Jahre Stadtgeschichte: Malerei und Graphik, Kunsthandwerk und Kulturgeschichte, Maritimes und mehr. Störtebekers bleicher Schädel war hier ebenso zu sehen wie barock-verspielte Gartenskulpturen oder Visionen einer modernen Stadt.

Carla schloss ihr Rad auf dem Mitarbeiterparkplatz ab, klemmte sich Tasche und Blumen unter den Arm und hastete auf den Eingang zu. Sie hatte nur noch wenige Minuten, bis die wöchentliche Sitzung begann, in der sich Kuratoren und wissenschaftliche Mitarbeiter über die Termine der vor ihnen liegenden Woche austauschten.

An einer Gruppe laut debattierender Touristen vorbei, die soeben festgestellt hatte, dass das Haus montags geschlossen war, gelangte sie in die fast menschenleere Eingangshalle.

»Morgen, Frau Doktor …«

Klaus Grote grüßte sie. Meister Grote – Hausmeister, Pförtner und gute Seele in einer Person. Sein tiefer Bass hallte unter den hohen, gewölbten Decken. Er nahm ihr den Mantel ab und hängte ihn an die lange Reihe verwaister Garderobenhaken.

»Die Schnibben ist schon oben«, raunte er ihr verschwörerisch zu.

»Wie viel hab ich noch?«

»Zwei, drei Minuten …«

»Passt.«

»Na dann, gutes Gelingen!«

Grote nickte ihr zu, bevor er sich wieder auf seinen Schemel fallen ließ und hinter seiner Zeitung abtauchte.

Zwei Stufen auf einmal nehmend, bezwang Carla die weit geschwungene Treppe hinauf ins erste Geschoss, in ihrem Nacken spürte sie die vorwurfsvollen Blicke der an der Wand hängenden porträtierten Stifter. Durch das montagsstille Mittelalter und die sich anschließenden Räume zu Hanse und Hafen gelangte sie auf die Rückseite des Gebäudes in einen Bereich, der den meisten Besuchern verschlossen blieb. Hier befanden sich Büros und Werkstätten, einige Archive und Depots, das Rückgrat des Museums.

»Prof. Dr. Elke Schnibben, Leitung« stand auf dem Schild neben der hohen Tür, durch die sie nach kurzem Klopfen eintrat.

»Carla, wie schön, dich zu sehen.«

Die Generalin.

Elke Schnibben wandte sich nicht um, sie wusste auch so, wer in der Runde fehlte. Ebenso zierlich wie willensstark, leitete sie das Museum seit ewigen Zeiten. Sie hatte alle Launen der Hamburger Kulturpolitik erlebt und gehörte fast schon zum Inventar des Hauses. Mit einer ungeduldigen Handbewegung scheuchte sie Carla auf ihren Platz.

»Dann können wir ja beginnen.«

Während Doktor Heinrich Jessen, auch Hafen-Heinrich genannt, die Kollegen kurz über das Wichtigste innerhalb seiner Abteilung informierte, entdeckte Carla ein ihr unbekanntes Gesicht in der Runde. Ein junger Mann, vielleicht Mitte zwanzig, studentisch, Hemd, Jeans, Sneakers, eine Brille mit dunkler Fassung aus Horn und Hipster-Bärtchen. Der neue Volontär, jetzt fiel es ihr wieder ein. Als sein Blick sie kurz streifte, lächelte sie ihm aufmunternd zu. Sie wusste, wie er sich fühlte. Jedenfalls erinnerte sie sein flackernder Blick hinter den Brillengläsern an die eigenen Gefühle, als sie zum ersten Mal in dieser Runde gesessen hatte und den forschenden Blicken standhalten musste. Damals hatte sie sich wie eine Schulanfängerin gefühlt, obwohl sie doch mitten in ihrer Promotion steckte. Als dann ihre Liaison mit Willem van Velden ruchbar wurde, befürchtete sie, dass man ihr mit Vorbehalten begegnen würde. Doch Elke Schnibben hatte sie nie besser oder schlechter als die Kollegen behandelt. Später erhielt sie die begehrte Stelle als Kuratorin der Gemäldesammlung, weil sie einen guten Job machte und frischen Wind in das angestaubte Sammelsurium gebracht hatte.

»Carla?«

Hafen-Heinrich, Doktor Jörg Frentzen aus der Architektur, Leonie Klimt, die junge Restauratorin, und die übrigen Kollegen hatten bereits über ihre Projekte informiert. Nun war sie an der Reihe. Knapp, so wie es die Schnibben schätzte, berichtete sie über ihre Arbeit.

»Vorbereitung der Herbstausstellung, Katalogredaktion, eine Führung mit den Freunden des Museums, Kunstsprechstunde am Donnerstag.«

»Was Neues wegen der Exponate?«, hakte Elke Schnibben nach, ihr dunkel gefärbter Pagenkopf schimmerte im Morgenlicht.

Carla schüttelte den Kopf. Achtzig Jahre nach der NS-Machtergreifung bereitete sie eine Ausstellung über die Hamburgische Sezession vor. Die Künstlergruppe von 1919 hatte sich 1933 aufgelöst, nachdem sie zum Ausschluss ihrer jüdischen Mitglieder aufgefordert worden war. Auf ihrer letzten

Zusammenkunft hatten die Maler und Literaten trotzig das Vereinsvermögen vertrunken. Doch der champagnerseligen Nacht waren bittere Jahre gefolgt. Berufsverbot und Verfemung, Emigration und Gefängnis – viele Künstler hatten unter der Nazi-Herrschaft alles verloren. Einige hatten sich verzweifelt das Leben genommen, andere starben in Lagern oder Gefängnissen. Erst lange nach dem Krieg waren die Künstler rehabilitiert worden. Auch Willem hatte viel für ihre Anerkennung getan. Doch den überlebenden Künstlern war es schwergefallen, nach dem Grauen wieder Fuß zu fassen. Viele waren verarmt und vergessen gestorben. Erst in den vergangenen Jahren hatte man ihr Werk wieder schätzen gelernt.

»Wir haben einiges in der Sammlung und im Depot, die Anfragen in München, Amsterdam und Washington laufen noch. Zugesagt haben Bremen, Köln und Paris. Aus Berlin bekommen wir ein Mosaik von Bargheer«, berichtete Carla. »Dann gibt es noch einige private Sammler, die ich kontaktiert habe. Ich denke, dass wir mit rund achtzig Exponaten rechnen können, die einen umfassenden Einblick in die Sezession geben.«

»Gut, dann kommen wir zu Ihnen, Herr Andersen. Stellen Sie sich kurz vor?«

Die Schnibben zeigte auf den Volontär, der rasch nickte und etwas über sich und die Stationen seiner Ausbildung erzählte: Hannes Andersen, siebenundzwanzig Jahre alt, ledig, begeisterter Neu-Hamburger, noch auf Wohnungssuche. Studium in Berlin, Auslandssemester in Amsterdam, Promotion über einen niederländischen Künstler. Seine Stimme war fest und angenehm. Seine Aufregung überspielte er mit einem Lächeln.

»Es ist bei uns Tradition, dass Sie sich die erste Abteilung, die Sie durchlaufen, aussuchen dürfen. Wo möchten Sie beginnen?«

»Oh, also …«

Für einen Moment zögerte er und schaute ratlos in die Runde. Sein Blick streifte Carla, das Licht der Deckenleuchte spiegelte sich in seinen Brillengläsern.

»Vielleicht in der Gemäldesammlung?«

»Ist dir das recht, Carla?«

Die Schnibben notierte etwas in ihrer schwarzen Kladde, an ihrer Schreibhand funkelte ein auffälliger Amethystring, den sie auf dem Mittelfinger trug.

»Wunderbar.«

Carla nickte und strich sich eine Strähne hinters Ohr. Tatsächlich hatte sie gehofft, dass der Volontär zunächst bei ihr Station machen würde. Die Herbstausstellung war der Höhepunkt des Museumsjahres und aufwendig zu organisieren. Die anfallende Arbeit war trotz studentischer Hilfen kaum zu schaffen. Es wäre gut, noch jemanden in die Planungen mit einbeziehen zu können.

»Gut, der Hausmeister wird Ihnen einen Arbeitsplatz in Frau van Veldens Büro einrichten.«

Elke Schnibben nickte noch einmal in die Runde, dann erhob sie sich und wechselte an ihren Schreibtisch, wo eine Tasse grüner Tee auf sie wartete. Die Sitzung war beendet.

»Ich hoffe, ich komme nicht ungelegen.«

Hannes Andersen hatte Carla die Blumen abgenommen und folgte ihr in das Büro im zweiten Stock.

»Wie kommen Sie darauf, ich bin sehr froh, dass Sie sich für die Gemäldesammlung entschieden haben. Das wird ein arbeitsreicher Sommer.«

»Ich hatte das Gefühl, Sie sind lieber allein.«

Carla blieb vor ihrer Tür stehen, sie sah ihn an. Seine Augen changierten zwischen grau und grün. Etwas Verletzliches, Verletztes lag darin. Sie begriff, dass die Brille eher eine

Schutzfunktion innehatte als der Notwendigkeit geschuldet war.

»Sie sollten sich ein wenig mehr Selbstbewusstsein zulegen. Wenn Sie vorankommen wollen, werden Sie Durchsetzungskraft benötigen.«

»So wie Sie?«

Er zeigte auf ihren rechten Arm. Erst jetzt bemerkte Carla, dass ihr Pullover ein kleines Loch hatte.

»Oh … Eine kleine Karambolage heute Morgen. Mein Fahrrad sieht nicht viel besser aus.«

»Wenn Sie mögen, schaue ich's mir nachher mal an.«

»Ein Kunsthistoriker, der Fahrräder reparieren kann?«

»Aushilfsjob im Fahrradladen, irgendwie musste ich mir das Studium ja finanzieren.«

»Kein DJ, keine Szenebar oder Galerie?«

Hannes Andersen schüttelte lächelnd den Kopf. Ein Wirbel über der Stirn ließ sein sandblondes Haar tanzen und verlieh ihm einen jungenhaften Ausdruck. *Tim und Struppi*, dachte Carla amüsiert.

»Berlin Bike. Hauptsächlich Fahrradschläuche. Ab und zu auch ein ramponiertes Kickboard oder ein platter Kinderwagenreifen.«

»Vielleicht komme ich darauf zurück.«

Carla schloss die Tür zu ihrem Büro auf, das aus zwei miteinander verbundenen Räumen bestand. Hohe Fenster, Parkett, zwei Schreibtische, ein Sofa, mit Bücherstapeln belegt, Staffeleien und Bilder an den Wänden. Abgestandene Wochenendluft schlug ihnen entgegen, sie öffnete ein Fenster, nahm Hannes die Blumen ab und legte sie auf die Papier- und Bücherstapel auf ihrem Schreibtisch.

»Also, noch einmal ein herzliches Willkommen.« Sie zeigte auf den kleineren Schreibtisch, der rechts von ihrem Arbeitsplatz stand. »Meister Grote wird sich gleich ums Telefon und den PC-Anschluss kümmern. In zwei Stunden sollten Sie spätestens loslegen können.«

»Wunderbar … Wo steht Ihr Fahrrad?«

»Nein, das geht nicht, Hannes. Darf ich du sagen?«

Er nickte erfreut, seine Hand machte eine flatternde Bewegung Richtung Kinn, strich über den Bart, so als wäre er ihm noch fremd.

»Warum nicht?«

»Amtsanmaßung«, lachte Carla. »Du darfst die Blumen ins Wasser stellen, das reicht für heute. Vasen findest du hinten im Schrank. Und dann gebe ich dir die Pläne für die Herbstausstellung. Arbeite dich ein, dann können wir uns heute Mittag darüber unterhalten. Und frag mich, wenn du etwas nicht verstehst. Löchere mich bitte mit deinen Fragen. Verbesserungsvorschläge sind ebenfalls willkommen. Du weißt doch, die bessere Idee gewinnt.«

»Na dann … Ich freue mich auf die Zusammenarbeit, Frau Doktor van Velden.«

»Carla, das reicht.«

Sie streckte ihm die Hand entgegen, und er schlug ein. Sein Händedruck war angenehm, überraschend kräftig und entschlossen. Er war kein verkopfter Philosoph, sondern würde auch Rahmen richten, Stellwände verrücken oder eine Wand umstreichen können.

»Ich habe tatsächlich eine Frage: Was ist die Kunstsprechstunde?«

»Oh …« Carla lachte auf. »Großer Spaß, mehr verrate ich nicht. Warte ab, ich nehme dich am Donnerstag mit – versprochen.«

Hannes nickte, mit den Blumen im Arm machte er sich auf die Suche nach einer Vase.

Als Carla an ihrem Schreibtisch saß, klingelte das Telefon. Die Nummer auf dem Display ließ sie einen Moment zögern, schließlich nahm sie doch ab.

»Carla …«

Die Stimme ihrer Mutter brauste an ihr Ohr. Eva Haller, geschiedene Rothemund, pensionierte Oberstudienrätin für Latein und Geschichte, begeisterte Weltenbummlerin und junggebliebene sechsundsechzig. Eigentlich hatte Carla ihre Mutter noch auf einer Studienreise durch Andalusien vermutet.

»Du bist schon zurück?«

»Gestern Abend, war schon spät. Deshalb hab ich mich nicht mehr gemeldet.«

»Du musst dich doch nicht melden.«

Carla dachte amüsiert, dass ihre Mutter an sich dieselben Maßstäbe anlegte wie an ihre Tochter. *Sich melden* gehörte zu ihren Lebensmaximen, insbesondere dann, wenn man zu einer Reise aufbrach oder nach Hause zurückkehrte. Und zwar per Telefon. E-Mail oder andere Formen der Kommunikation schienen für sie nicht zu existieren.

»War's schön?«

Carla konnte sich vorstellen, wie die Gruppe die mittelalterliche Festung der Alhambra erkundet und sich über die Nasridenpaläste und ihre Gärten entzückt hatte: der malerische Sommerpalast unter Zypressen, das Stalaktitengewölbe in der Sala de los Abencerrajes. Und über allem das Tremolo der spanischen Gitarren. Sie lehnte sich zurück und beobachtete für einen Moment Hannes, der Engels Strauß gelöst hatte und jede Tulpe einzeln zu Wasser ließ. Hannes tat so, als lauschte er ihrem Gespräch nicht.

»Na, du weißt ja … Alte Leute unterwegs. Dem einen schmeckt das Essen nicht, der Nächste braucht seine Siesta, der Rest meckert, weil er sich besser auskennt als die Reiseleitung. Und bei dir?«

»Alles soweit gut …«

Das »Soweit« war ein Fehler gewesen, schon als das Wort ihren Mund verließ, bemerkte Carla seinen falschen Klang. Sie hatte das sorgsam gezimmerte Bollwerk ihrer Abwehr sperrangelweit geöffnet.

»Willem?«

Auch nach fünfzehn Jahren war ihre Mutter noch nicht darüber hinweg, dass ihre einzige Tochter einen so viel älteren Mann geheiratet hatte. Nach Phasen des Unverständnisses und der Trauer darüber, nicht mehr mit Enkelkindern rechnen zu dürfen, war sie inzwischen bei Mitleid und mütterlicher Zuwendung angelangt. Willems Krankheit hatte ihre Vorwürfe verstummen lassen, und sie sorgte sich um Carlas Wohl.

»Bitte Mama, es ist, wie es ist. Und zurzeit geht es ihm ganz gut. Heute Morgen hat er auf die Gänse reagiert. Anser anser – er hat den alten Linné noch nicht vergessen.«

»Meinst du nicht, dass es Zeit ist …«

»Lass uns heute Abend telefonieren, ja?«

Carla ahnte, was nun kam. Bei ihrer Hochzeit hatte sie Willem versprechen müssen, dass es für sie nur gute Zeiten geben sollte. Nicht nur ihre Mutter, auch Willem hatte damit gerechnet, dass ihn das Alter oder eine Krankheit irgendwann von ihr entfernen würde. »Ich kann und ich will nicht von dir verlangen, dass du mich pflegst. Dass du dein Leben für mich aufgibst«, hatte er gesagt, bevor sie heirateten. »Für uns gibt es nur gute Zeiten. Wenn ich nicht mehr ich selbst bin, musst du gehen.«

Willem bestand sogar darauf, dieses Liebesversprechen vor einem befreundeten Notar zu unterzeichnen, obwohl es keine rechtlich bindende Wirkung besaß. Er hatte es niedergeschrieben, seine wilde Schrift auf einem weißen Briefbogen. Es war ihm wichtig gewesen, dass ihre Liebe zu ihm nie in Pflichterfüllung erstarren sollte.

»Du hast es ihm versprochen, Carla.«

Ihre Mutter ließ sich nicht auf den Abend vertrösten.

»Denkst du nicht, dass es an der Zeit ist zu gehen?«

»Mama … Wir haben schon so oft darüber gesprochen. Es ist meine Entscheidung.«

»Nein, es ist Willems Entscheidung. Du musst ihm helfen und seinen Willen respektieren. Wenn er es noch könnte, hätte er dich längst fortgeschickt.«

»Ich rufe dich heute Abend an, die Kollegen warten auf mich.«

Sie hörte ein Seufzen, dann legte sie auf, bevor ihre Mutter protestieren konnte. Was sollte sie ihr auch antworten? Sie wusste ja selbst nicht, was sie tun sollte. Damals war ihr eine solche Situation unendlich fern erschienen. Geradezu absurd. Doch nun, wo es vielleicht an der Zeit wäre zu gehen, konnte sie sich nicht von ihm lösen. War Willem nicht immer noch der Mensch, den sie liebte? Und war ihre Liebe nicht viel mehr als nur ein unbeschwertes Glücksgefühl?

Sollte sie gehen oder bleiben?

Carla sah auf den Ring an ihrem Finger. Dann fuhr sie ihren Computer hoch und begann, ihre E-Mails zu checken, Anfragen zu beantworten und die Planungen zur Herbstausstellung weiter voranzutreiben. Später wollte sie die ersten Exponate sichten. Im Depot des Hauses lagerte so einiges, und auch in der ständigen Ausstellung befanden sich Stücke der Sezessionisten.

Die Herbstausstellung – sie würde Carlas letzte große Schau für das Museum sein. Danach wollte sie eine Auszeit nehmen, ihre geliebte Arbeit ruhen lassen, um mehr Zeit für Willem zu haben. Und um die endgültige Entscheidung über ihr gemeinsames Leben noch ein wenig hinauszuzögern.

Carla bemerkte eine Bewegung im Raum, sie sah auf. Hannes, sie hatte ihn ganz vergessen. Verlegen stellte er die Tulpen auf ihren Tisch. Die einzelne Margerite zwischen den roten Blüten leuchtete wie ein ferner Stern. Sie bemerkte seinen Blick, die Frage, die er nicht zu stellen wagte.

»Ja«, sagte sie und sah ihn fest an. »Es ist *der* Willem van Velden. Und ich bin seine Frau.«

Am Abend erzählte sie Willem von ihrem Volontär. »Er heißt Hannes. Hannes Andersen«, sagte sie, obwohl sie wusste, dass Willem sich den Namen nicht mehr merken konnte. »Fast so wie der Märchendichter …«

Willem antwortete ihr nicht. Er saß in seinem Lieblingssessel am Fenster, ein Egg Chair, organische Formen, Arne Jacobsens Designklassiker. Lange bevor es Mode geworden war, hatte er den Antiquitäten seiner Familie moderne Möbel wie ein Kontrapunkt gegenübergestellt. Mit dem Fernglas starrte er hinaus in die Dunkelheit.

»Die kleine Meerjungfrau«, fuhr Carla fort. »Kopenhagen.«

Keine Reaktion. Konzentriert sah Willem hinaus, als ob er ein Tier beobachtete.

Carla schwieg. Sie wollte ihn nicht mit ihren Erinnerungen quälen. Vor Jahren waren sie gemeinsam in Kopenhagen gewesen, Willem hatte dort eine Ausstellung in der deutschen Botschaft eröffnet. Nach einem weinseligen Abend waren sie am Hafen gelandet. Auf einem Poller hatte Willem sich in der Pose der kleinen Meerjungfrau ablichten lassen. Sie hatten so viel gelacht.

In die Stille hinein klingelte das Telefon. Carla suchte nach dem Hörer, in der Halle entdeckte sie ihn auf dem Tischchen neben der Garderobe.

»Carla?« Die Stimme ihrer Mutter hatte nichts von der morgendlichen Heftigkeit verloren. »Soll ich vielleicht nach Hamburg kommen?«

Bloß nicht.

Carla schloss die Augen. Sie sah ihre Mutter in deren Küche auf und ab gehen. Nach der Scheidung war sie mit ihrer Tochter von Kiel nach Wiesbaden gezogen. Carla war zwölf gewesen, der Schulwechsel, der Verlust der alten Freunde, die beginnende Pubertät hätten sie fast aus der Bahn geworfen. Sie hatte ihren Anker verloren, sich allem verweigert, bis ein Kunstprojekt an der neuen Schule sie aus ihrer Lethargie gerissen hatte. Herr Holm, ihr Kunstlehrer, hatte die Flamme ihrer Begeisterung mit immer neuen Bildbänden und Ausstellungstipps befeuert. Nach dem Abitur hatte Carla keine Sekunde gezögert und sich für das Kunstgeschichtsstudium eingeschrieben.

»Mama, es ist alles okay. Du musst wirklich nicht kommen. Ich hätte auch gar keine Zeit für dich. Die Herbstausstellung, du weißt schon. Außerdem habe ich einen neuen Volontär, den ich einarbeiten muss.«

»Ja?« Die Stimme ihrer Mutter klang nun weniger harsch, fast eine halbe Oktave höher. »Wie alt ist er denn?«

»Mama …« Carla lachte auf, sie nahm ihrer Mutter die Anspielung nicht übel. Nach der Scheidung war sie eine Zeitlang mit einem deutlich jüngeren Mann zusammen gewesen.

»Jung. Siebenundzwanzig. Er kommt aus Berlin.«

»Und?« Ihre Mutter schnaubte, weil sie ihrer Tochter alles aus der Nase ziehen musste.

»Wie Volontäre so sind, noch etwas zurückhaltend, vorsichtig, er will nichts falsch machen. Ich habe ihn erst einmal mit reichlich Lesestoff versorgt.« Carla wanderte mit dem Telefon zurück ins Gartenzimmer. Sie sah nach Willem. »Er arbeitet sich ein, die Hamburgische Sezession ist ja ein spezielles Thema. Das ganze Drama deutscher Geschichte …«

Willem winkte ihr zu, als wäre sie soeben nach Hause gekommen, dann richtete er das Fernglas auf sie. Carla ging zurück in die Halle und schloss die Tür zum Kaminzimmer.

Ihr Blick streifte die Gemälde an den Wänden. Ansichten von Hamburg, die Sammlung hatte einst Willems Vater gehört. Ihr Blick blieb auf einem Bild von der Außenalster hängen. Segelboote, geblähtes Tuch, man konnte den Wind förmlich spüren. Nur noch halbherzig hörte sie ihrer Mutter zu.

Willems Vorfahren hatten 1798 eine Bank gegründet und durch die Jahrhunderte selbst ein Vermögen angehäuft. Vertrauen war die Grundlage des Geldgeschäfts gewesen, gerade in jenen Zeiten, in denen die Transaktionen über große Entfernungen hinweg noch ohne die Kontrolle durch Telefon oder E-Mail stattfanden. Die Geschichte der Bank spiegelte das Auf und Ab der Zeit wider: politische Umwälzungen, Kriege, Geldentwertungen, Wirtschaftskrisen. Die Villa hatte zwei Weltkriege überstanden, die Familie van Velden und ihr tadelloser Ruf waren sogar unbeschadet durch die dunkle Zeit des Nationalsozialismus hindurchgegangen. Gustav van Velden, Willems Vater, hatte sich nie mit den Nazis gemeingemacht, nicht einmal der Partei war er beigetreten. Er war ein ehrbarer Hanseat geblieben, und bisweilen fragte Carla sich, wie ihm das gelungen war.

Willem hätte stolz auf seinen Vater sein können, doch er hatte nur wenig über ihn gesprochen, er hatte ihn kaum gekannt. Der Bankier war kurz vor Kriegsende im Januar 1945 gestorben. Ein heftiges Fieber, das war alles, was Carla wusste. Kein Arzt, kein Medikament, nicht einmal sein Geld hatte ihm helfen können. Willem war damals gerade fünf Jahre alt gewesen. Die Schrecken der letzten Kriegsmonate und der Tod des Vaters waren tief in seinem Inneren vergraben. Eingebunkert, wie er einmal gesagt hatte. Nach dem Krieg war die Bank verkauft worden, neben der Leidenschaft für Bücher und die Malerei hatte Gustav van Velden seinem einzigen Sohn ein stattliches Erbe hinterlassen.

»Fühlst du dich nicht einsam?«

Die Stimme ihrer Mutter drang plötzlich wieder zu ihr vor.

»Ohne meine Arbeit wäre ich vielleicht einsam.« Carla ging in die Küche und setzte Wasser für einen Tee auf. »Ich rede jeden Tag mit so vielen Menschen. Die Kollegen, die Führungen, die Ausstellungsvorbereitungen. Und dann sind da noch die Bilder.«

»Die Bilder«, ihre Mutter lachte auf. »Ich vergaß. Geschwätziges Volk, oder?«

»Allerdings ...« Eine Menge Unausgesprochenes lärmte im Hintergrund. Ihre Mutter konnte schlecht allein sein, während Carla nicht viele Menschen um sich herum brauchte.

»Pass auf, dass du dich nicht in dem alten Haus vergräbst, Carla.«

»Willem ist noch da, Mama.« Der Wasserkocher rauschte, Carla suchte nach der Dose mit dem Tee. »Und er wartet auf mich.«

»Also dann ...« Ihre Mutter hatte verstanden.

»Schlaf gut, Mama.«

Carla legte das Telefon zur Seite und goss das Wasser auf. Dann brachte sie Willem seinen Abendtee.

VIER

»Kommt ihr?«

Engels gesellige Tulpen waren aufgeblüht, die Margerite auf den Frühstückstisch in der Villa am Fleet gewechselt, der Mantel mit dem Loch am Ärmel bei der Schneiderin. Die Woche war vorangeschritten. Die Vorbereitungen für die Herbstausstellung hatten Carla und Hannes beschäftigt, aus dem Dunkel des Depots hatten sie die ersten Sezessionisten ans Licht geholt. Werke, die aus den Zwanziger- und Dreißigerjahren stammten und die künstlerischen Strömungen der Zeit widerspiegelten: Expressionismus und Neue Sachlichkeit, der freie Umgang mit Farbe und Form. Auch die Arbeiten Edvard Munchs hatten die Maler inspiriert – Menschen und Landschaften in gedämpften Farben. Blau und Grau, Bilder wie Wasser und Himmel. Wenn Carla sie betrachtete, konnte sie zurück in die turbulente Zeit reisen. Die Bilder erzählten von den kurzen Momenten der Hoffnung und den zerstörten Träumen vor der Nazizeit. Die Kunst vermittelte das Unaussprechliche. Die Gemälde lehnten an den Wänden in Carlas Büro.

Es war Donnerstag: Kunstsprechstunde. In der Tür stand Leonie Klimt und zeigte auf die Uhr. Die Armreifen und langen Ohrringe der Restauratorin klimperten wie ein Glockenspiel.

Hannes sprang auf, er hatte an den ersten Bildbeschreibungen für den Katalog gesessen, mit denen Carla ihn beauftragt hatte.

Leonie lachte über seinen Eifer.

»Weiß er, was jetzt kommt?«

Carla schüttelte den Kopf, doch Leonie hatte sich schon umgedreht, und so folgten sie ihr hinunter in die Museumsbibliothek. Der Raum im ersten Stock diente ihnen als Sprechzimmer. Leonies runder Hintern zeichnete sich unter dem kurzen Rock ab. Hannes verfolgte sein appetitliches Auf und Ab, und Carla fragte sich, ob sie gleich einen Blick auf Leonies Tattoo erhaschen würden. Ein Drache, im vergangenen Sommer hatte Carla ihn schon einmal kurz gesehen. Seine Schwanzspitze zeichnete sich jedenfalls deutlich unter der halbtransparenten Strumpfhose ab.

»Ich glaube, Hannes hat eine ungefähre Ahnung.«

Hannes sah sie grinsend an, und auch Carla musste sich das Lachen verkneifen. Sie drehte den Kopf zur Seite, um nicht loszukichern.

Die Kunstsprechstunde war die Feuertaufe jedes Volontärs. Zu diesem Termin konnte jedermann mit seinen schlummernden Schätzen ins Museum kommen und sich eine Expertenmeinung zu Antiquitäten und Flohmarktfunden einholen. Kitsch und aller möglicher Krimskrams wurden da aus den abenteuerlichsten Verpackungen hervorgezogen. Kunst so gut wie nie. Die Besitzer erhofften sich Antworten auf ihre Fragen: Wie alt war das Stück wirklich? War es ein Original oder eine Fälschung? Was bedeutete die Signatur, der Stempel, das Schriftzeichen? Lohnte sich der Verkauf, die Reparatur?

Oft war die Enttäuschung riesig, wenn sich das Erbstück oder der Dachbodenfund als serielle Fertigung entpuppte. Aus dem vermeintlich wertvollen Druck wurde ein Kalenderblatt, die Miniatur war bloße Dekoration – hübsch, aber wertlos –, die Kaminuhr ein Ladenhüter.

Auch Hannes hatte sich wieder gefangen, er sah Carla fragend an. »Wir schätzen Antiquitäten, so steht es jedenfalls auf der Museumsseite im Netz.«

Leonie prustete los. Sie blieb stehen, drehte sich um, hielt sich die Hand vor den Mund, ihre bunten Nägel blitzten.

»Wenn ein Stück wirklich älter als fünfzig Jahre ist, haben wir schon Glück«, gluckste sie.

Gnadenlose Leonie.

Röte stieg in Hannes' Wangen, Carla hatte Mitleid mit ihm. Ihre erste Kunstsprechstunde war ein Desaster gewesen: eine widerlich abgelutschte Pfeife, von der ihr Besitzer annahm, sie müsste aus dem 17. Jahrhundert stammen. Vielleicht aus dem Umfeld Rembrandts? Ein Nachttopf aus den Fünfzigerjahren, ein Druck. Kein Studienabschluss bereitete einen auf die enttäuschten Gesichter vor. Jeder, der kam, war fest davon überzeugt, das Museum mit einem Schatz zu verlassen.

»Wir machen Angaben zum Alter, wenn möglich auch zum Künstler, zum künstlerischen Hintergrund«, erklärte sie.

»Wenn es einen gibt.«

Leonie kicherte noch immer. Sie bog in den Gang zur Bibliothek ein.

»Wir dürfen keine Angaben zum Marktwerk machen. Vielleicht ein paar Tipps zur Pflege oder Restauration.«

Carla warf Leonie einen langen Blick zu. Sie wollte Hannes' Enthusiasmus nicht dämpfen. In den vergangenen Tagen hatte er sich begeistert an die Vorbereitungen zur Herbstausstellung gemacht. Es war seine Idee gewesen, die Exponate nach Künstlerfreundschaften zu gruppieren. Erst gestern hatte er ihr die Skizze eines Schaubildes von Freundschaften, Liebeleien und wieder zerbrochenen Gemeinschaften präsentiert. Ein aufschlussreiches Beziehungsgeflecht, soweit es sich aus Briefen, Verzeichnissen und anderen Nachlässen rekonstruieren ließ. Die Künstlergruppe hatte ein reges Miteinander gepflegt.

»Wir bieten an, Stücke von der Antike bis ins 20. Jahrhundert hinein zu begutachten. Auch Skulpturen und zeitgenössisches Design, Asiatika, Silber, Keramik, Glas, Textil, Graphik, Bücher und Fotografie«, versuchte sie Leonies Spott wieder einzufangen. »Einmal hatten wir sogar eine Ansicht Venedigs dabei, um 1760 herum. Auf einer Auktion hat das Bild fast zwanzigtausend Euro eingebracht.«

»Ein blindes Huhn …«

Leonie legte den Zeigefinger auf die Lippen, sie waren angekommen. Im Vorraum der Bibliothek warteten bereits die ersten Besucher, prallgefüllte Plastiktüten und mit Packpapier umwickelte Bilder klemmten zwischen Knien. Die Wartenden sahen sie gespannt an.

»Guten Tag«, nickte Carla in die Runde. Sie blickte auf die Liste mit den Anmeldungen zur Kunstsprechstunde, die Meister Grote ihr am Morgen gebracht hatte. »Frau Roth, Sie sind die Erste. Kommen Sie doch bitte mit.«

Eine ältere Dame erhob sich. Sie trug ein fliederfarbenes Kostüm, ihr Haar war sorgfältig frisiert. In den Händen hielt sie einen Schuhkarton, den sie vorsichtig balancierte. Es sah so aus, als ob sie etwas Lebendiges darin transportierte. Porzellan, tippte Carla. Spielende Kätzchen oder ein sich spreizender Papagei …

In der Bibliothek nahm Leonie ihr den Karton ab und platzierte ihn auf einem Tisch. Sie war nun ganz und gar seriös, freundlich stellte sie sich vor, bevor sie die weißen Stoffhandschuhe überzog.

»Können Sie uns etwas dazu erzählen?«

Sie überließ es der Dame, ihr Mitbringsel auszupacken. Dann nahm sie ihr das Stück, einen Harlekin aus Porzellan, ab und drehte ihn ins Licht.

»Er stammt schon von meinen Großeltern«, begann Frau Roth mit leiser Stimme zu erzählen. »Also ist er seit mehr als hundert Jahren in der Familie.«

Carla wusste, was nun kam. Die Frau wollte sich von dem geliebten Stück trennen, ihre Rente aufbessern. Schon auf den ersten Blick war ihr klar, dass die Porzellanfigur kaum mehr als zwei oder drei Hunderter brächte. Seine Besitzerin jedoch würde mit einigen Tausendern rechnen.

Hannes beugte sich über die Figur. »Commedia dell'Arte.« Er sah sie an, wartete auf ein bestätigendes Nicken.

Leonie half ihm, sie drehte die Figur um. Auf der Unterseite des Fußes war die Marke der Porzellanmanufaktur zu erkennen.

»Nymphenburger Porzellan«, fuhr sie fort. »Ein Stück nach Franz Anton Bustelli. Er kam um die Mitte des 18. Jahrhunderts als Figurist in die Porzellanmanufaktur und prägte ihren Stil.«

»Also ist es ein Rokoko-Entwurf?« Hannes war sicher in der Abfolge der kunsthistorischen Epochen.

Leonie schüttelte den Kopf, sie wies noch einmal auf das Markenzeichen der Manufaktur, den Rautenschild der Wittelsbacher. »Diese Form der Marke weist auf das Ende des 19. Jahrhunderts hin«, erklärte sie. »Die Figur ist eine Hommage an den großartigen Bustelli. Die Commedia-dell'Arte-Serie wird auch heute noch nach den alten Vorlagen gefertigt.«

»Was ist sie denn …« Die alte Dame sah sie gespannt an.

»Wir dürfen Ihnen leider keine Auskünfte über den Marktwert geben«, sprang Carla ein.

»Würde es sich denn lohnen, sie zu verkaufen?«

»Erfreuen Sie sich an Ihrem Harlekin, er ist ein dekoratives Stück und sicherlich mit vielen Erinnerungen verbunden.«

Die Dame nickte, dann verstand sie. Enttäuschung breitete sich auf ihrem Gesicht aus. Sie streckte die Hände nach dem Harlekin aus, nahm ihn wieder an sich und strich ihm wie eine Mutter über das Köpfchen. Ihr kleiner Schatz hatte seinen Zauber verloren, trotzig schüttelte sie den Kopf.

»Meine Nachbarin meinte, ich sollte ihn einmal schätzen lassen.«

»Er ist wirklich schön.« Hannes half der Frau, die Figur wieder in das Seidenpapier einzuschlagen und in den Karton zu legen. Dann hielt er ihr die Tür auf und begleitete sie kurz hinaus.

»Ein Gentleman, was?«, flüsterte Leonie Carla zu.

Der nächste Besucher packte einen furchtbaren Ölschinken aus, einen Elbsegler. Schlecht gemalt und von Zigarettenrauch vergilbt. Das Bild hatte viele Jahre lang in einer Kneipe gehangen. Dann gab es noch zwei Blumenstillleben, ebenfalls eine serielle Produktion aus den Sechzigerjahren. Zuletzt das obligatorische Kalenderblatt und eine belanglose Vase. »Jugendstilimitation«, urteilte Leonie Klimt gnadenlos.

Das Wartezimmer hatte sich geleert, sie freuten sich auf eine kurze Pause im Museumscafé und wollten dann zurück in ihre Abteilungen, als Meister Grote hereinbrauste. Ihm folgte ein Mann mit einem Paket unter dem Arm, der aber vor der Tür stehen blieb.

»Habt ihr noch Zeit?«

Carla nickte, sie waren heute schneller durchgekommen als erwartet.

»Dann habe ich noch einen Kandidaten für euch. War nicht angemeldet, ist auf gut Glück vorbeigekommen. Ich schick ihn mal rein.«

Leonie verdrehte die Augen.

»Flohmarktfund, wetten wir?«, raunte sie.

Carla schüttelte den Kopf. Plötzlich hatte sie ein merkwürdiges Gefühl, so als ob sie jemand aus einem tiefen Schlaf weckte. Ihre Haut kribbelte. Von einem Moment auf den anderen fühlte sie sich hellwach.

»Jasper Kronau«, stellte sich ihr letzter Besucher vor, er schüttelte allen die Hand. Carla schätzte ihn auf Mitte bis Ende dreißig, er trug Jeans, Boots und einen Parka. Lässig, aber nicht nachlässig. Meister Grote hatte es versäumt, ihm seine Jacke abzunehmen. Seine Haare standen in alle Richtungen ab, als hätte er gerade noch eine Mütze getragen. Er lächelte, irgendwie amüsiert. Es war schwer möglich, sich in diesem Moment einen entspannteren Typen vorzustellen. Unter dem Arm klemmte ein in Luftpolsterfolie eingeschlagenes Paket.

»Ein Gemälde?«, fragte Leonie Klimt. An ihrem Blick sah Carla, dass er ihr gefiel. Leonie mochte diesen Typ Großstadtvagabund, der sie an den jungen Jeff Bridges erinnerte. In ihrer Stimme schwang etwas Leichtes, Flatterhaftes mit, der ironische Unterton war daraus verschwunden. Hannes sah Carla mit hochgezogenen Augenbrauen an, und sie zwinkerte ihm verstohlen zu.

»Es ist noch nicht so alt«, antwortete Jasper Kronau. »Wenn die Signatur stimmt, stammt es aus den Dreißigerjahren.«

»Na, dann zeigen Sie doch mal.«

Carla wies auf den Tisch, wo Leonies Restauratoren-Handschuhe lagen. Einen Moment lang dachte sie, dass ihr die Stimme des Mannes bekannt vorkam.

Jasper Kronau legte das Paket ab, dann schlug er die Folie zurück.

Carla schnappte nach Luft und trat einen Schritt zurück. Das Bild war etwa sechzig mal achtzig Zentimeter groß, ein schlichter Buchenholzrahmen fasste es. Carla sah ein Mädchen mit einem langen geflochtenen Zopf, der ihm über die Schulter fiel. Sie betrachtete es genauer. Das Mädchen trug ein blaues Kleid mit grünen Streifen und hielt drei Äpfel in den Händen. Sein Blick war verträumt, abgewandt von der Welt, madonnenhaft. Und doch hinterließ es einen starken Eindruck. Carlas Herz begann heftiger zu schlagen. Adrenalin flutete ihren Körper, sie konnte ihren Blick nicht von dem Bild lösen.

Was war das?

Carla atmete noch einmal tief ein, sie hatte einen Instinkt für Bilder. Schnell griff sie nach Leonies Handschuhen, streifte sie über und hob die Leinwand vorsichtig an. Leonie und Hannes folgten ihren Bewegungen mit angehaltenem Atem.

»1931«, las sie vor. Und dann: »A. R.«

Der Trommelschlag in ihrer Brust wurde noch heftiger. Hitze stieg in ihr auf. Sie drehte das Bild um, studierte die Rückseite der Leinwand, suchte nach Alterungsspuren, Galeriemarken, Notizen, Kennzeichnungen.

»Es ist wunderschön.« Hannes räusperte sich, er durchbrach den Bann. »Sezession, oder?«

Leonie Klimt fuhr sich aufgeregt durch die Locken.

»Woher haben Sie das?« Vorsichtig legte Carla das Bild zurück auf den Tisch. Ihre Hände zitterten.

»Ich habe es letztes Jahr von einer Nachbarin bekommen. Eine alte Dame, hamburgisch durch und durch. Sie hat es mir gegeben, kurz bevor sie starb.«

»Einfach so?« Carlas Stimme klang schärfer, als sie es beabsichtigt hatte.

Jasper Kronau tat so, als hätte er ihre Unterstellung nicht gehört.

»Ich habe ihr den Garten in Ordnung gehalten. Ohne etwas dafür zu nehmen. Wunderbare alte Bäume und Stauden. Sie wusste, dass ich das Bild mochte. Sie hatte keine Kinder, keine Erben. Ihr kleines Vermögen hat sie einer wohltätigen Sache gestiftet.«

Er zog einen zerknitterten Briefumschlag aus dem Parka, fischte ein Papier daraus hervor und hielt es ihr hin.

Rasch versuchte Carla, die altmodische Schrift zu entziffern. Tatsächlich wies der Brief Jasper Kronau als rechtmäßigen Besitzer des Gemäldes aus. »Er bekommt das Mädchen mit den Äpfeln«, stand da geschrieben. »Es soll dort sein, wo es geliebt wird.«

»Hat Ihre Nachbarin vielleicht mit Ihnen über das Bild gesprochen? Wissen Sie, woher es kommt?«

Carla faltete den Brief wieder zusammen, der Name der alten Dame – Isa Voigt – sagte ihr nichts.

Jasper Kronau schien einen Moment zu überlegen, dann schüttelte er den Kopf.

»Es hing in ihrem Esszimmer, über dem Büfett. Sie hatte immer eine Vase mit frischen Blumen davor stehen. Manchmal sprach sie mit dem Bild. Sie nannte das Mädchen Alma. Ich hatte den Eindruck, als hätte sie es einmal gekannt. Vielleicht gehörte es zur Familie?«

»Alma Reed …«

Leonie Klimt warf den Namen wie einen Luftballon in den Raum. Er schien zu schweben, funkelte und schillerte. Carla nickte, sie konnte den Blick nicht von dem Gemälde lösen.

»Wer war Alma Reed?« Jasper Kronau schien ihre Anspannung zu spüren. Ratlos sah er sie an.

»Die große Unbekannte der Sezession«, antwortete Hannes nach einem Seitenblick auf Carla, die ihm aufmunternd zunickte. Auf dem Schaubild der Sezessionskünstler, das er gezeichnet hatte, tauchte ihr Name immer wieder auf. Sie war Mitglied der Gruppe gewesen, hatte Liebesbeziehungen mit einigen der Künstler unterhalten. Es gab zwei, drei Selbstporträts von ihr, eine stille Schönheit, Mandelaugen, das lange dunkle Haar in der Mitte gescheitelt. Und es existierten Beschreibungen ihrer Werke, einige undeutliche Fotografien, vor allem Mädchenbilder und Liebespaare, auch einige Porträts und Landschaften. Ihr Werk jedoch galt als verschollen, und über ihren Verbleib nach 1939 war nichts bekannt. Sie schien die Nazizeit nicht überlebt zu haben.

»Sie wurde 1903 in Hamburg geboren, war die Tochter einer alteingesessenen jüdischen Kaufmannsfamilie«, hörte Carla sich sagen. »Alma und ihre Schwester Blanca wurden jedoch evangelisch getauft, sie waren höhere Töchter, erhielten eine gute Ausbildung. Alma nahm Malunterricht bei verschiedenen Hamburger Künstlern, der große Max Liebermann erkannte ihr Talent und riet ihr zu einer Ausbildung als Malerin. Ein Tabubruch in der damaligen Zeit. Später arbeitete sie mit zwei Malerkollegen in einem Atelier zusammen. Es heißt, dass ihre Gemeinschaft wegen amouröser Verwicklungen zerbrach. Nach Kriegsbeginn verliert sich ihre Spur. Man hat angenommen, dass ihr Werk vernichtet worden ist.«

»Entartete Kunst?« Jasper Kronau sah sie ratlos an. Sein Blick heftete sich auf ihren Mund, als könnte er dadurch besser verstehen, was sie ihm sagen wollte.

»Dieses Bild ist eine Sensation«, platzte Leonie dazwischen.

»Wenn es echt ist …« Carla warf ihr einen warnenden Blick zu. Doch sie hatte keinen Zweifel daran, dass sie auf etwas Bedeutsames gestoßen waren.

Jasper Kronau schwieg. Dann streckte er die Hände nach dem Bild aus.

»Vielleicht hätte ich nicht kommen sollen.«

Carla legte ihre Hand auf seinen Arm, hielt ihn sanft zurück. Der derbe Stoff des Parkas fühlte sich an wie eine LKW-Plane. Sie wusste, dass nun jedes ihrer Worte über die Zukunft des Bildes entschied.

»Ich würde das Gemälde gern genauer untersuchen lassen«, sagte sie leise. »Die Kollegen zu Rate ziehen. Können Sie sich vorstellen, das Bild für einige Tage hier im Museum zu lassen?«

»Eigentlich …«

Jasper Kronau sah sie an. Sein Blick wanderte von ihrem Gesicht über ihren Körper, als suchte er nach etwas, dem er vertrauen könnte.

»Sie bekommen selbstverständlich eine Quittung von mir. Und ich garantiere Ihnen absolutes Stillschweigen. Informationen über das Bild werden dieses Haus nicht ohne Ihre Zustimmung verlassen. Ich verspreche Ihnen, dass wir gut auf Ihr *Apfelmädchen* achtgeben werden.«

»Das ist es nicht.«

Jasper Kronau knetete seine Hände. Große Hände mit langen, kräftigen Fingern, die zupacken konnten.

»Ich habe der alten Dame mein Versprechen gegeben, es nicht aus den Augen zu lassen.«

Er lachte auf, fast ein wenig verlegen.

»Ich bin mir sicher, dass Sie einen kleinen Schatz zurückbekommen werden.«

Carla bemerkte ein Zögern in seinem Blick. Sie verlor sein Vertrauen.

»Aber darum geht es Ihnen nicht, oder?«, fuhr sie schnell fort.

»Ich weiß wirklich nicht, warum ich gekommen bin. Ich will das Mädchen nicht zu einem Forschungsprojekt machen.«

Wieder streckte er die Hände nach dem Bild aus.

»Wo hängt das Bild bei Ihnen?«

»Oh …« Er musste ein Lächeln unterdrücken. »Unter Bäumen … An einem besonderen Ort.«

»Sie fühlen sich verantwortlich für das *Apfelmädchen*. Und trotzdem haben Sie es uns gebracht. Ich verspreche Ihnen, dass ich es behüten werde. Wenn Sie das Bild nur ein paar Tage hierlassen, helfen Sie uns. Das Schicksal Alma Reeds ist nie aufgeklärt worden. Vielleicht können wir gemeinsam ein Licht auf das Dunkel ihrer letzten Jahre werfen. Und ihr Leben und ihre Kunst endlich würdigen. Es wäre an der Zeit.«

Carla schwieg, sie wusste nicht, was sie noch sagen könnte.

»Sie hat es verdient.«

Hannes trat aufgeregt von einem Bein aufs andere. Das Haar über seiner Stirn wippte auf und ab.

»Wenn das Bild nun wieder in Vergessenheit gerät, hieße das doch, dass die Barbarei von damals erneut gewinnt. Entartete Kunst – schauen Sie sich doch dieses zauberhafte Wesen an. Was für Barbaren ... Und dieser ganze Untermenschen-Quatsch. Welche Ignoranz! Ich meine, Unwissen ist etwas anderes als Nicht-wissen-Wollen. Und Vergessen etwas anderes als Verleugnen. Sie haben eine Verantwortung für das Bild.«

»Aber ...«

»Lassen Sie das Bild hier. Schlafen Sie eine Nacht darüber.«

Carla sah Jasper Kronau bittend an, sie merkte, dass sein Widerstand nachließ.

»Wenn Sie es morgen zurückhaben wollen, rufen Sie mich an, und ich bringe es Ihnen persönlich an Ihren besonderen Ort zurück. Versprochen!«

Jasper Kronau seufzte auf, er sah noch einmal auf das Bild, als müsste er die Erlaubnis des Mädchens einholen.

»Also gut, vielleicht übers Wochenende ...«

»Ich danke Ihnen sehr, Herr Kronau.«

Carla streckte ihm ihre Hand entgegen, und nach einem Moment schlug er ein. Sie stöhnte leise auf, als er ihren Arm wie einen Pumpenschwengel rauf- und runterbewegte.

»Tut's noch weh?«, fragte er erschrocken.

Carla sah ihn verständnislos an.

»Woher ...?«

»Der Sturz, an der Alster. Sie sind mir doch direkt vor die Füße gefallen.«

Es dauerte einen Moment, bis Carla begriff.

Der Baumdoktor.

Der Klang seiner Stimme, dachte sie. Natürlich, das war der Baumdoktor. Deshalb war ihr sein Tonfall so vertraut vorgekommen.

»Ich habe eine Ihrer Visitenkarten eingesteckt, als ich Ihre Sachen zusammengesammelt habe. So bin ich überhaupt auf die Kunstsprechstunde gekommen.«

Eine leichte Verlegenheit zeigte sich in seinem Gesicht. Er langte wieder in seinen Parka und zog ein Kärtchen hervor.

»Das werden Sie vielleicht brauchen. Ich bin am besten per E-Mail erreichbar.«

Carla blickte auf die Karte. Ein stilisierter Baum war darauf abgebildet. »Jasper Kronau – The Arbor Artists. Professionelle Baumpflege«, las sie schnell.

Beschämt sah sie ihn an.

»Sie müssen mich für eine arrogante Ziege gehalten haben.«

»Nicht ganz. Ich glaube, ich dachte an ein anderes Tier. Gibt auch Milch …«

Nun grinste er, Lach- und Sonnenfältchen tanzten um seine Augen. Grüne Augen. Frühlingsgrün?

»Also … Es ist jedenfalls großartig, dass Sie trotzdem gekommen sind. Kommen Sie, ich bringe Sie nach unten.«

Carla stellte Jasper Kronau eine Quittung über den Empfang des Gemäldes aus und notierte sich Isa Voigts Namen und Adresse. Dann begleitete sie ihn nach unten in die Halle.

Unterwegs wies sie auf diskret angebrachte Kameras und weitere Sicherheitsmaßnahmen hin. »Ihr Bild ist bei uns wirklich in den allerbesten Händen …«

»Hat man nicht neulich erst den Störtebeker entwendet?«

»Jetzt haben Sie mich tatsächlich erwischt.« Carla lachte auf. »Ein ganz wunder Punkt, unerklärlich. Aber wir haben ihn ja zurückbekommen, Gott sei Dank. Ein Großteil unserer Besucher kommt wegen dieses bleichen Schädels.«

»Höre ich da vielleicht so etwas wie einen ironischen Unterton in Ihrer Stimme?«

Carla legte den Finger auf ihre Lippen. »Verraten Sie mich nicht«, sagte sie mit gesenkter Stimme. »Aber die Forschung zweifelt seit langem, ob das tatsächlich Störtebekers Schädel ist. Vielleicht gehört er nur irgendeinem armen Teufel, dem sie den Kopf abgeschlagen haben. Aber die Hamburger hängen nun mal an ihrem Störtebeker. Und das Museum sägt nicht an dem Ast, auf dem es sitzt. Die Gemäldesammlung hat auch ihre Schätze – und wunderbare Geschichten dazu. Vielleicht haben Sie Lust, dass ich Sie einmal führe? Als kleine Entschuldigung für mein Verhalten.«

Jasper Kronau blieb stehen, er sah sie an. Ein Blick, der etwas in ihr berührte. Vergessene Gefühle, die Erinnerung an lange Nachmittage im Schatten eines Baumes. Ihr Atem stolperte, sie blickte zur Seite.

»Lassen wir das. Sie müssen sich nicht entschuldigen. Melden Sie sich, wenn Sie etwas mehr über das *Apfelmädchen* wissen. Ich bin froh, dass ich gekommen bin.«

Er holte eine Mütze aus der Tasche seines Parkas und zog sie über den Kopf. Für einen Moment wehte der herbe Duft nach Holz zu ihr herüber.

»Bis dann …«

»Ja, ich melde mich bei Ihnen, wenn wir mehr wissen.«

Carla sah ihm nach, als er sich durch die alte Drehtür zwängte. Ihre Gedanken begannen, sich zu überschlagen, ein Glücksgefühl durchrieselte sie.

Was für ein Fund!

Seit mehr als siebzig Jahren hatte man nichts mehr von Alma Reed zu sehen bekommen. Die Kollegen würden ihren Augen nicht trauen. Sie wusste, dass dieser Tag in die Annalen des Museums eingehen würde.

Vater hat das alte Grammophon mit in den Keller genommen.
Wenn wir im Dunklen sitzen und auf die Bomber warten, spielt er Musik. Verbotene Musik.
Negermusik, sagt Mutter.
Sie klingt nach einer wilden Toberei.
Dann will ich laufen, mich bewegen, nicht mehr eingeschlossen sein.
Aber ich muss still sein.
So wie das Gespenst.

FÜNF

Die Generalin umkreiste das Bild wie eine Raubkatze. Sie nahm Witterung auf, kräuselte die Nase. Carla sah, dass eine Ader an ihrer Stirn pochte. Leonie Klimt hatte das *Apfelmädchen* auf einer Staffelei in ihrem Büro platziert, die Abendsonne, die durch die Fenster fiel, verlieh ihm einen warmen Schimmer. Die Wangen des Mädchens leuchteten.

»Alma Reed, da ist kein Zweifel möglich?«

Elke Schnibben blieb stehen, noch einmal heftete sie ihren Blick prüfend auf die Signatur am rechten Bildrand: »A. R.« – die kraftvoll geschwungenen Initialen der Malerin.

Carla schüttelte den Kopf. Die Aufregung wogte noch immer in Schüben durch ihren Körper. Ihr war warm, sie schob die Ärmel ihres Pullovers hoch. Wieder hatte sie den Moment vor Augen, in dem Jasper Kronau das Bild enthüllt hatte. Der Schock des Unerwarteten, ja Unfassbaren.

»Es ist ein Original. Ich würde meine Hand dafür ins Feuer legen. Natürlich müssen wir es genauer untersuchen, aber fürs Erste deutet nichts auf eine Fälschung hin.«

»Die Alterungsspuren, Firnis und Zustand, der Rahmen …« Leonie Klimt sprang Carla zur Seite. »Alles stimmig. Dieses Bild ist sicherlich zwischen siebzig und achtzig Jahre alt.«

»Und wer hätte damals eine Alma Reed fälschen sollen?« Carla schüttelte den Kopf.

»Ja, ja …« Ungeduldig wischte die Schnibben die Bemerkung zur Seite. »Kulturbolschewismus, Entartete Kunst.« Für einen Augenblick schwieg sie, den Blick noch immer auf das *Apfelmädchen* geheftet. »1936 erging das totale Verbot jeglicher Kunst der Moderne.«

Carla nickte zustimmend.

»Auch aus unserem Haus wurden Werke entfernt. Kokoschka, Nolde, Schmidt-Rothluff ...« Elke Schnibben schien nun ausschließlich zu dem Bild des *Apfelmädchens* zu sprechen. Ihre Stimme war brüchig, sie klang gerührt. Ein Moment der Schwäche, den Carla so noch nie bei ihr erlebt hatte. »Die Nazis wollten nichts anderes, als die Kunst und die Künstler der Moderne zu brandmarken und zu vernichten. Und sie zerstörten den Geschmack und das Urteil einer ganzen Generation.«

»Wie gehen wir vor?«

Seit dem Nachmittag hatten Carlas Gedanken um das Bild gekreist, es war wichtig, dass sie alle weiteren Schritte in dieser Sache abstimmten. Sie alle wussten: Immer, wenn die NS-Vergangenheit auf die Gegenwart traf, ging es nicht nur um die Sache an sich. Es ging auch um Recht und Moral, um den Umgang mit deutscher Schuld. Ein heikler Prozess. Für Carla stand fest: Die Nachricht über den Fund durfte nicht zu früh an die Öffentlichkeit gelangen. Sie brauchten Zeit.

»Provenienzrecherche, die einschlägigen Datenbanken. Woher stammt das Bild, und wem steht es tatsächlich zu?« Elke Schnibben hatte sich gefasst, ihre Stimme hatte wieder an Schärfe gewonnen. In der Washingtoner Erklärung von 1998 hatte sich die Bundesrepublik verpflichtet, Kunstwerke aus ehemals jüdischem Besitz an die Opfer oder deren Erben zurückzugeben. Alle deutschen Museen, auch das Museum für Stadtgeschichte, hatten ihre Bestände nach Raubkunst durchforscht und Werke zurückgegeben. Anders verhielt es sich jedoch bei Stücken aus Privatbesitz, für sie galt die Verpflichtung nicht.

»Wir haben bereits eine erste Abfrage laufen lassen«, sagte

Leonie. »Das Bild ist weder in der Berliner Datenbank noch international gelistet. Es wird nicht gesucht, nicht vermisst. Auf die Schnelle haben wir dort nichts zu Alma Reeds Werk gefunden.«

»Jedenfalls nichts, was uns nicht schon bekannt wäre.«

Carla dachte an die Recherchen, die Hannes bereits im Zuge der Ausstellungsvorbereitungen unternommen hatte.

Die Generalin trat einen Schritt zurück und lehnte sich mit verschränkten Armen gegen ihren Schreibtisch.

»Raubkunst, Beutekunst – oder war dieses Bild immer in Privatbesitz und der Öffentlichkeit nie bekannt? Das müssen wir klären. Vielleicht gibt es noch jemanden, der Ansprüche auf das Bild geltend machen kann?«

»Der einzige Anhaltspunkt ist der Name der Vorbesitzerin, Isa Voigt«, sagte Carla. In den nächsten Tagen plante sie, die auf dem Briefkopf angegebene Adresse aufzusuchen und mit Nachbarn zu sprechen. Gab es nicht doch noch Angehörige? Auch den Baumdoktor – für einen Augenblick blitzte Jasper Kronaus Gesicht in ihrer Erinnerung auf – wollte sie noch einmal befragen. Wusste er mehr über die alte Dame? Die Suche nach Antworten glich einer kriminalistischen Recherche.

»Die Sache bleibt vorerst unter uns.«

Die Generalin löste ihren Blick von dem Gemälde und sah die Restauratorin streng an. Leonie Klimt erwiderte die versteckte Anschuldigung mit einem kühlen Nicken. Ja, sie plapperte gerne, doch Carla wusste, dass man sich auf sie verlassen konnte.

»Was ist mit dem Volontär?«

»Hannes war dabei, er weiß, dass es sich um einen ganz besonderen Fund handelt.«

»Kannst du auf ihn zählen?«

Carla zuckte mit den Schultern. Wie sollte sie den Neuen nach so wenigen Tagen beurteilen?

»Ich denke, dass er die Situation richtig einschätzen kann. Wenn wir ihn plötzlich in eine andere Abteilung versetzen, wird er sich ungerecht behandelt fühlen. Außerdem brauche ich ihn jetzt mehr denn je für die Herbstausstellung, die Vorbereitungen müssen weiterlaufen.«

»Soll ich ihn noch einmal einnorden?«

Die Generalin klopfte mit der flachen Hand auf ihren Schreibtisch, ein hartes, unerbittliches Geräusch. Carla konnte sich vage vorstellen, was sie unter einnorden verstand.

»Ich rede noch einmal mit ihm«, antwortete sie schnell. »Er ist kein Dummkopf.«

»Gut. Also, wo lassen wir das Bild?« Elke Schnibben trat wieder vor die Staffelei und strich über das Holz des Rahmens. »Hier kann es nicht bleiben. Ich habe gleich noch eine Etatbesprechung.« Sie verzog abfällig den Mund, wieder standen Kürzungen des Museumsbudgets an. Ohne die Spenden einiger Hamburger Mäzene und des Freundeskreises war es längst nicht mehr möglich, jährlich wechselnde Ausstellungen zu organisieren.

»Ich nehme es erst einmal mit in mein Büro. Zwischen den Bildern, die wir bereits für die Ausstellung aus dem Depot geholt haben, wird es nicht sofort auffallen.«

Carla zog die weißen Stoffhandschuhe über, vorsichtig trat sie an die Staffelei.

»Ach Carla …«

Während Leonie Klimt das Büro verließ, bat Elke Schnibben sie noch einen Moment zu bleiben.

»Wie geht es Willem?«, fragte sie unvermittelt.

Carla ließ ihre Arme sinken und drehte sich überrascht um. »Er spricht nicht mehr viel.«

Sie blickte auf ihre weiß behandschuhten Hände und dachte, dass ihr die Gespräche mit Willem am meisten fehlten. Sie hatte ihren Partner verloren. Den Geliebten, mit dem sie über alles sprechen konnte, der immer für sie da war, den sie begehrt hatte. Jetzt war sie seine Pflegerin. Eine liebende Krankenschwester.

»Körperlich geht es ihm noch erstaunlich gut, sagen die Ärzte. Er kann sich waschen, ankleiden, essen, spazieren gehen. Doch ohne Anleitung macht er es nicht, weil er es vergisst. Und er scheint zu bemerken, dass es ihm immer schwerer fällt, die richtigen Worte zu finden. Ich denke manchmal, dass er schweigt, um sich nicht bloßzustellen. Es ist seine Art, mit dem Vergessen umzugehen.«

»Und wie geht es dir?«

»Es ist ein bisschen still in dem großen Haus.« Carla lachte verlegen auf, sie dachte an das Telefonat mit ihrer Mutter zurück. Es fiel ihr schwer, über ihre Gefühle zu sprechen. »Die Arbeit tut mir gut.«

»Brauchst du Hilfe?«

Erstaunt sah Carla die Generalin an. Sie arbeiteten seit vielen Jahren zusammen und schätzten sich. Doch Elke Schnibben hatte immer Distanz gewahrt, sobald sich Berufliches mit Privatem vermischte. Eine freundlich-kollegiale Distanz. Die Begegnung mit dem *Apfelmädchen* schien eine bislang verborgene Seite freigelegt zu haben. Carla schüttelte den Kopf. »Ich habe Hilfe«, antwortete sie leise. »Noch geht es ganz gut und …« Sie dachte den Satz nicht zu Ende. Für einen Moment überlegte sie, ob der richtige Zeitpunkt gekommen war, Elke Schnibben über ihre geplante Auszeit zu informieren. Doch dann entschied sie sich dagegen. Nicht jetzt, das *Apfelmädchen* hatte Vorrang.

»Willem hätte uns bestimmt helfen können.« Elke Schnibben legte eine Hand auf ihren Arm, die Berührung war leicht und doch tröstlich. »Wenn sich einer mit der Hamburgischen Sezession auskannte, dann war es Willem. Ist es Willem …«, verbesserte sie sich schnell. »Er hat die erste große Sezessionsschau Anfang der Neunziger kuratiert. Ich erinnere mich noch, wie erstaunt man in der Stadt über die vielfältige Künstlerszene von damals war. So viel Leben, so viel künstlerischer Geist ist durch die Nazis und den Krieg verloren gegangen.«

»Ich kenne den Katalog«, nickte Carla. Er befand sich in Willems Arbeitszimmer, die Publikationen seiner Ausstellungen füllten viele Regalmeter. Als sie mit den Ausstellungsvorbereitungen begonnen hatte, hatte sie sich bewusst dafür entschieden, ihn nicht zu Rate zu ziehen. Es sollte *ihre* Ausstellung werden, *ihr* Konzept. Sie hatte begonnen, sich von Willems Erfahrungen zu lösen. »Und Willem hat mir natürlich davon erzählt. Ganz am Anfang …«

Damals hatte sie seine Erzählungen begierig in sich aufgesaugt und von seinem Wissen profitiert. Ein Schatz, der nun auf den Grund eines dunklen Ozeans hinabsank. Niemand würde ihn je bergen können. Die Krankheit war ein unbezwingbarer Gegner.

»Soviel ich weiß, war sein Vater mit einigen Sezessionisten bekannt.«

Das war neu.

Carla wusste, dass Willem einige Gemälde aus der Sammlung seines Vaters ihrem Haus und dem Museum für Moderne Kunst überlassen hatte. Was noch in der Villa hing, hatte Willem behalten, weil es ihn an seinen Vater erinnerte. Darunter waren auch einige Hamburger Künstler. Doch Carla kannte die Geschichten hinter den Bildern nicht. Willem hatte lieber über seine eigenen Stücke gesprochen, die er im Laufe seines Lebens erworben hatte. Sie kannte die Anekdoten, die sich um jeden Kauf rankten, und mit einigen Künstlern war Willem auch befreundet gewesen. Früher hatten sie im Advent zu einem traditionellen Entenessen geladen. Bei Port und Rotwein hatten sich Künstler, Sammler und Museumsleute über ihre Passion ausgetauscht. Das Stimmengewirr eines launigen

Abends war durch die Villa am Fleet gezogen und hatte an die großen Gesellschaften längst vergangener Zeiten erinnert.

»Ich werde ihm von dem Bild erzählen …«

Anser anser. Carla dachte daran zurück, dass Willem auch auf die Graugänse reagiert hatte.

»Vielleicht …« Sie schwieg, dann nahm sie das Bild von der Staffelei. Farbe, Leinwand und Holz wogen nicht viel, und doch merkte sie, wie sich ihre Muskeln verkrampften. Sie durfte das *Apfelmädchen* auf keinen Fall fallen lassen. Offiziell befand sich das Bild schließlich nicht im Besitz des Museums, und alle versicherungstechnischen Fragen waren daher ungeklärt.

Die Generalin nickte, auch sie schwieg und hing ihren Gedanken nach. Als Carla das Büro verließ, meinte sie ihre Stimme zu hören: »Wir tun alle so, als würden wir ewig leben.« Doch sie drehte sich nicht noch einmal um.

Es war spät geworden – viel später, als Carla angekündigt hatte. Das *Apfelmädchen* hatte alle ihre Pläne durchkreuzt. In der Halle hörte sie Fernsehgeräusche, das Plappern eines Quizshow-Moderators, gefolgt von Applaus. Frau Woldsen riet mit, Willem saß stumm neben ihr. Einen Moment lang beobachtete Carla von der Tür aus die Szene auf dem Sofa. Wie ein altes Ehepaar, dachte sie nüchtern. Gemeinsam ergraut. Fast erwartete sie, dass die Haushälterin ihren Kopf gegen Willems Schulter lehnte.

Vor einigen Jahren noch hätte es einen Fernsehabend mit Willem nicht gegeben. Vor einundzwanzig Uhr war ihr Mann selten nach Hause gekommen, und die zahlreichen Abendveranstaltungen, Ausstellungseröffnungen oder sonstige Verpflichtungen verlängerten seinen Arbeitstag meist bis weit nach Mitternacht. Wenn Carla dann noch wach gewesen war, hatten sie oft ein Glas Wein miteinander getrunken und den

Tag Revue passieren lassen. Sie erzählte von »der alten Tante« – so nannte sie ihr Museum. Die Kabbeleien der Mitarbeiter, ein Neuerwerb, die Pläne für die Lange Museumsnacht. Er berichtete von den Begegnungen des Tages, las ihr Texte vor, die er für eine seiner zahlreichen Publikationen verfasst hatte, fragte nach ihrer Meinung, um ihren Rat. Wenn sie dann nach Mitternacht zu Bett gegangen waren, war den Gesprächen ein vertrautes Flüstern gefolgt, das sie in den Schlaf begleitete. Willems Nachtgeflüster, sein Arm um ihre Mitte geschlungen, sein Atem in ihren Haaren.

»Hallo ...« Sie hatte wohl fünf Minuten im Türrahmen gestanden, bis Agnes Woldsen sie bemerkte. »Tut mir leid.« Eine entschuldigende Geste folgte ihren Worten. »Ich wollte wirklich früher hier sein.«

Eine Spur von Gereiztheit zog sich über das Gesicht der Haushälterin, betonte ihre Ziehharmonikafalten um Mund und Nase, bis sie sich zu einem Lächeln entschloss. »In der Küche steht noch Essen«, antwortete sie, »indonesische Nudelpfanne mit Kokosmilch und Koriander.«

»Vielleicht später ...« Carla sah auf ihre Uhr, es war nach zweiundzwanzig Uhr. Wenn sie jetzt noch etwas aß, würde sie nur schwer einschlafen können. »Ich bringe Willem zu Bett.«

»Er ist schon fertig.«

Erst jetzt bemerkte Carla, dass ihr Mann unter der Strickjacke bereits seinen Pyjama trug, sein Haar glänzte feucht. Plötzlich wirkte er wie ein Kind auf sie, dass die eifrige Kinderfrau bereits für die Nacht umgezogen hatte.

»O danke. Aber das wäre nicht nötig gewesen.«

Das schlechte Gewissen ließ ihre Stimme dünn und zerbrechlich klingen.

»Wir hatten ja Zeit ...«

Diese Spitze konnte sich Agnes Woldsen nicht verkneifen. Umständlich stand sie auf und strich sich ihren Rock glatt. Ihr

Blick forschte in Carlas Gesicht nach einem Grund für die Verspätung.

»Eine Sitzung, unerwartet.«

Das musste reichen. Keine weitere Erklärung, kein Exkurs in die Hamburgische Sezession. Vage ließ Carla den Satz im Raum stehen. Der Quizshow-Applaus schwoll wieder an.

Willem hatte sich umgedreht. Sein Blick tastete über ihr Gesicht, endlich lächelte er.

Wie lange wird er mich noch erkennen?

Sie beugte sich zu ihm, gab ihm einen Kuss. Seine Lippen waren rau, sie schmeckten nach Zahnpasta.

»Ich bin wieder da, Willem.«

Ein überflüssiger Satz, ärgerte sie sich im nächsten Moment. Ein mütterlicher Satz. Es war schwer, nicht die Balance zu verlieren.

Wenn ich nicht mehr ich selbst bin, musst du gehen.

Nicht nur Willem veränderte sich, dachte Carla. Auch sie begann, ihr altes Selbst zu verlieren.

Sie streckte Willem die Hand entgegen, und er begriff. Nachdem er aufgestanden war, folgte er ihr schnell zur Treppe, als wäre er froh, dem Gute-Laune-Programm zu entkommen. In der Halle verabschiedete sich Frau Woldsen, dann fiel die Tür ins Schloss.

»Wie war dein Tag?«

Carla hakte sich bei Willem ein, als sie die Treppe hinaufstiegen. Vorbei an den Bildern seines Vaters. Seine Schritte waren energisch, er wollte schlafen gehen. Während er früher nie vor ein Uhr morgens ins Bett gekommen war, schien er sich jetzt in den Schlaf zu flüchten. Als ob er die Augen vor der wirren Welt verschließen wollte.

»Salat …«, antwortete Willem heiter.

Carla unterdrückte ein Lächeln. Die Krankheit führte bisweilen zu eigenwilligen Dialogen.

»Du meinst das Fernsehprogramm, den Wortsalat?«, hakte sie nach, denn sie dachte, dass es ihm unmöglich gewesen war, dem schnellen Hin und Her zu folgen.

»Ach was …«, winkte er ab. Dann fing er an, eine Melodie zu summen, bis sie vor seinem Bett in ihrem alten Schlafzimmer standen. Ein Bett wie eine Bühne. So viele Jahre hatten sie gemeinsam darin gelegen, inzwischen schlief Carla in einem der Gästezimmer. Doch das ungewöhnliche Bett, Willem hatte es im Überschwang ihrer ersten Verliebtheit von einem befreundeten Künstler entwerfen lassen, zeugte noch von ihren gemeinsamen Nächten. Carla hatte an der Fensterseite geschlafen, und wenn sie morgens aufgewacht war, lag Willems Hand noch immer auf ihrem Bauch. Als ob sie sich im Schlaf keinen Zentimeter voneinander entfernt hatten.

»Soll ich dir noch etwas Musik anmachen?«

An Willems Bett stand ein CD-Spieler, ein Stapel klassischer CDs lag daneben. Carla hatte bemerkt, dass ihm Musik beim Einschlafen half.

Willem grummelte etwas, und sie zog ihm die Strickjacke aus. Während er sich unter die Decke legte, suchte sie ein Violinkonzert von Vivaldi heraus. Dann lehnte sie das Kärtchen gegen die Anlage, auf dem sie in Druckbuchstaben »CARLA SCHLÄFT NEBENAN« geschrieben hatte. Willems Arzt hatte ihr dazu geraten. Wenn Willem nachts aufwachte und nicht wusste, wo er war, beruhigten ihn der Satz und ein kleines Nachtlicht, das sie brennen ließ. Er begann, nach ihr zu rufen, statt im Haus herumzuirren und nach etwas zu suchen, von dem er nicht wusste, was es war.

Die Musik war wunderschön, sie schwebte durch das Abenddunkel. Für einen Moment setzte Carla sich neben Willem und lauschte seinen Atemzügen, die tiefer und tiefer wurden, bis sie sicher war, dass er schlief. Dann stand sie leise auf und verließ das Zimmer.

In der Küche brannte noch Licht. Auf dem Herd stand die indonesische Nudelpfanne. Carla hob den Deckel und schnupperte. Die Süße der Kokosmilch stieg ihr in die Nase. Ein warmer, tröstlicher Geruch, der die Gedanken reisen ließ. Obwohl sie keinen Hunger verspürte, konnte sie nicht widerstehen. Seufzend füllte sie sich einen kleinen Teller voll, goss sich ein halbes Glas Wein ein und setzte sich an den Holztisch vor dem Fenster.

Beim Essen kam der Appetit. Jetzt fiel ihr auf, dass sie seit dem Mittag nichts mehr zu sich genommen hatte. Die Aufregung um das *Apfelmädchen* hatte sie alles andere vergessen lassen. Und selbst in diesem Moment setzte das Herzklopfen wieder ein.

Als sie das Bild in ihr Büro gebracht hatte, war Hannes noch an seinem Platz gewesen. Er hatte sich bereits auf die Suche nach Alma Reed gemacht.

»Noch nichts Neues«, war er ihr zuvorgekommen, als hätte er ihren fragenden Blick gespürt.

»Hör mal, Hannes …«

Vorsichtig hatte Carla das Bild zwischen den anderen Ausstellungsstücken abgestellt. Doch die erhoffte Wirkung war ausgeblieben. Das *Apfelmädchen* blieb ein geheimnisvoller Solitär. Auch zwischen den Sezessionisten stach es heraus.

Hannes hatte sich umgedreht. Auch er hatte die Aura des Bildes bemerkt. »Wenn sie doch nur sprechen könnte«, hatte er geseufzt. »Nach 1939 verliert sich jede Spur. Es ist zum Verzweifeln.«

»Hannes …«

»Ich weiß, ich weiß«, hatte er abgewinkt. »Kein Wort, zu niemandem. Bis wir sicher sind, wie und wo wir das Bild einordnen können.«

»Ich muss mich auf dich verlassen können.«

Hannes hatte sie angesehen, als ob sie seine Worte nicht

verstanden hätte. Ein langer Blick über die dunkle Fassung seiner Brille.

»Entschuldigung«, hatte sie ihm geantwortet. »Wir sind hier alle ein bisschen nervös. Das ist wirklich eine außergewöhnliche Sache.«

»Vielleicht kommen wir Alma Reed über ihre Liebesbeziehungen näher?«

Hannes hatte auf sein Schaubild gezeigt, die Pfeile, die zu ihr führten. »Briefe, Karten, Tagebücher … Klassische Archivrecherche.«

Carla hatte genickt. Künstler und ihr schriftlicher Nachlass – das war ein Forschungsgebiet für sich. Schreiben und Malen waren immer eng miteinander verknüpft gewesen. Kirchner, Nolde, Liebermann, viele Zeitgenossen von Alma Reed hatten einen regen Briefwechsel mit Kollegen, Förderern, Freunden und Geliebten geführt. Von Ernst Ludwig Kirchner etwa waren fast viertausend Briefe bekannt, die einen intimen Einblick in sein Leben und Schaffen gaben.

»Etwas könnten wir tatsächlich im Archiv finden, durch Nachlässe und Stiftungen sind auch die Korrespondenzen einiger Sezessionisten bei uns gelandet. Aber das ist eine mühselige Angelegenheit. Wo sollen wir beginnen?«

Carla hatte das Gefühl, dass sie nach der sprichwörtlichen Nadel im Heuhaufen suchten. Nur durch Zufall und mit Glück würden sie etwas finden, was vor ihnen noch niemand entdeckt hatte. Aber vielleicht hatte auch noch niemand danach gesucht? Sie mussten sich die richtigen Fragen stellen.

»Liebe macht geschwätzig«, hatte Hannes geantwortet und die Arme vor der Brust verschränkt. Er hatte so geklungen, als ob er jedem Gefühl misstraute. »Das ist doch heute noch so. All die E-Mails von Verliebten, die um den Globus schwirren: Ich denke an dich … Du fehlst … Wann sehen wir uns? Und dann noch der Rattenschwanz darum herum: Ich weiß, er ist es ... Was denkst du, denkt er über mich? Mag er mich wirklich, oder spielt er nur mit mir?« Gekonnt hatte er eine zweifelnde Mädchenstimme parodiert. Die Augen hinter den Brillengläsern hatten geflackert.

Carla hatte gelacht, dann hatte sie sich ebenfalls an ihren Computer gesetzt und nach Alma Reed geforscht. Das *Apfelmädchen* hatte sie die Zeit vergessen lassen.

Die Liebe, dachte sie nun. Carla sah auf den leeren Stuhl an ihrer Seite. Eine Welle von Traurigkeit schwappte über sie hinweg. Verliebt sein, dachte sie, dieser wunderbare Schwebezustand zwischen den Welten, ließ einen vielleicht vor Glück platzen. Aber die Liebe an sich war auch eine ernste Sache, und mit den Jahren wurde sie nicht einfacher. Der Leichtigkeit der ersten Jahre konnten Enttäuschung, Gleichgültigkeit und Trauer folgen. Die Ehe ihrer Eltern war schließlich an den Klippen der Eintönigkeit gekentert. Und wenn es gutging, so wie bei Willem und ihr, saß man vielleicht eines Tages in der Neurologie eines Uniklinikums und eine nüchterne Stimme erklärte einem ein Schnittbild durch das Gehirn des Geliebten. Und während man den Erklärungen zu folgen versuchte, sah man doch nur einen überdimensionalen Walnusskern oder das Tuscheklappbild eines Kindes auf dem Wandschirm leuchten. Ja, vielleicht musste man sogar ein verzweifeltes Lachen unterdrücken. Wo saß die Liebe zwischen den grauen Schleiern und Lappen? Wo das Gefühl? Und wo versteckte sich die Erinnerung darin?

Liebe, das war auch Schmerz, wusste Carla. Der Schmerz, den anderen zu verlieren. Von einem Tag auf den anderen – oder über eine quälend lange Zeit.

Und Liebe konnte einsam machen. Sie strich mit ihren Händen über das Holz des Küchentisches. Willem hatte schon als Kind daran gesessen, seine Oberfläche war uneben und rau. Die Zeit hatte ihre Spuren darin eingraviert. In diesem

Moment sehnte sie sich nach Willems Nachtgeflüster, nach seiner warmen Hand auf ihrer Haut.

Als Carla Glas und Teller in den Geschirrspüler stellte, sah sie die Broschüre der Alzheimer Gesellschaft, die Frau Woldsen dort für sie hingelegt hatte. Eine stumme Botschaft. Unschlüssig nahm sie das Heft in die Hand, blätterte es auf. Die Organisation warb für ihre Betreuungsangebote und Gesprächsgruppen.

War es schon so weit?

War sie schon so weit?

Plötzlich sah sie sich im Kreis mit weiteren Betroffenen sitzen und über Willem sprechen. Darüber, was sie verloren hatte. Der Gedanke daran ließ die Tränen in ihre Augen steigen.

Nein, es war noch Zeit. Carla stopfte das Heft in die Altpapiertüte. Doch die Bilder aus der Broschüre verfolgten sie, überlagerten das Bild des *Apfelmädchens*. Noch beim Zähneputzen sah sie die maskenhaften Gesichter der Kranken, ihren leeren Blick.

Bevor Carla zu Bett ging, schaute sie noch einmal nach Willem. Sein Atem war ruhig und tief, er schlief fest. Für einen Moment überlegte sie, ob sie sich zu ihm legen sollte. Dann zog sie ihm vorsichtig die Decke über die Schulter. Leise, wie sie gekommen war, schlich sie hinüber in ihr Zimmer.

Im Bett lauschte sie den vertrauten Nachtgeräuschen des Hauses. Sie hörte das Rauschen des Geschirrspülers, ein Knacken in den Wänden, das Wispern des Windes. Beim Einschlafen hoffte sie, mit dem Gesang der Gänse aufzuwachen.

SECHS

Jasper Kronau hatte bereits dreimal angerufen. Als Carla ins Büro kam, blinkte das Licht an ihrem Telefon. Bei seinem letzten Anruf hatte er eine Nachricht hinterlassen: »Kronau hier, der Baumdoktor.« Sie hörte ein Lachen in seiner Stimme, dann ein Rauschen, als ob er von weit her anrief. »Sie erreichen mich …« Dann war die Verbindung unterbrochen.

Wollte er das Bild doch schon zurück?

Carlas Herz begann zu klopfen. Seit gestern hatten sie noch nichts herausgefunden, nichts herausfinden können. Die Zeit war viel zu knapp gewesen. Unschlüssig starrte sie auf ihr Telefon, sie rüstete sich für das Gespräch, sammelte Argumente. Nachdem sie die Kaffeemaschine im Nebenraum angeschaltet hatte, wählte sie Kronaus Nummer.

»The Arbor Artists, Jasper Kronau.« Sie war auf seiner Mailbox gelandet. Carla blickte auf sein Bild, das vis-à-vis an der Wand lehnte. Wieder begeisterte sie der an Cézanne geschulte Stil der Malerin. Nach dem Signal hinterließ sie ihren Namen. Ihr war, als ob das *Apfelmädchen* sie nicht aus den Augen ließ. Melancholie, Scheu und Rätselhaftigkeit sprachen aus ihrem Blick.

Der Computer auf Hannes' Schreibtisch war bereits hochgefahren, Meister Grote hatte ihr schon gesagt, dass er früh angefangen hatte. Der Hausmeister hatte ihm Carlas Bürotür aufgeschlossen. Ein Zettel lag auf der Tastatur: »Bin im Archiv.« Vielleicht suchte er bereits nach Briefen der Sezessionisten? Carla goss sich einen Kaffee ein, trank einen Schluck und machte sich auf den Weg nach unten.

Auf der Treppe lief sie Leonie Klimt in die Arme, die soeben gekommen war. Ihre Wangen waren gerötet, als hätte sie sich beeilen müssen. Mit den Händen fuhr sie durch ihre Locken und bauschte sie auf.

»Und?«

Carla schüttelte den Kopf. »Nichts Neues. Noch nicht. Ich suche Hannes.«

»Was wollte die Generalin denn noch?«

Leonie sah sie neugierig an, sie trug enge, dunkle Jeans und einen Pulli mit Zebramuster. Großwildjagd, die Streifen betonten ihren Körper. Sie lehnte sich gegen das Treppengeländer.

»Sie fragte nach Willem. Er hätte uns helfen können … In den Neunzigern hat er die erste große Ausstellung zu den Sezessionisten organisiert.« Eigentlich hatte Carla den Katalog von zu Hause mitbringen wollen, doch dann nicht mehr daran gedacht. Wahrscheinlich fand sie ihn auch in der Museumsbibliothek.

»Meinst du, dass er sich erinnern könnte?« Leonie suchte ihren Blick, sie kannte Willem nur von Erzählungen. Sie war aus Köln gekommen und arbeitete erst seit zwei Jahren im Museum. Zu diesem Zeitpunkt hatte Willem sich bereits aus der Öffentlichkeit zurückgezogen. Er wollte sich nicht vorführen lassen, nicht vorgeführt werden. Alte Freunde und Weggefährten traf er nur noch, wenn ihm die Vertrautheit der Villa Sicherheit versprach. Aber eigentlich war ihm selbst das zu viel, und auch die Freunde blieben aus. Carla nahm es ihnen nicht einmal übel. Es war schwer, den richtigen Ton zu treffen und Willem unbefangen zu begegnen. Wie sollte man ein Gespräch führen, wenn der andere nicht sprechen wollte?

»Woran sollte er sich erinnern – er hat nie ein Bild von Alma

Reed gesehen«, antwortete sie Leonie. »Niemand hat ein Bild von ihr gesehen, jedenfalls nicht nach dem Krieg.«

»Wovon hat sie eigentlich gelebt? Das Malen war doch nicht nur Selbstzweck. Sie wird ihre Bilder auch verkauft haben. Wer waren ihre Auftraggeber?«

»Verheiratet war sie nie. Vielleicht haben ihre Eltern sie unterstützt?« Carla zuckte mit den Schultern. Das war eine der Fragen, die sie klären mussten. Wovon hatte Alma Reed gelebt? Wo hatte sie gelebt? War sie nach der gescheiterten Verbindung mit ihrem Künstlerkollegen allein geblieben, oder hatte es doch jemanden an ihrer Seite gegeben? Und was war mit ihrer Familie geschehen? Sie nahm sich vor, später alle ihre Fragen zu notieren. Wenn sie alle offenen Punkte in Alma Reeds Biographie aufgelistet hatten, würde die Suche nach Antworten einfacher sein.

»Kann ich das Bild mit in meine Werkstatt nehmen?«

Carla nickte, sie zog den Schlüssel zu ihrem Arbeitszimmer aus der Tasche und gab ihn der Kollegin. Leonie wollte das *Apfelmädchen* noch einmal genau unter die Lupe nehmen, Farben und Leinwand analysieren. Jasper Kronau hatte ihnen erlaubt, eine winzige Materialprobe zu entnehmen. Vielleicht hatten sie in der Aufregung des gestrigen Tages etwas übersehen, ein Detail, eine Markierung, einen Hinweis auf die Geschichte des Bildes.

»Herr Kronau hat schon angerufen.«

Leonie Klimt zog die Augenbrauen in die Höhe. Sie hatte denselben Gedanken wie Carla: »Will er das Bild schon zurück? Das musst du ihm ausreden.«

»Ich habe ihn noch nicht erreicht. Aber wir sollten uns beeilen, bitte fotografier das *Apfelmädchen* auch. Dann haben wir zur Not Material, mit dem wir weiterarbeiten können. Ich würde das Bild auch gern im Ausstellungskatalog abbilden, wenn Herr Kronau es uns erlaubt.«

Leonie streckte den Daumen in die Höhe und klimperte mit dem Schlüssel. »Bin schon unterwegs.« So schnell es ihre Absätze erlaubten, lief sie die Treppe hinauf. Carla dachte, dass sie selbst noch nie so hohe Schuhe getragen hatte.

Das Archiv war ein langgestreckter, fensterloser Raum im Keller des Museums. Die Luft war trocken, das Neonlicht gnadenlos. Wenn Züge im nahen Hauptbahnhof ein- und ausfuhren, zitterten die Wände. Niemand arbeitete gern für längere Zeit zwischen den Regalreihen. Wer gefunden hatte, wonach er suchte, nahm das Material mit in sein Büro und hinterließ eine Notiz darüber im Regal.

Hannes saß an einem der Arbeitstische, vor ihm standen zwei geöffnete Kartons, unscheinbar und grau.

»Gut geschlafen?«, fragte er fröhlich, als er Carla hereinkommen hörte. Trotz des kalten Lichts sah er ausgeschlafen aus, obwohl er bereits früh aufgestanden sein musste. Eifer und Aufregung leuchteten ihr hinter den Brillengläsern entgegen. Für einen Moment beneidete sie Hannes um seine Unbeschwertheit, um die Freiheit, sich ganz auf das Bild des *Apfelmädchens* konzentrieren zu können.

»Unruhig …«

Carla setzte sich zu ihm an den Tisch. Tatsächlich hatten sie wirre Träume gequält, sie war Treppen hinabgestürzt, ein Gefühl wie auf der Flucht. Gegen halb fünf Uhr am Morgen hatte sie Willem durch das Haus irren hören. Es war das erste Mal gewesen, dass er nicht nach ihr gerufen hatte, sondern aufgestanden war. Als sie ihn unten in die Arme genommen hatte, war er ganz kalt gewesen. Mit einer Wärmflasche hatte sie ihn zurück ins Bett gebracht. Doch sie selbst war nicht wieder eingeschlafen, und so hatte sie sich schließlich in ihren Sessel ans Fenster gesetzt. In eine Wolldecke gehüllt, hatte sie in das blaue Licht des heraufziehenden Morgens gestarrt, bis sie ihren Sonnengruß geturnt hatte. Gänse hatte sie keine gehört, obwohl sie sicher war, dass sie ihr Quartier im Garten bezogen hatten.

»Was ist das?«

Sie zeigte auf die Kartons, die vor Hannes standen.

»Briefe, Abrechnungen, Reisenotizen, Fotografien … Ein Durcheinander, offenbar noch nicht archiviert. Die beiden Kartons sind zwar im Register aufgeführt«, Hannes zeigte auf die Kennzeichnungen auf den Pappdeckeln, »der Inhalt ist aber nur zum Teil erfasst. Da hat seit dreißig, vierzig Jahren niemand mehr reingeschaut.«

»Dann nehmen wir sie mit nach oben.«

Carla wollte sich gar nicht erst setzen, nach der kurzen Nacht war es ihr unmöglich, das Neonlicht zu ertragen.

»Offenbar gibt es noch einen dritten Karton.« Hannes wies auf die Karteikarte, die ihn zu seinem Fund geführt hatte. »Aber er steht nicht da, wo er sein sollte.«

»Keine Entnahmenotiz?«

Hannes schüttelte den Kopf. Carla ahnte, was er dachte. Das Archiv und die dazugehörigen Register waren ein hoffnungsloses Durcheinander. Eine Zettelwirtschaft, die womöglich mehr verbarg als offenbarte. Doch für eine Digitalisierung des Katalogs waren weder Zeit noch Geld vorhanden.

»Ich weiß, ich weiß …« Carla zuckte hilflos mit den Schultern. »Aber das ist nicht unsere Baustelle. Ich kann die Kollegen fragen, vielleicht steht er irgendwo und der betreffende Kollege hat keine Notiz hinterlassen.«

»Ist ja auch schon ein Anfang.«

Hannes verschloss die Kartons, während sie eine Entnahmenotiz ausfüllte. Auf dem Weg in Carlas Büro vereinbarten sie, dass er zunächst das Material sichten sollte, während Carla sich um Jasper Kronau und Isa Voigt kümmern wollte.

Das Licht an ihrem Telefon blinkte erneut. Jasper Kronau, seine Stimme klang gereizt. Sie hätte ihm ihre Mobilnummer geben sollen. »Vielleicht versuchen wir es per Mail«, schnarrte es auf dem alten Band des noch älteren Anrufbeantworters. »Bin jetzt im Baum.«

Für einen Moment versuchte Carla, sich ihn in der Krone eines Baumriesen vorzustellen. Was für ein merkwürdiger Beruf … Sie hatte nie darüber nachgedacht, dass man die städtischen Bäume nicht sich selbst und den Launen der Natur überlassen konnte.

Auf dem Schreibtisch fand sie seine Karte: The Arbor Artists. Offenbar gab es bei der Baumpflege auch ästhetische Kriterien zu berücksichtigen. Der ambitionierte Firmenname passte nicht zu dem Bild, das sie von Jasper Kronau hatte. Wahrscheinlich hörte er das Gras wachsen, dachte sie nun. Oder sprach er mit den Bäumen? Dann sah sie wieder seine Boots vor sich, den zeltähnlichen Parka, das wilde Haar. Fast wie ein Vagabund – stapfte er auch so sorglos durchs Leben? Carla hatte den Blick vor Augen, den Leonie ihm zugeworfen hatte. Lächelnd tippte sie Kronaus Mailadresse in die Maske des E-Mail-Programms.

An: kronau@the-arbor-artists.de
Betreff: Ihr Anruf

Sehr geehrter Herr Kronau,
vielen Dank für Ihren Anruf. Sie erreichen mich jetzt am Platz. Dem Apfelmädchen geht es gut. Vielleicht können wir uns am Montag sehen, ich habe noch ein paar Fragen an Sie.
Mit freundlichen Grüßen
Dr. Carla van Velden
Museum für Stadtgeschichte Hamburg

»Sehr geehrter Herr Kronau …« War das zu nüchtern? Carla zögerte, dann änderte sie die »Freundlichen Grüße« in »Herzliche Grüße« um und klickte auf Senden. Im selben Moment klingelte ihr Telefon.

Er wollte das Bild zurück.

»Carla van Velden …«

Erst als sie das Zögern in der Leitung bemerkte, sah sie, dass der Anruf nicht von außerhalb kam.

»Leonie hier …«

»Entschuldige, ich habe nicht aufs Display gesehen.«

»Kannst du rüberkommen?«

Die Stimme der Kollegin klang heiser.

»Hast du etwas entdeckt?«

»Schau's dir an.«

»Bin gleich bei dir.«

Hannes hatte sich zu ihr gedreht. Er sah sie fragend an. In den Händen hielt er eine vergilbte Postkarte. Eine Stadtansicht, schwarzweiß, so wie man sie auf Flohmärkten fand. Er sog an seinem Stift, als hätte er sich gerade erst das Rauchen abgewöhnt.

Carla hob die Hände, schüttelte den Kopf.

»Leonie … Ich bin mal kurz drüben.«

Die Restauratorenwerkstatt war lichtdurchflutet, die Fensterfront nach Norden schuf Atelierbedingungen. Auf den Arbeitstischen fand sich alles, was für die Konservierung und Restaurierung der Museumsobjekte notwendig war.

Carla atmete tief ein, sie mochte den Geruch nach farbgetränkten Pinseln, Leim und Beize, nach Papier und Leinwand. Restauratoren waren nicht nur exzellente Analysten und Handwerker, sie waren auch Alchemisten und Künstler. Und ihr Aufgabenbereich war vielfältig: Zuletzt hatte Leonie Gemälde für eine Ausstellung in Stockholm verpackt.

»Sieh mal …«

Das *Apfelmädchen* lag bäuchlings auf einem Samttuch, ein Arbeitslicht leuchtete die Rückseite aus, Kamera und Stativ waren schon zur Seite geräumt. Leonie zeigte auf eine Stelle am Rahmen. Carla bemerkte ein markantes gestempeltes W, die ihr bekannte Marke des Hamburger Kunsthistorikers Otto Waldburg. Während der NS-Zeit hatte er auch als Kunsthändler gearbeitet, er war damit beauftragt worden, die aus deutschen Museen beschlagnahmte avantgardistische Kunst ins Ausland zu verkaufen.

Eine aufregende Spur, Carla schüttelte ungläubig den Kopf.

»Haben wir das gestern übersehen?«

»Die Marke war unter der Leinwand verborgen, ich habe dort ein winziges Stück abgetrennt, um es ins Labor zu geben. Als ich die Leinwand zurückbog, fiel sie mir auf.«

»Otto Waldburg. Er förderte die moderne Kunst und organisierte Ausstellungen in Hamburg, solange es ging. Als der Handel verboten worden war, verkaufte er wohl auch einige Stücke unter der Hand im Keller seiner Firma.«

»Hat er nie Probleme mit den Nazis bekommen?«

Carla zuckte mit den Schultern. Im Vorfeld der Ausstellungsvorbereitungen war sie Waldburgs Namen bereits begegnet. Zeitgenossen hatten ihn als Charmeur und Trickser beschrieben, er schien ein Spieler gewesen zu sein, der es verstanden hatte, auf dem schmalen Grat zwischen Gehorsam und Wagnis zu balancieren. Aus allem hatte er ein Geschäft machen können, und die Nazis hatten von seinem Kunsthandel profitiert. Allerdings schien er einigen verfemten Künstlern auch geholfen zu haben, das Land zu verlassen. Nach dem Krieg hatten sie sich dankbar an Waldburg erinnert.

»Er hat es wohl verstanden, die Parteibonzen auf Abstand zu halten. Die Mächtigen wickelten ja einträgliche Geschäfte mit ihm ab. 1945 verließ er Hamburg, er ist in den Sechzigerjahren gestorben. Seine Sammlung soll im Krieg verbrannt sein.«

»Gibt es Nachkommen?«

Carla schüttelte den Kopf. Noch immer starrte sie auf das W. Ein befreundeter Künstler hatte es einst für Waldburg entworfen. An wen hatte der Händler das Bild verkauft? Und wann? Sie mussten sich die richtigen Fragen stellen. Die Liste in ihrem Kopf wurde immer länger.

»Hast du noch etwas entdeckt?«

Leonie Klimt drehte das Bild auf die Vorderseite und bog die Lampe ein wenig zurück. Wieder schien das Licht das *Apfelmädchen* zum Leben zu erwecken. Das Feuer der Farben leuchtete auf.

»Die Analyse der Proben haben wir Mitte nächster Woche. Aber ich denke, da werden wir keine Überraschung erleben. Ansonsten ist das Bild in einem überraschend guten Zustand, das haben wir ja gestern schon gesehen. Auch unter UV-Licht habe ich keine Retuschen und Schmutztaschen erkennen können. Es gibt nur diesen kleinen Schaden an der Malschicht hier unten«, sie wies auf eine Stelle neben der Signatur. Dort war ein wenig Farbe abgeplatzt. »Wenn Herr Kronau will, kann ich das schnell ausbessern. Der Firnis ist in Ordnung, kaum Risse und nur minimale Schmutzablagerungen. Das Bild scheint nur wenig hin und her transportiert worden zu sein. Eine bewegte Vergangenheit sieht jedenfalls anders aus.«

»Dann hat es wenigstens ein Zuhause gehabt.«

In diesem Moment, unter dem prüfenden Licht der Lampe, konnte Carla Jasper Kronaus Bedenken verstehen. Das Mädchen kam ihr plötzlich schutzlos vor, als ob sie ihm sein Geheimnis entreißen wollten.

»Willst du dir die Bilder noch anschauen?«

Leonie wies auf ihren Computer, sie hatte die Fotografien bereits überspielt.

»Legst du sie auf dem Server ab, dann kann ich nachher hineinschauen?«

»Gerne.«

»Was sagt der Kronau denn?«

»Ich habe ihn noch nicht erreicht. Ich hoffe, ich kann ihn davon überzeugen, dass das *Apfelmädchen* noch bei uns bleiben kann. Gerade jetzt …«

»Du musst dir unbedingt ansehen, wo das Bild bei ihm hängt. Feuchtigkeit und falsche Lichtverhältnisse können alles zerstören, was in den letzten Jahrzehnten richtig gelaufen ist.«

»Ein Hausbesuch beim Baumdoktor?«

Leonie grinste, Carla hatte ihr kurz von ihrer ersten Begegnung mit Kronau erzählt. »Schade, dass nicht ich ihm vor die Füße gefallen bin.«

Carla lachte. Sie wusste, dass Leonie Klimt einen alten Mini fuhr – auch ein Restaurierungsfall. Es gelang ihr nicht, sich Leonie auf einem Fahrrad vorzustellen.

»Mit den Absätzen?«

»Du unterschätzt mich …«

Leonie lehnte sich gegen ihren Arbeitstisch, lasziv streckte sie ihr den Schuh entgegen. »Wind- und wasserfest. Damit könnte ich bis zum Nordpol marschieren.«

»Aber in die Nähe eines Baumes lässt er dich damit nicht.«

»Ich habe auch noch Gummistiefel zu Hause. In Pink und mit Pelzbesatz.«

»Ich werde dich weiterempfehlen. Vielleicht sucht er eine Praktikantin für sein Team?«

Leonie verdrehte albern die Augen, dann mussten sie beide auflachen. Carlas Lachen vermischte sich mit den Glucksern der Kollegin. Amüsiert strich sie sich eine Haarsträhne hinter die Ohren. Leonies Unbeschwertheit erinnerte sie an die hellen Tage ihrer Anfangsjahre im Museum.

»Wir haben einen neuen Namen auf unserer Liste.«

Carla setzte sich wieder an ihren Schreibtisch, erst jetzt bemerkte sie, dass die Tulpen ihre Blütenblätter verloren. Die Woche neigte sich ihrem Ende entgegen. Ein Blick aus dem Fenster zeigte wintergraue Wolkenberge, die sich träge nach Westen schoben. Von Frühling noch keine Spur.

Hannes sah auf, er war mit den beiden Kartons beschäftigt. Auf seinem Tisch stapelte sich ihr Inhalt. Ein Rucksack lehnte an der Wand. Übers Wochenende wollte er nach Berlin fahren.

»Otto Waldburg«, fuhr sie fort.

»Der Kunsthändler?«

Carla nickte. Sie informierte Hannes über Leonies Entdeckung.

»Kaufte er nicht auch für das von Hitler geplante Führermuseum in Linz ein?« Hannes stand auf, er streckte sich und nahm für einen Moment die Brille ab.

»Genau.« Carla nickte und fuhr fort: »Stichwort Raubkunst. Hitlers Kunsthändler gingen in den besetzten Gebieten, also in den Niederlanden, Belgien und Frankreich, auf Einkaufstour. Die Kunstwerke wurden aus der Staatskasse des jeweiligen Landes bezahlt.«

»Währungsbetrug.« Hannes hatte verstanden, er setzte die Brille wieder auf und holte sich einen Kaffee von nebenan. »Dann geht es bei der NS-Raubkunst also nicht nur um rassische oder politische Verfolgung?«

Carla schwieg. Ein vielsagendes Schweigen. Eigentlich, so dachte sie, müsste man jedes zwischen 1939 und 1945 im europäischen Ausland erworbene Gemälde, jede Skizze, jedes Buch, jede Partitur, jedes wertvolle Möbelstück an sein Herkunftsland zurückgeben. Doch niemand wagte sich aus der Deckung, auch sieben Jahrzehnte nach dem Krieg verhüllte ein Mantel des Schweigens und der Besitzstandswahrung das Unrecht.

»Dann würde sich die Frage nach der Herkunft der Objekte in vielen Museen, Bibliotheken und Sammlungen noch einmal neu stellen, oder? Alles, was von Deutschen nach Deutschland verschleppt wurde, müsste an die Nachfahren derer zurückgegeben werden, denen sie einst gehörten.« Hannes sprach aus, was sie dachte.

»Und bei dir?«

Carla sammelte eine Handvoll Tulpenblätter ein und roch daran. Der Blütenstaub färbte ihre Finger schwarz. Sie ließ die Blütenblätter in den Papierkorb rieseln und wischte sich ihre Hände an der Jeans sauber.

Hannes atmete hörbar aus. Er stellte den Kaffeebecher ab, griff in einen Stapel und hielt ihr eine der Postkarten entgegen. »Seebäderromantik. Nichts Aufregendes, jedenfalls kann ich jetzt verstehen, warum die Kartons noch nicht komplett archiviert worden sind. Kein Hinweis auf Alma Reed oder auf jemanden aus ihrem Umfeld. Wäscherechnungen, Theaterkarten, Einladungen, Menüfolgen, Urlaubsgrüße – erstaunlich, dass trotz des Grauens Raum blieb für so viele Alltäglichkeiten.«

»Schade … Dann konzentrieren wir uns jetzt auf Otto Waldburg und auf die alte Dame. Sie sind unsere einzige Verbindung zu Alma Reed.«

Hannes nickte, endlich nahm er einen Schluck aus seinem Kaffeebecher, dann verzog er das Gesicht.

Carla antwortete mit einer entschuldigenden Geste. Die Kaffeemaschine in ihrem Büro war alt. Carla hatte sie von ihrem Vorgänger übernommen und nie ersetzt. Und über die Arbeit der ersten Monate und Jahre hatte sie sich an den Kaffee gewöhnt. Ihr Erfolg überdeckte seinen bitteren Geschmack. Sie konnte die Gemäldeabteilung umkrempeln, eine neue, mutige Hängung etablieren, Bilder ins Depot verbannen und andere ans Licht holen. Sie hatte Ausstellungen organisiert,

Führungen und Vorträge erarbeitet. Und sich einen Namen gemacht – in der Stadt und über ihre Grenzen hinaus. Carla van Velden. Nicht so bedeutend wie der große Willem van Velden, aber doch geachtet und respektiert. Vor einem Jahr kam das Angebot, nach München zu wechseln. Ein Karrieresprung, doch sie hatte abgelehnt. Sie hatte nicht einmal darüber nachgedacht, Willem zu verlassen. Sie war die Frau an seiner Seite.

Jetzt dachte sie, dass ihre Vertretung einiges verändern würde, wenn sie ab November ihre Auszeit nehmen wollte. Vielleicht ließ die Generalin ihre Stelle auch unbesetzt, um Kosten zu sparen. Noch hatte niemand erfahren, was die Budgetgespräche ergeben hatten. Und ein positives Ergebnis hätte Elke Schnibben sicherlich längst in einer Rundmail verkündet.

»Wollen wir runter ins Café und bei einem ordentlichen Kaffee besprechen, wie wir uns die Arbeit aufteilen?«

Hannes nickte begeistert. Wenn er zu lange am Schreibtisch saß, begannen seine Beine unruhig auf und ab zu wippen. Er musste sich bewegen.

»Ach, Carla …« Er suchte etwas auf seinem Schreibtisch, dann kam er wieder an ihren Tisch. »Habe ich vorhin aus der Bibliothek geholt.« Er hielt ihr einen Katalog entgegen.

»Der Zeit voraus – Die Hamburgische Sezession«, las Carla. Sie kannte den Titel. Auf dem Umschlag war eine Landschaft von Eduard Bargheer abgebildet und darunter Willems Name. Hannes hielt ihr den Katalog zu Willems Sezessionsausstellung entgegen.

Sie nahm den Katalog, schlug ihn auf. Seinem Vorwort hatte Willem ein Zitat Bargheers vorangestellt: »Die Kunst ist eine unbarmherzige Geliebte …«

Ein Satz wie eine Waffe, ein Stich durchfuhr sie. Carla erinnerte sich, dass Willem ihr diese Worte einst zugeflüstert hatte, kurz nach ihrem Kennenlernen. Sie hatten sich in einem Restaurant verabredet, italienisches Essen, Rotwein aus der Toskana, Kerzenlicht und dunkle samtgepolsterte Stühle. Während des Essens hatte er wie zufällig ihre Hand berührt. Und dann dieser Satz – »die Kunst ist eine unbarmherzige Geliebte«. Sie hatte gespürt, wie etwas in ihrem Inneren in Aufruhr geraten war. Willems körperliche Anziehungskraft war plötzlich überwältigend gewesen. In seinem Haus waren sie ein Liebespaar geworden.

Carla fröstelte, ihr war kalt. Noch immer starrte sie auf das Zitat. Es waren nicht Willems Worte, er hatte sie sich nur geborgt.

»Es gibt auch ein Kapitel über die Frauen der Sezession«, fuhr Hannes fort. Er schien ihr Frösteln nicht zu bemerken. »Alma del Banco, Gretchen Wohlwill und so weiter, aber kein Wort zu Alma Reed.«

»Ich schaue später hinein.«

Carla schob den Katalog von sich, versenkte ihn zwischen den anderen Büchern auf ihrem Tisch. Sie wollte jetzt nicht an Willem denken.

Das Museum hatte sich inzwischen gefüllt. Der Freitag war generell ein guter Tag, Wochenendtouristen waren in der Stadt, und auch das Hamburger Publikum schlenderte durch die Ausstellungsräume. Das Haus begann zu atmen, zu leben – die Kunstwerke erzählten ihre Geschichten. Nur wenn sie betrachtet wurden, entfaltete sich ihr Zauber, dachte Carla. Der Zauber der Zeit. Es war wie Musik, der Gesang eines vielstimmigen Chores schien durch das Haus zu schweben. Verstohlen beobachtete Carla Hannes an ihrer Seite. Ob er es auch bemerkte? Gut gelaunt sprang er die Treppe hinab.

In der Eingangshalle verteilte Meister Grote Garderobenplätze, während die Museumspädagogin eine Schulklasse in Empfang nahm. Erhitzte Gesichter, Rangeleien, ein lärmender Pulk. Später, im Störtebeker-Saal, würden die Kinder an den Lippen der Führerin hängen. Piratenspektakel und Mittelaltergrauen, die Störtebeker-Legende und dazu sein bleicher Schädel, das schlug jede virtuelle Schlacht am Computer. Carlas Blick blieb an einem Mädchen hängen, das etwas abseits seiner Mitschüler stand. Es war hübsch, ein offenes Gesicht und langes, glänzendes Kinderhaar. Was machte es zur Außenseiterin?

»Sie ist so alt wie das *Apfelmädchen*.«

Hannes' Stimme, er war ihrem Blick gefolgt. Carla zuckte zusammen, sie löste sich von der Schülerin, sah ihn an. Woher kannte er ihre Gedanken?

»Ob das Mädchen den Krieg überlebt hat?«

Carla schüttelte den Kopf, sie zwang sich weiterzugehen.

»Vielleicht werden wir ihren Namen nie erfahren.«

An der Tür zum Café drehte sie sich zu Hannes um: »Und wenn wir ihn erfahren, vielleicht zerstört es ihren Zauber.«

Das Café hatte gerade erst geöffnet, nur ein Tisch vor dem Fenster war besetzt. Carla und Hannes setzten sich an den langen Tisch in der Ecke, der für die Mitarbeiter des Hauses reserviert war. Durch das Fenster sah man auf den Innenhof des Museums, im Sommer konnte man auch draußen sitzen.

»Was machst du am Wochenende in Berlin?« Carla nahm den kleinen Keks von ihrer Untertasse und tunkte ihn in den Schaum ihres Milchkaffees. »Gehst du in eine Ausstellung?«

»Familie, Freunde … Dies und das.« Hannes lehnte sich zurück und blickte nach draußen. Er blieb vage, als ob er ihr ausweichen wollte.

»Und du?«

»Hängt ein bisschen vom Wetter ab und davon, wie es Willem geht. Ich versuche, ihn an die frische Luft zu bekommen.«

»Wie lange ist er denn schon …«

Hannes drehte sich wieder zu ihr und sah sie an.

Die Krankheit, dachte Carla. Hannes traute sich tatsächlich, sie darauf anzusprechen.

»Wir haben die Diagnose vor drei Jahren bekommen, aber es ging natürlich schon länger. Wir hätten uns einiges erspart, wenn wir früher reagiert hätten.«

»Mist …« Hannes sah sie immer noch an, er hielt ihrem Blick stand. Die Augen hinter den Brillengläsern glänzend und grau wie altes Silber.

»Ja. Großer Mist.« Carla schwieg, sie begann den Milchschaum von ihrem Kaffee zu löffeln.

»Ich habe sein Buch über die Expressionisten gelesen, im Studium.« Hannes trank einen Schluck von seinem Espresso. »Und ich habe ihn einmal in Berlin erlebt, eine Ausstellungseröffnung im Brücke-Museum. Das muss vor etwa sechs oder sieben Jahren gewesen sein.«

»Du warst dort?« Carla erinnerte sich. Willem hatte eine seiner vielen Reden gehalten, und sie hatte ihn begleitet. Am Abend noch ein Essen in einem Szenelokal, zu später Stunde war ein befreundeter Schauspieler mit seiner Freundin dazugestoßen. Sie hatte seit Jahren nichts mehr von ihm gehört. »Dann haben wir uns ja vielleicht schon einmal gesehen?«

»Du hast ein rotes Kleid getragen.«

Hannes schob ihr seinen Keks zu.

»Ja?« Sie sah ihn überrascht an, dann zuckte sie mit den Achseln. »Das ist schon so lange her. Wie kannst du dich daran erinnern?«

»Du hast so jung gewirkt neben ihm.«

So jung.

Carla nahm einen Löffel Milchschaum und setzte den Keks darauf. Der Genuss war kurz, eine winzige süße Geschmacksexplosion in ihrem Mund. Sie trank einen Schluck Kaffee hinterher, bitter, heiß, perfekt. Hannes beobachtete sie, und sie fing seinen Blick auf.

»Vielleicht sollten wir …« Carla pochte auf ihren Block. »Alma Reed. Was wissen wir, was wissen wir nicht?«

»Ihre Männer …«, parierte Hannes.

»Partner?«, notierte sich Carla.

»Die Eltern, die Schwester …«

»Familie?«

»Käufer …«

»Auftraggeber und Sammler?«

Hannes sprach, und Carla notierte. Punkt für Punkt begannen sie, ihre Fragen über Alma Reeds Leben zu Papier zu bringen.

Das Gespenst ist eine Frau.
Ich habe sie weinen hören – dort, wo ich nicht sein darf.
Wenn ich nicht schlafen kann, höre ich ihr Schluchzen.
Dann stehe ich auf und schleiche die Treppen hinauf.
Vielleicht kann ich sie trösten?
Unten streiten Vater und Mutter.

SIEBEN

Ein mühsames Wochenende. Eigentlich hatte Carla sich auf die Zeit mit Willem gefreut. Zweisamkeit, und doch waren sie nicht allein: Carla und Willem – und die Krankheit. Sie ließ sich nicht mehr verdrängen, forderte immer mehr Raum ein. Sie zwängte sich zwischen sie. Es war, als hätte sie endgültig ihre Flügel ausgespannt.

Wenn sie zusammen aßen, war da ihr Schweigen. Willems Schweigen. Carla versuchte, die Stille mit Musik zu übertönen. Seine Musik, klassisch, ein ruhiger Fluss aus Tönen. Die Melodie wie ein Dahingleiten. Keine Strudel, keine Klippen, denn Carlas geliebter Jazz ließ ihn zusammenfahren und Zeitgenössisches machte ihn nervös.

Salat, Salat … Bisweilen sah er so erschrocken aus, dass es ihr das Herz brach.

Wenn sie spazieren gingen, begleitete er sie nicht mehr. Die Krankheit ließ ihn folgen, seine Hand umklammerte ihre, als fürchtete er, seinen Anker zu verlieren. Er sah nicht die im Sonnenlicht funkelnden Fleete, das Spiel der Wellen, den Tanz der Boote, die vom Wind gebauschten Segel. Er sah nur fremde Gesichter, Orte, an denen er nicht sein wollte, Wege, die ihn nicht mehr nach Hause führten.

Salat, Salat …

Willem wollte zurück, dorthin, wo er jeden Schritt kannte.

Carla versuchte, ihm Halt zu geben. Sie erinnerte ihn an die früher so geliebten gemeinsamen Streifzüge durch die Stadt.

Sie las ihm die Straßennamen vor, verband die Spaziergänge mit Erlebtem. Und wenn da ein Erkennen war, versuchte sie, Willem ein paar Worte zu entlocken. Doch die wenigen Sätze, die er sprach, machten sie traurig. Sie waren der Krankheit abgetrotzt und kein Zeichen einer Besserung. Ein kurzer Halt auf einem Weg, der immer weiter abwärts führte. Hinunter in den Abgrund des Verstummens.

»Wollen wir einen Kaffee trinken, Willem?«

»Weiß nicht.«

»Komm, wir setzen uns in die Sonne. Schau die Gänse …«

»Kalt, kalt, kalt.«

»Möchtest du Kuchen?«

»Darf nicht trödeln.«

Und dann, ein kurzer Moment, in dem sie nicht wusste, ob er in die Vergangenheit reiste oder sich der Krankheit bewusst war: »Wenn du wüsstest, wie sie mich dort behandeln.«

Seine Stimme klang verzweifelt, er sah sich Hilfe suchend um. Seinen Kaffee wollte er nicht trinken.

Carla setzte sich neben ihn, nahm seine Hand, hielt ihn davon ab aufzuspringen. »Ich bin da, ich bin da …«, wärmte sie ihn mit dem Mantel ihrer Liebe. Doch sie sehnte sich nach seinem Arm, seinem Halt. Ihre Gedanken stahlen sich davon.

Wenn ich nicht mehr ich selbst bin, musst du gehen.

Wie konnte sie ihn jetzt allein lassen?

Und dann eine Begegnung, als sie das Café verlassen wollten. Blond und schlank, eine auffällige Erscheinung, die Gefährtin von einst. Sie hatten sich getrennt, lange bevor Carla in Willems Leben getreten war.

Carla flüsterte Willem ihren Namen zu.

Die andere kam mit großer Geste auf sie zu, ein Kuss auf Willems Wange. Ein kurzes, oberflächliches Geplänkel mit Carla – und ein langer Blick. Ihr Mitleid versetzte Carla einen Schlag. Auf dem Rückweg hatte auch Carla geschwiegen.

In der Villa hatte sie Willem den Egg Chair ans Fenster gerückt. Der Sessel umfing ihn wie eine Umarmung. Sie hatte ihm das Fernglas in die Hände gelegt, dann war sie noch einmal in den Garten hinausgegangen. Sie wollte nach den Gänsen sehen, durchatmen. Für sich sein, ein paar Minuten nur.

Auf der Terrasse blieb Carla kurz stehen, sie ließ ihren Blick wandern. Die Rasenfläche, die hinunter zum Fleet führte, war noch immer feucht. Kissen von Schneeglöckchen lagen auf dem Grün, ihre Blüten streckten sich der noch kraftlosen Februarsonne entgegen. Links und rechts rahmten Buchenhecken das Grundstück, trennten es ab von den Gärten der Nachbarn. Die noch kahlen Triebe einer Kletterrose rankten bis hinauf in die Krone eines alten Apfelbaums, eine zärtliche Verbindung und ein Blütenmeer, jedes Jahr wieder. Zuerst die sternförmigen Apfelblüten und später dann die wilde Rose, eine duftende Wolke, vereint mit dem Laub des Apfelbaums. Bobbie James und Ingrid-Marie. Willem hatte die englische Rose vor vielen Jahren gepflanzt, den Gentleman der rotwangigen Apfeldame an die Seite gestellt. Die symbiotische Umarmung ein Sinnbild ihrer Liebe: Willem und Carla.

Unten am Fleet, wo man über einen Steg hinunter zum Wasser steigen konnte, tunkte eine mächtige Trauerweide ihre Arme in den Strom. Carla betrat den Rasen, der Boden gab unter ihren Schritten nach. Die Weide zog sie an, ihr Astwerk war wie Architektur. Wenn man den Vorhang aus biegsamen Zweigen zur Seite schob, schien es so, als betrete man einen kuppelförmig überwölbten Raum. Carlas Kanu überwinterte dort, von einer Plane geschützt. Und die Gänse, hatten sie sich dorthin zurückgezogen?

Vorsichtig bog Carla die Zweige auseinander. Sie sah die Umrisse des Kanus und – in die Falten der Plane geschmiegt – ein Gänsepaar. Aufmerksam blickte sie der Ganter an. Er zeigte keine Furcht, Carla dachte, dass er die Anwesenheit von Menschen von klein auf gewohnt war. Sie blieb stehen. »Hallo«, begrüßte sie die beiden mit leiser Stimme.

Beim Klang ihrer Stimme erhob sich der Ganter, stolz streckte er ihr seine graugefiederte Brust entgegen. Und dann ein kurzes, vertrautes Schnattern. Sie war in seinem Reich, und das war sein Willkommensgruß. Erst als ein Hund in einem der Nachbargärten bellte, wandte der Ganter seinen Blick von ihr ab. Ein kurzes Geplänkel mit seiner Partnerin folgte, dann zog es die Gänse hinunter zum Wasser, wo sie Seite an Seite Richtung Außenalster schwammen.

Die Begegnung hatte Carlas Laune wieder gehoben. Für einen Moment überlegte sie, ob sie das Kanu hervorziehen und den Gänsen folgen sollte. Das Boot war ihre einzige größere Errungenschaft, seitdem sie in der Villa am Fleet wohnte. Als sie bei Willem eingezogen war, hatte sie nur mitgenommen, was in ein Taxi passte, zwei Koffer mit Kleidern, eine Kiste mit Büchern und ein Bild aus Kindertagen. Sie hatte sich in Willems Welt eingerichtet. In ihrem ersten gemeinsamen Sommer hatte sie eine Annonce in der Zeitung entdeckt: »Gebrauchtes Kanu zu verkaufen.« Sie hatte sofort angerufen. Die Stadt gemeinsam aus der Wasserperspektive zu entdecken erschien ihr unwiderstehlich.

Doch Willem hatte sie nie auf ihren Touren begleitet. Carla hatte nicht verstanden, warum er sie alleine ziehen ließ. Fand er die Vorstellung albern, in einem Kanu zu sitzen? War er etwa wasserscheu? Einmal hatte sie gedacht, dass er vielleicht nicht schwimmen konnte. Das schien ihr die einzig plausible Erklärung zu sein. Doch sie hatte ihn nie danach gefragt. Die Ausflüge blieben ihr Vergnügen, sie brachte ihre Eindrücke mit nach Hause und manchmal die Blüte einer Seerose, die sie Willem in einer flachen, wassergefüllten Schale auf seinen Schreibtisch stellte. Ein flüchtiges Kunstwerk, die Seerose hielt sich nur ein oder zwei Tage.

Ende März, Anfang April würden die Gänse mit der Brut beginnen. Carla zog an der Plane, die ihr Kanu bedeckte. Feuchtigkeit hatte sich in den Falten gesammelt, ihre Stiefel wurden nass. Sie dachte, dass sie ihr Boot in diesem Jahr rechtzeitig unter dem Baum hervorholen müsste, damit die Gänse ihr Nest nicht in die Plane setzten. Im vergangenen Jahr hatte sie ihr Gelege darin gefunden, vier gelbliche ovale Eier in einer flachen, daunengepolsterten Mulde. Carla hatte es nicht übers Herz gebracht, das Nest zu zerstören. Erst als die Jungtiere ihren Eltern im Frühsommer hinaus aufs Wasser gefolgt waren, hatte sie ihr Boot wieder in Besitz nehmen können.

Das Kanu hatte die Wintermonate gut überstanden, sein orange-gelber Rumpf leuchtete ihr fröhlich entgegen. Carla klopfte gegen den Kunststoff. Nur noch die Form erinnerte an die Rindenboote der nordamerikanischen Indianer. Im nächsten Moment sah sie Jasper Kronau darin sitzen, aufrecht und ohne Scheu. Kraftvoll zog er das Paddel durchs Wasser. Er schien ihr wie geschaffen für eine Tour durch die Fleete. Wahrscheinlich, so dachte sie, könnte er ihr zu jedem Baumriesen, der vom Wasser aus zu sehen war, eine Geschichte erzählen. Im nächsten Moment wunderte sie sich über ihre Gedanken. Warum trieb der Baumdoktor sich darin herum?

Wenn ich nicht mehr ich selbst bin, musst du gehen.

Carla schlug die Plane wieder über das Boot und trat auf den rutschigen Bootssteg. Nachdenklich blickte sie zur Villa hinauf. Von der Wasserseite her betrachtet, wirkte das Haus fast noch herrschaftlicher, noch größer, noch makelloser. Wer daran vorüberfuhr oder es vom anderen Fleetufer aus betrachtete, der sah Geschmack und Wohlstand, das Glück der Reichen. Auch Carla hatte sich dabei ertappt, wie sie auf ihren Kanutouren die Gärten und Häuser an den Alsterläufen taxiert hatte – und das vermeintlich sorglose Leben darin. Nun dachte sie, dass niemand sah, was sich wirklich hinter den alten Mauern verbarg. Was würde Jasper Kronau aus ihrem Garten und aus der Villa schließen? Und was würde sie ihm über ihr Leben erzählen, wenn er sie danach fragte?

Am späten Freitagnachmittag hatten sie schließlich miteinander sprechen können. Kronau hatte sich gemeldet, er hatte ihre Mail gelesen. Nach einigem Hin und Her einigten sie sich darauf, dass sie ihm das Bild am Montag zurückbringen würde. Er hatte sich nicht auf eine Verlängerung einlassen wollen. Sein Ton, freundlich, aber bestimmt, ließ alle ihre Versuche ins Leere laufen.

Carla hatte ihm jedoch sein Einverständnis abringen können, das *Apfelmädchen* übers Wochenende mit nach Hause nehmen zu dürfen. Sie hatte behauptet, das Bild noch genauer studieren zu wollen, aber eigentlich wollte sie es Willem zeigen. Vielleicht hatte Leonie Klimt ja recht, und das Bild löste eine Erinnerung in ihm aus? Und vielleicht könnte sie an sein Wissen anknüpfen? Ein Wort nur, ein Name genügten, um sie weiterzubringen. Doch Willems Verfassung, das offensichtliche Voranschreiten der Krankheit, hatten sie zögern lassen. Nun war es schon Sonntag, der späte Nachmittag. Es blieb ihr nicht mehr viel Zeit, Willem mit dem Bild zu konfrontieren. Das *Apfelmädchen* wartete in seinem Arbeitszimmer auf ihn.

Nach dem Abendessen fasste Carla sich ein Herz.

»Komm …«

Sie reichte Willem die Hand, fast zog sie ihn die Treppe hinauf. Die Bilder aus der Sammlung seines Vaters flankierten ihren Weg: Stadtansichten, die Schönheit der Landschaft an Alster und Elbe, Hafenszenen, alles in expressiven Farben dargestellt.

»Ich möchte dir etwas zeigen.«

Willem folgte ihr zögernd, seine Schritte hallten auf der Treppe.

»Ein Bild, ich möchte deine Meinung dazu hören. Es liegt oben in deinem Zimmer.«

Willems Arbeitszimmer befand sich im ersten Stock zwischen den beiden Schlafzimmern. Die Fenster zeigten zum Garten und zum Fleet, ein großes Badezimmer und ein weiteres Gästeschlafzimmer mit kleinem Duschbad lagen zur Straßenseite hin.

Carla öffnete die Tür zu Willems Zimmer, sie spürte, dass sie aufgeregt war. Wie lange hatte er sein Büro nicht mehr betreten? Die Luft war trocken, es roch nach Staub und Papier. Carla zog Willem an ihre Seite, tastete nach dem Lichtschalter und sah ihn an.

Willem blinzelte gegen das Licht. Carla folgte seinem Blick, der sich über die imposanten Bücherwände tastete. Wohl mehr als dreitausend Bände drängten sich in den Regalen, Kunst und Kultur, Literarisches und Biografisches – ein kurioses Durcheinander. Dazwischen gerahmte Fotografien von Ausstellungseröffnungen, Atelierbesuchen, befreundeten Künstlern. Die Stationen seines Lebens, viel mehr Siege als Niederlagen. Willem allein hatte sich darin zurechtgefunden. Immer wieder hatte Carla staunend erlebt, dass er jedes Buch, jeden Katalog auf Anhieb hatte finden können.

»Deine Bücher, Willem.«

Carlas Stimme zitterte, sie räusperte sich.

Willem knurrte etwas, er schien zu verstehen. Der Raum war ihm vertraut, seine Hand löste sich aus ihrer, dann lief er auf die Bücherwände zu. Für einen Moment stand er schweigend davor, schließlich breitete er die Arme aus, als wollte er die Bücher umarmen.

Carla folgte ihm, sie konnte seinen Atem hören, ein bewegtes Auf und Ab.

»Das Bild liegt auf dem Tisch, Willem.«

Sanft berührte sie ihn am Arm, sie versuchte, seine Aufmerksamkeit auf den Schreibtisch vor den beiden Fenstern zu lenken.

Das *Apfelmädchen* lag auf der mit Leder bezogenen Arbeitsfläche des gewaltigen Tisches. Als Carla Willems Büro zum ersten Mal betreten hatte, musste sie an den Kommandostand eines Schiffes denken. Neben einer Jugendstilleuchte, einem Gefäß mit Stiften, Statuetten und japanischen Netsuke beherrschten ein Fernglas und ein Kompass aus Messing die Arbeitsfläche. Ein Computer fehlte, Willem hatte alle seine Texte mit seinem geliebten schwarzen Füller geschrieben. Die Sekretärin hatte Willems Texte abgetippt, Korrekturen und Anmerkungen hatte er mit grüner Tinte auf den Manuskripten notiert. Ein Prozess, der seine Gedanken schärfte, wie Willem immer behauptet hatte. Er hatte nichts gegen Computer gehabt, solange andere sie benutzten.

Willem schien das Bild nicht zu sehen, sein Blick glitt durch die Fenster hinaus in die Dunkelheit, die vom Fleet hinaufzog. Ein Phänomen, das Carla zum ersten Mal im Garten der Villa beobachtet hatte. Die Abenddämmerung kroch wie Nebel aus den Niederungen empor, als ob das Wasser das Tageslicht verschluckte.

»Schau, Willem, wir haben das Bild am Donnerstag in die Kunstsprechstunde bekommen.«

Carla strich ihm über die Wange, das *Apfelmädchen* blickte sie an. Es schien ihr, als hielte es den Atem an.

»Was hältst du davon?«

Willem schüttelte den Kopf, unwillig löste er seinen Blick von den schwarzen Fensterflächen. Er blinzelte, sah Carla in die Augen.

»Willem, das Bild …«

Carla trat hinter den Schreibtisch und hob das Gemälde behutsam an. Willem konnte dem Blick des *Apfelmädchens* nun nicht mehr entkommen.

Ein Augenblick verstrich, und dann – da war ein Flackern in seinem Blick. Erstaunen, Erkennen, zuletzt Entsetzen.

Willem taumelte zurück, er drehte sich um, floh aus dem Zimmer.

»Willem …«

Erschrocken ließ Carla das Bild wieder auf den Tisch gleiten. Sie wollte ihrem Mann folgen, doch in der Hektik verfing sich ihr Fuß im Kabel der Schreibtischlampe. Die Leuchte schwankte, Carla konnte sie gerade noch auffangen. Hitze fuhr durch ihren Körper, sie begann zu schwitzen.

»Willem!!«

Sie hörte ihn die Treppe hinunterpoltern, unten schlug eine Tür. Lief er etwa auf die Straße hinaus?

»Willem!!«

Ihre Stimme überschlug sich, sie konnte ihre Panik darin hören. Flur, Treppe, Halle, Haustür. Carla versuchte, ihm so schnell wie möglich zu folgen. Am Gartentor holte sie ihn ein. Er schluchzte wie ein Kind.

»Willem, Willem …«

Sie nahm ihn in den Arm, hielt ihn fest. In ihrem Kopf ein wilder Tanz aus Schrecken und Schuld. Was hatte sie getan?

»Willem, was ist denn mit dir?«

Ihre Stimme sanft und beruhigend, als wollte sie ein Kind trösten, das schlecht geträumt hatte.

»Es ist doch nur ein Bild.«

In der Umarmung gefangen, zog sie ihn zurück ins Haus und hinein in die Wärme. Sie bugsierte Willem ins Gartenzimmer, drückte ihn in seinen Sessel, kniete sich vor ihn, umarmte ihn wieder. Und er ließ es geschehen. Er vertraute ihr noch immer, spürte ihre Liebe.

»Willem, Willem …«

Sie hatte ihn noch nie so weinen sehen. Warum fürchtete er sich so – vor einem Bild?

Carla dachte, dass sie etwas in ihm wachgerufen hatte. Sie spürte, wie auch ihr die Tränen in die Augen schossen.

Was hatte Willem erlebt? Und was hatte das Bild damit zu tun?

»Willem, Willem, ich bin ja da.«

Schließlich löste sich aus den Schluchzern ein Wort.

»Vater …«, meinte sie zu verstehen. Immer wieder »Vater«.

Willem war ein Kind, und seine Tränen waren die Tränen eines Kindes.

Irgendwann wurde das Weinen leiser, die Tränen versiegten, als hätte Willem sich leer geweint. Erschöpft sah er sie an, und in diesem Blick blitzte so etwas wie Liebe auf.

»Es tut mir so leid, Willem.«

Carla hockte noch immer vor dem Sessel, nun ließ sie sich auf den Teppich sinken. Sie konnte die Tränen nicht mehr zurückhalten, wie Regen strömten sie ihr über die Wangen.

Willem beobachtete sie, fast erstaunt. Dann strich er ihr über das Haar.

Sie tauschten die Rollen, für einen Moment. Und Carla dachte, dass sein Herz nichts vergessen hatte.

»Willst du schlafen gehen, Willem?«

Er nickte. Carla spürte, dass er sie verstanden hatte. Er wollte zu Bett, schlafen, vergessen.

»Ich bringe dich nach oben.«

Sie kam auf die Beine, reichte ihm die Hand, und er schloss seine Finger ganz zart um ihre.

Als er fertig war für die Nacht, legte sie sich zu ihm ins Bett. Wie von selbst begannen die Worte zu fließen. Sie erzählte ihm von ihrer ersten Begegnung, von ihrem Kennenlernen. *El abrazo* – Picassos Umarmung, seine Stimme an ihrem Ohr.

Und Willem nahm sie in den Arm, so wie er es lange nicht mehr getan hatte. Auch im Schlaf hielt er sie noch fest umschlungen.

ACHT

Jasper Kronau wohnte auf der anderen Seite der Alster, eine ruhige Seitenstraße, alte Häuser mit Gärten und Buchenhecken. Die Fassaden wiesen Jugendstilelemente auf, geschwungene Linien und florale Ornamente. An der Ecke trotzte ein Feinkostladen der Discounterschwemme.

Carla war mit dem Taxi gekommen, ihr Fahrrad stand noch beim Museum, sie hatte das Bild nicht darauf transportieren wollen. Der Taxifahrer half ihr, die große Bildertasche aus dem Kofferraum zu heben. Sie gab ihm ein Trinkgeld, trotzdem schloss er den Kofferraum mit einem Knall. Erschrocken zuckte sie zusammen.

Im Gehweg vor Kronaus Haus fielen Carla drei Stolpersteine auf. Die kleinen Gedenksteine mit Messingtafeln erinnerten an die Opfer der Nazizeit. »Hier wohnte …«, ein Name, zwei Jahreszahlen – und eine berührende Botschaft: Das Grauen hatte nicht erst in den Vernichtungslagern begonnen, das Böse war gleich nebenan, in der Nachbarschaft, passiert.

Sie hielt einen Moment inne, die Tasche über ihrer Schulter war leicht und schwer zugleich. War Alma Reed auch deportiert worden? Hatte sie ihr Leben in einem der Konzentrationslager verloren? Nachdenklich betrachtete Carla die großbürgerliche Fassade, sie dachte, dass sie mit leeren Händen gekommen war. Was sollte sie Jasper Kronau erzählen, sie hatten fast nichts über das Bild herausgefunden? Hinter einem der Fenster im Erdgeschoss nahm sie eine Bewegung wahr.

Wenig später flog die Eingangstür auf, Kronau schien auf sie gewartet zu haben.

»Guten Morgen …« Seine Stimme, weich und irgendwie schon vertraut. »Was macht der Arm?« Ein kleines Lächeln um die Augen, morgengrünes Leuchten, das Haar noch feucht. Bevor Carla etwas erwidern konnte, nahm er ihr die Tasche ab. Mit einer spöttischen Handbewegung bat er sie ins Haus, dann stürmte er voran in seine Wohnung.

»Kaffee oder Tee?«

»Einen Kaffee, bitte.«

Im Flur fielen Carla ein paar zierliche rote Turnschuhe neben Kronaus Boots auf, ein Skateboard, an der Garderobe hing ein geringelter Schal. Carla schälte sich aus ihrem Mantel, den Kronau über einen Haken warf, dann folgte sie ihm, vorbei an vielen geschlossenen Türen, durch den Flur nach hinten in die Küche.

»Mit heißer Milch?«

»Ja, bitte.«

Carla sah sich um. Der helle, freundliche Raum war eine Mischung aus Küche und Wohnzimmer und ging in einen Wintergarten über. Ein großer Holztisch stand dort, ein Ensemble diverser nicht zueinander passender Stühle, ein altes Sofa, fröhlich gestreifte Kissen. Eine schwarze Katze schlief darauf. Auf den Fensterbänken Töpfe mit Narzissen und dazwischen kleine Figuren, aus grobem Holz geschnitzt. Ein ganzes Völkchen unterschiedlicher Charaktere.

Überrascht beugte Carla sich darüber. Jede einzelne Skulptur verblüffte sie durch die simple, aber äußerst treffende Darstellung menschlicher Eigenschaften. Sie sah fröhliche und nachdenkliche, siegesgewisse und gebrochene Figuren, mehr Männer als Frauen.

»Machen Sie die?«

Eine Espressomaschine fauchte in ihrem Rücken, sie drehte

sich um. Kronau nickte, während er ihr eine Schale dampfenden Kaffees reichte. Hinter ihm blitzte eine professionelle Baristamaschine, daneben Töpfe mit Kräutern, Gewürzen und ein Sortiment verschiedenster Öle. Frau Woldsen hätte ihre Freude daran gehabt.

»Die sind gut …«

Carla stieg der Duft des frischen Espressos in die Nase. Kronau hatte eine Prise Zimt über den Milchschaum gestreut. Sie atmete den Duft des Kaffees ein und versuchte, ihre Überraschung zu verbergen: The Arbor Artists – der Baumdoktor war tatsächlich so etwas wie ein Künstler.

»Wann machen Sie die?«

Kronau schüttelte den Kopf, als wäre es ihm unangenehm, über sich zu sprechen. Er hob die Bildertasche auf den Holztisch, nestelte an ihrem Verschluss.

»Im Winter«, antwortete er schließlich. »Fingerübungen …«

»Haben Sie schon einmal ausgestellt?«

Carla beugte sich noch einmal über die Skulpturen, es reizte sie, eine der Figuren in die Hände zu nehmen. Sofort fielen ihr eine Handvoll Galeristen ein, die sich für die Skulpturen begeistern würden.

Er sah sie an, als ob er an ihrem Verstand zweifelte. Eine Augenbraue zuckte nach oben, dann ließ er sie wieder fallen.

»Wollten Sie mir nicht etwas über das Bild erzählen?«

»Das *Apfelmädchen* …«

Sie trat zu ihm an den Tisch und half ihm mit dem Verschluss. Kurz berührten sich ihre Hände, als sie das Bild aus der Tasche hoben.

»Die Zuschreibung hat sich für uns erhärtet, wir sind sicher, dass Sie ein Bild von Alma Reed besitzen. Nach unserem bisherigen Wissensstand ist es das einzige Bild von Alma Reed, das seit dem Zweiten Weltkrieg wiederaufgetaucht ist.«

»Das heißt, sie hat nicht viel gemalt?«

Carla schüttelte den Kopf.

»Das wissen wir nicht. Sie hat an einigen Ausstellungen der Sezession teilgenommen, mit Ölgemälden, Aquarellen, Zeichnungen. Darüber gibt es Aufzeichnungen, wir kennen die Titel einiger ihrer Bilder. Wir wissen auch, dass sie Porträts der Hamburger Gesellschaft malte, darunter wohl auch Kinderbildnisse wie dieses hier. Drei oder vier Bilder in Privatbesitz haben den Bildersturm der Nazis überstanden, das ist bekannt. Alma Reed setzte sich mit verschiedenen Stilrichtungen moderner Malerei auseinander, bei Ihrem Bild gibt es etwa Anklänge an Cézanne. Vielleicht hat sie auch eine Weile im Ausland gelebt – Frankreich oder Italien? Aber nach 1939 ist sie wie vom Erdboden verschluckt, wir haben keine Spur. Nach dem Krieg war sie jedenfalls fast völlig in Vergessenheit geraten.«

Carla schwieg, für einen Moment dachte sie, dass nicht einmal Willem Alma Reed im Katalog zu seiner Sezessionsausstellung erwähnt hatte. Dann sah sie wieder sein entsetztes Gesicht, seinen Schrecken beim Anblick des *Apfelmädchens*. Noch bevor sie zu Jasper Kronau gefahren war, hatte sie mit Willems Arzt telefoniert und ihm die Ereignisse des gestrigen Abends geschildert. Sie hatten einen Termin für den Nachmittag vereinbart.

»Wir haben noch etwas entdeckt«, fuhr sie schließlich fort. Sie bat Kronau, das Bild anzuheben. Dann zeigte sie ihm Waldburgs Marke auf der Rückseite. »Otto Waldburg, ein Hamburger Kunsthändler. Bestens vernetzt, er wickelte auch Geschäfte für die Nazis ab. Neben Ihrer Nachbarin Isa Voigt bislang unsere einzige Spur.«

Kronau war ihren Ausführungen schweigend gefolgt, er ließ das Bild wieder auf den Tisch gleiten und setzte sich auf das Sofa. Die Katze streckte sich ihm fordernd entgegen, und er fuhr mit seinen großen Händen über ihren Rücken. Wohliges Schnurren erfüllte die Küche.

»Finden Sie nicht, dass es jetzt noch trauriger wirkt?«, fragte er.

»Das *Apfelmädchen*?«

Carla zog einen Stuhl zurück und setzte sich ihm gegenüber. Das Gemälde lag nun zwischen ihnen. Sie begriff, was Kronau meinte: Das Bild schien die Stimmung seines Betrachters zu verstärken. Wieder sah sie Willem vor sich, seine Tränen. Sie strich sich das Haar zurück.

»Ich brauche mehr Informationen über Isa Voigt. Was wissen Sie von ihr?«

Kronau schüttelte den Kopf. »Wir haben über ihren Garten gesprochen, über die Bäume, die Blumen.« Er wies hinaus, Carla wusste nicht, ob er den Garten zur Linken oder zur Rechten meinte. »Sie mochte Stiefmütterchen, Hortensien, Dahlien, den Efeu an ihrem Haus, die alte Blutbuche. Im Winter hat sie am Fenster gestanden und die Vögel beobachtet, die zum Futterhäuschen geflogen kamen. Manchmal war sogar ein Buntspecht dabei.«

»Wann ist sie gestorben?«

»Im letzten Herbst, Mitte November. Sie hat immer gesagt, dass sie nicht im Sommer sterben könne. Sie ist zu Bett gegangen und nicht mehr aufgewacht.«

»Waren Sie auf ihrer Beerdigung?«

Kronau nickte. »Sie liegt in Ohlsdorf, Familiengrab mit Bronzeengel.«

Für einen Moment schwieg er nachdenklich.

»Vielleicht hilft Ihnen der Grabstein weiter, die Namen ihrer Vorfahren?«

Carla nickte. »Und der Pfarrer, die Nachbarn?«

»Ich höre mich noch einmal um.«

Die Katze hatte sich auf den Rücken gelegt, Kronau kraulte

ihren Bauch. Carla beobachtete fasziniert, wie sie die Streicheleinheiten genoss. Ihre Augen waren geschlossen, die Barthaare zitterten.

»Wie heißt sie?«

»Die Katze?«

Jasper Kronau sah ihr in die Augen, sein Blick machte sie verlegen. Carla nickte und trank einen Schluck Kaffee.

»Sie hat Frau Voigt gehört. Eine Woche bevor sie starb, hat sie sich hier einquartiert. Als ob sie geahnt hätte, dass …« Er schwieg, blickte zur Katze.

»Und wie heißt sie nun?«

»Miez«, Kronau lachte, eine Spur verlegen. Die Katze öffnete die Augen und hob den Kopf. »Frau Voigt hat sie Miez gerufen. Ich weiß nicht, ob das ihr Name ist oder nur ein Lockruf.«

»Es gibt seltsamere Namen. Der Dackel meines Blumenhändlers heißt Brigitte – nach Brigitte Bardot.«

Carla wusste nicht, warum sie über Brigitte sprach. Dann fiel ihr ein, dass sie es heute nicht schaffen würde, ihren Montagsstrauß zu kaufen. Herr Engel würde vergeblich auf sie warten. Auch die Montagsrunde im Museum fand ohne sie statt, sie hatte Elke Schnibben informiert.

»Sie kaufen Ihre Blumen bei August Engel?«

»Sie kennen ihn?«

»Ich habe mal eine Zeitlang auf dem Blumenmarkt ausgeholfen, dort kennt ihn jeder. Er ist der Beste, seine Sträuße haben Seele.«

»Ich hätte nicht gedacht, dass Sie der Schnittblumentyp sind.«

»Weil ich mit der Motorsäge umgehen kann?« Wieder sah er sie mit hochgezogenen Augenbrauen an, sein volles Haar fiel ihm in die Stirn.

»Nein … Ich …«

Carla wusste nicht, was sie sagen sollte. Verlegen nippte sie an ihrem Kaffee, sie befanden sich auf schwankendem Grund. Das *Apfelmädchen* schien zu zwinkern.

»Wo hängt das Bild eigentlich bei Ihnen?«, rettete sie sich schließlich. »Es ist sehr gut erhalten. Unsere Restauratorin hat mir aufgetragen, zu schauen, ob …« Carla tastete sich voran.

»Ob es bei mir wirklich in guten Händen ist?« Kronau vollendete ihren Satz. Seine Augen lächelten, er schien es ihr nicht übelzunehmen. »Kommen Sie, ich zeige es Ihnen.«

Er nahm das Bild, und sie folgte ihm auf den Flur.

»Ich sagte doch, es hängt unter Bäumen.«

»Sie sagten, es hängt an einem besonderen Ort.«

»An einem besonderen Ort unter Bäumen …«

Kronau öffnete eine Tür und ließ sie eintreten. Das Erste, was Carla sah, war ein Wald aus Bäumen. Ein Dschungel, wild und ungestüm, jemand hatte ihn an die Zimmerwand gemalt. Davor ein Bett mit einem Plüschgorilla, Bücher und CDs stapelten sich auf dem Parkett.

»Meine Tochter ist nur jedes zweite Wochenende bei mir, sie lebt bei ihrer Mutter in Frankfurt«, hörte sie ihn leise hinter ihrem Rücken sagen. »Frau Voigt wusste, wie sehr ich sie vermisse. Deshalb hat sie mir das *Apfelmädchen* geschenkt.«

Er schob sich an Carla vorbei, jetzt bemerkte sie den Bilderhaken auf der gegenüberliegenden Wand. Er hängte das Bild an seinen Platz. Der Blick des *Apfelmädchens* fiel nun auf den Urwald. Die Katze war ihnen gefolgt, sie sprang aufs Bett und rollte sich ein.

Er hatte eine Tochter!

»Was sagen Sie?«

Jasper Kronau drehte sich zu ihr, und sie sah den schwarzen Grund in seinen Augen.

»Aus konservatorischer Sicht ist nichts dagegen einzuwenden«, erwiderte sie steif. »Kein direkter Lichteinfall, Temperatur und Luftfeuchtigkeit sind okay …«

Sie schwieg einen Moment, das *Apfelmädchen* wirkte plötzlich wie ein Kind und nicht länger wie eine ernste Madonna.

»Sie scheint sich wohl zu fühlen«, fuhr sie fort und spürte, wie sich ein Lächeln auf ihr Gesicht malte. »Und Alma Reed hätte dieses Zimmer bestimmt gefallen.«

»Wie geht es Ihnen?«

Doktor Niemann schüttelte Carlas Hand und bat sie, an seinem Schreibtisch Platz zu nehmen. Er setzte sich, der graue Tisch und der Monitor seines Computers waren seine Barriere gegen zu viel Leid.

»Nicht so gut«, antwortete sie ehrlich. Noch einmal fasste sie zusammen, was sie ihm schon am Telefon erzählt hatte. Als sie ihm Willems Reaktion auf das Bild schilderte, stiegen ihr Tränen in die Augen – wieder. Doktor Niemann machte sich Notizen.

»Hat sich etwas in seinem Tagesablauf geändert?«, fragte er, als sie geendet hatte. »Irgendetwas, was Ihren Mann verunsichern könnte?«

Carla schüttelte den Kopf. »Wir waren nachmittags spazieren und sind einer alten Freundin von ihm begegnet. Ich glaube allerdings nicht, dass Willem sich an sie erinnert hat. Er hat sie nicht erkannt.«

»Nimmt er seine Medikamente regelmäßig ein?«

Carla nickte. Frau Woldsen achtete darauf, dass Willem die Pillen und Kapseln pünktlich einnahm. Die Tabletten sollten die Funktion der Nervenzellen unterstützen, das Fortschreiten der Krankheit verzögern. Ein bunter Cocktail gegen das Vergessen.

»Sie meinen also, er hat auf das Bild reagiert?«

Doktor Niemann blickte sie über den Rand seiner Lesebrille an. Ein nüchterner Blick, keine Emotion.

»Ich kann es mir nicht anders erklären. Das Bild ist von einer Hamburger Künstlerin, aber es ist vor dem Krieg gemalt worden, Willem war noch nicht geboren. Er sprach von seinem Vater. Vielleicht erinnert es ihn nur an etwas?«

Carla umschrieb das Gemälde vage, sie erklärte, dass die Künstlerin vermutlich im Krieg ums Leben gekommen war. Wieder hatte sie mit Jasper Kronau vereinbart, dass nichts über das *Apfelmädchen* publik werden sollte. Als sie ihn am Vormittag verlassen hatte, hatte sie ihn jedoch darum gebeten, es in die Herbstausstellung mit aufnehmen zu dürfen. Außerdem hatte sie ihm geraten, das Bild zu versichern. Kronau wollte darüber nachdenken.

Willems Arzt blätterte in der Akte, die vor ihm lag. Schließlich lehnte er sich zurück und verschränkte die Arme.

»Zwei von drei Menschen, die vor Kriegsende geboren worden sind, haben Traumatisches erlebt«, sagte er. »Als Erwachsene oder als Kinder. Flucht, Bomben, Todesgefahr, Vergewaltigung, der Verlust von Angehörigen oder Freunden. Mit diesen Erfahrungen blieben sie lange allein. Im Alter kann das, was lange im Verborgenen ruhte, wieder aufbrechen. Wir wissen, dass sich ein Trauma im Alter oft mit einer demenziellen Erkrankung überlagert.«

»Sie meinen also, Willems Krankheit ist Folge eines Kriegstraumas?« Carla schüttelte den Kopf. Sie war sicher, dass Willem ihr davon erzählt hätte. Dass sie etwas gespürt hätte. »Hätte ich davon nicht schon früher etwas merken müssen?«

»Nicht unbedingt.« Doktor Niemann lehnte sich wieder vor, er suchte etwas in Willems Akte. »Aber das eine kann das andere verstärken. In den Demenz-Abteilungen unserer Kliniken sind immer mehr Menschen, die den Zweiten Weltkrieg noch bewusst erlebt haben. Viele leiden unter posttraumatischen Belastungsstörungen. Und Ihr Mann hat seine Kindheit im Krieg erlebt, die Operation Gomorrha, der Feuersturm über der Stadt, mehr als dreißigtausend Tote. Dass er nie mit Ihnen darüber gesprochen hat, ist doch bezeichnend. Er hat alles Schreckliche verdrängt.«

»Eingebunkert ...«

»Wie bitte?« Willems Arzt stockte, er sah sie fragend an.

»Eingebunkert. Willem hat mir einmal erklärt, dass er die Erinnerungen an die letzten Kriegsmonate, an den Tod seines Vaters in seinem Inneren vergraben hat. Eingebunkert – das war sein Wort dafür.«

»Sein Vater fiel an der Front?«

»Nein«, Carla schüttelte den Kopf. »Gustav van Velden war Bankier, seine Bank galt als kriegswichtig. Er war nie an der Front. Er ist kurz vor Kriegsende an einem Fieber verstorben.«

»Und Ihr Mann hat die Krankheit seines Vaters, seinen Tod zu Hause miterlebt. Das muss schrecklich für einen fünfjährigen Jungen gewesen sein.«

»Aber wie kann das Porträt eines Mädchens diese Erinnerungen aufwecken? Die Erinnerung an seinen Vater?« Carla zweifelte an den Erklärungen des Arztes. »Warum kommt das ausgerechnet jetzt zurück?«

»Nach dem Krieg kam der Wiederaufbau, der Beruf, die Karriere, Partnerschaften ... Das waren stärkere Reize, Ihr Mann war gefordert, er setzte sich ein für moderne Kunst, war erfolgreich. All diese Reize verdrängten die Erinnerungen an den Krieg. Doch mit dem Ausscheiden aus dem Beruf kamen keine stärkeren Reize mehr nach. Der Verdrängungsmechanismus erschlaffte. Sie müssen sich das wie einen Muskel vorstellen, der nicht mehr beansprucht wird. Das gibt der Erinnerung Raum. Das Bild war dann der Auslöser dafür, das Erlebte wieder zu erinnern. Wir haben es hier immer wieder mit Menschen zu tun, die nachts aus dem Schlaf schrecken, weil sie glauben, dass die Bomber kommen. Dass Hamburg wieder brennt.«

»Und die Demenz befördert diese Erinnerungen?«

»Für Menschen mit einer Alzheimer-Erkrankung ist es besonders schlimm. Gerade am Beginn der Krankheit, wenn die rationalen Mechanismen nicht mehr greifen. Sie können nicht mehr auf den Verstand setzen, der ihnen sagt: Halt, es ist vorbei. Du bist jetzt in Sicherheit. Der Patient ist plötzlich zurück im Krieg und funktioniert nach den alten Regeln. Ich kenne Männer, die morgens zum Frühstück kommen, die Hacken zusammenknallen und den Arm zum Hitler-Gruß ausstrecken. Frauen, die sich plötzlich an eine Vergewaltigung erinnern und nicht mehr aufhören können zu schreien.«

»Und man kann nichts tun?«

Carla bemerkte, dass sie ihre Hände im Schoß knetete. Hatte sie Willem tatsächlich mit einem schrecklichen Erlebnis aus seiner Kindheit konfrontiert?

»Sie werden die Erinnerung bei Ihrem Mann nicht wegdiskutieren können. Sie können ihm nur immer wieder vermitteln, dass er in Sicherheit ist.«

»Ich hatte gehofft …«

»Dass Ihr Mann Ihnen etwas über das Bild erzählen könnte?«

Willems Arzt schüttelte den Kopf. Er nahm etwas aus der Akte, stand auf, ging um den Schreibtisch herum und trat vor den Leuchtschirm. Carla sah, wie er Willems Kernspinaufnahmen davorklemmte. Er drehte sich um, sah sie an.

»Kein gutes Gefühl, oder?«

Carla schüttelte den Kopf, sie merkte, dass ihr wieder Tränen in die Augen schossen. Das Bild löste so vieles in ihr aus. Der Moment war wieder da, die Diagnose … Der Augenblick, in dem sie begonnen hatte, Willem zu verlieren.

»Möchten Sie darüber reden?«

Sie hatte verstanden. Wieder schüttelte sie den Kopf.

»Sehen Sie … Ich wette, Sie können sich nicht daran erinnern, wie Sie nach der Diagnose und dem Gespräch nach Hause gekommen sind.«

Carla horchte in sich hinein. Tatsächlich, da war nichts. Sie hatte keine Erinnerung mehr an die Heimfahrt im Taxi, an die Tage danach. Sie wusste nur noch, dass sie funktioniert hatte. Irgendwie … Dann fiel ihr ein, dass sie mit Willem Bach gehört hatte. Immer wieder. Glenn Gould mit Bachs *Goldberg-Variationen*. Hatten sie gehofft, dass die Musik sie trösten könnte?

»Das ist Ihr Trauma«, fuhr Willems Arzt fort. »Ihr Päckchen, das Sie mit sich tragen. Dieser Moment hat Ihr Leben verändert, schrecklich verändert. Und ich kann Ihnen nur raten, sich beizeiten Hilfe zu suchen, falls die Last zu schwer wird. Sprechen Sie darüber, mit Freunden, vielleicht auch mit einem Therapeuten. Ihren Mann sollten Sie jedenfalls nicht noch einmal mit dem Bild konfrontieren.«

NEUN

Ein frischer Strauß wartete auf ihrem Schreibtisch, als Carla am nächsten Morgen in ihr Büro kam. Überrascht beugte sie sich über die lässig gebundene Pracht aus Ranunkeln, Perlhyazinthen, Mimosen und Anemonen – es roch nach Frühling.

»Woher …?«

Carla schaute auf und begegnete Hannes' Blick. Er hatte sie beobachtet. Sie bemerkte eine leichte Röte, die sich über seine Wangen zog. Unruhig rutschte er auf seinem Stuhl hin und her.

»Von dir?«

Hannes nickte, sie sah, dass er mit seiner Verlegenheit kämpfte. »Ich wollte mich für den guten Start bedanken.«

»Danke schön.«

Der Strauß glich einem Liebesgedicht. Carla unterdrückte ein Lächeln, sie wand sich aus ihrem Blazer, krempelte die Ärmel ihrer Bluse hoch und setzte sich.

»Die sind von Blumen Engel, richtig?«

»Woher weißt du das?«

»Er ist der Beste!«

Das war Jasper Kronaus Satz. Für einen Moment hatte Carla ihn vor Augen. Sie sah seine Küche, die Fensterbänke mit den Holzskulpturen und meinte, den Zimt auf seinem Kaffee zu riechen. »So etwas bindet nur der alte August Engel. Ich war heute spät dran, sonst hätte ich auch noch bei ihm hereingeschaut.«

»Als ich gestern vom Zug kam, konnte ich nicht anders. Die Tulpen waren ja auch wirklich hinüber.«

»Das ist wirklich … Also, das ist sehr lieb von dir.«

Wieder sah sie eine Spur von Röte über Hannes' Wangen huschen.

»Ich habe dich ihm beschrieben, und er wusste sofort, wen ich meine. Herr Engel hat den Strauß zusammengestellt, ich soll dich grüßen. Er sagte, er hätte etwas für dich.«

Die Karte von Brigitte Bardot. Der alte Engel hatte tatsächlich daran gedacht.

Das schlechte Gewissen durchzuckte Carla. Vielleicht würde sie es im Lauf der Woche schaffen, bei ihm vorbeizuschauen?

Hannes sah sie neugierig an, er wartete auf ihre Reaktion.

»Er wollte mir etwas zeigen.«

In der Erinnerung an Engels Geschichte zog sich ein Lächeln über ihr Gesicht. Sie hatte ihm versprochen, nicht darüber zu reden.

»Ist nicht so wichtig …«, fuhr sie fort. »Viel wichtiger ist, was ich mit Herrn Kronau besprochen habe.«

Während ihr Computer hochfuhr, berichtete sie Hannes von dem Treffen. Im Gegenzug fasste Hannes kurz die Montagssitzung zusammen. Elke Schnibben und Leonie Klimt hatten die große Runde über ihren Fund informiert.

»Leonie und ich haben gestern die Eingangsbücher aus der fraglichen Zeit kontrolliert. Zwischen 1933 und 1939 hat das Museum vier Werke über Otto Waldburg angekauft. Dreizehn Bilder, vorwiegend Expressionisten, hat das Museum im Zug der Aktion Entartete Kunst verloren«, berichtete Hannes ihr und zählte Künstler und Werke auf.

»Zwei der Waldburg-Bilder haben wir in den vergangenen Jahren als Raubkunst identifiziert und den Erben zurückgegeben.« Carla erinnerte sich noch gut an die Diskussion um die

Rückgabe der Gemälde im eigenen Haus. Besonders Hafen-Heinrich hatte sich schwer damit getan, ein Exponat aus seiner Abteilung zu verlieren.

»Und wenn sich herausstellen sollte, dass das *Apfelmädchen* seinen ursprünglichen Besitzern abgepresst worden ist. Wie gehen wir damit um?« Hannes scheute sich nicht, die möglichen Folgen ihrer heiklen Recherche anzusprechen.

Carla nickte, auch sie hatte darüber nachgedacht. »Wenn wir einen Erben ermitteln können, dann müssen wir Jasper Kronau damit konfrontieren. Er liebt das Bild, aber er wird sich einer vernünftigen Lösung bestimmt nicht verschließen.«

»Hast du mit ihm darüber gesprochen, oder ist das nur ein Gefühl?« Hannes sah sie forschend an. »Es gibt kein Gesetz, das ihn zwingt, das Bild zurückzugeben. Noch immer nicht. Die Sache ist verjährt … seit fast vierzig Jahren schon.«

Carla zuckte mit den Schultern, Hannes hatte recht. Sie sah das Dschungelzimmer vor sich und hörte die Wehmut in Kronaus Stimme. Ihr fiel auf, dass sie ihn nach dem Namen der Katze, nicht aber nach dem Namen seiner Tochter gefragt hatte. Im nächsten Moment dachte sie, dass Jasper Kronau ein anständiger Mensch war. Er würde Recht von Unrecht unterscheiden können. »Ich denke, dass ihm die Folgen bewusst sein werden. Vielleicht hat er deshalb auch zunächst gezögert, das Bild im Museum zu lassen?«

Hannes wippte mit den Füßen, dann begann er, mit seinem Stuhl vor- und zurückzurollen. »Wie kann es eigentlich sein, dass jemand annimmt, ein gestohlenes Kunstwerk gehe automatisch in den Besitz eines Museums oder einer Sammlung über, nur weil sich die Eigentümer nicht gemeldet haben?«, platzte es aus ihm heraus. »Das kann doch nicht ernsthaft die Haltung einer Gesellschaft sein.«

Hannes hatte sich übers Wochenende offenbar intensiv mit dem Thema auseinandergesetzt. Überrascht registrierte

Carla seinen scharfen Ton, er redete sich in Rage. »Man kann es doch nicht von den Opfern des Holocausts oder ihren Nachfahren verlangen, Tausende von Kunstsammlungen in Deutschland zu durchforsten, um herauszufinden, was der Familie von den Nazis entwendet wurde.« Eindringlich sah er Carla an, seine Hände wirbelten durch die Luft, sie spiegelten seine Erregung. Für den Moment wirkte er wie ausgewechselt, als hätte er alles behutsam Verhaltene und Verletzliche über Bord geworfen. »Wenn dir dein Fahrrad gestohlen wird, dann ist es doch auch nicht deine Pflicht, sämtliche Händler abzuklappern, um nachzusehen, ob es vielleicht irgendwo auffindbar ist. Und wenn du ein Fahrrad deutlich unter Wert kaufst, dann sagt dir doch dein Verstand, dass da etwas faul ist. Warum also sollte man bei einem Kunstwerk anders verfahren?«

»Auf jeden Fall müssten die Verjährungsfristen geändert werden«, stimmte Carla ihm zu. Ihr gefiel Hannes' Eifer, seine Begeisterung für das Thema. Aber sie wusste auch, dass man sich auf diesem Gebiet keine Freunde in der Museumslandschaft machte.

»Deutschland ist noch immer im Besitz von mehr als zweitausend Kunstwerken, die Hitler für sein Führermuseum vorgesehen hatte und deren ursprüngliche Besitzer nicht ermittelt werden konnten«, polterte Hannes weiter. Er hatte die Zahlen recherchiert, Carla sah die Ausdrucke auf seinem Schreibtisch. »Seine Verbrechen wirken bis heute fort. Wir wissen doch, dass auf jedes geraubte Kunstwerk mindestens ein ausgelöschtes oder zerstörtes Menschenleben kommt. Wir sollten den Opfern zu ihrem Recht verhelfen.«

»Hannes …« Carla versuchte, ihn zu bremsen, doch er ließ sie nicht zu Wort kommen.

»Wir könnten ein Forschungsprojekt über Alma Reed ins Leben rufen und ins Netz stellen. Das kostet nicht viel, vernetzt uns aber mit anderen Museen und Forschungsstellen. So kämen wir bestimmt schneller zu einem Ergebnis.«

»Hannes …« Wieder unterdrückte Carla ein Lächeln. In seinem Eifer erinnerte er sie an die junge Frau, die sie einmal gewesen war. Auch sie hatte für eine gerechte Sache brennen können. Was war seitdem mit ihr geschehen? Hatte die Routine, hatten die Realitäten sie eingelullt? »Hannes, wir müssen erst einmal mit unserer Recherchearbeit vorankommen. Wir sind noch keinen Schritt weiter. Über alles andere müssen wir uns mit Herrn Kronau verständigen, gegen seinen Willen dürfen wir nichts über das Bild veröffentlichen. Auch nicht im Netz. Wir können nicht einfach einen Aufruf in irgendwelchen sozialen Netzwerken starten. Es geht hier schließlich nicht um einen verlorenen Teddybären.«

»Ich weiß, dass es um ein Menschenleben geht – und um Gerechtigkeit.«

Hannes sah sie fordernd an, gewiss hatte er in dieser Sache mehr Begeisterung von ihr erwartet. War sie zu vorsichtig? Carla horchte in sich hinein. War sie schon genauso empfindlich wie Hafen-Heinrich?

»Hannes, wir …«

Es klopfte an der Tür.

»Guten Morgen.« Ohne auf ihre Antwort zu warten, rauschte Leonie Klimt herein. Hannes beobachtete ihren Auftritt aus den Augenwinkeln heraus. Er verschränkte die Arme vor der Brust und lehnte sich zurück.

»Darf ich?«

Leonie verschwand kurz im Nebenraum und kam mit einem Becher Kaffee zurück.

»Wie war's beim Baumdoktor?«, fragte sie Carla und pustete in den heißen Kaffee.

»Er hat eine Tochter.«

Warum sagte sie das?

»Allein erziehend?«

Leonie lehnte sich gegen die Wand, sie verzog das Gesicht, als sie den Kaffee probierte. Hannes grinste.

»Das Mädchen lebt die meiste Zeit bei seiner Mutter in Frankfurt.«

»Also beziehungsgeschädigt …« Leonie beurteilte Menschen so, wie sie ein Kunstwerk taxierte: Alter, Zustand, Provenienz. Sie machte eine bedauernde Handbewegung, Kaffee schwappte über den Rand ihres Bechers vor ihre Füße. »O sorry.«

Carla kramte in ihrer Tasche und warf Leonie ein Paket Papiertaschentücher zu. Umständlich sank Leonie in die Knie, ihr Rock war nicht für Turnübungen gemacht. Das Papier saugte den Kaffee auf, mit einem Seufzer richtete Leonie sich wieder auf.

»Na ja, hätte man sich ja auch denken können, dass er eine Vorgeschichte hat. Schade, eigentlich ein attraktiver Typ.«

Hannes schüttelte den Kopf, ein kleines Lächeln kräuselte seine Lippen. Er nahm sein Handy und starrte auf das Display. Carla dachte darüber nach, welches Etikett Leonie ihr anheften würde. Verheiratet mit Pflegefall: Das ergab wohl ein doppeltes »Beziehungsgeschädigt«. Ein mieses Rating. Schwer vermittelbar.

»Wo hängt denn nun das Bild?« Leonie gönnte ihnen keine Pause, sie stellte den Kaffeebecher auf Carlas Schreibtisch ab.

»Alles okay, du hättest sicherlich keine Einwände.« Carla verschwieg den Dschungel, das liebevoll eingerichtete Mädchenzimmer.

»Gibt er es uns für die Ausstellung?«

Carla zuckte mit den Schultern. »Er will darüber nachdenken. Ich nehme an, das hängt davon ab, was wir noch über das *Apfelmädchen* herausfinden. Wenn sich herausstellen sollte, dass wir es hier mit Raubkunst zu tun haben …«

Leonie hatte verstanden, sie nickte. »Das Bild ist ein echter Kracher«, fuhr sie fort. »Stellt euch vor, es kommt in den Handel. Jeder Galerist, jeder Auktionator würde sich darum reißen. Das ist ein echtes *Conversation Piece* – ein Bild, über das man reden kann. Mit solchen Stücken erzielt man wahnwitzige Preise.«

Unwillkürlich zuckte Carla zusammen, Leonie sprach über die Gepflogenheiten des Kunstmarktes. Hohe Preise wurden immer dann erzielt, wenn man nicht nur ein erstklassiges Kunstwerk verkaufen konnte, sondern auch eine Provenienz und eine Story. Schon die Renaissance-Fürsten hatten es so gehalten.

»Schöner Strauß!« Leonie durchquerte das Büro und lehnte sich mit dem Rücken gegen die Fensterbank. Ihr Körper zeichnete sich dunkel vor dem hereinfallenden Tageslicht ab. Sie glich einer Skulptur. »Hast du denn etwas über die Vorbesitzerin herausfinden können?«

»Ich wollte gerade mit Hannes darüber sprechen, als du hereinkamst. Herr Kronau selbst weiß kaum etwas über Isa Voigt, aber er hat mir versprochen, noch einmal nach Ohlsdorf zu fahren. Sie liegt dort in einem Familiengrab, vielleicht bringen uns die Namen ihrer Vorfahren weiter. Außerdem wollte er mit dem Pfarrer sprechen.«

»Und die Nachbarn?«

Carla schüttelte den Kopf. Nachdem sie sich von Jasper Kronau verabschiedet hatte, hatte sie noch in der Nachbarschaft geklingelt. Doch kaum jemand war zu Hause gewesen, sie hatte nichts erfahren. Selbst im Feinkostladen an der Ecke konnte man sich nur daran erinnern, dass die alte Frau Voigt eine Vorliebe für französischen Käse und Ingwerstäbchen gehabt hatte und sich zuletzt nur mühsam mit einem Rollator fortbewegen konnte. Nie hatte sie über früher gesprochen, und nie hatte sie jemand danach gefragt.

»Eine alte Frau, höflich, zurückgezogen, unauffällig«, murmelte sie. »Ihre Wohnung ist inzwischen durch die Stiftung verkauft worden, der sie ihr sonstiges Vermögen vermacht hat. Sie wird gerade umgebaut, jedenfalls waren dort die Handwerker zugange. Dort werden wir nichts mehr finden.«

»Vielleicht weiß man in der Stiftung etwas?« Hannes' Blick wanderte zwischen Leonie und Carla hin und her.

Wieder musste Carla verneinen. Isa Voigt hatte das Geld einer Einrichtung vermacht, die sich um vernachlässigte Kinder kümmerte. Sie hatte gestern noch mit dem Geschäftsführer telefoniert. Man sei hocherfreut über die Erbschaft gewesen, hatte er ihr erklärt. Aber zu Frau Voigt hätte man nie persönlich Kontakt gehabt.

»Ich werde als Nächstes mit der Jüdischen Gemeinde sprechen«, fuhr sie fort. »Mir scheint es sinnvoller zu sein, mit Alma Reeds Familie weiterzumachen. Was ist mit ihren Eltern geschehen und mit ihrer Schwester? Wenn sie deportiert worden sind, müsste es doch Aufzeichnungen darüber geben. Im Listenführen waren die Deutschen schon immer gut. Außerdem müssen wir uns um Otto Waldburg kümmern. Gibt es ein Verzeichnis seiner Käufer? Irgendeinen Nachlass in irgendeinem Archiv?« Sie nickte Hannes aufmunternd zu.

»Und dein Mann? Hast du ihm das Bild gezeigt?« Leonie sah sie prüfend an.

Vater, Vater …

Carla schlug die Augen nieder, sie spürte ein Pochen in den Ohren. Irritiert zupfte sie an den Knöpfen ihrer Bluse, dann strich sie sich eine Strähne hinters Ohr. Willems Tränen verfolgten sie noch immer.

»Da war nichts«, schüttelte sie den Kopf. »Keine Reaktion.«

»Was hast du Herrn Engel eigentlich gesagt?«

Hannes sah sie fragend an.

»Wie hast du mich beschrieben?«

Leonie Klimt hatte das Büro verlassen, sie waren wieder allein. Eine Zeitlang hatte Carla E-Mails beantwortet und sich der Herbstausstellung gewidmet. Sie hakte bei einigen Museen und Sammlern nach, noch waren nicht alle ihre Anfragen beantwortet worden. Zuletzt hatte sie sich erste Ideen für den Ausstellungskatalog notiert und eine Doppelseite für das *Apfelmädchen* reserviert.

Hannes lehnte sich zurück, er drehte seinen Stuhl in ihre Richtung und sah sie an.

»Schlank, Fahrradfahrerin«, antwortete er nach kurzem Zögern. »Bernsteinaugen, wählerisch, schlau. Hübsches Lächeln. Cate-Blanchett-Wangen. Meistens spät dran.«

»Oh …« Carla schüttelte den Kopf, er machte sie doch tatsächlich verlegen. »Nicht schlecht, das muss ich mir merken.« Sie versuchte, Hannes' Blick auszuweichen, und fixierte sein Kinn. Dann streifte sie die Bilder der Sezessionisten, die gegenüber an der Wand lehnten. Sie dachte, dass ihr das *Apfelmädchen* fehlte. Im nächsten Moment hatte sie das Dschungelzimmer vor Augen.

»Soll ich uns einen Kaffee holen, einen richtigen Kaffee von unten?«

Hannes' Stimme, er schien froh über die Unterbrechung zu sein und streckte seine Beine aus. Sein Stuhl knarrte, eigentlich war er zu groß für das Möbel.

»Ja, gerne.« Carla kramte in ihrem Portemonnaie und fischte einen Zehn-Euro-Schein hervor. »Ich lade dich ein.«

Als er das Büro verließ, beobachtete sie ihn. Plötzlich fiel ihr auf, dass er das Haar im Nacken kürzer trug. Jung, dachte sie. Zu jung. Schlaksiger Gang. Romantiker. Vielleicht Gitarrenspieler, E-Gitarre? Sie stellte ihn sich auf einer Bühne vor, ein Konzert, kreischende Mädchen.

Gab es eine Freundin in Berlin? Sie hatten kaum über Privates gesprochen. Carla wusste noch nicht einmal, ob er inzwischen eine Bleibe in Hamburg gefunden hatte. Sie nahm sich vor, ihn danach zu fragen. Dann versuchte sie sich an das rote Kleid zu erinnern, in dem er sie gesehen hatte. Hatte sie je ein rotes Kleid besessen? Für einen Moment horchte sie in sich hinein. War da etwas?

Wenn ich nicht mehr ich selbst bin, musst du gehen.

Carlas Blick fiel auf Willems Katalog, der noch auf ihrem Schreibtisch lag. Eigentlich hatte sie nicht hineinschauen wollen. Nun zog sie ihn doch zu sich und schlug ihn auf. Das Vorwort, gedankenverloren zeichneten ihre Fingerspitzen seine Unterschrift nach. Willem war achtundfünfzig Jahre alt gewesen, als sie sich kennengelernt hatten. Er hatte bereits auf ein erfolgreiches Leben zurückblicken können. Es gab so vieles, was sie nicht geteilt hatten. Die Kriegserlebnisse, die Nachkriegszeit, den Wiederaufbau, seinen Kampf für die Moderne, den Hunger nach Anerkennung, das Vergessen, Verdrängen, Einbunkern.

Was wusste sie über Willem und über seine Familie?

Carla atmete aus. Sie sah aus dem Fenster, ohne die Wolkenbilder wahrzunehmen, und dachte nach. Nach einer Weile schlug sie den Katalog zu. Sie straffte die Schultern und rief die Homepage der Jüdischen Gemeinde auf. Während sie auf der Seite nach einem Ansprechpartner suchte, spazierte sie in Gedanken durch das Hamburger Grindelviertel. Dort erinnerten auch heute noch viele Häuser an Hamburgs reiche jüdische Vergangenheit. Auf dem Platz der ehemaligen Hauptsynagoge bildete ein Denkmal aus polierten Granit- und rauen Pflastersteinen das Deckengewölbe des in der Pogromnacht zerstörten Gotteshauses nach. Inzwischen, so entnahm sie es der Homepage, zählte die Gemeinde wieder mehr als dreitausend Mitglieder. Ihr Herz war die schwer bewachte ehemalige Talmud-Thora-Schule, Gemeindezentrum, Kindergarten und

Grundschule in einem. Auch ein Institut für Jüdische Familienforschung saß dort, Carla wählte die angegebene Telefonnummer.

Es klingelte ein paarmal, bevor sich eine Frauenstimme meldete. »Heine, Jüdische Gemeinde.«

»Carla van Velden, Museum für Stadtgeschichte Hamburg«, stellte sie sich vor. Sie erklärte ihr Ausstellungsprojekt und dass sie im Zuge der Vorbereitungen auf den Namen Alma Reed gestoßen war. Das Bild erwähnte sie nicht. »Soviel ich weiß, verliert sich ihre Spur nach Kriegsbeginn.«

»Frau van Velden …« Ihre Gesprächspartnerin schwieg für einen Moment, als suchte sie nach einem Gesicht zu ihrem Namen. »Haben Sie nicht auch vor einigen Jahren die Liebermann-Ausstellung kuratiert?«

»Das war Willem van Velden, mein Mann.«

»Natürlich, entschuldigen Sie. Großartige Ausstellung … So, und Sie suchen also nach Alma Reed. Der Name sagt mir natürlich etwas.«

»Vielleicht hat man schon einmal versucht, etwas über ihr Schicksal zu erfahren. Als man die Sezessionisten wiederentdeckte …« Carla war sich sicher, dass sie nicht die Erste war, die nach der Malerin fragte. Vielleicht hatte auch Willem nach ihr geforscht. »Aber seitdem hat sich so viel getan.« Sie dachte an das weltweite Netz von Datenbanken. Inzwischen waren mehr und mehr Archive und Bibliotheken komplett online zugänglich.

»Wissen Sie, wir bekommen täglich Anfragen aus aller Welt. Von Nachkommen, die nach Spuren ihrer zum Teil seit Jahrhunderten in Hamburg ansässig gewesenen Familien forschen. Manchmal können wir ihnen tatsächlich zu einem Stück Familiengeschichte und zu einem Stück ihrer Identität verhelfen. Und bisweilen gelingt es uns sogar, bis dahin anonymen Opfern ihre Namen zurückzugeben.«

»Das heißt, Sie können mir helfen?«

Carla hörte die Tür, sie wandte sich um. Hannes war zurück. Vorsichtig stellte er den Kaffee auf ihrem Schreibtisch ab und legte das Wechselgeld dazu. Aus seiner Hemdtasche zog er lächelnd zwei in eine Serviette eingeschlagene Kekse.

Carla formte mit den Lippen ein stummes Dankeschön. Bevor sie die Lautsprechertaste drückte, bat sie Frau Heine um Erlaubnis. Hannes lehnte sich gegen die Fensterbank, trank Kaffee und hörte zu. Fast nahm er Leonies Pose ein.

»Unser Archiv reicht bis 1641 zurück«, kam es aus dem Lautsprecher. Die Stimme klang routiniert, wahrscheinlich hatte sie diesen Satz schon tausendmal gesagt. Dann eine kurze Pause und ein Anflug von Gefühl. »Und es bewegt mich immer ganz besonders, wenn wir den Kindern oder Enkeln von Menschen, die deportiert und ermordet worden sind, ein letztes Lebenszeugnis zeigen können, einen Namenseintrag, eine Karteikarte, eine Unterschrift.«

»Aber nicht alles ist in Hamburg …« Carla hatte auf der Homepage gelesen, dass das Archivgut der Gemeinde 1942 vom Hamburger Staatsarchiv übernommen worden war. Nach dem Krieg war ein Teil der Aufzeichnungen nach Jerusalem gegangen.

»Die fehlenden Archivalien sind durch Mikrofilmkopien ergänzt worden.«

»Ich würde auch gern etwas über den Verbleib von Alma Reeds Familie erfahre. Was ist mit ihren Eltern und der Schwester geschehen? Vielleicht konnten sie rechtzeitig emigrieren?«

Carla nannte die Namen, sie hörte, wie sich Frau Heine Notizen machte, ein Stift kratzte über Papier. Dann räusperte diese sich. »Was wissen Sie eigentlich über die Emigration der Hamburger Juden, Frau van Velden?«

Carla schüttelte unwillkürlich den Kopf, ihre Ahnungslosigkeit beschämte sie. »Nicht mehr, als dass viele versuchten zu fliehen«, musste sie zugeben. Sie nannte ein paar angelesene Zahlen und Daten, nackte Fakten.

»Tatsächlich gab es drei Fluchtphasen«, kam es aus dem Lautsprecher. »Die Pogromnacht wurde dann zum Auslöser einer Massenauswanderung. Die meisten Hamburger Juden emigrierten übrigens in die USA, nach Großbritannien oder Palästina.«

Carla sah die Statistiken vor ihrem inneren Auge, Angst und Verzweiflung in Balkendiagramme gepresst. »Vielleicht hat einer der Angehörigen überlebt«, dachte sie laut.

Frau Heine ging nicht darauf ein. »Wir gehen von über tausend Verschleppten aus«, fuhr sie fort. »Die in der Pogromnacht verhafteten Männer wurden erst nach Wochen und Monaten aus dem KZ entlassen. Was sie dort erlebt haben, muss ich Ihnen nicht schildern.«

Carla schwieg, sie versuchte, den Sturm der Bilder abzuwehren, die sich auf der Leinwand ihrer Gedanken abzuzeichnen begannen. Der fette Rauch über den Schornsteinen der Vernichtungslager. Ab 1941 waren die meisten Juden, soweit ihnen nicht die Flucht gelungen war, nach Osteuropa deportiert und dort ermordet worden.

»Wie wollen wir verbleiben?« Die Stimme aus dem Lautsprecher, seltsam geschäftig und einfühlsam zugleich.

»Sie haben sich die Namen notiert?«

»Alma und Blanca, Israel und Hannah Reed …«

»Bitte notieren Sie sich auch den Namen Otto Waldburg. Der Hamburger Kunsthändler, er soll einigen Künstlern zur Flucht verholfen haben. Vielleicht finden Sie etwas über ihn in Ihrem Archiv.«

»Ja, der Name ist mir bekannt.«

»Wann kann ich mit einer Nachricht von Ihnen rechnen?«

»Wir haben hier einige Leute, die recherchieren, Studenten,

Ehrenamtliche … Ich versuche, Ihre Anfrage ganz oben auf dem Stapel zu platzieren. Aber ich kann Ihnen nichts versprechen, vor Ende nächster Woche wird es sicherlich nichts.«

»Oh …« Carla versuchte, sich ihre Enttäuschung nicht anmerken zu lassen. »Das ist vollkommen in Ordnung. Ich will mich auch nicht vordrängeln.«

»Wenn es etwas gibt, werden wir es sicherlich finden.«

»Wunderbar, dann höre ich von Ihnen.«

Carla gab ihre Kontaktdaten durch, dann bedankte und verabschiedete sie sich. Als sie den Hörer aufgelegt hatte, musste sie sich kurz sammeln.

Hannes kehrte an seinen Schreibtisch zurück und setzte sich, auch er schwieg.

»Das ist wenigstens ein Anfang«, murmelte Carla schließlich. Ihr Blick fiel auf den Blumenstrauß, die unbeschwertfröhliche Pracht. Dann dachte sie an das *Apfelmädchen* und daran, dass sie die Konzeption ihrer Ausstellung vollkommen verändern mussten.

»Und wenn wir das Bild von Alma Reed in den Mittelpunkt stellen?«

Hannes war zu demselben Schluss gekommen wie Carla. Es ergab keinen Sinn mehr, die Planungen zur Herbstausstellung unverändert voranzutreiben. Der Fund des *Apfelmädchens* und die Frage nach dem Schicksal seiner Schöpferin hatten alles verändert. Das Bild war in der Welt, sie konnten sich nicht von ihrem Wissen freimachen. Carla dachte, dass sie nicht länger nur Ausstellungsmacher waren, sie waren vielmehr zu Chronisten eines deutschen Schicksals geworden.

»Wir haben noch keine Einwilligung von Herrn Kronau. Und eine Abbildung wäre nicht mehr als ein kümmerlicher Ersatz.«

»Dann hängt also alles an Kronau?« Hannes schüttelte den

Kopf. »Der gibt das Bild doch bestimmt nicht noch einmal heraus.«

»Wir müssen endlich etwas über Alma Reed und ihre Familie herausfinden. Davon wird alles Weitere abhängen, auch Jasper Kronaus Reaktion.«

»Dann brauchen wir zwei Ausstellungskonzeptionen – eine mit und eine ohne das Gemälde.«

Hannes hatte recht. Carla nickte, doch der Gedanke daran ließ sie schwindelig werden. Der Erfolg ihrer Ausstellung hing von der Präsentation ab. Davon etwa, wie sie die Bilder hängten, welche Werke miteinander korrespondierten, welche Sichtachsen es gab, die Art der Beleuchtung, die erläuternden Wandtexte, die Wegführung. Wie sollten sie zwei Ausstellungen durchplanen, zwei Kataloge, Webauftritte, Führungen und, und, und? Außerdem mussten sie Alma Reeds Lebensweg nachzeichnen. Die Recherche, so viel war inzwischen klar, war ein eigenes Forschungsprojekt für sich, das viel Zeit in Anspruch nehmen würde.

»Vielleicht ist das gar nicht so aufwendig, wie es sich im ersten Moment anhört.« Hannes war aufgesprungen und kam mit einem Block bewaffnet an ihren Schreibtisch.

»Also …« Er schnappte sich einen Stift und begann, Linien auf das Papier zu zeichnen. Ein Grundriss wurde sichtbar, Carla erkannte den quadratischen Ausstellungssaal im Erdgeschoss des Museums. Sie sah, wie Hannes diesen mit wenigen Strichen in einzelne Bereiche unterteilte.

»Wenn wir mit mobilen Wänden Separees schaffen«, fuhr er fort, »können wir flexibel agieren. Und wir schaffen Raum für Alma Reed und das Apfelmädchen.«

Carla versuchte, seiner Idee zu folgen. Hannes zeichnete schnell, in die Nischen setzte er Stichworte wie »Gründung«, »Elite«, »Stil«, »Erfolg«, »Feste«, »NS-Zeit«, »Untergang« und »Wiederentdeckung«. Er unterteilte die Hamburgische Sezession in einzelne thematische und zeitliche Blöcke. Im Zentrum schuf er einen Raum, der von allen Seiten aus zugänglich war.

»Alma Reed?« Carla hatte verstanden, sie tippte mit dem Finger auf die Fläche im Herzen der Ausstellung.

»Alma Reed und das *Apfelmädchen*«, nickte Hannes, er ließ den Stift fallen. »Sie sind der Mittelpunkt, aber vordergründig stehen sie nicht im Zentrum. Wenn wir das Bild bekommen, ist es der Höhepunkt der Ausstellung. Wenn wir uns mit einer Abbildung behelfen müssen oder lediglich Alma Reeds Lebensweg skizzieren können, steht sie exemplarisch für ein deutsches Künstlerschicksal in der NS-Zeit. Sie gibt dem Grauen ein Gesicht.«

»Das ist gut.« Carla zog die Skizze zu sich heran und griff ebenfalls nach einem Stift. »AVANTGARDE AM ABGRUND. DIE HAMBURGISCHE SEZESSION«, schrieb sie in Druckbuchstaben über den Grundriss. Sie lehnte sich zurück und sah zu Hannes hoch. »Das ist erst einmal ein Arbeitstitel.«

»Das ist ein ziemlich guter Arbeitstitel.«

»Und eine ziemlich gute räumliche Konzeption.«

»Teamwork«, Hannes grinste sie an, halb spitzbübisch, halb geschmeichelt. Carla dachte, dass sie gut zusammenpassten. Ihr Arbeitstempo, ihr zurückhaltendes Temperament, sie harmonierten wie die Töne eines G-Dur-Akkords.

»Auf jeden Fall lässt es uns Freiräume – egal, wie sich die Geschichte weiterentwickelt. Wir können darauf reagieren, ohne jedes Mal das gesamte Konzept in Frage stellen zu müssen«, fuhr er fort.

»Dann verabschieden wir uns jetzt von unserem ursprünglichen Ansatz und von der Idee, die einzelnen Künstlerbeziehungen untereinander darzustellen?«

»Wir können das integrieren, schauen wir einfach, wie es am Ende passt.« Hannes lächelte entspannt, er schien sich nicht vor Arbeit zu fürchten. Oder er hatte keine Vorstellung davon, was sich alles in den letzten Wochen vor der Ausstellungseröffnung vor ihnen auftürmen würde. Noch hatte Carla keine Idee, wie sie Frau Woldsen im Sommer um weitere Überstunden bitten sollte. Und Willem? Sie versuchte, ihre Schuldgefühle auszublenden und stattdessen an ihre Auszeit zu denken. Dann würde sie Zeit für Willem haben.

»Vielleicht müssen wir sogar die mobilen Wände selber bauen, das Museum hat kaum Geld für Extraausgaben«, dämpfte sie seine Euphorie.

»Ich könnte ein paar Freunde fragen, Freunde von Freunden. Vielleicht sind sie auf eine Einladung zur Ausstellungseröffnung scharf. Häppchen und Wein.«

»Ja?« Carla spürte, wie plötzlich etwas in ihr revoltierte. Sie balancierten auf einem schmalen Grat, und auf einmal dachte sie, dass sie sich auf Alma Reeds Kosten amüsierten. Ihr Schicksal eignete sich einfach nicht für ein launiges Geplänkel.

»Entschuldigung.« Auch Hannes hatte bemerkt, dass er zu flapsig gewesen war. »Das war blöd von mir.«

»Ist schon gut.«

»Nein, nein …« Er sah sie zerknirscht an. »Das hätte nicht passieren dürfen. Ich habe hier doch gerade noch den Moralapostel gegeben.«

»Du hast dich entschuldigt, belassen wir es dabei.«

Carla gab Hannes den Block zurück. »Machst du mir bitte eine Kopie, und dann könntest du dich an die Hängung setzen. Mach mir einen Vorschlag, wie wir die Bilder platzieren wollen.«

Hannes nickte, er ärgerte sich noch immer über sich selbst. An seiner Stirn erschien eine blaue Ader, er presste seine Lippen zusammen.

»Ich bleibe bei Alma Reed und …« Carla stockte, eine Mail leuchtete im Posteingang ihres Computers auf. Jasper Kronau hatte sich gemeldet. Rasch überflog sie den Inhalt und winkte Hannes an ihren Schreibtisch zurück.

An: van_Velden@mfs-hh.de
Betreff: Ohlsdorf

Guten Morgen,
anbei eine Aufnahme des Grabsteins. Hilft Ihnen das weiter?
Gruß, JK
The Arbor Artists
PS. Den Pfarrer konnte ich noch nicht erreichen.

Gespannt klickte Carla auf den Anhang der Mail. Das Bild zeigte einen Findling, über dem ein Engel aus Bronze wachte. Seine Flügel ähnelten den Schwingen eines Raubvogels. Carla schätzte, dass die Skulptur um 1880 herum entstanden war. Die Inschrift auf dem Grabstein war schwer zu entziffern, mit der Lupenfunktion versuchte sie, den Bildausschnitt zu vergrößern.

»Familie Paulsen«, las Hannes vor, durch seine Brille schien er mehr zu sehen als sie. »Wilhelm Paulsen, Valeska Paulsen, geborene Schüler, Hans-Otto Paulsen, Hedda Paulsen, geborene Weigelt, Helmut Paulsen, Regine Paulsen, geborene Seifert, Günter Paulsen, Alma Paulsen, Isabelle Voigt, geborene Paulsen.«

»Alma Paulsen und Isabelle Voigt«, wiederholte Carla. Sie notierte sich die Lebensdaten. Alma Paulsen war 1921 geboren worden und schon 1943 gestorben, Isabelle Voigt war 1927 zur Welt gekommen. Kurz vor ihrem Tod hatte sie also das sechsundachtzigste Lebensjahr vollendet.

»Dann ist Isabelle Voigt unsere Isa Voigt«, fasste Hannes zusammen, »die Tochter von Hans-Otto und Hedda Paulsen. Und Alma Paulsen war ihre ältere Schwester, richtig?«

»Sie ist im Krieg gestorben, 1943 – vielleicht im Bombenhagel?« Carla dachte an die Operation Gomorrha, den Feuersturm über der Stadt.

»Aber wo ist Isa Voigts Mann geblieben, sie muss ja verheiratet gewesen sein?«

Carla zuckte mit den Schultern, noch wussten sie nichts über deren Ehemann. Noch einmal murmelte sie die Namen auf dem Grabstein vor sich hin.

»Hans-Otto Paulsen …«, sie stockte. Plötzlich dachte sie, dass ihr der Name schon einmal begegnet war. »Hans-Otto Paulsen …« Sie sah Hannes an. »Woher kenne ich diesen Namen?«

Hannes schüttelte den Kopf. »Sagt mir nichts«, antwortete er.

»Doch, doch, da ist was.« Carla schloss die Augen, sie versuchte, sich nur auf den Namen zu konzentrieren. Sie spürte, dass sie etwas Wichtigem auf der Spur war. »Hans-Otto Paulsen, der Name bringt etwas in mir zum Klingen. Aber ein Detail stimmt noch nicht.«

»Hans-Otto Paulsen …« Jetzt schien auch Hannes in sich hinein zu horchen. »Hans-Otto … Und wenn wir etwas weglassen, vielleicht hat er sich anders genannt? Hans Paulsen oder Otto Paulsen?«

»Otto Paulsen!« Carla öffnete die Augen, sie sah ihn verblüfft an. »Otto Paulsen – das ist es!« Aufgeregt tippte sie den Namen in die Suchmaske ihres Computers ein. In der Trefferliste fand sich ein Artikel mit dem Titel *Die Sammlung Otto Paulsen*.

»Otto Paulsen war in der NS-Zeit Hausmeister im Hamburger Kunstverein, das Gebäude gehört heute zum Museum für Moderne Kunst. Ein Held – man hat später herausgefunden, dass er im Sommer 1937 einige Bilder vor der Beschlagnahmung durch die Nationalsozialisten retten konnte.« Aufgeregt drehte Carla sich zu Hannes um. »Er versteckte die Werke in seiner Hausmeisterwohnung im Kunstverein. Außerdem ist es ihm auch zu verdanken, dass das Haus relativ unbeschadet durch die Bombennächte gekommen ist. Während der Angriffe hat er mit einem Kollegen Brandbomben auf den Dächern gelöscht. Drüben gibt es im Foyer eine kleine Gedenktafel, die an ihn erinnert.«

»Die Sammlung Otto Paulsen?« Hannes sah sie fragend an. »Hat er denn Kunst gesammelt?«

»Als Hausmeister hatte er immer Kontakt zu den Künstlern, die im Museum ausstellten. Er war mit verantwortlich für die Hängung, auf Wunsch fertigte er wohl auch Rahmen für die Künstler. Darüber entstanden Freundschaften. Einige der Künstler bedankten sich für seine Arbeit mit Bildern und Zeichnungen. Im Laufe der Zeit hat Otto Paulsen eine kleine Sammlung moderner Kunst zusammengetragen. Mein Mann …«, Carla stockte für einen Moment, dann fuhr sie fort. »Willem van Velden hat seine Rolle im Rahmen der ersten Sezessionsausstellung beleuchtet. Hier …« Sie zog den Katalog zu sich heran und suchte im Inhaltsverzeichnis nach der Seite. »Ein stiller Held«, las sie vor. »Die Sammlung Otto Paulsen und ihre Entstehung.«

»Wo ist seine Sammlung geblieben?«

Hannes hatte seine Hände in den Hosentaschen versenkt, er sah skeptisch aus. Carla wies auf die Bilder, die im hinteren Teil des Büros lagerten. »Die Bilder, die er gerettet hat, sind nach dem Krieg wieder in die Sammlung integriert worden. Seine privaten Stücke hat er zu gleichen Teilen unserem Haus und dem Museum für Moderne Kunst geschenkt.«

»Und das *Apfelmädchen*?«

»Es war nie im Besitz der beiden Häuser, das hätten wir längst herausgefunden.«

»Das heißt …«

»Es könnte ein Geschenk von Alma Reed an Otto Paulsen

gewesen sein«, spekulierte sie. »Vielleicht hat sie damals Paulsens älteste Tochter porträtiert, so wie sie auch die Kinder anderer befreundeter Familien gemalt hat?«

»Also Alma Paulsen – und nicht Alma Reed?«

Carla nickte, wieder hatte sie das Dschungelzimmer vor Augen. »Das Bild sollte in der Familie bleiben, eine Erinnerung an das verlorene Kind. Otto Paulsen hat es seiner Tochter Isabelle vermacht, also Isa Voigt.«

»Und wenn sie von Alma sprach, meinte sie ihre Schwester, nicht die Malerin …« Hannes schwieg einen Moment, er tat ein paar Schritte, bevor er sich wieder zu Carla umwandte. »Dann ist das Bild also keine Beute- oder Raubkunst.«

Carla neigte zweifelnd den Kopf. »Ich frage mich allerdings, wie Otto Waldburgs Stempel auf den Rahmen gekommen ist. Das Bild muss irgendwann einmal im Handel gewesen sein.«

»Eine Antwort, zehn neue Fragen.« Hannes' Mund verzog sich zu einem leisen Lächeln. Fast schien er erleichtert, dass die Geschichte rund um das Bild nicht so einfach zu lösen war.

»Und eine Spur …« Carla stützte ihren Kopf in die Hände. Während Hannes sich an seinem Schreibtisch wieder an die Arbeit machte, las sie noch einmal Kronaus Mail. Drei Sätze und kein Wort zu viel. Ein Minimalist. Carla dachte, dass sie das Geschriebene an seine Holzskulpturen erinnerte. Es waren Momentaufnahmen, aus grobem Holz geschnitzt. Und doch hatte er die unterschiedlichsten Charaktere getroffen. Lächelnd begann sie, eine Antwort zu schreiben, ihre Finger glitten über die Tastatur:

An: kronau@the-arbor-artists.de
Betreff: Familie Paulsen

Lieber Herr Kronau,
wunderbar, das hilft uns weiter. Eine spannende Entwicklung:

Isa Voigts Vater, Hans-Otto oder auch Otto Paulsen, war zwischen 1917 und 1951 im Kunstverein (heute Museum für Moderne Kunst) tätig. Vielleicht ist er so in den Besitz des Gemäldes gelangt? Wir haben eine neue Spur … Sobald ich mehr weiß, melde ich mich bei Ihnen.
Bis dahin, herzlich
Carla van Velden
Museum für Stadtgeschichte
PS. Es wäre schön, wenn Sie noch mit dem Pfarrer sprechen könnten. Fragen Sie ihn nach Alma Paulsen – und nach Isa Voigts Ehemann.
PPS. Wie heißt eigentlich Ihre Tochter?

»Lieber Herr Kronau …« Vielleicht eine Spur zu persönlich? Carla lehnte sich zurück und las die Mail noch einmal. Einen Moment überlegte sie, ob sie das »herzlich« löschen sollte. Und die letzte Frage? Bevor sie sich entschieden hatte, klickten ihre Finger schon auf Senden. Die Mail war unterwegs – unumkehrbar. Sie konnte sie nicht mehr zurückholen. Im nächsten Moment stellte Carla sich vor, wie die Nachricht Kronau im Astwerk eines Baumes erreichte. Wann würde er sie lesen? Und was würde er darauf antworten? Antwortete er überhaupt darauf?

Carla schüttelte den Kopf. Wieder ging sie ins Internet und las dort alles, was sie über Otto Paulsen und seine Sammlung finden konnte.

Willems Bücherwände. Das Zimmer war tapeziert mit Regalen bis unter die hohen Decken. Ratlos stand Carla vor dem Bücherdickicht, sie suchte nach dem Katalog zur Sezessionsausstellung. Willem hatte die Angewohnheit gehabt, seine Reden, Notizen und einen Teil der Korrespondenzen zu den Ausstellungen in den jeweiligen Katalogen abzulegen. Oft fanden sich darin auch noch handschriftliche Anmerkungen, Ideenskizzen, Telefonnummern, Ansprechpartner. So waren seine persönlichen Exemplare zu einer Art Collage geworden: eine umfangreiche Dokumentation seiner Arbeitsweise und ein Kunstwerk für sich.

Doch wo sollte sie suchen? Noch einmal wanderten Carlas Augen über die Buchrücken, die sich dicht an dicht in den Regalreihen drängten. Die dunkleren Farbtöne dominierten. »Ich habe noch nie ein Buch weggeworfen«, hörte sie Willems Stimme in ihrer Erinnerung. »Ich habe sogar noch Bücher aus meiner Schulzeit.« Früher hatten sich Stapel von Neuerscheinungen auf Tischen, Stühlen und Fensterbänken in der Villa breitgemacht, Literatur hatte Willem im Bett gelesen, Bildbände und Fachbücher am Schreibtisch, Zeitungen und Magazine hatten das Frühstück komplettiert. Das Lesen war eine Notwendigkeit für ihn gewesen – genauso wie für sie. Sie mochten es beide, in Gedanken und Vorstellungen zu versinken. Doch während Carla sich aus der Welt träumte, suchte Willem in den Büchern nach Bestätigung. Sein erster Roman waren die *Buddenbrooks* gewesen, obwohl ihm Thomas Mann nicht besonders lag. Den *Zauberberg* hatte er nie beendet. Später hatte er sich über Hemingway und die amerikanischen Klassiker der Neuzeit genähert. Noch weniger als den *Buddenbrooks*-Autor mochte er jedoch das Prinzip »Von A bis Z«, es war ihm zu schlicht, zu nüchtern. Einige Bücher waren nach Kunstgattungen und Epochen geordnet, doch auch dieses Prinzip hatte er nicht durchgängig befolgt. Archäologie fand sich neben Renaissance, ein Band über Tibet neben Theaterstücken von Brecht. Vieles war dort gelandet, wo noch Platz in den Regalen gewesen war. Und da Willem die Bücher selbst eingeordnet hatte, hatte er sich daran erinnern können, wenn er etwas suchte. Sein ganzes Leben hatte er sich auf sein visuelles Gedächtnis verlassen können. Ganz selbstverständlich war das Vergangene in der Gegenwart aufgetaucht.

Sein ganzes Leben …

Carla ging in die Knie und suchte noch einmal die Regalreihen ab, die sich in Bodennähe befanden und deren Inhalt ihr nicht sofort ins Auge sprang. Kataloge, Monographien, Wörterbücher, ein altes Lateinbuch aus der Quinta: *Carpe diem*, Willems Schülerschrift darin, bemüht und ungelenk.

Willem war nie ein Sammler von Raritäten gewesen, für ihn war das Thema wichtiger als das Alter des Buches oder der Einband. Bücher waren immer Gebrauchsobjekte für ihn geblieben, obwohl er ihnen mit Achtung und Zuneigung begegnet war. Bisweilen hatte er ihnen sogar einen besonderen Platz in seinem Leben eingeräumt, auf dem Nachttisch, neben dem Sessel am Fenster, auf der Gartenbank mit Blick auf den Fleet. Er hatte in der Badewanne gelesen und während langer Autofahrten auf dem Beifahrersitz. Gedanken und Sätze, die er bemerkenswert fand, hatte er mit Bleistift angestrichen, Passagen, die er später noch einmal nachlesen wollte, unerschrocken und ganz und gar unakademisch mit einem Eselsohr markiert. Ein Buch zu lesen, das Willem vorher in Händen gehalten hatte, bedeutete, seinen Spuren zu begegnen und seinen Eindrücken zu folgen. Carla dachte, dass sie Willem hier begegnete – dem gesunden Willem. Wann hatte er bemerkt, dass er sich nicht mehr auf seinen Kopf verlassen konnte? Und wie lange hatte er noch versucht, den Schein zu wahren? Carla ahnte, dass sie seinen einsamen Kampf lange verdrängt hatte. Traurigkeit flutete sie und schwappte in jeden Winkel ihres Körpers.

Hinter einer Reihe alter Lexika entdeckte Carla eine zweite Reihe dunkler, quer gestellter Ledereinbände. Sie stutzte, dann hörte sie ein Geräusch auf dem Flur. Sie richtete sich auf, ging zur Tür und lauschte. Es war kurz vor Mitternacht, Willem lag schon im Bett, sie hatte ihn nicht noch einmal mit der Vergangenheit konfrontieren wollen. In den letzten Tagen hatte sie sein Arbeitszimmer verschlossen.

Stille, bis auf die vertrauten Hausgeräusche – sie hatte sich getäuscht. Carla kniete sich wieder vor das Regal und begann, die Lexika herauszuschaufeln. Die Bücher waren schwer, das Wissen vergangener Zeiten, nutzlos, aber schön. Hatte Willem die Bücher aus Platzmangel in die zweite Reihe verbannt? Eins nach dem anderen zog sie die Bände von hinten nach vorne.

Es waren Fotoalben, alte Fotoalben, sie erkannte es auf den ersten Blick. Vergilbte Schwarzweißaufnahmen, steife Posen, die Inszenierung eines Lebens. Jedes Bild bedeutsam, fast noch Malerei, ein Augenblick, der es wert war, für immer festgehalten zu werden. Zu jeder Aufnahme gab es Erläuterungen, dekorative Schwünge, mit der stählernen Spitzfeder geschrieben. Es fiel Carla schwer, die Sütterlinschrift neben den Fotografien zu entziffern.

Langsam blätterte Carla durch die Seiten. Willems Vater Gustav als Baby und als Kind, später hoch zu Ross, das Verlöbnis der Eltern, das Bankhaus an der Innenalster, heute Sitz einer Versicherung, die Hochzeitsreise nach Italien. Dazwischen unbekannte Gesichter, Familienfeste, Gustav van Velden in seinem Büro, ein Bild in seinem Rücken, das Carla bekannt vorkam, das Personal aus der Villa am Fleet, linkisch, auf der Terrasse aufgereiht. Häubchen, Schürzen, Handschuhe, Unterwürfigkeit. Der Gehorsam einer anderen Zeit.

Schließlich Willem als Täufling, versunken in einer Woge aus weißer Spitze. Willem als knapp Dreijähriger neben einem Pony, ein ernster Blick, die Dressur der späteren Jahre vorausahnend. Willem am Fleet, einen Tennisschläger in der Hand … Jedes Bild ein Idyll, obwohl längst Krieg geherrscht hatte. Wie hatte Willem diese Zeit erlebt? Carla betrachtete die Bruchstücke seiner Kindheit, wieder wunderte sie sich, dass sie so wenig von damals wusste. Willem hatte noch nicht einmal Anekdoten zum Besten gegeben. Ihr Mann hingegen kannte die wichtigen Details ihrer Kindheit – Einschulung und Ballettunterricht, die beste Freundin, die toten Goldfische, kieloben im Aquarium, der erste Kuss, die Scheidung der Eltern, das halbe, trostlose Jahr in England, Abitur und Studium. Die Suche nach dem Sinn des Lebens. Hatte sie ihm etwas Wichtiges verschwiegen?

Unwillkürlich schüttelte Carla den Kopf. Sie stapelte die Alben aufeinander, dachte nach. Willems Leben schien erst während des Studiums begonnen zu haben. Er hatte in Düsseldorf und Tübingen studiert, seine Professoren, couragierte Persönlichkeiten, die der Bildersturm der Nazis nicht hatte brechen können, hatten die Liebe zur Moderne in ihm geweckt. 1945 waren die modernen Sammlungen in Deutschland vernichtet gewesen und in alle Himmelsrichtungen zerstreut. Doch in den Fünfziger- und Sechzigerjahren brach eine erste Begeisterung für die so lange geächtete Kunst aus. Als Student war Willem an der Wiederbelebung einer Kunstsammlung in Nordrhein-Westfalen beteiligt gewesen, in Hamburg verfolgte er später den Leitsatz, nur das überwältigende, atemberaubende Bild zu zeigen. Für das Museum der Moderne kaufte er im Laufe der Jahre fast dreihundert Bilder an, die eigentliche Kunst des Sammelns bestand für ihn jedoch im Nichtkaufen, im Abwarten und Verwerfen. Er hatte sich weder um Moden und Trends noch um die Vollständigkeit der Sammlung geschert. Vielen galt er sogar als konservativer Sammler, und doch hatte Willem Treffer um Treffer in der zeitgenössischen Kunst erzielt. Die Sammlung des Museums für Moderne Kunst, unvollständig, aber hochkarätig: Erste Höhepunkte waren die Bilder der klassischen Moderne – Beckmann und Kokoschka, Baumeister und Schlemmer –, die Künstler der Brücke und des Blauen Reiters, das Bauhaus und die Neue Sachlichkeit. Später dann der Schritt in die Gegenstandslosigkeit, späte Werke von

Picasso und Chagall, schließlich Pollock und Lichtenstein bis hinein in die Gegenwartskunst. Willems unerfüllte Wünsche für die Hamburger Sammlung waren ein klassischer Matisse und ein Bild von Francis Bacon geblieben. Doch was sich das Haus nicht hatte leisten können, war zumindest auf Zeit an der Alster zu sehen gewesen: Willem van Veldens große Ausstellungen hatten die Moderne gefeiert und ihre Ikonen nach Hamburg geholt. Jede Schau ein Paukenschlag.

Und nun? Carla hatte den Katalog immer noch nicht gefunden, sie spürte die Müdigkeit, ihre Augen brannten. Wenn sie sich beeilte, würde sie um halb eins im Bett liegen. Als sie aufstehen wollte, hörte sie die Tür in ihrem Rücken.

Er war wach.

»Willem?« Sie wandte sich um.

Willem stand in der Tür, er sah sie an. Sein Pyjama schlackerte etwas um die Hüften. Carla dachte, dass er abgenommen hatte.

»Kannst du nicht schlafen?« Sie ging auf ihn zu, berührte seinen Arm, wollte ihn ins Bett zurückbringen. Wieder hatte sie die Szene mit dem *Apfelmädchen* vor Augen, seine Tränen.

Vater, Vater …

In den letzten Tagen hatte Willem sich wieder gefasst, sie wollte keinen weiteren Ausbruch provozieren.

»Komm … Ich bringe dich wieder zu Bett.« Sie umarmte ihn.

Doch Willem machte sich ganz steif in ihren Armen, er wollte nicht zurück. Nachdrücklich schüttelte er den Kopf.

»Willem, es ist mitten in der Nacht. Ich komme mit, ich gehe auch zu Bett.«

»Bücher«, antwortete er. »Meine Bücher.«

»Deine Bücher …« Carla nickte, die Situation war neu. Bislang hatte Willem sich immer gefügt. Sollte sie darauf bestehen, dass er zu Bett ging?

Willem lief auf die Bücherwand zu, fast stolperte er über die Alben, die noch auf dem Boden lagen.

»Vorsicht, Willem ...« Carla griff wieder nach seinem Arm.

»Vaters Bücher.« Willem hatte den Stapel entdeckt. Unschlüssig blieb er stehen, er tippte mit dem Fuß dagegen, als wollte er prüfen, ob noch Leben darin war.

»Ich habe mir die alten Bilder angeschaut.« Carla hielt den Atem an, zum ersten Mal seit langer Zeit regte sich etwas in Willems Erinnerung. Sie bückte sich und nahm eines der Alben in die Hand. Sollte sie es wagen?

»Wollen wir gemeinsam hineinschauen?« Sie ging zum Schreibtisch und schlug das Album auf. Willem folgte ihr, wie selbstverständlich zog er den schweren Stuhl zurück und setzte sich. Willem van Velden in seinem Kommandostand.

Die ersten Bilder, der junge Gustav van Velden. Willem sah die Bilder, doch er reagierte nicht darauf. Carla dachte, dass ihn vielmehr die Mechanik des Blätterns interessierte. Sein Blick folgte ihren Handbewegungen, schließlich schob er ihre Hand fort und fing selbst an zu blättern. Er wirkte zufrieden. Carla hielt den Atem an.

»Vater ...«, sagte er, als ein Bild seines Vaters aus den Dreißigerjahren auftauchte. Gustav van Velden, tadelloser Anzug, Hut und Zigarre, lässig gegen die sportlich-elegante Silhouette einer Mercedes-Limousine gelehnt. Ein Mann von Welt, stattlich, gebildet, ohne jeden Zweifel. Sein Selbstbewusstsein, dem Erfolg und den internationalen Geschäftsbeziehungen geschuldet, war noch immer zu spüren, das Bild transportierte seinen Dünkel bis in die Gegenwart.

»Mutter ...« Eine schöne Frau, ein Jahr älter als der Vater, eine weiche Welle aus dunklem Haar über der Stirn. Der Blick in die Ferne sprach für einen melancholischen Charakter. Sie hatte viel gelesen. Carla wusste, dass die Ehe nicht besonders glücklich gewesen war. Martha van Velden hatte viel Zeit getrennt von ihrer Familie verbracht. Ein nervöses Leiden, nicht näher benannt, hatte ihr Wochen und Monate fernab von allen häuslichen Verpflichtungen erlaubt. In den Bergen schien sie aufzublühen. Nach dem Krieg und dem Tod ihres Mannes war sie in die Schweiz gezogen, doch auch sie war schon lange tot.

Willem blätterte schneller, das nächste Album, noch mehr Namen, Verwandtschaft, Angestellte, der engere Freundeskreis. Noch eine Reise nach Italien, ein Frankreichaufenthalt, Begegnungen mit Künstlern, die Gustav van Velden gefördert hatte. Carla erkannte einen Expressionisten und – tatsächlich – Eduard Bargheer.

Die Kunst ist eine gefährliche Geliebte.

Schließlich das letzte Album, Carla war nicht so weit gekommen. Willem schlug es schwungvoll auf. Die Bilder waren anders, weniger gestellt, ein unmittelbarer Blick, das wirkliche Leben. Fast schon Schnappschüsse. Die Beschriftungen am Bildrand fehlten. Neugierig beugte Carla sich über die Fotografien. Sie zeigten ein Fest, verkleidete Gestalten, erhitzte Gesichter, von Kappen gekrönt, Frauen in Hosen, einen Festsaal. Willem schwieg, die Szenen sagten ihm nichts, sie weckten keine Erinnerung. Achtlos blätterte er weiter. Dann erkannte Carla ein Gesicht: Otto Waldburg. Und plötzlich wusste sie, was sie da sahen. Gustav van Velden war auf einem besonderen Fest zu Gast gewesen. Zur Karnevalszeit hatte er mit den Künstlern der Hamburgischen Sezession eines ihrer berühmten Zinnober-Feste gefeiert.

Carla stockte der Atem. Sie trat einen Schritt zurück.

Willem klappte das Album zusammen und schob es zur Seite. »So?« Er sah sie fragend an.

»Willem …« Carla erwiderte seinen Blick, so viele Fragen bestürmten sie. »Willem, war dein Vater mit den Sezessionisten befreundet?«

Ich habe das Gespenst gezeichnet.
Heimlich, unten in der Küche.
Es trägt einen Rock.
Einen langen Rock, der sich im Wind bauscht.
Das Gespenst ist schön, fast wie eine Prinzessin.
Vielleicht kann Vater sie retten?

ZEHN

So viele lose Enden. Carla trat in die Pedale, ein eisiger Wind fuhr ihr ins Gesicht, nasser Schnee darin, die Wangen glühten. Der Winter war noch einmal zurück. Ein letztes Aufbegehren, nachdem die Frühlingsblüher schon weiße, gelbe und violette Farbtupfer auf die Wiesen gesetzt hatten. Furchtlos nahmen die Gänse ihr Morgenbad in der Alster.

Auf der Fahrt zum Museum überdachte Carla die Ereignisse der vergangenen Tage. Alma Reed, Isa Voigt, Otto Waldburg, Otto Paulsen, Gustav van Velden … Jeder Name eine Geschichte für sich, doch wo waren die Verbindungen, die Querverweise, wo war das große Ganze? Sie dachte an einen Webrahmen, das Nebeneinander von einzelnen Fäden. Und das *Apfelmädchen*: War es die Verbindung, der Schussfaden, der alles miteinander verwob? Doch sie brachte nichts zustande.

Der Wind zerrte an ihren Haaren und vertrieb das Bild. Carla bereute, dass sie keine Mütze trug. Über die Kopfhörer sickerte Klaviermusik in ihre Ohren, Vivaldi, Mozart, Chopin, Einaudi – ein dürftiger Schutz gegen die Kälte. Carla hatte die Playlist für den frühen Morgen gewählt, ihre Begleitung für eine erste Tasse Tee im Bett und ein verträumtes Willkommen an den Tag, bevor die Yogaübungen sie endgültig weckten. Musik für die Dämmerung, wenn die Stadt noch ruhig war und der Himmel sich ganz langsam rötete. Auf dem Fahrrad stimmte sie die Musik traurig, ihre Beine waren schwer.

Endlich, der Hauptbahnhof in Sichtweite und links davon

der Blumenpavillon von August Engel. Sollte sie? Carla hatte noch Zeit, sie war früh aufgebrochen. Kurz entschlossen schwenkte sie auf den Blumenladen zu. Als die Tür in ihrem Rücken zufiel, musste sie lächeln. Der Blumenduft – wie immer berauschend – und über allem ein Hauch von Anis. Pimpinella anisum, das Kraut hatte Engel ein langes Leben geschenkt.

»Guten Morgen, Herr Engel …«

August Engel tauchte aus dem Hintergrund auf, doch Brigitte war schneller. Wedelnd schoss der Dackel zwischen den Blumenkübeln auf Carla zu.

»Ist der Strauß schon hin?«

August Engel sah sie besorgt an – ein Strauß aus seiner Hand sollte mindestens eine Woche halten, das war sein Versprechen.

»Nein, nein … Immer noch wunderschön.« Carla beugte sich zu Brigitte und fuhr ihr über den Rücken.

»Na, ich dachte schon. Bei den Frühlingsdiven weiß man ja nie.«

»Frühlingsdiven?« Carla richtete sich wieder auf, fragend sah sie Engel an.

»Ranunkeln, Anemonen, Mimosen, meine Frühlingsdiven. Die Damen wollen eigentlich als Solistinnen glänzen, aber wenn man sie in einem Strauß bändigt, ist es, als ob die Sonne scheint. Haben Sie daran gerochen?«

Carla nickte, tatsächlich hatte sie in einem unbeobachteten Moment ihre Nase zwischen die Blüten gesteckt. Ein betörender Duft war ihr Lohn gewesen, eine Mischung aus Blütenstaub, Honigsüße und klebrigem Kinderglück.

»Und der junge Mann?« Engel zwinkerte ihr zu. »Der hat sich ja förmlich überschlagen. Haben Sie den auch im Griff?«

Carla lachte, Engels Strauß hatte Bände gesprochen. Dachte er etwa, dass sie …? Amüsiert sah sie ihn an.

»Bisschen jung, Herr Engel, oder was meinen Sie? Hannes ist mein Volontär.«

»Na dann ...« Engel faltete die Hände vor seinem Bauch. »Wenn Sie mich fragen, dann spielt das Alter keine Rolle. Als ich in seinem Alter war, fand ich die Petticoat-Deerns jedenfalls nicht halb so interessant wie eine richtige Dame.«

»Und dann kam die Bardot ...«

»Ach ja, richtig ... Ich wollte Ihnen was zeigen.« Engel schlug sich mit der flachen Hand an die Stirn. »Wo hab ich denn die Karte gelassen?« Fahrig wühlte er auf seinem Arbeitstisch zwischen alten Zeitungen und Kalendersprüchen herum, bis er sich erinnerte. Kopfschüttelnd trat er an die Kasse und bediente Register und Kurbel. Unter Ächzen und Klingeln sprang die Lade des Ungetüms auf.

»Zwischen den Fünfzigern, wo sonst ...« Engel grinste, als er ihr die Postkarte entgegenhielt.

Carla atmete aus, sie hatte bis zuletzt nicht an die Existenz der Karte, an die Wahrhaftigkeit dieser Begegnung geglaubt. Vorsichtig nahm sie die Karte entgegen.

Paris, Montmartre – natürlich, ein zuckriges Postkartenmotiv. Carla erkannte den Blick von der Basilika Sacré-Cœur hinunter auf die Stadt. Vor Jahren hatte sie einmal mit Willem dort oben gestanden, zweihundertsiebenunddreißig Stufen den Hügel hinauf, später waren sie auch noch in die Kuppel gestiegen. Touristenglück für ein Liebespaar und deshalb so besonders. In der Kirche hatte Willem ihre Hand gedrückt, seltsam berührt hatten sie den Gebeten der Gläubigen gelauscht. Carla bemerkte, dass Engel die Karte schon oft in den Händen gehalten hatte, der Postkartenglanz war stumpf und brüchig geworden.

Auf der Rückseite ein schwungvolles »Merci« – die Schrift fröhlich und ausgelassen. Und ein Satz, das Versprechen, sich wiederzusehen. Irgendwann. Eine Ahnung von Lippenstift, dann ein Namenszug: »Brigitte Bardot«. Ein Sammler würde die Echtheit der Unterschrift sicherlich bestätigen können.

»Und?« Gespannt sah Engel sie an, er erwartete ihr Urteil.

»Das ist wirklich etwas ganz Besonderes. Was für eine Geschichte.« Carla drehte die Karte noch einmal in ihren Händen, es fiel ihr schwer, sich davon zu trennen.

»Ob sie mich vergessen hat?«

»Weil sie nie gekommen ist?« Carla zuckte mit den Schultern, sie versuchte, sich die alte Bardot neben August Engel vorzustellen. Sie war noch immer eine schöne Frau, auch wenn die Enttäuschungen des Lebens Spuren in ihrem Gesicht hinterlassen hatten.

»Sie hätte es ja nicht schreiben brauchen.« Engel sah sie eindringlich an, Carla dachte, dass sie ihn trösten müsste.

»Zu viele Männer, zu viele Tiere«, murmelte sie. Zuletzt hatte man die Bardot schließlich nur als provokante Tierschützerin in der Presse erlebt.

»Der Sachs, das war ein Fehler.« Wieder schüttelte Engel den Kopf. »Der hatte einfach kein Format. Hat sich immer aus der Affäre gezogen, bis zuletzt …«

Engel stockte, erschrocken sah er Carla an. Sie wusste, dass er auf dessen Selbstmord anspielte. In seinem Abschiedsbrief, aus dem die Presse zitiert hatte, hieß es, Gunter Sachs habe unter der ausweglosen Krankheit A. gelitten.

A wie Alzheimer.

»Tschuldigung.« Engel kam auf sie zu. »Ich wollte nicht …«

»Finden Sie nicht, dass er mutig war?« Carla wollte keine Missstimmung zwischen ihnen aufkommen lassen. Sie wusste selbst nicht, wie sie den Selbstmord des alten Playboys werten sollte. »Er war achtundsiebzig, er hatte ein gutes Leben. Bestimmt war er mit sich im Reinen.«

»Na, und seine Frau – und die Kinder? Was ist das für ein

Abschied, den Ehemann und Vater tot in einer Blutlache vorzufinden?«

»Ein Schock, keine Frage.« Carla sah Engel in die Augen. »Aber stellen Sie sich vor, wie es ist, einen geliebten Menschen über eine quälend lange Zeit zu verlieren. Zu sehen, wie er immer weniger wird.« Sie dachte an Willem, er hatte noch geschlafen, als sie gegangen war. Es war ihr schwergefallen aufzubrechen, nicht zum ersten Mal. Wie würde es sein, wenn sie endgültig Abschied nehmen müsste? Wenn sie seinem Wunsch entsprach?

»Sie haben recht, ich sollte mir kein Urteil darüber erlauben. Wer bin ich auch? Aber ...« Engel wandte sich zu seinen Blumen, er begann, an einzelnen Kübeln zu ruckeln, schob eine Vase vor, eine andere zurück. »Ein Lebewesen strebt doch nach Leben, sollte man meinen.«

»Und wenn dieses Leben nicht mehr lebenswert ist? Wenn man nicht mehr möchte?« Carla musste an etwas denken, was sie einmal gelesen hatte. »Wer abspringt, ist nicht unbedingt dem Wahnsinn verfallen«, hatte der Schriftsteller Jean Améry 1976 in einem Essay geschrieben. »Der Freitod ist ein Privileg des Humanen.« Zwei Jahre später hatte Améry sich umgebracht. »Sich selbst zu töten könnte auch der letzte Akt eines selbstbestimmten Lebens sein«, schloss sie.

»Lieber tot als hilflos, wehrlos, krank?« Schwerfällig richtete Engel sich wieder auf, er schüttelte entschieden den Kopf. »So frei ist der Mensch doch gar nicht in seiner Entscheidung. Die meisten, die Hand an sich legen, tun das doch, weil sie eben krank sind oder Schmerzen fürchten. Die Medizin könnte ihnen helfen. Und die Zuwendung eines geliebten Menschen. Wenn der Mensch beginnt, über sein Leben zu verfügen, dann wird es doch zu einem beliebigen Objekt. Es ist verfügbar – auch für andere.«

Das war ein kluger Gedanke, Carla nickte. »Sie meinen den

Staat, die Wirtschaft, die Krankenkassen, die Familie, die etwa dem Großvater das Altenheim nicht finanzieren möchte?«, hakte sie nach.

»Ich habe die Zeit noch erlebt, in der man zwischen lebenswertem und lebensunwertem Leben unterschieden hat«, nickte Engel. »So nannte man das damals. Und manchmal kommt es mir so vor, als ob das alles nur einen Wimpernschlag entfernt ist.«

Carla seufzte, sie hatten ein weites Feld betreten. Was war richtig, was war falsch? Sie wusste es nicht. »Mein Mann wollte, dass ich ihn verlasse, wenn eine Krankheit ihn hilflos werden ließe«, hörte sie sich plötzlich sagen. »Er wollte nicht, dass ich ihn pflege. *Wenn ich nicht mehr ich selbst bin, musst du gehen*, das waren seine Worte.«

»Und Sie haben es ihm damals versprochen?«

Carla nickte, sie spürte, dass ihr die Tränen in die Augen schossen. Sie konnte sich nicht dagegen wehren. Und es tat gut, die Traurigkeit zuzulassen, sich einen Moment fallen zu lassen.

»Ach, min Deern …« Engel breitete seine Arme aus, und sie ließ sich tatsächlich von ihm umarmen. Sein tröstlicher Anisgeruch, die feste Baumwolle seines Hemdes sog ihre Tränen auf.

Schweigend begleitete er sie zur Tür. Erst als sie im Museum ankam, bemerkte sie, dass sie Engels Postkarte eingesteckt hatte.

Die Mail von Jasper Kronau enthielt nur ein Wort. »KATINKA« stand da in Großbuchstaben geschrieben. Verwirrt lehnte Carla sich zurück. Wer war Katinka? Dann fiel ihr ein, dass sie Kronau nach dem Namen seiner Tochter gefragt hatte.

Katinka also. Katinka Kronau? Der Name passte zu einem Mädchen mit Skateboard. Carla stellte es sich fröhlich vor, eine gute Schülerin. Ein bisschen waghalsig vielleicht, mit Zahnspange und Sommersprossen und den langen Beinen des Vaters. Liebte Katinka Pferde oder spielte sie lieber Hockey? Und nahm ihr Vater sie mit in die Krone eines Baumriesen? Sie mochte Bücher, das hatte Carla gesehen, und sie trug einen geringelten Schal. Bestimmt chattete sie mit ihren Freundinnen, auch wenn sie bei ihrem Vater in Hamburg war, konnte sie von einem Moment zum anderen in ihr Frankfurter Leben abtauchen.

»Was Neues?«

Hannes hatte sie beobachtet. Schon beim Reinkommen hatte er ihr kurz einen prüfenden Blick zugeworfen, als ob er ihre Tränen noch sehen könnte. Dann hatte er wieder auf den Bildschirm seines Computers gestarrt. Seine Beharrlichkeit erinnerte Carla an die Zeit, als sie selbst fast pausenlos im Netz recherchiert hatte. Die Krankheit A. Damals hatte sie gedacht, das Schicksal durch Hartnäckigkeit zu wenden. Dass sie etwas finden könnte, das Willem helfen würde. Einen neuen Ansatz, eine Studie, eine vielversprechende Therapie. Antikörper, Betablocker, Meditation. Doch all ihr Wissen von Willems Krankheit hatte ihr nur noch deutlicher gezeigt, was auf sie zukommen würde. Schließlich hatte sie die Sucherei aufgegeben und sich aus allen Foren abgemeldet, um sich selbst zu schützen.

Carla suchte ein Taschentuch und schnäuzte sich. Die Postkarte der Bardot fiel ihr wieder in die Hände, vorsichtig legte sie Engels Trophäe vor sich auf den Schreibtisch.

»Eine Mail von Jasper Kronau …« Jetzt sah Carla, dass es vor der Katinka-Mail bereits eine weitere gegeben hatte. »Er hat mit dem Pfarrer sprechen können«, fuhr sie fort, während sie den Inhalt überflog. »Isa Voigts Mann muss vor etwa zwanzig Jahren verstorben sein. Er wollte eine Seebestattung, Nordsee, deshalb liegt er nicht im Familiengrab. Ansonsten …«, sie las die Mail zu Ende, »nichts Aufregendes. Sie war wohl keine besonders fleißige Kirchgängerin, jedenfalls gibt es nichts weiter, woran der Pfarrer sich erinnern könnte. Unauffällig, freundlich, zurückgezogen. Kronau schreibt, der Pfarrer habe sich gewundert, dass sie überhaupt einen Trauergottesdienst haben wollte. Sie scheint tatsächlich nur mit Jasper Kronau mehr als ein paar Worte gewechselt zu haben.«

»Über Blumen und Bäume.«

»Immerhin.« Carla musste an das Gespräch mit August Engel denken. »Das ist doch schon was.« Sie lehnte sich vor, aus ihrer Tasche lugte das Fotoalbum von Willems Vater hervor, sie hatte es gerade so darin unterbringen können. Sollte sie Hannes davon erzählen? Unentschlossen drehte sie sich auf ihrem Bürostuhl hin und her.

»Ich habe ein Bild von Otto Waldburg gefunden«, sagte sie schließlich. Sie bückte sich und hievte das Album auf den Tisch. »Hier …« Sie blätterte es auf und winkte Hannes heran. »Ich denke, das muss auf einem der Sezessionsfeste aufgenommen worden sein.«

»Wo hast du das her?« Hannes beugte sich über das Album, er deutete auf das Foto. Bei seinen Recherchen hatte er ein Porträt Waldburgs im Netz gefunden und es ausgedruckt. Offensichtlich hegte auch er keinen Zweifel daran, dass es sich bei dem Zinnober-Gast um Otto Waldburg handelte. Der markante Schnauzbart, das leicht füllige Gesicht, der herrische Blick waren unverkennbar.

»Der Herr dort neben ihm ist Gustav van Velden, das ist sein Fotoalbum.«

»Gustav van Velden?«

»Der Bankier. Der Vater meines Mannes«, erklärte Carla. »Ich habe in Willems Arbeitszimmer nach dem Sezessionskatalog gesucht und das hier gefunden.«

»Dein Schwiegervater war mit den Sezessionisten bekannt?« Hannes schüttelte ungläubig den Kopf, als könnte er es nicht fassen. Carla sah ihn erstaunt an.

»Gustav van Velden ist 1945 gestorben«, verteidigte sie sich. »Ich habe ihn nie kennengelernt. Und mein Mann hat nie über seinen Vater gesprochen. Keine Legenden, noch nicht einmal eine Anekdote. Er war noch ein Kind, als sein Vater starb.«

»Aber er muss das Album doch gekannt haben, sagtest du nicht, dass es zwischen seinen Büchern stand?«

»Es stand hinter einer Reihe alter Lexika. Vielleicht hat er nie hineingeschaut?«

»Du kannst ihn nicht mehr fragen.« Hannes zog das Album zu sich und begann darin zu blättern.

Carla nickte. Bei Tageslicht waren die Personen auf den alten Fotos noch deutlicher zu erkennen, ab und zu stießen sie auf ein bekanntes Sezessionisten-Gesicht.

»Von wann mögen die Aufnahmen stammen?« Hannes blickte auf.

»Dreißigerjahre?« Carla zuckte die Schultern. »Die Mode, Gustav van Veldens Alter … Er muss damals in den Dreißigern gewesen sein, verheiratet war er auch.« Sie wies auf einen Ring an seiner rechten Hand. »Willems Eltern haben 1930 geheiratet, mein Mann kam jedoch erst im März 1939 auf die Welt. Niemand hatte mehr damit gerechnet.«

»1933 hat sich die Sezession aufgelöst … Vielleicht war es sogar das letzte Fest?« Hannes runzelte die Stirn, er dachte nach.

»Bestimmt blieb man darüber hinaus in Kontakt. Der Kreis der Hamburger Boheme war klein, Künstler, Förderer und Sammler müssen in persönlichem Kontakt gestanden haben«, überlegte Carla. »Willems Vater hat lokale Künstler gefördert, einiges ist noch heute im Besitz meines Mannes.«

»Er kannte sich aus …« Hannes blätterte noch einmal durch das Album. »Er förderte die talentiertesten Künstler. Man kannte sich, vielleicht war man sogar befreundet.«

»Deshalb war er auf einem ihrer Feste geladen.« Carla nickte Hannes zu. »Aber er wird vorsichtig gewesen sein.«

Hannes dachte nach, er nahm seine Brille ab und schwenkte sie hin und her. »Schließlich war es nicht unbedingt opportun, sich mit der Avantgarde einzulassen. Hat Gustav van Velden Geschäfte mit den Nazis gemacht?«

»Er ist nie in die Partei eingetreten«, antwortete Carla.

»Wie hat er das geschafft?« Hannes sah sie zweifelnd an.

Sie zuckte mit den Schultern. »Ein ehrbarer Hanseat, ein intaktes Wertesystem, so hieß es immer. Keine leichte Beute für die Nazis. Offensichtlich war es ihm möglich, sich nicht mit ihnen gemeinzumachen. Er hatte Geld, Einfluss, wichtige Freunde, nützliche Kontakte, auch ins Ausland – die Partei konnte ihm egal sein. Ich glaube, er war 1918 noch kurz vor Kriegsende eingezogen und verwundet worden. Das hat ihm im Zweiten Weltkrieg den Frontdienst erspart. Und die Bank galt als kriegswichtig, mehr weiß ich nicht.«

»Dein Mann hat nie darüber gesprochen?«

»Er war ja noch ein Kind.« Carla dachte an das Gespräch mit Doktor Niemann. »Kannst du dich noch an Ereignisse aus deiner Kindergartenzeit erinnern?«

»Ich glaube schon. Jedenfalls ist das keine tote Zeit in meiner Erinnerung, kein schwarzes Loch. Ein paar besondere Ereignisse fallen mir schon ein: Ich habe mir beim Toben den Arm gebrochen, die Geburt meiner kleinen Schwester, unser erster Hund, mein sechster Geburtstag, die Einschulung natürlich. Und du?« Hannes spielte den Ball zurück.

Carla drehte den Kopf zur Seite, sie sah aus dem Fenster. Was schob sich da vor die Wolkenbilder? »Ich kann mich an meinen Großvater erinnern, an sein Haus, die Wiese mit den Obstbäumen. Und an die Bienen, seine Leidenschaft. Ich weiß noch, wie der Honig schmeckte. Wie ein Aufstrich aus duftendem Löwenzahn …«

Opa Gert. Carla sah ihn vor sich. Er war nicht besonders groß gewesen, aber kräftig. Er hatte ihr das Radfahren beigebracht und die Angst vor Pferden genommen. Nachdem Carlas Vater gegangen war, hatte er sie mit männlich-ruppiger Zuneigung und gelassener Herzlichkeit versorgt. Auf seinem Hof hatte sie den Kreislauf des Lebens kennengelernt, Werden und Vergehen, Geburt und Tod. Die überfahrene Katze am Straßenrand war die erste Tote in ihrem Leben gewesen, lange betrauert und mit einem prächtigen Grab im großväterlichen Garten bedacht. Carla hatte ihren Namen mit Nagellack auf einen Feldstein gepinselt. In diesem Moment hatte sie zum ersten Mal begriffen, dass jedes Leben endlich war. Wie alt war sie damals gewesen?

»Du meinst also, Gustav van Velden hatte etwas zu verschweigen?« Hannes sah sie gespannt an.

Carla zuckte die Achseln, sie dachte nach. Hatten sie nicht alle etwas verschwiegen? Die Generation der Väter und Großväter jedenfalls schien sich wohlig eingerichtet zu haben in ihren Ausflüchten und Erinnerungslücken. »Davon wussten wir nichts …« Ihr Großvater war in Russland gewesen, lange Jahre davon in Kriegsgefangenschaft. Doch er hatte nie über seine Erlebnisse gesprochen. Vielleicht auch, weil ihn niemand danach gefragt hatte. Sein Magenleiden und das steife Bein hatten allen genug erzählt. Damals hatte man nicht mehr wissen wollen.

»Ich glaube, mein Mann erwähnte einmal, dass sein Vater mit dem Hamburger Gauleiter bekannt war. Karl Kaufmann war Hitlers wichtigster Mann in der Stadt. Und die Parteizentrale lag in der Nachbarschaft des Elternhauses meines Mannes. Außerdem hatte Kaufmann ein Konto beim Bankhaus van Velden. Seit der Bombardierung Hamburgs 1943 soll er jedoch nicht mehr an den Endsieg geglaubt haben. Später erzählte man sich in der Stadt, dass er riesige Mengen an Lebensmitteln und ausländischen Devisen auf seinem Landsitz bei Hamburg gehortet hatte.«

»Was ist aus ihm geworden?« Hannes hatte sich wieder über das Album gebeugt, die alten Aufnahmen faszinierten ihn.

»Soweit ich weiß, versuchte Kaufmann die Übergabe Hamburgs als offene Stadt zu erreichen. Er war Anfang April 1945 nach Berlin gereist und hatte bei Hitler im Führerbunker vorgesprochen. Offenbar war er von der Sinnlosigkeit der Verteidigung überzeugt. Schließlich gelang es ihm, Hamburg kampflos an die Briten zu übergeben.«

»Also eine zwiespältige Figur?« Hannes sah auf.

»Jedenfalls hat er sich nach Kriegsende ziemlich erfolgreich reingewaschen und zum Retter der Stadt stilisiert. Außerdem behauptete er vor dem Internationalen Tribunal in Nürnberg, er hätte das Novemberpogrom in Hamburg verboten. Im Entnazifizierungsverfahren wurde er tatsächlich als minderbelastet eingestuft, sein Vermögen wurde freigegeben.«

»Mistkerl.« Hannes klappte das Album zu und verschränkte die Arme. Er wirkte plötzlich müde.

Carla nickte zustimmend. »Auf der Homepage der Jüdischen Gemeinde habe ich gelesen, dass er sich nach einem Bombenangriff im September 1941 Hitlers Einwilligung einholte, um die Juden aus der Stadt zu deportieren. Er brauchte ihre Wohnungen, um die Ausgebombten unterzubringen. Sein Vorstoß trug ganz sicher mit dazu bei, die Juden-Deportation in ganz Deutschland in Gang zu setzen.«

»Ein ehrbarer Hanseat«, murmelte Hannes, Carla zuckte zusammen. »Es konnte damals jedenfalls nicht schaden, mit Kaufmann bekannt zu sein«, fuhr er fort. »Halte dich an den Oberschurken, dann lässt dich die Armee der kleinen Schurken in Ruhe.«

»Aber weshalb sollten sie ihn in Ruhe lassen? Wegen der Partei, wegen eines Parteieinritts? Vor einem Fronteinsatz musste Gustav van Velden doch offenbar keine Angst haben.« Carla schüttelte den Kopf, sie begriff nicht, worauf Hannes hinauswollte.

»Vielleicht wollte er einfach nur so weiterleben, wie er es gewohnt war. Keine Einschränkungen, keine Unannehmlichkeiten …«

»Ich weiß nicht.« Carla zweifelte, sie sah wieder auf das Fotoalbum. Der dunkle Ledereinband glänzte wie neu, offenbar war es nicht allzu oft aus der zweiten Reihe nach vorne gezogen worden. »Keine Einschränkungen, keine Unannehmlichkeiten – und das im Krieg?« Sie zog das schwere Buch zu sich.

Vater, Vater …

Nachdenklich strich Carla über den Rücken des Albums. Sie dachte, dass sie langsam an den Punkt kamen, wo es wehtat, in Willems Familiengeschichte zu forschen. »Ich werde noch einmal mit Elke Schnibben sprechen«, sagte sie schließlich. »Sie hat Willem gut gekannt und mit ihm zusammengearbeitet, lange bevor wir uns kennenlernten. Vielleicht hat sie noch eine Idee, die uns weiterhilft.«

Als sie das Album zur Seite schob, fiel ihr Blick auf Engels Karte. »Ach Hannes …«, sie drehte sich zu ihm und lächelte ihn an. »Frag mich jetzt bitte nicht nach dem Grund, aber könntest du vielleicht die Adresse von Brigitte Bardot für mich ausfindig machen?«

Elke Schnibben saß an ihrem Schreibtisch und arbeitete, als Carla in ihr Büro kam. Sie schaute auf, schob die Lesebrille wie einen Reif ins Haar und sah Carla fragend an: »Haben wir einen Termin?«

Carla schüttelte den Kopf. »Hast du trotzdem Zeit, es geht um das *Apfelmädchen*?«

»Nicht viel, ich muss noch rüber zu Hagedorn, die Pläne für die Lange Museumsnacht. Wir haben nur noch vier Wochen.«

Doktor Carl Hagedorn war Willems Nachfolger im Museum für Moderne Kunst. Er hatte ein schweres Erbe angetreten, und in den ersten beiden Jahren waren ihm die Hamburger mit Skepsis begegnet. Eine Ausstellung mit Installationen des chinesischen Bildhauers Ai Weiwei hatte jedoch das Eis gebrochen und die Besucherzahlen wieder ansteigen lassen. Hagedorn und die Generalin tauschten sich regelmäßig aus.

»Als wir letzte Woche über Willem sprachen, sagtest du, dass sein Vater mit den Sezessionisten bekannt gewesen war.« Carla setzte sich auf den Besucherstuhl an Elke Schnibbens Schreibtisch. »Hat Willem mit dir darüber gesprochen?«

»Hat Willem mit mir darüber gesprochen?« Elke Schnibben spitzte die Lippen, sie dachte nach. »Das ist mehr als dreißig Jahre her. Als er damals die Sezessionsausstellung vorbereitete, hat er auch in unserem Archiv nach Material gesucht. Du weißt, ich war damals in der Gemäldeabteilung, ich habe ihm zugearbeitet. Wir haben dann ja auch einige Stücke als Leihgaben für die Ausstellung nach drüben gegeben. Bestimmt hat er mir damals von den Bekanntschaften seines Vaters erzählt. Er hatte ja die Sammlung seines Vaters aufgelöst und einen Großteil gestiftet. Unser Haus hat drei Bilder bekommen.«

»Aber für die Ausstellung hat es dann keine Rolle gespielt, ich habe mir den Katalog noch einmal angesehen.«

»Stimmt, das war wohl eher eine Bemerkung am Rande und schien Willem nicht weiter wichtig. Sein Vater hat ja einiges gesammelt, er kannte sich gut in der Hamburger Kunstszene aus und galt als beherzter Förderer. Eine Zeitlang gab es wohl auch so etwas wie einen Salon in seinem Haus – Künstler und Literaten trafen sich in der Villa. Man diskutierte, man trank, man war unter Gleichgesinnten. Warum fragst du danach?«

»Ich habe ein altes Album gefunden mit Bildern seines Vaters. Gustav van Velden scheint Gast auf einem der Sezessionsfeste gewesen zu sein.«

»Und das findest du merkwürdig?« Die Generalin sah Carla an, sie schien zu spüren, dass sie unsicher war.

»Ich finde es merkwürdig, dass Willem mir nie davon erzählt hat. Ich finde es merkwürdig, dass es im Haus kein einziges Gemälde eines Sezessionsmalers gibt. Und ich finde es merkwürdig, dass er Alma Reed mit keinem Wort in seinem Ausstellungskatalog erwähnt hat. Sie war doch eine ungewöhnliche Frau, und ihr Lebensweg steht exemplarisch für das Schicksal der Avantgarde.« Carla holte Luft, sie sah Elke Schnibben an. Das Herz pochte ihr unter den Rippenbögen.

»Du denkst, da liegt noch etwas im Verborgenen?« Verwundert schüttelte Elke Schnibben den Kopf, die Brille rutschte ihr in die Stirn, energisch schob sie das Gestell wieder zurück. »Wie kommst du darauf?«

»Nur so ein Gefühl …«

»Ach komm …« Elke Schnibben ließ sich nicht mit einem vagen Gefühl abspeisen, sie war bekannt dafür, so lange zu bohren, bis sie auf den eigentlichen Kern einer Sache traf. »Du bist Wissenschaftlerin, Carla. Seit wann lässt du dich von Gefühlen leiten?«

»Ich habe Willem das Bild gezeigt.« Carla schwieg einen Moment, sie betrachtete die Zeichnung, die hinter dem Schreibtisch der Generalin hing. Ein Mädchenakt von Kirchner, der Expressionist war in jüngster Zeit in Verruf geraten. Seine Bildnisse von sehr jungen Mädchen hatten die Diskussion um seine sexuellen Neigungen beflügelt. Elke Schnibben war jedoch nach wie vor von der künstlerischen Qualität Kirchners überzeugt, außerdem hatte man keine überprüfbaren Belege für einen Missbrauch gefunden. Sie hielt nichts von vorschnellen Urteilen und hatte sich der Skandalisierung seines Werks verweigert. Carla dachte, dass sie sich ihr anvertrauen könnte. »Er hat sehr heftig auf das *Apfelmädchen* reagiert«, fuhr sie fort.

»Du meinst, er hat es erkannt?«

»Er kann es nicht kennen, Elke. Als es gemalt wurde, war Willem noch nicht geboren. Außerdem scheint es immer in Privatbesitz gewesen zu sein.« Carla fasste kurz ihr Wissen über Isa Voigts Vater zusammen. »Otto Paulsen scheint es seiner Tochter vererbt zu haben.«

Die Generalin verschränkte ihre Arme, ihr rechter kleiner Finger trommelte nervös auf ihrem Oberarm, der Ring blitzte. »Isa Voigt war also die Tochter von Otto Paulsen«, wiederholte sie erstaunt, sie dachte nach. »Vielleicht hat Willem deshalb auf das Bild reagiert? Er kannte Paulsen noch persönlich und natürlich auch dessen Sammlung. Wenn er es also doch schon einmal gesehen hat?«

Carla schwieg, im Geiste blätterte sie noch einmal durch Willems Katalog. »Aber warum hat er Alma Reed dann nie erwähnt? Und warum ...« Für einen Augenblick überlegte sie, ob sie Elke Schnibben wirklich alles erzählen sollte. »Warum hat er dann so heftig reagiert? Er rief nach seinem Vater, dann rannte er die Treppe runter und aus dem Haus. Es war fast so, als wäre er auf der Flucht.«

»Das Bild hat ihn erschreckt?«

»Er war panisch. So habe ich ihn noch nie erlebt. Ich habe mit seinem Arzt darüber gesprochen, er sprach von einem Trauma. Einem Kriegstrauma.«

»Ein Kriegstrauma? Willem und ein Kriegstrauma?« Elke Schnibben lehnte sich vor, als wolle sie Carla entgegenkommen. Sie stützte die Arme auf dem Schreibtisch ab, faltete die Hände wie zum Gebet und legte das Kinn darauf ab. Für einen Moment sah sie aus wie eine Heilige. »Ich kann mir keinen Reim darauf machen«, sagte sie schließlich. »Vielleicht hat es ja etwas mit seinem Vater zu tun, vielleicht war Alma Reed einmal zu Besuch in der Villa? Und vielleicht hat sich an dem Tag etwas ereignet, was Willem nie vergessen konnte.«

»Elke ...« Es fiel Carla schwer, die Generalin zu korrigieren. »Als Willem geboren wurde, war Alma Reed schon verschwunden. Jedenfalls gibt es seit 1939 kein Lebenszeichen mehr von ihr.«

»Kein Lebenszeichen heißt nicht, dass sie nicht doch noch lebte.« Die Schnibben sah sie von unten herauf an.

»Du meinst, sie trat lediglich nicht mehr öffentlich auf?«

»Sie war Jüdin, und sie war Künstlerin. Ihre Werke trugen den Stempel Entartete Kunst. Spätestens seit der Pogromnacht 1938 wird sie sich nicht mehr frei bewegt haben. Vielleicht suchte sie nach einer Möglichkeit zu emigrieren?«

»Ich habe eine Suchanfrage bei der Jüdischen Gemeinde laufen.« Carla schüttelte den Kopf. »Ich habe Willem noch nie so außer sich gesehen«, wiederholte sie leise. »Es war, als ob er wieder ein Kind wäre. Ein zu Tode erschrockenes, verängstigtes Kind.«

»Und es gibt niemanden, den du danach fragen kannst?«

»Keine Familie. Und die Bank gibt es auch nicht mehr.« Carla zuckte mit den Schultern. »Ich würde fast sagen, du bist eine der wenigen, die ich fragen kann. Jedenfalls nach den Sezessionisten …«

»Willem war damals ein paarmal bei uns im Archiv. Und er hat auch etwas mitgenommen, daran erinnere ich mich. Aber sonst?« Die Generalin lehnte sich wieder zurück, sie sah auf die Uhr und seufzte. »Ich muss los, Carla. Hagedorn hasst es zu warten. Außerdem hat er mir einen Sencha versprochen.«

»Mit Honig?« Carla wies auf das Glas mit Rapshonig, das auf dem Schreibtisch von Elke Schnibben stand. Die Generalin trank literweise grünen Tee, sein Koffein hielt sie bei Laune. Sie rückte ihren Stuhl zurück und stand auf.

»Mit Honig!« Die Generalin erhob sich ebenfalls. »Mal sehen, was wir uns einfallen lassen. Geld für großartige Events haben wir jedenfalls keines. Ich weiß nicht, wo ich noch sparen soll.«

»Ach Elke. Wenn ich etwas tun kann …« Carla hielt ihr die Tür auf, wieder dachte sie an ihre geplante Auszeit. Aber zwischen Tür und Angel wollte sie nicht darüber sprechen. Sie würde sich einen Termin für die nächste Woche geben lassen.

»Lass uns Montag noch einmal reden. Nach der Sitzung, ja?«

Carla nickte. Sie blieb stehen, während Elke Schnibben mit kurzen schnellen Schritten den Gang hinab zur Treppe eilte.

Und er hat auch etwas mitgenommen. Als Carla im zweiten Stock vor ihrer Bürotür stand, fielen ihr die Worte der Generalin wieder ein. »Der dritte Karton«, sagte sie halblaut zu sich selbst. »Willem hat den dritten Karton.« Für einen Moment hielt sie inne, sie sammelte sich und überlegte, was sie Hannes erzählen wollte. Es hatte ihr gutgetan, mit Elke Schnibben über Willems Ausbruch zu sprechen. Aber die Generalin hatte Willem gekannt, den gesunden Willem. Was würde Hannes davon halten, wenn sie ihm alles erzählte? Er hatte kein Korrektiv, keine Vorstellung von ihrem Mann. Was würde er also von Willem denken? Dass er ein verrückter Alter war?

Doch bevor Carla sich entscheiden konnte, riss Hannes die Tür von innen auf.

»Oh …« Erschrocken prallte er zurück. »Ich wollte dich gerade suchen.«

»War ich so lange weg?« Carla lächelte amüsiert, während Hannes sich durch die Haare fuhr. Er schien vor Aufregung zu platzen.

»Ich hab sie gefunden.« Die Worte kullerten förmlich aus ihm heraus.

»Wen hast du gefunden?«

»Alma … Ich habe Alma Reed gefunden. Hier …« Er zog sie mit sich an seinen Schreibtisch, wo das Fotoalbum lag. »Ich habe mir das Album noch einmal vorgenommen«, sagte er, sein Blick halb ängstlich, halb triumphierend.

»Und? Nun spann mich nicht auf die Folter.« Carla beugte sich über die aufgeschlagene Doppelseite, sie hatte das Album mindestens vier- oder fünfmal durchgeblättert. Was hatte sie übersehen?

Hannes wies auf das Foto von Otto Waldburg und Gustav van Velden. »Da«, sagte er heiser und schnappte nach Luft. »Da ist sie.«

»Wo ist sie?« Carla beugte sich tiefer über das Bild, sie begriff nicht, was er meinte. »Ich sehe Otto Waldburg und Gustav van Velden«, murmelte sie. »Ich sehe keine dritte Person.«

»Schau mal in den Spiegel … Und denk an Velazquez, *Las Meninas*!« Hannes wies auf den riesigen Wandspiegel, der hinter den Männern zu sehen war. »Der Schatten – wie auf dem berühmten Bild, wo der Spiegel im Hintergrund König und Königin reflektiert.«

»Tatsächlich.« Carla atmete aus, vorsichtig berührte sie das Foto. »Da ist etwas. Der Fotograf spiegelt sich im Hintergrund.«

»Nicht etwas, da ist eine Frau. Eine schlanke Frau mit Kamera, Mittelscheitel, ein langer Zopf. Nimm das …« Hannes drückte ihr eine Lupe in die Hand, die er auf ihrem Schreibtisch gefunden haben musste. »Alma Reed ist die Fotografin.«

Carla griff nach der Lupe und hielt sie sich vors Auge. Sie bemerkte, dass ihre Hand leicht zitterte. Durch die Vergrößerung verwandelte sich die Fotografie in ein Raster aus schwarzen und weißen Punkten. Und der Schemen im Spiegel? Carla kniff die Augen zusammen, sie sah eine schlanke Gestalt, den langen Zopf, das Gesicht von der Kamera verdeckt. Mit etwas gutem Willen konnte man die Fotografin tatsächlich mit dem ernsten Selbstporträt von Alma Reed in Verbindung bringen, das in einem der Sezessionskataloge abgebildet war.

»Die verborgene Dritte … Großartig. Wie hast du das entdeckt?« Carla legte die Lupe zur Seite. Sie strich sich eine Strähne hinters Ohr, sah Hannes an.

»Weiß nicht.« Er zuckte die Schultern. »Ich hatte die ganze Zeit das Gefühl, etwas zu übersehen. Irgendetwas an dem Bild hat mich gestört, deshalb habe ich mir die Lupe geholt. In der Vergrößerung war die dritte Person dann deutlich zu erkennen.«

»Gustav van Velden, Otto Waldburg und Alma Reed gemeinsam auf einem Bild, die drei haben sich also gekannt. Elke Schnibben sagte eben etwas über einen Salon, den es damals im Haus meines Mannes gegeben hat. Vielleicht war sie dort zu Gast?« Carla nahm das Album in die Hände, sie fragte sich, ob Leonie eine Vergrößerung des Fotos hinbekommen könnte. »Meinst du, wir können das Bild am Computer bearbeiten?«

»Da geht bestimmt noch was.« Hannes nickte. »Soll ich …?«

»Ich wollte eigentlich Leonie bitten, inzwischen sollten die Ergebnisse aus dem Labor auch da sein. Magst du rübergehen?«

»Oh, okay.« Für einen Moment wirkte Hannes enttäuscht, als hätte sie ihm sein Spielzeug weggenommen.

»Leonie hat ein Händchen für Spezialaufgaben«, beeilte Carla sich zu sagen. »Am Computer macht ihr keiner etwas vor. Vielleicht kannst du noch etwas von ihr lernen?« Sie hielt ihm das Album entgegen.

»Ich schau mal, ob sie da ist.« Hannes griff nach dem Album, zog seine Hände dann jedoch zurück. »Da war ja noch etwas …« Von einem Block auf seinem Schreibtisch zupfte er einen Zettel und hielt ihn ihr entgegen. »Madame Brigitte Bardot«, sagte er, »erreichst du in Saint-Tropez, die Adresse habe ich notiert. Falls du ein Autogramm wünschst, solltest du einen frankierten Rückumschlag beilegen.«

»Das ging ja schnell, vielen Dank.« Carla reichte ihm das Album und nahm den Zettel entgegen. Was hatte er sich dabei gedacht, als er die Adresse recherchierte? Dass sie einen Hang zu alten Leuten hatte? Sie bemerkte, dass er versuchte, ernst zu bleiben.

»Ist für einen Freund«, beeilte sie sich zu sagen. »Vielleicht kann ich ihm eine Freude machen.«

Frau Woldsen hatte den Tisch in der Küche gedeckt. Auf dem Herd köchelte eine Hühnersuppe – Erkältungswetteressen. Die Haushälterin hatte die Brühe mit Curry und Knoblauch abgeschmeckt. Es duftete wie in einer asiatischen Garküche.

Carla war früh zu Hause gewesen, und Frau Woldsen drückte ihr im Gehen eine weitere Broschüre in die Hand. »Meinen Sie nicht, dass es langsam Zeit ist, eine Pflegestufe für Ihren Mann zu beantragen?«, fragte sie. »Es wird doch nicht besser.«

Carla nahm das Heft schweigend entgegen und schaute kurz hinein. »Das Ausmaß der Pflegebedürftigkeit wird mittels sogenannter Pflegestufen beschrieben. In die Pflegestufe I wird eingestuft, wessen Pflegebedürftigkeit erheblich ist, bei schwerer Pflegebedürftigkeit …« Die lieblosen Formulierungen schreckten sie ab. Als Frau Woldsen aus der Tür war, stopfte sie die Broschüre in die Altpapiertüte.

Erheblich pflegebedürftig? Willem saß ihr gegenüber und löffelte bedächtig seine Suppe. Sie hatte ihm die Serviette in den Schoß gelegt und ihn ermuntert, den Löffel in die Hand zu nehmen. Das Essen schien ihm ausgezeichnet zu schmecken, ab und zu schaute er auf und sie nickte ihm zu. Eine Pflegestufe, so dachte Carla, sah jedenfalls anders aus. Und einem Gutachter würden die großzügigen Verhältnisse und der Einsatz der Haushälterin nicht entgehen. Sie scheute sich, Geld zu beantragen, das sie nicht wirklich brauchten. Aber vielleicht, so überlegte sie, fühlte Frau Woldsen sich überfordert. Sie würde mit ihr sprechen müssen.

»Und?«

Willems Stimme riss sie aus ihren Gedanken. Er hatte den Löffel zur Seite gelegt und sah sie erwartungsvoll an. Wollte er etwa ein Gespräch beginnen?

»Nichts Besonderes«, antwortete Carla erstaunt, ein Glücksgefühl durchrieselte sie. Sie versuchte, den Gesprächsfaden nicht abreißen zu lassen. »Wir bereiten immer noch die Herbstausstellung vor. Und ich sitze am Katalog. *Avantgarde am Abgrund* – wie findest du den Titel?«

»Die Bücher …«, antwortete Willem.

»Ja, genau.« Carla bemerkte, dass ihr Herz zu klopfen begann. Wie lange schon hatten sie kein Gespräch mehr geführt? War es Zufall, also nur eine Aneinanderreihung von Worten, die zufällig Sinn ergab? Oder gab es bisweilen diese lichten Momente, und sie hatte sie nur verpasst, weil sie im Museum gewesen war? »Deine Bücher«, antwortete sie. Und nach einem kurzen Zögern fuhr sie fort: »Und die Bücher deines Vaters.«

»Vater?«

Carla hielt den Atem an, sie beobachtete Willem. Kam die Furcht zurück, sah sie die Angst in seine Augen steigen? »Ja, Gustav van Velden. Dein Vater.«

Willem schwieg, seine Hände tasteten über die alte Tischplatte. Plötzlich lächelte er. »Willem«, antwortete er und fuhr mit dem Zeigefinger über das Holz. »Willem, Willem, Willem …«

»Das bist du.« Carla nickte. »Gustav van Velden und Willem van Velden.«

»Willem, Willem, Willem.« Immer wieder rutschte sein Zeigefinger über die Tischplatte. Es schien Willem Freude zu bereiten, ein Lächeln malte sich auf sein Gesicht. Carla dachte daran, wie sie vor einigen Tagen seine Unterschrift im Sezessionskatalog nachgezeichnet hatte.

»Willem, Willem, Willem.«

Plötzlich stutzte sie. Und wenn Willem genau das machte, was auch sie getan hatte? Wenn er etwas nachzeichnete, etwas, das in das Holz eingraviert war?

Carla spürte einen Strom, der durch ihren Körper fuhr. Sie schob den Stuhl zurück, stand auf und ging um den Tisch herum. Vorsichtig legte sie ihre Hand neben Willems Hand.

»Willem?« Sie sprach seinen Namen wie eine Liebkosung aus, tastete sich voran.

»Willem!« Er nahm ihre Hand, ganz vorsichtig, und schob sie über das Holz. War da etwas?

»Noch einmal.« Carla starrte auf den Tisch, das Holz war dunkel gebeizt, die Oberfläche vom jahrzehntelangen Gebrauch gezeichnet. Ein Möbel, das in Würde gealtert war, die Gebrauchsspuren verliehen ihm seinen Charme. Carla hatte sich immer dagegen gewehrt, den Tisch zu ersetzen, auch wenn Frau Woldsen für einen größeren Tisch plädiert hatte, an dem man auch zu dritt oder viert in der Küche sitzen konnte.

Wieder schob Willem ihre Hand über den Tisch, als wollte er ihr etwas zeigen. Carla schloss die Augen. Was spürte sie?

»Da steht dein Name, richtig?« Ihre Fingerspitzen hatten das Auf und Ab von Buchstaben ertastet. »W I L L E M.« Ungelenke Kinderbuchstaben, ein Gruß aus der Vergangenheit, vor ewigen Zeiten mit einem feinen Messer oder einer Stahlfeder aus Langeweile in das Holz gekratzt. Carla lächelte, sie wusste, dass Willem an diesem Tisch gemalt hatte, in der warmen Küche und in Gesellschaft seiner geliebten Minna. Sie war zu Kriegszeiten die gute Seele des Hauses gewesen. Und sie hatte ihm das Schreiben beigebracht, lange bevor Willem in der Schweiz eingeschult worden war. Als Willem sie mit Frau Woldsen bekannt gemacht hatte, hatte er ihr auch von Minna erzählt. Eine wohlige Erinnerung. Dieses eine Mal hatte er die Tür zu seiner Kindheit einen Spaltbreit geöffnet.

Und da war noch ein Wort. Wieder ließ Carla ihre Finger über die Kratzer gleiten. Buchstaben, die keinen Sinn ergaben: »GESP …« Was war das? Eine Abkürzung? Vielleicht eine Art kindlicher Geheimbund, der ihr nichts sagte?

»Was bedeutet das, Willem?« Sie nahm seine Hand und ließ seine Finger über die Buchstaben gleiten. »Gespräch, Gespött, Gespinst?«, versuchte sie, ihm auf die Sprünge zu helfen.

Willem schüttelte den Kopf, er sah sie an. Sein Ausdruck freudig gespannt, fast so als forderte er sie auf weiterzuraten.

»Gespräch, Gespött, Gespinst«, wiederholte Carla. In ihren Gedanken blätterte sie ein Wörterbuch auf. »Gespielin, gesperrt, gespenstisch …«

Willem knurrte wie ein Hund, er drückte ihre Hand. Erschrocken sah sie ihn an, war sie auf der richtigen Spur?

»Gespenstisch?«, fragte sie vorsichtig, weil sie nicht wollte, dass er wieder zusammenfuhr. Doktor Niemann hatte doch gesagt, sie sollte ihn nicht noch einmal mit dem Schrecken aus Kriegszeiten konfrontieren. Willem fuhr mit der Hand über den Tisch.

»Gespenstisch also«, wiederholte sie. Sie dachte daran, dass sie als Kind nicht allein die dunkle Kellertreppe hinabgestiegen war. Jeder Schatten, jedes vorspringende Stück Mauerwerk hatte sich in der Dunkelheit in etwas Gruseliges verwandelt. Was hatte ihn damals so erschreckt? »Ein Gespenst vielleicht?«, fuhr sie fort.

»Gespenst, Gespenst, Gespenst …« Willem dehnte das Wort, als versuchte er, Geschmack daran zu finden. Und plötzlich – mit einer dünnen Kinderstimme wie aus einer anderen Zeit: »Da ist etwas. Ich kann es nicht sehen.«

ELF

Eine Nacht ohne Schlaf. Nachdem sie Willem zu Bett gebracht hatte, begann Carla, nach dem dritten Karton zu suchen. Sie fing in seinem Arbeitszimmer an. Nach seiner Verabschiedung in den Ruhestand hatte Willem alles, was ihm wichtig war, aus seinem Büro im Museum in die Villa transportieren lassen. Vieles war im ersten Stock der Villa gelandet, einige Umzugskartons mit Unterlagen hatte er auch in den Keller bringen lassen.

Carla saß an Willems Schreibtisch und zog die Schubladen auf. Einen Moment lang fühlte sie sich fehl am Platz, so wie ein Eindringling, der sich rücksichtslos durch das Privateste wühlte. Die Netsukefiguren starrten sie an: Durfte sie Willems Korrespondenzen lesen? Wollte sie alle seine Geheimnisse kennen? Doch das Gefühl, Alma Reed vielleicht ein Stück näherzukommen, trieb sie an.

Da ist etwas. Ich kann es nicht sehen. Willems Worte gingen ihr nicht aus dem Kopf. Carla war sich sicher, durch die alten Fotografien und die Gravuren auf dem Küchentisch einen Zugang zu seinen Kindheitserinnerungen gefunden zu haben. Sie durfte nur nicht an dem Dunklen, Entsetzlichen rühren, an dem das *Apfelmädchen* so gewaltig gerüttelt hatte.

Die Schubladen waren wenig ergiebig. Da waren alte Briefe, Rechnungen, Quittungen, Bankauszüge, ein Schwung Briefpapier mit Willems Initialen, ein Stempelkissen, Stempel, Scheren, Stifte, Anspitzer. Ein Sammelsurium, so durcheinander im Kleinen wie es die Bücherregale im Großen waren. Da war der letzte Text für ein Kunstmagazin, an dem Willem gearbeitet hatte. Ein Artikel über neue Werke von Neo Rauch – Bilder, die den Betrachter in einen Abgrund stürzten, so hatte Willem geschrieben. Der Text war unvollendet geblieben, ein Fragment, eine Ahnung nur seiner einstigen Wortgewalt. Beim Lesen merkte Carla, wie Willem um Worte gerungen hatte. Seine Schrift war immer unleserlicher geworden, schließlich hatte er die Zusage für den Artikel zurückgezogen.

Carla lehnte sich zurück. War das der Moment gewesen, in dem er bemerkt hatte, was da in ihm vor sich ging? Sie erinnerte sich: Wenig später hatte sie ihn überreden können, sich in der Uniklinik einigen Tests zu unterziehen. Carla hatte gehofft, dass körperliche Ursachen Willems Einschränkungen hervorgerufen hatten, Ablagerungen in seinen Blutgefäßen etwa, ein Vitaminmangel, die Schilddrüse, eine Depression, das Alter als solches vielleicht. Doch nach einer Reihe von mentalen Tests und körperlichen Untersuchungen hatten die Ärzte alle anderen denkbaren, ja fast herbeigesehnten Ursachen ausschließen können. Die Alzheimer-Diagnose, so hatte sie von dem blondgescheitelten Doktor Niemann erfahren, war eine Ausschlussdiagnose: Erst wenn keine alternative Erkrankung mehr in Frage kam, galt die Krankheit als nachgewiesen.

Carla zögerte, bevor sie die letzte Schublade aufzog. Sie wusste, was sich darin befand, Willem hatte sie die »Carla-Schublade« genannt. Sie würde die Zeugnisse ihrer Liebe darin finden, Briefe, Schnappschüsse, kleine Zeichnungen, die sie von ihm gemacht hatte, sein Testament, eine Vollmacht und das Liebesversprechen, das Dokument seiner Liebe zu ihr.

Wenn ich nicht mehr ich selbst bin, musst du gehen.

Carla zog die Schublade auf, sah hinein und schloss sie wieder. Sie musste nicht in den Erinnerungen wühlen, sie konnte sich an jeden Augenblick, an jedes Detail erinnern. Ja, sie konnte einen Bogen schlagen zwischen Vergangenem und Gegenwärtigem. Carla wusste noch, was sie in jedem einzelnen Moment gefühlt hatte und dass sie tatsächlich an das vollkommene Glück geglaubt hatte. Nur deshalb hatte sie das Liebesversprechen überhaupt unterschrieben. Sie hatte sich nicht vorstellen können, je vor der Entscheidung stehen zu müssen, Willem zu verlassen. Doch inzwischen wusste sie, wie es sich anfühlte, ausschließlich von der Vergangenheit zu zehren. Carla lehnte sich zurück. War jede Chance auf Glück in der Gegenwart unmöglich, überlegte sie und starrte gegen die dunklen Quadrate der Fenstergläser. Sie versuchte, den Stimmen zu lauschen, die aus der Vergangenheit emporstiegen. Das Rauschen der Zeit, das Rascheln der Erinnerungen, ein Strom von Gefühlen. Alles floss ineinander. Sie blinzelte die Tränen zurück.

Dann – ganz unvermittelt – ein Sprung zu einem Gespräch mit ihrer Mutter vor einigen Tagen. »Du musst gehen, Carla«, hörte sie die Stimme ihrer Mutter. Jedes ihrer Telefonate endete so, das stete, beharrliche Ceterum censeo der Lateinlehrerin. »Du hast es ihm versprochen.«

Und ihre Antwort darauf, immer gleich: »Es ist noch nicht der richtige Moment. Er kennt mich noch, er wird mich vermissen.«

»Er wird dich vergessen, Carla. Willem entschwindet, er entgleitet in eine Welt, in die du ihm nicht folgen kannst.«

»Aber ich liebe ihn doch!«

»Du hast es ihm versprochen.«

»Aber daran erinnert er sich nicht mehr.«

»Du musst endlich erwachsen werden.«

Als wäre sie ein trotziges Kind, nicht fähig, der Stimme der Vernunft zu gehorchen. Carla schüttelte den Kopf. Sie wollte nicht daran glauben, dass erwachsen werden mit dem

Verlust eines geliebten Menschen einherging. Sie hatte doch längst zu sich selbst gefunden. Willem hatte ihr gezeigt, wer sie war.

»Ich weiß, was ich tue.«

Zuletzt, als Carlas Mutter sich an ihrem Abwehrbollwerk abgearbeitet hatte, hatte sie die Karte der Ironie gezogen: »Seine Krankheit ist jedenfalls ein Schlag ins Kontor aller Kreuzworträtselfans, Carla. Gehirnjogging wird definitiv überschätzt. Willem war nun wirklich ein Geistesakrobat, er hat zig Bücher geschrieben, Hunderte Reden gehalten. Ein erfolgreicher Schutz gegen die Demenz war das alles nicht.«

Und Carla, die noch über das Gespräch mit Willems Arzt nachdachte, hatte ihrer Mutter als Antwort den von Doktor Niemann postulierten Zusammenhang zwischen der Krankheit und einem Kindheitstrauma präsentiert.

»Willem hat auf mich nie wie ein von Ängsten gezeichneter Mensch gewirkt«, hatte die Mutter zunächst widersprochen. Doch dann hatte sich ihre Erfahrung aus fast vierzig Jahren Schule zu Wort gemeldet: »Vielleicht hat sein Arzt ja recht, Carla. Auf nichts haben wir jedenfalls so wenig Einfluss wie auf unsere Kindheit. Aber unsere Kindheit hat einen riesigen Einfluss auf uns. Es ist eine Zeit, der wir nicht entkommen, von der wir aber auch nicht loskommen, ob sie schön war oder nicht.«

Im Keller brannte nur ein einziges trübes Licht. Die Unterlagen aus dem Museum hatte Willem in einem der hinteren Räume eingelagert, weiter vorne gab es Platz für Willems Weinregale und für Carlas Fahrrad. Nebenan brummelte die alte Ölheizung.

Carla hatte eine Taschenlampe mit hinunter genommen, sie fror in ihrem dünnen Pulli. An einem Haken hing ihr Regencape. Sie zögerte kurz, dann streifte sie es über. Tatortbegehung, Spurensicherung. Wenn sie jetzt jemand sah … Sie lächelte amüsiert über sich selbst.

Willems Archiv stapelte sich längs der grob gemauerten Kellerwände, fast dreißig Umzugskartons. Die einzelnen Kartons wirkten wie zusammengesunkene Schneehaufen. Carla fasste sie prüfend an, die Pappe war feucht. Sie zweifelte daran, dass ihr Inhalt die Zeit im Keller gut überstanden hatte. Müde legte sie die Taschenlampe auf einem Mauervorsprung ab und öffnete den ersten Karton.

Ihre Überraschung war groß: Das Material war in Ordnern und Mappen gebündelt und nach Jahreszahlen geordnet. Die Unterlagen waren relativ trocken, die festen Umschläge und Folien hatten das Papier geschützt. Carla seufzte erleichtert auf und schickte Willems ehemaliger Sekretärin ein stummes Dankeschön. Als sie den ersten Karton zur Seite wuchtete, fiel ihr auf, dass sogar die einzelnen Kartons mit Jahreszahlen beschriftet waren. Die gute Frau Helms hatte sich bezahlt gemacht, bis zuletzt.

Es dauerte eine Weile, bis Carla den entsprechenden Karton zu Willems Sezessionsausstellung gefunden hatte. Schließlich hatte sie die Auswahl auf drei Ordner reduziert, die sie mit hoch nehmen wollte. Ein Arm voll Geschichte, verbarg sich darin ein Hinweis auf den dritten Karton aus dem Museumsarchiv und auf Alma Reed?

Es war inzwischen drei Uhr früh, im Haus war es vollkommen still. Für einen Moment überlegte Carla, ins Bett zu gehen und sich noch einige Stunden Schlaf zu gönnen. Sie war durchgefroren und erschöpft, doch dann siegte ihre Neugier. Sie ging in die Küche, legte die Ordner auf den Tisch und machte sich eine Tasse starken schwarzen Tee, den sie mit Honig süßte. Rapshonig, die Generalin hatte sie angesteckt.

Der erste Ordner war mit Unterlagen zur Katalogredaktion gefüllt. Carla blätterte sich durch die einzelnen Fassungen der Texte. Willems handschriftliche Korrekturen am Rand, die grüne Tinte wie wilde Efeuranken. Frau Helms hatte alle seine Änderungen mit dem entsprechenden Datum versehen. Im zweiten Ordner fanden sich die Pläne zur Ausstellungsarchitektur und Abbildungen der ausgestellten Werke sowie Korrespondenzen zu den Leihgaben, Versicherungsbögen, Organisatorisches und Presseberichte zur Ausstellung. Willem war für seinen Mut gelobt worden, die Werke der einst verfemten Künstler wieder ans Licht zu holen und ihnen eine Bühne zu bieten. »Manchmal liegen Schätze, die für immer verloren schienen, in einer alten Mappe unter dem Bett oder auf einem Dachboden in Südamerika«, las Carla in einem Artikel der Lokalzeitung. »Wenn Willem van Velden nicht so hartnäckig nach dem Verbleib der in der Nazizeit verfemten, ermordeten und geflohenen Hamburger Künstler und ihrer Werke geforscht hätte, wären viele ihrer Schicksale bis heute ungeklärt.« Und weiter: »Überhaupt präsentiert diese Ausstellung nicht nur halb vergessene Künstler, sondern auch wundervolle Malerinnen, die heute teilweise niemand mehr kennt.«

Der dritte Ordner widmete sich den einzelnen Künstlerbiographien, Carla blätterte ihn auf und begann zu lesen. Nach wenigen Seiten wurde ihr klar, dass Willem offenbar versucht hatte, den Malerinnen der Sezession eine Sonderrolle in der Ausstellung einzuräumen. »Sie verdienen einen besonderen Blick«, hatte er sich notiert, »da sie nicht zum Studium an staatlichen Akademien zugelassen waren und sich gegen den gesellschaftlichen Druck durchsetzen mussten.« Im Folgenden hatte er die Lebensläufe von Künstlerinnen nachgezeichnet – und auch einen Bogen für Alma Reed angelegt. Viele Künstlerinnen entstammten jüdischen Familien, einige waren jedoch christlich erzogen worden, während sich andere ganz vom Glauben abgewandt hatten. Für die Kunst, so hatte

Willem notiert, hatten die Malerinnen auf eine Familie verzichtet. Im Dritten Reich hatten sie doppelt zu leiden, zum einen wegen ihrer jüdischen Herkunft, zum anderen wegen ihrer Kunst. Gretchen Wohlwill etwa hatte 1933 ihre Stelle als Zeichenlehrerin an einer Hamburger Mädchenschule verloren, 1940 emigrierte sie nach Lissabon. Nach dem Krieg war sie als einzige jüdische Künstler-Emigrantin nach Hamburg zurückgekehrt. Alma del Banco dagegen hatte sich mit Morphin das Leben genommen. Andere waren in Konzentrationslagern ermordet worden.

Und Alma Reed? Ihr Bogen war nur zur Hälfte gefüllt, als hätte Willem unterwegs der Mut verlassen. Ein Porträtfoto war mit einer Büroklammer hinter das Blatt geheftet. Carla betrachtete das Bild, das ernste schöne Gesicht der Malerin. Auf der Rückseite entdeckte Carla eine Notiz in dünner Bleistiftschrift: »Für Gustav«. Daneben eine Markierung, die sie aus dem Archiv ihres Museums kannte.

»Für Gustav« – Gustav van Velden? Stammte das Porträt vielleicht aus dem dritten Karton? Carla begann den Text zu lesen. Willem hatte sich Notizen zu ihrer Ausbildung und zu Auslandsaufenthalten gemacht, darunter ein längerer Aufenthalt in Paris und zwei Jahre in Neapel. »Geschult an den Vorbildern Cézanne, Picasso und Léger«, las sie weiter, »seit 1930 wieder in Hamburg, sinnliche Akte, Porträts, Landschaften.« Zuletzt nur noch Stichworte: »der Tanz mit dem Dämon« und »Vater«.

Vater. Immer wieder Vater.

Carla trank ihren Tee und dachte nach. Mit Gustav van Velden schien etwas in Alma Reeds Leben zu beginnen, das Willem nicht weiterverfolgen wollte. Er hatte einen resoluten Strich unter seine Aufzeichnungen gezogen, als wollte er das Thema abschließen. Und während Reeds Künstlerkolleginnen in der Sezessionsausstellung gewürdigt worden waren, fehlte jeder Hinweis auf sie. So, als hätte sie nie existiert. Was, so fragte sich Carla, war der Grund dafür?

»Frau Heine hat angerufen, von der Jüdischen Gemeinde. Sie wollte dich sprechen.« Hannes, die gute Laune in seiner Stimme vertrieb ihre Müdigkeit.

»Ich melde mich gleich bei ihr.« Carla blinzelte gegen das einfallende Licht, die Morgensonne kämpfte sich durch die vom Wind zerfransten Wolken. An der Alster hatte sich die Zahl der Graugänse verdoppelt, die Temperaturen waren gestiegen. Sie schnupperte: »Gibt es schon Kaffee?«

Hannes nickte, er hob seinen Becher. »George-Clooney-Kaffee. Ich habe meine Maschine aus Berlin mitgebracht.«

»Oh …« Carla entdeckte die funkelnde Kapselmaschine neben ihrem Fossil im Regal, ihr fiel Engels Kommentar dazu ein. »Brauchst du die nicht?«

Hannes winkte ab. »Ich hab eh noch keine feste Bleibe.«

»Wo schläfst du denn?« Zuerst die Blumen, dann die Kaffeemaschine – er sorgte sich rührend um sie. Schuldbewusst dachte Carla an das leerstehende Gästezimmer in der Villa. Sollte sie sich nicht endlich bei Hannes revanchieren?

»Mal hier, mal da. Reihum bei Freunden und Bekannten, bis sich etwas findet.«

»Hör mal, Hannes, wenn du mal kein Bett für die Nacht hast, dann sagst du mir bitte Bescheid, ja?«

Hannes lächelte dankbar. »Meister Grote kümmert sich schon«, antwortete er. »In der WG seines Sohnes wird nächsten Monat ein Platz frei. Wilhelmsburg.«

»Trotzdem … Mein Angebot steht.«

Hannes nickte. »Soll ich dir zeigen, wie die Maschine funktioniert?«

»Das kriege ich schon hin.« Carla ließ eine Aluminiumkapsel in die Öffnung fallen und drückte auf einen blinkenden

Knopf. Im nächsten Moment floss cremiger Espresso in ihren Becher. Der Duft stieg ihr in die Nase, es war fast zu schade, Milch dazuzugeben. »Hannes …«, sie drehte sich wieder um und hob ihren Becher. »Danke schön für den Kaffee, ich weiß, ich hätte mich längst darum kümmern sollen.«

Hannes winkte ab. »Ich habe nur an mich gedacht«, antwortete er grinsend.

»Aber ich …«

»Ist schon gut.« Hannes hob ebenfalls seinen Becher, sie tranken sich zu. »Gibt ja Wichtigeres.«

Ja, dachte Carla, da war so vieles, um das sie sich kümmern müsste. So viel, dass sie schon nicht mehr wusste, womit sie beginnen sollte.

»Also Carla …«, Hannes riss sie aus ihren Gedanken. »Denkst du an Frau Heine? Sie sagte, dass sie nur noch bis elf Uhr zu erreichen ist.«

Frau Heine hob mit dem dritten Klingeln ab. »Jüdische Gemeinde …«

»Guten Morgen, Frau Heine, Carla van Velden hier. Mein Kollege sagte mir, dass Sie sich gemeldet haben. Haben Sie etwas für mich?«

Carla schnupperte wieder an ihrem Kaffee, das Kapselzeugs war gar nicht mal so schlecht. Fast so gut wie Engels Handgebrühter.

»Frau van Velden …«, die Stimme am anderen Ende zögerte einen Moment, »ich wollte Ihnen eigentlich sagen, dass wir noch nicht weitergekommen sind. Die Familie Reed ist bislang auf keiner unserer Listen aufgetaucht. Weder Emigration noch Deportation, ich habe lediglich die letzte in Hamburg gemeldete Wohnadresse ausfindig machen können. Haben Sie einen Stift zur Hand?«

Carla nickte, bevor sie ja sagen konnte, und suchte nach

einem Bleistift. Frau Heine nannte ihr eine Adresse in Harvestehude. Carla kannte das Haus, sie fuhr oft daran vorbei. Heute befand sich ein Konsulat in der Stadtvilla aus der Gründerzeit.

»Auch Alma Reed war dort gemeldet, sie scheint zuletzt wieder bei ihren Eltern gelebt zu haben. Ihre Schwester war seit 1928 verheiratet, sie ist mit ihrem Mann nach Berlin gezogen. 1935 ließ er sich von ihr scheiden, Stichwort Rassenschande. Ich weiß nicht, ob Blanca Reed dann nach Hamburg zurückgekehrt ist.«

»Ich würde meinen Kollegen gern wieder mithören lassen, Frau Heine. Ist das in Ordnung?«

»Natürlich …«

Carla drückte den Lautsprecherknopf. »Meinen Sie, dass Ihre Leute noch etwas finden?«

»Manchmal finden wir noch nach Jahren eine Spur. Ihre Suchanfrage bleibt bei uns gespeichert, und wenn wir neue Listen bekommen, gleichen wir die alten Anfragen automatisch mit ab.«

»Kein Treffer, also.« Carla sah Hannes an, er zuckte die Schultern, schien enttäuscht. »Ist das ein gutes Zeichen?«

»Sie meinen, weil es keinen Deportationsbescheid gibt, keine Häftlingsnummer, keinen Totenschein?«

»Ich meine, dass die Reeds emigriert sein könnten. Israel Reed war Kaufmann, er hatte durch seine Geschäfte doch gewiss Kontakte in alle Welt.«

»Die üblichen Ziele kann ich ausschließen, da hätten wir eine Meldung.«

»Was ist mit einer Emigration nach Lateinamerika? Argentinien, Brasilien, Chile?«

»Ja, vielleicht …« In der Stimme von Frau Heine lag das Zögern des Zweifelns.

»Aber wahrscheinlich ist es nicht?«

»Frau van Velden, ich habe aufgehört, in Wahrscheinlichkeiten zu denken. Alles ist möglich, aber meine Erfahrung sagt mir, dass wir in einem solchen Fall eine Spur gefunden hätten.«

»Aber sie können doch nicht spurlos verschwunden sein?«

»Viele Menschen sind damals spurlos verschwunden, nicht nur Juden. Denken Sie an die verheerenden Bombennächte – ganze Straßenzüge sind in Hamburg zerstört worden. Familien wurden ausgelöscht, ohne eine Spur zu hinterlassen.«

»Aber das Reed'sche Haus existiert noch!«

»Dort werden sie nicht mehr gelebt haben. Im Oktober 1941 wurde die Emigration von den Nazis untersagt, wenn sie bis dahin nicht geflohen waren, gingen sie vielleicht als Illegale in den Untergrund. Es kann sein, dass sie sich in einem Versteck aufhielten, und vielleicht sind sie dort umgekommen. Nicht gemeldet und zu Staub verbrannt, in diesem Fall können wir keine Wunder vollbringen.«

»Wenn die Familie abgetaucht ist, muss es doch Helfer gegeben haben, Menschen, die sie mit Lebensmitteln oder falschen Papieren versorgten.« Carla dachte weiter: »Ohne Unterkunft konnte sich ein Flüchtling doch kaum längere Zeit verbergen.«

»Das stimmt, heute gehen wir sogar davon aus, dass für jeden Untergetauchten bis zu zehn, teilweise auch mehr nichtjüdische Helfer nötig waren, um das Überleben im Untergrund überhaupt möglich zu machen. Und dann gab es noch zahlreiche Mitwisser, die bewusst wegsahen oder schwiegen.«

»Und trotzdem keine Spur.« Carla seufzte, sie schwieg.

»Vielleicht habe ich doch noch etwas für Sie. Otto Waldburg, Sie fragten doch nach ihm.«

»Richtig, das hatte ich fast vergessen. Was haben Sie?«

»Es gibt Berichte von Überlebenden in unseren Akten, dass er sie mit falschen Papieren versorgt hat. Er ließ sich allerdings fürstlich bezahlen. Und er hat wohl auch die Not einiger junger Frauen ausgenutzt.«

»Das heißt, er wurde zudringlich?«

»Jedenfalls gibt es entsprechende Aussagen. Wenn Sie wollen, schicke ich Ihnen Kopien.«

»Ja, bitte. Und – vielen Dank, Frau Heine.«

»Wenn ich noch etwas für Sie tun kann …«

»Wir melden uns. Und wir lassen Ihnen eine Einladung zur Ausstellungseröffnung zukommen.«

»Kann das sein?« Carla hatte den Hörer aufgelegt, sie sah Hannes an. »Sind die Reeds wirklich spurlos verschwunden?«

Hannes erwiderte ihren Blick, er schwieg einen Moment, dann tippte er auf seinen Computer. »Es gibt viele Berichte von Juden, die im Untergrund überlebt haben. Aber es gibt eben auch viele, die es nicht geschafft haben. Es muss unglaublich schwierig gewesen sein, den Belastungen standzuhalten. Die beengten Verhältnisse in den Verstecken, die knappen Lebensmittel und die Angst vor Verrat oder Entdeckung. Ich habe hier Zahlen für Berlin gefunden«, fuhr er fort. »Lediglich tausendsiebenhundert der geschätzten siebentausend untergetauchten Personen sollen bis Kriegsende überlebt haben.«

»Und Otto Waldburg hat daraus ein Geschäft gemacht – bestimmt kannte er einen Drucker, der Papiere fälschen konnte.«

»Knapp dreitausend Helferinnen und Helfer wurden in Deutschland nach Kriegsende namentlich bekannt«, nickte Hannes. »Aber für den Garten der Gerechten in Yad Vashem eignet sich Waldburg wohl eher nicht.«

»Ja …« Carla schwieg, sie dachte darüber nach, was die Helfenden von den Menschen unterschieden hatte, die dem Schicksal der Juden nur dumpfe Gleichgültigkeit oder Hass entgegengebracht hatten. War es christliche Nächstenliebe und religiöse Überzeugung gewesen, oder hatten sie wegen ihrer Opposition gegen das NS-Regime geholfen? Bestimmt hatte es einige wenige gegeben, die Freunde nicht im Stich lassen wollten, und wieder andere waren durch Zufall zu Helfern geworden. Und dann gab es noch diejenigen, die ihre Hilfszusage an Geldzahlungen, Arbeitsleistungen oder andere Dienstleistungen geknüpft hatten. Sie schlug das Album auf, das wieder auf ihrem Schreibtisch lag, und sucht das Bild von Gustav van Velden und Otto Waldburg. Der Schatten von Alma Reed sprang ihr sofort ins Auge.

Hannes hatte sie beobachtet, er deutete ihren Blick. »Ich habe mich auch die ganze Nacht gefragt, wie das alles miteinander zusammenhängt«, sagte er. »Aber ich komme einfach nicht weiter.«

Manchmal schleicht das Gespenst nachts die Treppen hinunter.
Dann kann ich seine Schritte hören.
Ich stelle mir vor, wie es die Tür zum Garten öffnet.
Vielleicht will es das Grün riechen?
Vielleicht geht es hinunter zum Wasser?
Vielleicht steht es nur still und schaut in den Himmel?
Wenn es wieder hinaufschleicht,
sind seine Schritte schwer von Traurigkeit.

ZWÖLF

Es war März geworden. Ein Tiefdruckgebiet, das von England bis nach Marokko reichte, hatte Südwind und Wüstenstaub bis hinauf nach Norddeutschland transportiert. Das Wetterphänomen versprach milde Temperaturen, über Nacht waren die Forsythien aufgeblüht. Jeder Strauch ein heiteres, cadmiumgelbes Kunstwerk, die Stadt glich einem Van-Gogh-Gemälde. Die Alsterschwäne, aus ihrem Winterquartier entlassen, schwammen zwischen den Segelschiffen.

Der warme Wind hatte auch den Garten am Fleet mit Farbe überzogen. Tulpen und Narzissen, die schon durchgebrochen waren, öffneten ihre Blüten. Ein zarter grüner Schleier legte sich über die knospenden Bäume. Und plötzlich schimmerte der Vorhang aus Weidenzweigen golden in der Sonne. Meisen und Rotkehlchen saßen wie Osterschmuck im Apfelbaum und in den Büschen. Das Gänsepaar hatte sein Nest in Ufernähe zwischen den Zweigen der Trauerweide errichtet, es schien schwerelos auf dem Wasser zu schweben. Carla hatte es zufällig entdeckt, als sie ihr Kanu unter der Weide hervorgezogen hatte. Nun lag das Boot auf dem kleinen Steg, der ins Wasser reichte – bereit für eine erste Tour durch die Alsterfleete.

Doch daran war nicht zu denken, Carla kam jeden Abend später nach Hause. Mehr Hannes als Willem, denn die meiste Zeit verbrachte sie in Gesellschaft des Volontärs an ihrem Schreibtisch im Museum. Inzwischen hatte sie alle Zusagen für die Bilder zur Herbstausstellung beisammen, sogar Washington hatte geantwortet. Gemeinsam saßen sie an den mehr als achtzig Bildbeschreibungen für den Katalog, der schon in wenigen Wochen in Druck gehen sollte. Die Zeit drängte, dachte Carla, und das Rätsel um Alma Reed war eine willkommene Ausflucht, nicht ständig über das Liebesversprechen nachdenken zu müssen, das sie Willem gegeben hatte. Das Gemälde ließ sie nicht an die Zukunft denken, sondern in die Vergangenheit reisen.

»Magst du dir das mal durchlesen?«

Hannes reichte ihr einen seiner Entwürfe für den Katalog. Carla überflog den Text, der sich um die Aktion »Entartete Kunst« drehte. Im Sommer 1937 waren rund tausendvierhundert Werke aus Hamburger Museen entfernt worden. »Was verkäuflich war«, so las sie, »wurde in der Schweiz gegen Devisen verkauft. Der größte Teil der Arbeiten wurde 1939 in Berlin verbrannt.«

»Man mag es sich gar nicht vorstellen«, sagte sie, als sie Hannes den Text zurückgab. »Ein Scheiterhaufen der Moderne.«

»Wie werden sich die Künstler gefühlt haben?« Hannes sah sie an, ein nachdenklicher Blick. »Wie hat man das ausgehalten?«

»Ich wäre verzweifelt.« Carla schwieg. Sie dachte, dass sie es nicht hätte ertragen können, in diesem Umfeld aus Unfreiheit und Fremdbestimmung zu leben. Damals hatten viele Künstler ihre Arbeit aufgegeben oder Deutschland verlassen. Eduard Bargheer etwa, dessen Werke sie in der Ausstellung hatten, war 1939 nach Italien gegangen. Andere hatte die innere Immigration gewählt und nur noch unverfängliche Motive gemalt: Stadtansichten, Alster und Elbe, Hafenszenen. Ihr Blick streifte die Bilder, die sich noch immer in ihrem Büro befanden. Wieder einmal dachte Carla, dass ihre Ausstellung auch eine Demonstration gegen das Vergessen war.

»Glaube ich nicht.« Hannes schüttelte den Kopf. »Ich glaube, du kannst eine Menge aushalten.«

»Wie meinst du das?«, fragte Carla ein wenig verwirrt. Sie blickte auf.

Hannes suchte nach Worten. »Na ja, dein Mann, die Krankheit. Du machst es dir nicht leicht, oder?«

»Ich glaube nicht, dass man das vergleichen kann.« Carla lehnte sich auf ihrem Stuhl zurück. Wieder sah sie zu den Bildern der Sezessionisten, sie dachte, dass sie das *Apfelmädchen* vermisste. »Ich lebe in einer Ehe, nicht in einer Diktatur«, antwortete sie lächelnd. »Ich liebe Willem. Und ich habe ihm versprochen …«

Wenn ich nicht mehr ich selbst bin, musst du gehen.

»In guten wie in schlechten Zeiten, ich weiß schon.« Hannes winkte ab, als ob es ihm sinnlos erschien, darüber zu diskutieren. »Hast du eigentlich etwas von Jasper Kronau gehört?«, fragte er übergangslos. »So langsam müsste er sich doch mal entscheiden, ob er uns das Bild für die Ausstellung gibt.«

Carla nickte, es wurde Zeit. Neben den Katalogtexten hatten sie auch begonnen, die Wandtexte zu konzipieren. Alma Reed und das *Apfelmädchen* würden in das Zentrum der Ausstellung rücken, so wie Hannes es in seinem Entwurf skizziert hatte. Ein erstes Meeting mit dem Ausstellungsarchitekten hatte sie darin bestärkt. Dank einer kleinen Spende vom Freundeskreis des Museums, die Elke Schnibben ihnen überlassen hatte, konnten sie sich nun doch professionelle Unterstützung für den Aufbau leisten. Im Sommer würden sie mit den ersten Arbeiten beginnen, die Ausstellungseröffnung war für Mitte September geplant.

»Ja, ich muss unbedingt bei ihm nachhaken. Eigentlich wollte er sich schon letzte Woche melden«, sagte Carla.

Jasper Kronau. Carla blickte wieder auf den Bildschirm und scrollte sich durch ihre E-Mails, erschrocken stellte sie fest, dass sie seit zehn Tagen nichts mehr voneinander gehört hatten. Konnte das sein? Sie hatte oft an ihn gedacht, in ihren Gedanken war er präsent, so als hätten sie erst kürzlich miteinander gesprochen. Zuletzt hatte sie ihn über das Ergebnis der Laboranalyse informiert, die chemischen Tests hatten ihre Recherchen und Vermutungen bestätigt: Das Gemälde stammte tatsächlich aus der fraglichen Zeit. Außerdem hatte sie eine vorsichtige Entwarnung gegeben, was die Herkunft des Bildes anbelangte. »Ich denke, dass das Bild schon vor dem Krieg im Besitz der Familie Paulsen, also Voigt gewesen ist«, hatte sie ihm geschrieben. »Den Aspekt der Raub- oder Beutekunst sehe ich für dieses Werk derzeit nicht.«

Zu amtlich, dachte sie nun und ärgerte sich. Warum hatte sie die Mail nicht etwas herzlicher formuliert? Sie wollte das Bild doch für die Ausstellung gewinnen.

Jasper Kronaus Reaktion auf ihre Mail war ein lapidares »DANKE« gewesen. Carla rief die Mail wieder auf, sein Danke in Großbuchstaben. Eher distanziert als freundlich. Wieder fragte sie sich, ob sich darin seine Erleichterung spiegelte, dass sie das Gemälde vorerst von jeglicher NS-Barbarei freigesprochen hatte. Oder war er lediglich froh darüber gewesen, dass das *Apfelmädchen* unbehelligt bei ihm im Dschungelzimmer bleiben konnte? Irritiert schüttelte sie den Kopf. Während sie mit jedem Tag, der ohne weitere Erkenntnisse in Sachen Alma Reed verstrich, unruhiger wurde, schien Jasper Kronau sich einfach nicht mehr für ihr Schicksal zu interessieren. Jedenfalls konnte sie sein Schweigen nicht anders deuten. Carla dachte, dass sie Kronaus Verhalten akzeptieren müsse, doch die Enttäuschung über sein Desinteresse nagte an ihr. Die Holzskulpturen, das Dschungelzimmer, die schwarze Katze – hatte sie sich in ihm getäuscht? War er doch nicht so, wie sie gedacht hatte?

»Da ist etwas.« Willems Satz ging ihr einfach nicht mehr aus dem Kopf. So wie sie beim Anblick des *Apfelmädchens* sofort gespürt hatte, etwas Bedeutsamem zu begegnen, fühlte sie nun, dass das Bild eine verborgene Botschaft transportierte. Ja, da war etwas. Und an manchen Tagen hatte sie das Gefühl, dem Rätsel auf der Spur zu sein und die losen Enden packen zu können. Doch dann zerstoben Willems Erinnerungsfetzen wieder zu einem undurchdringlichen Nebel, und Carla meinte, dass seine Worte lediglich Ausdruck der Krankheit waren. Was davon war Kindheitserlebnis, und was war ein Symptom der Demenz?

Während Carla sich an einem heiteren Tonfall für ihre Mail an Jasper Kronau probierte, blieben ihre Gedanken bei Alma Reed und Willem hängen. Wie ein Karussell setzten sie sich in Bewegung. »Da ist etwas« – immer wieder dieser eine Satz. Und auf ihr Nachfragen hin ein zweiter: »Ich kann es nicht sehen.« Offenbar hatte es damals etwas Geheimnisvolles in der Villa am Fleet gegeben, ein gespenstisches Etwas, das der fünfjährige Willem zu hören meinte, aber nicht sehen konnte. Sein Vater, so hatte Willem auf ihr vorsichtiges Nachfragen erklärt, habe ihm jedoch versichert, dass dort nichts sei. »Nicht in unserem Haus«, das waren Willems Worte gewesen.

Vielleicht hat er sich vor einem Bild gefürchtet, überlegte Carla wieder und wieder. Längst hatte sie alle Gemälde von Willems Vater genauer untersucht, einige davon waren tatsächlich über Otto Waldburg angekauft worden. Otto Waldburg – der schwer zu deutende Blick des korpulenten Brillenträgers verfolgte Carla. Hatte er Willems Vater auch ein Bild von Alma Reed verkauft? Vielleicht sogar das *Apfelmädchen*? Hatte Gustav van Velden sie darüber also kennengelernt, so wie es der Schnappschuss in seinem Album nahelegte? Dann könnte sich das Bild zu Kriegszeiten also in der Villa befunden haben, überlegte Carla weiter. Und Willem an die Gräuel der Bombennächte erinnern. An die Angst und Panik, an das Gefühl der Ohnmacht, nirgendwo sicher zu sein. Dann aber kam sie nicht weiter, und das Gedankenkarussell begann, an Fahrt zu verlieren. Wie war das Bild dann zu den Paulsens gekommen und in den Besitz von Isa Voigt? Und was war aus Alma Reed geworden?

Carla hatte die Namen der drei auf einem Zettel notiert und durch Pfeile miteinander verbunden. Das Stück Papier hatte sie rechts unten am Bildschirm ihres Computers befestigt. Eine ständige Aufforderung, über Alma Reeds Schicksal nachzudenken. Hannes hatte zunächst über diesen fast hilflosen Versuch gelächelt, doch dann hatte er es ihr nachgemacht. Immer wenn sie recherchierten oder Texte schrieben, hatten sie die kleine Zeichnung vor Augen. Was hatte Alma Reed mit den beiden Männern verbunden?

»Vielleicht hatte sie ein Verhältnis mit einem der beiden?« Hannes hatte ihren nachdenklichen Blick aufgefangen, er scheute sich nicht, seine Gedanken auszusprechen.

»Mit dem dicken Waldburg?« Carla schüttelte den Kopf. Sie konnte sich die sensible Malerin nicht an seiner Seite vorstellen.

»Und mit Gustav van Velden?«

»Er war verheiratet …«

»Na und?« Hannes sah sie an, als ob sie schwer von Begriff sei. »Das ist ja nun kein allzu großes Hindernis.«

»Trotzdem …« Carla strich sich eine Strähne hinters Ohr, sie dachte an das Porträtbild von Alma Reed, das sie in Willems Aufzeichnungen gefunden hatte. Die Signatur ihres Museums. Und die Widmung, nicht verblasst nach all den Jahren: »Für Gustav«. Es musste aus dem dritten Karton stammen. War da noch mehr gewesen, fragte sie sich. Hatte Willem das Material deshalb an sich genommen? Weil es etwas an dieser Geschichte gab, an das nicht erinnert werden sollte? Und an das er nicht erinnern wollte? Etwas, das aus der Vergangenheit bedrohlich in die Gegenwart reichte?

Carla hatte Hannes nichts von ihren Vermutungen erzählt. Sie konnte es ihm nicht erzählen, nicht, bevor sie Willems Rolle in dieser Sache geklärt hatte.

»Er wird die Beziehung natürlich geheim gehalten haben«, fuhr Hannes fort. Er klang seltsam abgeklärt, als würde ihn in der Liebe gar nichts wundern.

»Hätten wir dann nicht irgendetwas finden müssen? Liebe macht geschwätzig – das waren doch deine Worte.«

»Das ist es ja … Wir haben nichts gefunden. Und nichts zu finden bedeutet doch, dass da jemand gründlich aufgeräumt hat.«

»Du könntest bei der Kripo arbeiten.« Carla dachte über Hannes' Worte nach. »Du meinst also, keine Spur zu finden, ist genau die Spur, die wir suchen?«

Hannes nickte. »Wir wissen, dass die drei sich kannten. Wir wissen, dass es nach 1933 für Alma Reed zunehmend schwerer wurde, als Jüdin in Hamburg zu leben. Könnte Gustav van Velden ihr nicht geholfen haben? Er war ein Mann mit Einfluss, jemand, an den sich die Nazis offenbar nicht herantrauten. Vielleicht hat er ihr rechtzeitig zur Ausreise verhelfen können?«

»Aber dann hätte sie sich doch nach dem Krieg melden müssen. Vielleicht wäre sie sogar nach Hamburg zurückgekehrt?« Carla schüttelte den Kopf, an diesem Punkt kamen sie einfach nicht weiter. »Das alles ergibt noch keinen Sinn.«

»Aber es ist es wert, darüber nachzudenken.« Hannes gab nicht auf. »Wir müssen uns einfach alle Optionen offenhalten. Wenn wir die Augen vor einer Möglichkeit verschließen, sind wir am Ende vielleicht blind für das Wesentliche.«

»Ich denke, dass wir am Ende mit lauter offenen Fragen dastehen werden.« Carla seufzte auf, sie blickte auf den Plan zur Ausstellungsarchitektur, den Hannes an der Wand hinter seinem Schreibtisch befestigt hatte. »Und von Jasper Kronau habe ich auch nichts mehr gehört. Wir haben nichts Neues, was soll ich ihm also schreiben?«

Hannes zuckte die Achseln, immer wenn sie auf Jasper Kronau zu sprechen kamen, schien er schlechte Laune zu bekommen. Er presste die Lippen aufeinander. »Wir könnten ihn einladen«, murmelte er schließlich.

»Einladen – auf einen Kaffee?« Carla sah Hannes fragend an. Ein Strauß Narzissen schmückte ihren Schreibtisch, sie hatte die Blumen bei Engel gekauft und ihm seine Karte zurückgebracht.

»Wir könnten ihm unsere Pläne für die Ausstellung präsentieren. Wenn er die Zeichnungen und die übrigen Exponate sieht, wird er vielleicht verstehen, wie wichtig das *Apfelmädchen* für uns ist. Außerdem …«, Hannes' Züge hellten sich wieder auf, er grinste, »kannst du ihm inzwischen auch einen anständigen Kaffee anbieten.«

Touché. Carla lachte, fast war sie versucht, Hannes die Zunge herauszustrecken.

»Also gut«, antwortete sie, »laden wir ihn ein. Ich hatte ihm sowieso eine Führung durch die Gemäldesammlung versprochen. Vielleicht hat er diese Woche ja noch Zeit für uns.«

Jasper Kronau hatte Zeit. »Am Sonntag«, antwortete er Carla knapp auf ihre Mail.

»Sonntag?«, Hannes sah Carla fragend an. »Eigentlich wollte ich übers Wochenende nach Berlin fahren. Ich muss mein WG-Zimmer dort endlich räumen und die Möbel irgendwo unterstellen.«

Auch Carla hatte kurz durchatmen müssen. Sie hatte gehofft, das Wochenende mit Willem verbringen zu können. Ungestört. »Ich mache das schon«, antwortete sie Hannes.

»Und dein Mann?«

Carla dachte nach. »Wir können unseren Sonntagsspaziergang eigentlich auch im Museum machen. Vielleicht gefällt es ihm hier sogar besser als an der Alster.«

»Schade, ich hätte ihn gerne einmal kennengelernt.«

»Willem?«

Hannes nickte. »Muss ein toller Kerl sein.«

Ein toller Kerl? Die Worte hallten wie Glockenschläge in ihrem Inneren nach.

»Wie meinst du das?« Carla sah ihn scharf an.

»Nein, nein …« Hannes hatte bemerkt, dass sie sich angegriffen fühlte. Er schüttelte den Kopf. »Ich meine, es ist offensichtlich, dass du … dass du ihn liebst. Und du bist …«, er suchte nach Worten, »also ich finde dich jedenfalls …« Seine Wangen röteten sich, er fuhr sich über den kurzen Bart.

»Du fragst dich, warum ich ihn immer noch liebe?« Carla sah aus dem Fenster. Am Morgen hatte Willem nicht frühstücken wollen. Trotzig hatte er den Teller zur Seite geschoben, immer wieder, bis sie es aufgegeben hatte, ihm den Toast schmackhaft zu machen.

»Nein, gar nicht. Tolle Frau – toller Mann.« Hannes schien den Atem anzuhalten, er suchte nach dem rettenden Ufer. »Ich hätte ihn halt gerne einmal kennengelernt.«

Er wollte sie nicht verletzen.

Carla drehte sich zu ihm, sie suchte seinen Blick. »Willem mag es nicht, Fremden zu begegnen. Ich denke, er fühlt sich dann hilflos, wie ausgestellt.«

Hannes nickte, er drehte einen Stift in seinen Händen. »Die Großmutter einer Freundin war zuletzt nicht mehr ganz klar. Sie hat in einem Pflegeheim gelebt, eigenes Zimmer, eigenes Bad, ein paar Erinnerungen an ihr altes Leben. Trotzdem ging sie regelmäßig stiften, sie wollte unbedingt nach Hause. Aber wenn sie an der Straße stand, hatte sie vergessen, wohin sie wollte. Dann irrte sie umher, einmal hat sie sogar einen Unfall verursacht. Die Heimleitung hat dann schließlich so eine Art Bushaltestelle vor den Eingang bauen lassen – eine Bank, ein alter Fahrplan, ein Schild. Das hat ihr geholfen.« Hannes lächelte über die Erinnerung. »Sie hat sich auf die Bank gesetzt und gewartet. Und über das Warten hat sie schließlich vergessen, dass sie wegwollte.«

Carla nickte, sie dachte darüber nach. »Schon merkwürdig, dass die Alten mehr und mehr in der Vergangenheit leben, oder?« Sie drehte sich wieder zum Fenster. Die Sonne fiel nun in breiten Streifen herein und wärmte ihr Gesicht. Für einen Moment schloss sie die Augen. »Die vertraute Umgebung, die alten Rituale. Bisweilen denke ich, dass Willem wieder zu dem Kind wird, das er war. Er hat mir einmal erzählt, dass er nach dem Tod seines Vaters fast verstummt war. Die Schrecken der letzten Kriegsmonate und der Verlust des Vaters hatten ihm die Sprache genommen.«

»Und was hat ihn gerettet?«

»Er hat behauptet, die Kunst habe ihn gerettet. Das Studium, die Begeisterung für die Moderne – für ihren Widerstand gegen alles Gefällige und Angepasste. Er hat es sich zur Aufgabe gemacht, seine Begeisterung mit allen zu teilen und die Moderne nach Deutschland zurückzubringen. Darüber hat er wieder in die Welt zurückgefunden.«

Hannes nickte nachdrücklich, als ob er Willems Worte nachvollziehen könnte. Carla sah, dass etwas in ihm arbeitete, doch er sprach es nicht aus.

»Vielleicht ein anderes Mal«, sagte sie schließlich. »Vielleicht lernt ihr euch ja bei einer anderen Gelegenheit kennen.«

Am Sonntag hatte das warme Wetter die Zahl der Besucher im Museum merklich reduziert.

»Nix los«, begrüßte sie Meister Grote, als Carla ihm ihre

Mäntel überließ. Er zeigte auf die spärlich gefüllte Garderobe, dann schüttelte er Willem die Hand. »Freut mich, freut mich«, schnaufte er.

Willem ließ die überschwängliche Begrüßung gelassen über sich ergehen. Schon im Taxi auf der Fahrt zum Museum hatte er weniger ängstlich als interessiert aus dem Fenster geschaut. Als sie das Museum für Moderne Kunst passierten, hatte er gegen das Fenster geklopft und sich dann lachend zu ihr umgedreht. Carla hatte gedacht, dass sie sich zu viele Sorgen gemacht hatte. Willem schien sich wohl zu fühlen.

»Ist mein Besuch schon da?«, fragte sie Grote. Die Uhr in der Hausmeisterloge zeigte Punkt elf, sie hatten es ausnahmsweise rechtzeitig geschafft.

Der Hausmeister schüttelte den Kopf. »Soll ich Herrn Kronau nach oben schicken, wenn er kommt?«

Carla überlegte einen Moment, sie hatte eine Tour durch die Gemäldeabteilung geplant, wollte jedoch mit einem kurzen Abstecher ins Mittelalter beginnen, wo einige alte Stadtansichten hingen. »Ich glaube, wir setzen uns noch einen Moment ins Café«, antwortete sie ihm. »Dann gehen wir gemeinsam hoch.«

Im Café bestellte sie einen Tee für Willem und einen Espresso für sich, die Bedienung, eine fröhliche Studentin, brachte die Getränke an ihren Tisch. Willem strich ihr über die Wange, als sie sich über ihn beugte, um den Tee abzustellen. Carla machte eine entschuldigende Geste, doch die junge Frau lächelte freundlich. »Macht mein Opa auch immer«, sagte sie zu Willem gewandt.

»Das ist mein Mann«, wollte Carla antworten, doch dann ließ sie es bleiben. »Danke schön«, murmelte sie, dann sah sie Jasper Kronau durch die Tür kommen und winkte ihm zu.

Kronau entdeckte sie nach einem kurzen Rundblick, Carla sah, wie er mit langen Schritten das Café durchmaß. Die zierlichen Kaffeehaustische und Thonetstühle wirkten plötzlich wie Puppenhausmobiliar.

»Guten Morgen«, begrüßte er sie mit seinem Handschlag. »Das ist Katinka.« In seinem Rücken tauchte ein etwa zwölfjähriges Mädchen mit Elfenhaar, roter Sweatshirtjacke und Ringelschal auf. Als es lächelte, blitzten die Brackets einer Zahnspange auf. Katinkas Augen ähnelten denen ihres Vaters. Ein auffälliges leuchtendes Grün.

»Hallo, Katinka!« Carla war aufgestanden und reichte ihr die Hand. Dann zeigte sie auf Willem, der sie stumm beobachtet hatte. »Das ist Willem, Willem van Velden, mein Mann.«

»Fein, dann sind wir ja zu viert.« Kronau streckte Willem die Hand entgegen, doch der reagierte nicht. Carla sah, dass Willem Katinka fixierte.

»Willem ist …« Carla suchte nach einem passenden Wort. Sie sprach nie von der Krankheit, wenn Willem dabei war. »Er ist manchmal … ein wenig abgelenkt.«

»Oh, das kenn ich«, sagte Katinka, sie sah Willem unverwandt an. »Wenn mir langweilig ist, fange ich auch immer an zu träumen.«

Willem nickte, er nahm seinen Tee und trank ihn in einem Zug aus. Dann stand er auf und reichte Katinka die Hand. Gemeinsam verließen sie das Café.

»Na, die beiden sollten wir nicht aus den Augen lassen«, lachte Jasper Kronau sie an. »Katinka ist dieses Wochenende bei mir, ich hoffe, es macht Ihnen nichts aus, dass ich sie mitgenommen habe?«

»Nein, nein, das ist doch wunderbar.« Carla sah Willem und Katinka verblüfft nach. »Ich hoffe, es macht Ihnen nichts aus, dass ich …« Sie zeigte auf die beiden.

»Ehrlich gesagt hatte ich befürchtet, dass das hier eine ziemlich trockene Veranstaltung wird«, antwortete Kronau. Er sah sie von der Seite an, die Lachfältchen um seine Augen zwinkerten ihr zu. »Aber so – was halten Sie davon, wenn die beiden uns führen?«

»Sie bringen sich um eine Carla-van-Velden-Spezialführung, die gibt es wirklich nur für besondere Gäste unseres Hauses.« Carla fühlte sich plötzlich wie befreit, sie war selbst gespannt, wohin die Reise gehen würde. »Aber Sie sind mein Gast«, fuhr sie fort. Wieder bemerkte sie, dass er sie von der Seite her ansah. »Habe ich da was?«, fragte sie, denn plötzlich befürchtete sie, dass ein Marmeladenfleck auf ihrer Wange klebte. Willem und sie waren hastig vom Frühstückstisch aufgebrochen, es war keine Zeit mehr für einen Blick in den Spiegel geblieben. Oder studierte er ihr Profil etwa für eine seiner Skulpturen? Was sah er in ihr, die Strebsame vielleicht?

»Nein, es ist nur … ich habe Sie ganz anders in Erinnerung.« Kronau ließ seinen Blick von den Schultern abwärts über ihren Körper gleiten, Carla bemerkte, dass ihre Fingerspitzen zuckten. Sie strich sich eine Strähne hinters Ohr.

»Sonntagslook«, antwortete sie, denn sie hatte am Morgen ein Wickelkleid und eine Fellweste aus dem Schrank gezogen. »Heute mal kein Blazer.«

»Ja, vielleicht«, murmelte er. »Aber da ist noch etwas mit Ihrem Gesicht.«

Doch ein Marmeladenfleck.

Carla spürte, wie sie errötete. Wieder suchte sie nach einer Strähne, die sie sich hinters Ohr streichen konnte.

Kronau schüttelte den Kopf. »Fällt mir noch ein«, murmelte er, während er Carla vorgehen ließ. Dann folgte er ihr und dem ungleichen Paar, das sie die Treppe hinaufführte.

Willem und Katinka bewegten sich zielstrebig auf den Saal mit dem Störtebeker-Schädel zu. Ein kurzer Abstecher durch die Hafenräume folgte, dann das Mittelalter und die frühen Ausgrabungsfunde zur Hammaburg, bevor sie den Saal mit alten Musikinstrumenten betraten. Für die Gemäldeabteilung interessierte Katinka sich nicht, jedenfalls waren sie schon zweimal an der Sammlung vorbeispaziert. Carla kommentierte die Ausstellungsstücke kurz, wenn das Mädchen sie danach fragte. Und auch Willems altes Selbst blitzte auf, immer wieder zeigte er seiner Begleiterin ein sehenswertes Detail oder ein besonderes Stück. Fast schien Willem der Alte zu sein: Auch in seiner Museumszeit war ihm kein Thema zu entlegen und keine Frage zu banal gewesen. Nie hatte Carla ihn sprach- oder lustlos bei seinen Führungen oder Vorträgen erlebt. Sein Wissen hatte er dem Publikum immer großzügig zur Verfügung gestellt. Und auch in diesem Moment war er ganz in seinem Element, die beiden schienen sich ohne Worte zu verstehen.

»So habe ich ihn lange nicht erlebt.« Carla schüttelte den Kopf, sie sah sich nach Jasper Kronau um.

»Katinka bringt die Menschen zum Strahlen«, antwortete er leise, »das hat sie von ihrer Mutter.«

»So schlimm?« Carla blieb stehen, sie hatte bemerkt, dass Kronau einen Moment gezögert hatte. Er wich ihrem Blick aus.

»Sie hat mir das Herz gebrochen.« Er lachte verlegen auf und vergrub die Hände in den Hosentaschen. »Wir haben uns einfach zu früh kennengelernt, kurz nach der Schule. Als Katinka kam, war es eigentlich schon vorbei. Wir haben es dann noch eine Weile versucht, aber …« Er zuckte mit den Schultern. »Anne, also Katinkas Mutter, hat dann jemanden kennengelernt. So ist das Leben.«

»Und Katinka?« Carla dachte, dass auch Jasper Kronau heute anders war, viel zugänglicher. Sie hatten noch nie so viele Worte gewechselt.

»Sie war drei, als Anne ging. Am Anfang war es hart, das leere Kinderbett zu sehen und über ein Buch oder ein Spielzeug zu stolpern, das bei mir geblieben war. Aber inzwischen sind wir ein gutes Wochenendteam, das beste. Und wir skypen, jeden Abend.«

Carla nickte, obwohl sie Willem noch nicht verloren hatte, konnte sie jedes seiner Worte nachvollziehen.

»Und Sie?« Kronau hatte sich neben sie gestellt, gemeinsam blickten sie in eine Vitrine mit historischen Saiteninstrumenten. »Haben Sie Kinder?«

»Willem und ich? Nein …« Mit den Fingern fuhr sie über den hölzernen Rahmen der Vitrine. »Das war nie ein Thema. Willem war fast sechzig, als wir uns kennenlernten.«

»Sie waren sein Kind.« Wieder schaute er sie von der Seite an, den Kopf leicht schief gelegt.

»Na ja …« Carla schüttelte den Kopf. »Vielleicht war ich so etwas wie seine Schülerin, ganz zu Anfang.«

»Wie lange wissen Sie schon, dass er krank ist?«

»Wir haben die Diagnose vor drei Jahren bekommen.«

»Und Sie sind nicht gegangen.«

»Nein.«

»Und Sie haben auch nie darüber nachgedacht?« Kronau war noch ein Stück näher herangerückt, seine Stimme kitzelte an ihrem Ohr. Carla sah stur geradeaus, sie bemerkte, dass das Vitrinenglas von ihrem Atem beschlug. »Warum sind Sie bei ihm geblieben?«

Wenn ich nicht mehr ich selbst bin, musst du gehen.

»Ich liebe Willem – noch immer.«

Jasper Kronau nickte, sein Arm berührte ihren, als er auf eine der ausgestellten Geigen zeigte. »Ahorn und Fichte«, murmelte er. »Wissen Sie, wie man Geigen baut?«

Carla schüttelte den Kopf. »Ich weiß, wer wann welches Gemälde gemalt hat«, antwortete sie. Die Erstarrung wich von ihr, sie sah ihn auffordernd an.

»Die Decke wird meist aus Fichtenholz gefertigt.« Er zeigte auf den gewölbten Körper des Instruments. »Feinjähriges

Holz, die Jahresringe liegen eng beieinander. Es wird in der ersten Winterhälfte geschlagen, dann befindet sich weniger Saft im Stamm. Für den Boden eignet sich Ahorn, aber auch Pappel oder Weide. Sehen Sie, die Maserung.«

»Woher wissen Sie das?«

»Anne ist Geigenbauerin, und Katinka …« Bevor er weitersprechen konnte, hörten sie einen schrillen Ton aus einem der angrenzenden Säle, dann folgte Geschrei.

Carla sah sich erschrocken um, doch Willem und Katinka waren nicht mehr im Raum.

Der Alarm kam aus der Gemäldeabteilung. Durchdringend schrillte er durch die Museumssäle, aus allen Richtungen kamen Wärter gerannt.

»Das ist kein Fehlalarm.« Carla sah sich kurz nach Kronau um, dann fing sie ebenfalls an zu laufen. Es passierte oft, dass Besucher zu nah an eines der Bilder herantraten und so ein kurzes Alarmsignal auslösten. Ein Dauerton ertönte jedoch nur, wenn jemand ein Gemälde von der Wand nahm und den Kontakt zwischen Kunstwerk und Alarmanlage unterbrach.

»Wo sind die beiden?« Kronau folgte ihr, seine Stimme klang besorgt.

»Da vorne.« Carla hatte Willem entdeckt, er stand mit dem Rücken zu ihr und schien etwas im Arm zu halten. Ein Gemälde vielleicht … Carla ließ ihren Blick über die Wände gleiten. Liebermann, Wohlers, Illies – sie bemerkte, dass ein Werk von Arnold Fiedler in der Reihe fehlte. Die Caféhausszene, das Bild hatte einst zur Sammlung von Gustav van Velden gehört. Willem hatte es dem Museum vor vielen Jahren gestiftet. Katinka stand starr vor der leeren Wand und hielt sich die Ohren zu.

»Willem, Liebster, gib mir das Bild.« Carla machte den Wärtern ein Zeichen, den Alarm abzuschalten. Das Geräusch erstarb, in der plötzlichen Stille hörte sie ihr heftiges Atmen. Vorsichtig näherte sie sich Willem.

»Mein …« Willem hatte sie gehört, doch er drehte sich nicht um. Noch immer hielt er das Bild wie einen Gefangenen im Arm.

»Das Bild hat deinem Vater gehört, Willem. Du hast es dem Museum geschenkt.«

Carla erinnerte sich: Während Willems Sezessionsausstellung hatte das Bild für Furore gesorgt, es war eines der Publikumsmagneten gewesen. Auch Fiedlers Biographie hatte die Menschen berührt. Mehr als zwanzig Bilder des Malers waren als entartete Kunst beschlagnahmt worden, und 1938 emigrierte er nach Paris. Ein Großteil seines Werks fiel der Bombardierung Hamburgs zum Opfer und war verloren. Im Exil hatte Fiedler von Anstreicherarbeiten leben müssen, nach dem Krieg war er 1946 nach Hamburg zurückgekehrt. Der Maler hatte Willems Ausstellung nicht mehr erlebt, aber die Stadt hatte ihm bis zu seinem Tod 1985 einen Ehrensold gezahlt.

»Mein, mein, mein …«

»Willem, schau mich an.«

Vorsichtig ging Carla ein paar Schritte auf ihn zu, sie hatte Angst, dass Willem die empfindliche Leinwand beschädigte. Was sollte sie tun?

»Vater …«

»Das Bild hing bei euch zu Hause, Willem, aber jetzt gehört es dem Museum. Du kannst es nicht mitnehmen.«

Willem schwieg, nun wiegte er das Bild wie ein Kind in seinen Armen.

»Das Gespenst«, sagte er plötzlich. Carla erstarrte.

»Wo ist das Gespenst, Willem? Zeig es mir …«

»Vater und das Gespenst.«

Carla bemerkte Jasper Kronau an ihrer Seite, er hielt Katinka im Arm. Ruhig legte Carla einen Finger auf ihre Lippen, aus den Augenwinkeln heraus sah sie, dass die Wärter die Luft anhielten. Sie hatten die übrigen Besucher aus dem Saal gedrängt.

Plötzlich drehte Willem sich um, er sah sie lange an, schüttelte den Kopf, dann reichte er ihr das Bild. »Da«, sagte er, »das Gespenst.«

Er meint eine der Personen auf dem Bild, dachte Carla. Ihr Herz schlug noch schneller, ihre Hände zitterten. Fast hätte sie das Bild fallen gelassen. Es dauerte einen Moment, bis sie es wieder an seinem Haken befestigt hatte. Wen hatte Willem auf dem Bild erkannt?

Willem sah aus, als ob er eine Bestrafung erwartete, seine Hände zitterten, in seinen Augenwinkeln sah sie Tränen glitzern.

»Lieber, lieber Willem …« Carla nahm seine Hände und zog ihn an sich. »Es ist alles gut.«

»Was war das?« Kronau schien tief durchzuatmen, Katinka hing noch immer in seinen Armen.

»Das Bild hat früher seinem Vater gehört«, murmelte Carla, sie hielt Willem umschlungen. Über seine Schulter hinweg blickte sie auf das Gemälde. Sie sah zwei Männer und zwei Frauen an einem Caféhaustisch sitzen, auf der runden Tischplatte standen eine Flasche und Gläser. Ein geselliges Beisammensein, doch die Personen wirkten ernst und in sich gekehrt. Das unverfängliche Motiv spiegelte die Ausgrenzung und Verlorenheit der Zeit wider. Die dunkel gekleidete Frau im Vordergrund hatte ihren linken Arm auf ein Geländer gelehnt, sie wandte sich um, dem Betrachter zu. Das dunkle, gescheitelte Haar, der Blick …

Das ist Alma Reed, schoss es Carla durch den Kopf. Die Ähnlichkeit mit dem Schnappschuss war frappierend. Alma Reed – war sie etwa das Gespenst?

»Alles in Ordnung?« Kronaus Stimme riss sie aus ihren Gedanken. Sie blickte sich nach ihm um, schüttelte den Kopf. Willem hing nun wie ein nasser Sack an ihr.

»Ich glaube, es ist besser, wenn wir nach Hause fahren.«

Jasper Kronau nickte, er hielt seine Tochter an der Hand. Katinka sah Willem noch immer erschrocken an. »Sollen wir Sie begleiten?«

»Nein, vielen Dank. Ich bestelle uns ein Taxi. Bleiben Sie doch noch eine Weile, vielleicht möchte Katinka im Café ein Eis essen – ich lade Sie ein.«

Katinkas Augen leuchteten kurz auf, doch ihr Vater schüttelte den Kopf. »Wir machen uns auch auf den Weg. Wir begleiten Sie nach unten.«

»Also gut ...« Carla löste ihre Umarmung, sie nahm Willem an die Hand, fast musste sie ihn hinter sich her ziehen. »Wann fährt denn dein Zug, Katinka?«, versuchte sie, wieder etwas Normalität in ihr Gespräch zu bringen.

»In drei Stunden.« Katinka rollte genervt mit den Augen. »Aber ich muss noch Hausaufgaben machen, im Zug kann ich mich immer so schlecht konzentrieren. Da höre ich lieber Musik oder lese.«

»Was für Musik?«

Katinka nannte eine Reihe von Bandnamen, die Carla nur vage geläufig waren. Früher hatte sie gedacht, dass sie alt sein würde, wenn ihr die Bands in den Charts nichts mehr sagten. Wann war das geschehen? Sie fing einen Blick von Kronau auf und musste lächeln. Offenbar dachte er dasselbe.

»Und Sie?« Katinka sah sie an. »Was hören Sie? Coldplay vielleicht?«

Sie waren an der Treppe angelangt. Carla ließ Willem auf der Seite des Geländers gehen. »Ich höre gar kein Radio, jedenfalls nicht die Rock-Pop-Schiene«, antwortete sie.

»Also Klassik, wie Mama.« Katinka sah ihren Vater an.

Jasper Kronau schüttelte den Kopf. »Frau van Velden hört Jazz. Passt gut zum Fahrradfahren. Jamie Cullum vielleicht?«

Er hatte sie. Carla stolperte fast auf den Stufen, Willem umklammerte ihre Hand. »Woher?«

Auch Kronau griff blitzschnell nach ihrem Arm, hielt sie fest. Erschrocken sah sie ihn an.

»Das wird ja fast schon zur Gewohnheit.« Kronau lockerte seinen Griff, sie würde einen blauen Fleck davontragen. Wieder. »Ich hab's gehört«, raunte er ihr ins Ohr, »als Sie mir an der Alster vor die Füße gefallen sind.«

»Ich habe Sie verflucht. Sie hätten mir fast den Tag verdorben.« Carla blickte auf ihre Füße, sie drückte Willems Hand.

»Ich weiß, Sie haben mich ja auch ziemlich genervt angesehen. Und wer hat Ihren Tag gerettet?«

»August Engel ...« Carla lachte. »Ein Becher Kaffee, ein Bund Tulpen und eine seiner Geschichten.«

»Na, ich hab jedenfalls lange überlegt, ob ich mit dem Bild zu Ihnen kommen sollte. Jamie Cullum hat den Ausschlag gegeben, höre ich auch gern.«

Das Bild. Carla zuckte zusammen.

»Wir haben noch gar nicht über das *Apfelmädchen* gesprochen.«

Sie waren im Foyer angelangt, aus dem Café drang das Klappern von Geschirr. Katinka sah sie fragend an. »Papa hat mir erzählt, dass es von einer bekannten Malerin stammt. Es wurde im Krieg gemalt, oder?«

»Vor dem Krieg«, antworteten Kronau und Carla gleichzeitig, sie sahen sich an.

»Ich wollte Sie noch einmal daran erinnern ...«

»Ja, ich weiß, die Ausstellung.« Kronau half seiner Tochter in die Jacke und legte ihr den geringelten Schal um den Hals. »Aber Sie haben doch noch nichts Neues über ...«

»Das Bild wäre der Höhepunkt unserer Ausstellung, selbst

wenn wir schließlich feststellen müssen, dass seine Schöpferin spurlos verschollen ist. Allein dass dieses Bild wiederaufgetaucht ist, ist eine Sensation und erzählt so viel über das Schicksal der Hamburger Kunst in der Nazizeit.«

»Bis wann brauchen Sie meine Zusage?« Jasper Kronau hielt seinen Parka im Arm, zog ihn jedoch nicht an. Plötzlich wirkte er wieder reserviert, alles Vertrauliche war aus seinem Gesicht verschwunden.

»Spätestens Ende des Monats, wir müssen die Geschichte ja noch für den Katalog aufarbeiten. Und der geht schon Anfang Mai in Druck, damit er rechtzeitig im Buchhandel erhältlich ist.«

»Ich melde mich.« Er drehte sich um und schob seine Tochter in Richtung Ausgang.

»Danke.« Katinka drehte sich noch einmal um, sie lächelte Willem zu.

»Bis bald …« Carla bemerkte, dass Willem Katinka zuwinkte. Für den Moment hatte er alle Gespenster vergessen.

DREIZEHN

Der Vorfall in der Gemäldeabteilung hätte es fast in die Zeitung geschafft. Am Abend – Carla war noch aufgewühlt von den Ereignissen, ein hoher Puls, ein Summen in den Ohren – erhielt sie einen Anruf aus der Redaktion der *Hamburger Nachrichten*. Der Kulturredakteur, Carla kannte ihn bereits seit vielen Jahren, erzählte ihr, dass man ihm Fotos von Willem angeboten hatte. Offenbar hatte einer der Museumsbesucher Aufnahmen mit seiner Handykamera gemacht. »Was ist passiert?«, fragte er sie.

Willems Erkrankung war kein Geheimnis, obwohl sie damit nie an die Öffentlichkeit gegangen waren. Doch sein plötzlicher Rückzug aus der Gesellschaft hatte die Leute nicht lange rätseln lassen, und Carla hatte die Spekulationen um seinen Zustand nie dementiert. Der Journalist wollte hören, was sich wirklich hinter dem vermeintlichen Diebstahlversuch verbarg.

Obwohl Carla sich sicher war, dass sie ihm vertrauen konnte, rang sie für einen Moment nach Worten. Willem saß in der Küche und aß, sie ging durch die Halle in das Gartenzimmer, ließ sich in seinen Sessel fallen und schmiegte sich in die Rundungen. Der verschlissene Bezug glänzte samten im Abendlicht.

»Mein Mann hat ein Bild aus der Sammlung seines Vaters wiedererkannt, Herr Gätjens«, sagte sie schließlich. »Es passiert leider immer wieder, dass sich Gegenwart und Vergangenheit in seiner Wahrnehmung überlagern. Er glaubte wohl, dass er das Bild mit nach Hause nehmen könne.«

»Ich dachte mir schon so etwas.« Die Stimme des Redakteurs klang jetzt mitfühlend, Carla fiel ein, dass er das letzte große Interview mit Willem geführt hatte. Er hatte mit ihm über seine Zukunftspläne gesprochen, gemeinsam hatten sie eine monatliche Kolumne über die Tendenzen am Kunstmarkt angedacht. Sie hatten über die wachsende Dominanz des Geldes über die Kunst reden wollen und vereinbart, im Gespräch zu bleiben. »Dann lege ich die Fotos in den Schredder. Hoffen wir, dass die Konkurrenz ebenso verfährt. Was halte Sie davon, wenn ich die Kollegen kurz per Mail informiere?«

»Das ist sehr freundlich von Ihnen.« Carla atmete auf. Vor ihrem inneren Auge leuchteten riesige Lettern und rote Balken auf, ein reißerischer Titel: »Willem van Velden: Amoklauf im Museum«. Sie hatte nicht daran gedacht, dass Willems Verhalten auch außerhalb des Museums für Schlagzeilen sorgen könnte.

»Frau van Velden, wir planen demnächst ein Special zum Thema Demenz, alle Ressorts werden Beiträge dazu liefern. Vielleicht haben Sie Lust, Ihre Erfahrungen mit unseren Lesern zu teilen?«

»Herr Gätjens ...« Carla hörte, wie er an einer Zigarette zog. Sie suchte nach einer passenden Antwort, um ihre Absage nicht allzu schroff klingen zu lassen. Ihr Herz schlug bang. »Bitte verstehen Sie, dass ich die Krankheit meines Mannes nicht noch öffentlicher machen möchte. Er selbst kann sich nicht mehr dazu äußern, und ich möchte in dieser Sache nicht für ihn sprechen. Ich finde, das verletzt seine Würde.«

»Da bin ich ganz bei Ihnen, Frau van Velden. Aber vielleicht möchten Sie über sich sprechen? Über Ihre Erfahrungen, darüber, wie Sie mit der Krankheit umgehen? Meinen Sie nicht, dass Sie anderen Betroffenen Mut machen könnten? Soweit ich weiß, führen Sie ein relativ normales Leben.«

Ein relativ normales Leben? Carla schwieg einen Moment, sie sah sich um, sah die Antiquitäten, die Bilder, das matt schimmernde Silber. Sie dachte an die vornehm-kühle Fassade der Villa, an Frau Woldsen und an die Glasglocke aus altem Geld und hanseatischer Zurückhaltung, die sie schützte. Immer noch. »Wissen Sie, Herr Gätjens«, antwortete sie schließlich, »ich glaube nicht, dass ausgerechnet ich mich dazu eigne, Ihren Lesern mit meinen Erfahrungen Mut zu machen. Wie Sie wissen, sind mein Mann und ich in der komfortablen Situation …«

Er ließ sie nicht ausreden. »Ich meine nicht die finanziellen Belange, Frau van Velden«, sagte er schnell. »Das ist mir schon klar, dass Sie da in einer anderen Liga spielen. Mir geht es eher um die persönliche Schiene: Wie geht es Ihnen damit, dass Sie Ihren Mann nicht mehr erreichen können? Wie fühlen Sie sich? Was hilft Ihnen in dieser Situation?«

Ja, was half ihr? Carla zögerte, sie wusste keine Antwort. »Die Arbeit im Museum …«, versuchte sie es schließlich. »Aber, wie schon gesagt, ich möchte nicht darüber sprechen, bitte respektieren Sie das.«

»Gut, das verstehe ich natürlich.« Die Stimme des Redakteurs klang enttäuscht. Er hatte sie angerufen, nachgehakt und verzichtete auf eine Story, dachte Carla. Vielleicht hätte sie ihm etwas mehr Entgegenkommen signalisieren sollen? Sie lehnte sich vor, mit einer Hand griff sie nach Willems Fernglas und sah aus dem Fenster. Inzwischen blieb es abends schon etwas länger hell, über dem Fleet lag feiner Nebel, fast wie Staub. Wo waren ihre Gänse?

»Hören Sie, Herr Gätjens«, sagte sie schnell, »vielleicht habe ich im Sommer eine Geschichte für Sie. Rund um die Herbstausstellung gibt es einiges, was für Sie interessant sein könnte. Ich würde Sie exklusiv vorab informieren.«

»Haben Sie vielleicht ein Stichwort für mich?«

Ein Stichwort? Das *Apfelmädchen* blitzte auf, sein ernster, rotwangiger Blick. Dann dachte sie an Willems Reaktion auf das Bild. Was war damals passiert und so gewaltig, dass es fast siebzig Jahre später wiederaufgetaucht war?

»Stichwort Hamburgische Sezession«, antwortete sie schließlich. »Eine Künstlerin.«

»Konkreter geht es nicht?« Gätjens klang interessiert, er schien etwas in seinen Computer zu tippen, Carla hörte das Klackern der Tastatur.

»Tut mir leid, konkreter geht es nicht. Noch nicht.«

»Das spricht für Sie – und für die Geschichte.« Gätjens seufzte hörbar auf. »Also gut, Sie kommen auf mich zu?«

»Versprochen.« Carla atmete aus, sie lehnte sich wieder zurück. Aus den Augenwinkeln heraus sah sie, dass Willem im Türrahmen lehnte. Er hatte ihre letzten Worte gehört. »Ich melde mich bei Ihnen, wenn die Sache spruchreif ist.«

»Wiederhören, Frau van Velden.«

»Bis dahin – und vielen Dank noch einmal.«

Carla beendete das Telefonat, sie legte das Fernglas zur Seite und sah Willem an. Sie hatte das Gefühl, ihm das Gespräch erklären zu müssen.

»Das war Herr Gätjens von den *Hamburger Nachrichten*«, sagte sie. »Er fragte nach dir.«

»Geht nicht mehr«, antwortete Willem. Er kam zu ihr und sah aus dem Fenster.

»Er hat von dem Gespenst gehört«, fuhr Carla fort. Sie dachte, dass sie Willem bei seinen Kindheitserlebnissen abholen könnte.

»Das Gespenst ist geheim.« Willem legte einen Finger auf seine Lippen, er sah sie verschwörerisch an.

»Ich weiß, Willem, das habe ich Herrn Gätjens auch gesagt. Niemand darf davon erfahren.«

»Vater.« Willem nahm Carla das Fernglas aus der Hand und starrte damit zur Zimmerdecke.

»Dein Vater hat das gesagt, oder? Hat er dir verboten, darüber zu sprechen?«

Carla stand auf, sie legte ihren Arm um Willems Schulter. Wie weit durfte sie gehen? »Und deine Mutter?«

Willem schüttelte den Kopf, er schwieg.

»Sie hat das Gespenst nie gesehen?«

»Das Gespenst weint.«

Willem zeigte zur Decke, als ob sich ihm das Gespenst zwischen den Stuckarbeiten zeigte.

»Wo wohnt das Gespenst, Willem?«

Willem ließ das Fernglas sinken, er sah sie erschrocken an, wieder schüttelte er den Kopf.

»Kannst du es mir zeigen, Willem?«

Willem schwieg, er drängte sich in ihren Arm, als ob er Schutz suchte.

»Willem, wo ist das Gespenst?«

»Es ist tot«, flüsterte Willem tonlos. »Tot, tot, tot.«

»Hat Willem alles gut überstanden?«

Elke Schnibben sah sie mitfühlend an, natürlich war der Vorfall auch in der Montagsrunde thematisiert worden. Nach der Sitzung hatte sie Carla gebeten, noch zu bleiben.

Carla seufzte, Leonie Klimt hatte Fiedlers Caféhausszene schon begutachtet, es war kein Schaden an dem Bild entstanden. »Wie konnte das passieren«, hatte Leonie sie gefragt, während ihr Blick Carla einen verständnislosen Vorwurf entgegenschleuderte. »Ja, ich hätte besser aufpassen müssen«, hatte Carla ihr geantwortet. Sie war abgelenkt gewesen. Jasper Kronau hatte sie abgelenkt.

»Ich denke, ja«, antwortete sie der Generalin. »Er hatte es schon vergessen, als wir wieder zu Hause waren.«

»Und was war der Auslöser? Hat er sich an das Bild erinnert?«

»Ich kann es mir nicht anders erklären«, nickte Carla. »Außerdem …« Sie dachte an Willems Äußerungen über das Gespenst. »Er sprach von einem Gespenst. Willem spricht in letzter Zeit häufiger von Gespenstern. Da muss es irgendeinen Vorfall in seiner Kindheit gegeben haben, der ihn jetzt nicht mehr loslässt.«

»Das Kriegstrauma?« Elke Schnibben erinnerte sich an ihr letztes Gespräch, sie legte den Kopf leicht schräg und sah sie wie ein Vogel an, die Augen reglos und glänzend.

Carla zuckte ratlos die Achseln. »Ich weiß es nicht, Elke. Manchmal denke ich, dass es einfach um ein Ereignis in seiner Kindheit geht. Seine frühe Kindheit – das war natürlich zu Kriegszeiten. Aber ob das eine mit dem anderen zu tun hat, das kann ich nicht sagen. Willem spricht zum Beispiel nie über die Bombardierungen oder über das brennende Hamburg. Es dreht sich alles um seinen Vater. Und um dieses Gespenst.«

»Wofür könnte das Gespenst stehen?«

»Das frage ich mich auch. Immer wieder.« Carla suchte nach einer Strähne, die sie sich hinters Ohr streichen konnte.

»Und das alles hat mit dem *Apfelmädchen* angefangen?«

Carla nickte. »Gestern, bei Fiedlers Caféhausszene, sprach er wieder davon. Du kennst das Bild, findest du nicht …«

»… dass eine der beiden Frauen wie Alma Reed aussieht?« Die Generalin suchte auf ihrem Schreibtisch nach der Lesebrille und schob sie sich ins Haar. Sie schüttelte den Kopf. »Ich habe Fiedler noch kennengelernt, es hat damals ja viel Aufsehen um sein Schicksal gegeben. Zum Motiv seines Bildes hat er sich aber nie geäußert. Ich denke, dass das Bild ganz allgemein für die Befindlichkeit in dieser Zeit steht.«

»Ich frage mich schon, ob da nicht etwas mehr auf dem Bild zu sehen ist. Gustav van Velden und Alma Reed zum Beispiel.«

»Du meinst, die beiden hatten etwas miteinander?«

Carla lehnte sich in ihrem Stuhl zurück, sie atmete langsam aus, spürte ihren Puls, der wieder zu pochen begann. »Hannes hat mich darauf gebracht. Vielleicht hat Willems Vater ihr ja zur Flucht verhelfen können?«

»Aber wenn es bis heute keine Spur von ihr gibt, spricht das nicht unbedingt für eine erfolgreiche Aktion.«

»Er könnte ihr geholfen haben unterzutauchen. Und dann ist ihr im Versteck etwas zugestoßen – vielleicht ist sie bei einem der Bombenangriffe verbrannt. Frau Heine von der Jüdischen Gemeinde …«

»Und Willem hat davon erfahren? Als Kind?« Elke Schnibben unterbrach sie, ratloses Kopfschütteln, ein Zweifeln in der Stimme.

»Er kann schließlich nicht dabei gewesen sein, sonst wäre ihm auch etwas geschehen.« Auch Carla dachte, dass das alles Spekulationen waren. Aber es half ihr, darüber zu sprechen. Das Undenkbare auszusprechen, die Gedanken zu ordnen. Die Puzzleteilchen aus Informationen und Vermutungen in ihrem Kopf zusammenzufügen.

»Aber spricht man mit einem Kind darüber? Würde man nicht alles dafür tun, um ihm seine heile Welt zu lassen?« Elke Schnibben drehte den Ring an ihrem Finger, das Licht brach sich in dem geschliffenen Amethyst. Regenbogenfarben.

»Kinder sind sensibel. Vielleicht hat das Verschweigen Willems Phantasie beflügelt? Er hat gespürt, dass man etwas vor ihm verbarg. Und das Gespenst war seine Erklärung dafür.«

»Du meinst also …«

»Ich meine nicht, ich versuche nur, eine Erklärung für Willems Verhalten zu finden. Und die einzig mögliche Erklärung ist …«

»… dass Willems Vater Alma Reed vor den Nazis versteckt hat?«

Elke Schnibben schob ihren Stuhl zurück, sie stand auf und begann in ihrem Büro auf und ab zu gehen.

»Sie kannten sich – vielleicht über eine lange Zeit«, fuhr Carla fort. Sie holte tief Luft, ihre Gedanken begannen zu fließen. »Und Willems Vater war kein Nazi. Er dachte, dass er ihr helfen könne.«

»Wo könnte dieses Versteck gewesen sein?« Elke Schnibben blieb vor dem Fenster stehen, sie sah auf die Gleise, die zum Hauptbahnhof führten.

Carla schüttelte den Kopf. »Ich habe nicht die geringste Ahnung.«

»Und seine Frau?«

Wieder zuckte Carla mit den Schultern.

»Woran ist Willems Vater noch mal gestorben?« Die Generalin fuhr fort, durch ihr Büro zu laufen. Sie war der physische Typ, Erregung musste sie körperlich verarbeiten.

Carla blickte ihr nach. »Ein Fieber … Offenbar gab es in den Wirren der letzten Kriegsmonate kein Medikament, das ihn retten konnte.«

»Gab es so etwas wie eine Traueranzeige? Vielleicht könnte man daraus noch etwas ablesen?«

»Ein letzter Gruß der betrogenen Ehefrau?« Carla lachte auf, sie bewunderte Elke Schnibben für ihr Gespür. »Wo könnte man danach suchen? Ich habe mich schon einmal durch Willems Unterlagen gewühlt.«

»Das Archiv der *Hamburger Nachrichten*. Das Blatt ging doch aus der *Hamburger Zeitung* hervor. Soweit ich weiß, erschien sie noch täglich bis Ende April 1945. Und dann gab es noch eine Sonderausgabe zu Hitlers Tod. Und einen Aufruf von Gauleiter Kaufmann zum bevorstehenden Kriegsende. Wir hatten mal eine Ausstellung dazu, erinnerst du dich? Fünfzig Jahre Kriegsende in Hamburg.«

»Ich glaube, ja. Hannes kann sich darum kümmern. Er hat ein Händchen für Archivrecherchen.«

»Ach, Carla …«

Carla hatte ihren Stuhl zurückgeschoben, sie wollte aufstehen. Doch die Generalin bedeutete ihr mit einer Handbewegung, sitzen zu bleiben. Sie lehnte sich gegen ihren Schreibtisch und sah auf sie herab.

»Wann wolltest du eigentlich mit mir darüber sprechen?«

»Worüber?« Carla spürte, wie sich ihr Herzschlag wieder beschleunigte. Hitze stieg ihr in die Wangen.

»Über deine Auszeit.«

»Woher …?«

»Wofür hältst du mich?« Die Generalin sah sie kopfschüttelnd an. »Du hast noch nichts vorgelegt, was über die Herbstausstellung hinausgeht. Normalerweise hättest du mir längst ein Anschlussprojekt präsentiert und mit mir um eine Finanzierung gestritten. Ich kann eins und eins zusammenzählen.«

Carla nickte schuldbewusst, sie fühlte sich ertappt. »Und, was hältst du davon?«

»Ich kann dich verstehen, Carla.« Elke Schnibben verschränkte die Arme, sie suchte ihren Blick. »Vielleicht würde ich es genauso machen. Abschied nehmen, solange noch Zeit dazu ist.«

»Ich muss mir darüber klarwerden, wie es weitergeht, Elke. Willem und ich – die Krankheit nagt an dem Band, das uns verbindet. Da ist nicht mehr viel, was noch vor uns liegt. Ich möchte noch einmal ganz für ihn da sein, solange er mich noch kennt. Solange er mich noch spürt.«

»Kommst du zurück?«

Carla ließ ihren Blick über den Schreibtisch gleiten, sie

suchte nach einem Halt, nach etwas, das ihr eine Antwort geben könnte. Sie spürte den fragenden Blick der Generalin, der auf ihr ruhte.

»Ich weiß es noch nicht, Elke«, antwortete sie schließlich. »Aber ich gebe dir rechtzeitig Bescheid. Versprochen.«

»Ein ewiges Rätsel ist das Leben – und ein Geheimnis bleibt der Tod.« Hannes' Archivrecherche hatte schnell zu einem Treffer geführt. Am 20. Januar 1945, einem Samstag, waren die Traueranzeigen für Gustav van Velden in der *Hamburger Zeitung* erschienen. Sie füllten eine ganze Seite in dem vom Krieg ausgedünnten Blatt. Familie, Freunde und auch das Bankhaus van Velden hatten sich von ihrem Ehemann, Vater, Gefährten, Bankier und Vorbild verabschiedet. Den Wetterdaten nach war es ein außergewöhnlich kaltes Wochenende in einem außergewöhnlich kalten Januar gewesen. In Washington legte Präsident Franklin D. Roosevelt den Amtseid für seine vierte Amtszeit ab, und auf dem europäischen Kontinent trat Ungarn auf Seiten der alliierten Staaten in den Krieg gegen das Deutsche Reich ein. Einen Tag später sollten die Truppen der Roten Armee in Schlesien auf deutsches Reichsgebiet vorrücken. Die Flüchtlingsströme der Schlesier begannen sich auf die zugefrorene Ostsee zuzubewegen. Der Hunger, die Verzweiflung, Todesangst und vieltausendfacher Tod. Doch davon fand sich nichts in der Zeitung.

»Und ein Geheimnis bleibt der Tod«, murmelte Carla. Sie sah auf den Ausdruck der alten Zeitungsseite, die Hannes ihr gegeben hatte. Ein Sprung zurück in das Chaos der letzten Kriegswochen, der Zerfall des Deutschen Reiches hatte begonnen.

»Sehr vielsagend.« Hannes warf Carla einen ebensolchen Blick zu und runzelte die Stirn. »Seine Frau wusste etwas, ganz bestimmt.«

»Sie hört sich aber nicht verbittert an.«

»Das ist ein Satz, der für die Öffentlichkeit bestimmt war, Carla. Sie wird die dunklen Seiten ihrer Ehe wohl kaum publik gemacht haben.«

Carla nickte, dennoch meinte sie, Resignation statt Verbitterung aus den Worten herauszulesen. »Kurz nach dem Krieg ist Martha van Velden mit Willem in die Schweiz gezogen«, überlegte sie. »Das Haus blieb für viele Jahre unbewohnt. Erst als Willem nach dem Studium in seine Heimatstadt zurückkehrte, hat er es wieder in Besitz genommen.«

»Sie haben Abstand gebraucht. Gustav van Velden ist in dem Haus gestorben, Hamburg war zerstört, Deutschland lag am Boden«, nickte Hannes ihr zu, als wollte er sie ermuntern fortzufahren.

»Und Willems Mutter hatte viel Geld geerbt. Geld, das längst in die Schweiz transferiert worden war. Sie konnte ein neues Leben beginnen.«

»Und dein Mann hat wirklich nie über diese Zeit mit dir gesprochen?« Hannes suchte ihren Blick.

Carla schüttelte den Kopf. »Nein, nie. Ich weiß nur wenig aus dieser Zeit. Bruchstücke – der Tod des Vaters, das Kriegsende, der Umzug in die Schweiz, Willems Sprachlosigkeit ...«

»Fast wie heute.«

Carla sah Hannes irritiert an. »Wie meinst du das?«

»Die Sprachlosigkeit ... fast wie heute. Du sagtest doch, dass dein Mann kaum noch spricht.«

»Ja ...« Carla verschränkte die Arme, ihr war kalt, sie fröstelte. Die Fenster in ihrem Büro standen auf Kipp, Hannes konnte nie genug frische Luft bekommen. »Er scheint tatsächlich in seine Kindheit zurückzukehren.«

»Vielleicht sind sie zusammen gestorben?« Hannes' Gedanken sprangen zurück zu Alma Reed. »Vielleicht war er bei ihr, als ...«

Carla schüttelte den Kopf. »Gustav van Velden? Das glaube ich nicht. Er ist doch bestattet worden, in Ohlsdorf. Da war nie die Rede von etwas anderem als von einem Fieber. Er ist zu Hause gestorben, in seinem Bett. Ich glaube, es steht noch auf dem Dachboden – so ein riesiges Mahagonimonstrum mit Klauenfüßen, Gründerzeit.«

»Dann musst du noch einmal mit deinem Mann sprechen.«

»Das werde ich ganz bestimmt nicht tun.« Carla stand auf, energisch schloss sie die beiden Fenster. Etwas bäumte sich in ihrem Inneren auf. Etwas, das sie nicht benennen konnte. Sie drehte sich zu Hannes um. »Ich werde ihn nicht noch einmal an die Schrecken seiner Kindheit erinnern. Das alles regt ihn viel zu sehr auf. Willem ist mir wichtiger als das Schicksal Alma Reeds.«

»Na dann … Du musst es ja wissen.« Hannes wandte sich wieder seinem Computer zu, er begann zu schreiben. Carla dachte, dass sie ihn verletzt hatte. Er fühlte sich der Kunst verpflichtet, er wollte das Rätsel um Alma Reed lösen. Während sie …

Carla starrte auf ihren Bildschirm, die Buchstaben verschwammen vor ihren Augen. Sie blinzelte, versuchte die Tränen zurückzuhalten. Nein, dachte sie, sie würde sich nicht gegen Willem stellen. Nach einer Weile begann auch sie an ihren Texten zu arbeiten.

Avantgarde am Abgrund – in ihrem Inneren tanzten die Dämonen.

»Kaffee?« Hannes stand mit einem Becher vor ihrem Schreibtisch. Sie hatte ihn nicht kommen hören.

»Danke.« Erschrocken sah Carla auf ihre Uhr, sie hatten fast drei Stunden ununterbrochen gearbeitet. Hannes stellte den Becher neben ihrer Tastatur ab.

»Das vorhin, also, das tut mir leid, Carla. Irgendwie …« Er klang wie ein verschmähter Liebhaber.

»Ist schon gut, ich kann dich ja verstehen. Aber du musst mich auch verstehen. Ich weiß nicht, was ich tun soll.« Sie trank einen Schluck Kaffee.

»Das ist alles so – diffus.« Hannes nahm die Brille ab, er schüttelte den Kopf. Ohne die Brille sah er jünger aus, noch jünger.

»Du solltest Willem kennenlernen. Damit du weißt, wovon ich spreche. Vielleicht kannst du mich dann besser verstehen?« Carla schwieg einen Moment, sie sah auf seinen Rucksack, der neben seinem Schreibtisch lehnte. Dann öffnete sich ihr Mund, und noch bevor sie zu Ende denken konnte, stolperten die Worte aus ihr heraus: »Wie wäre es, wenn du zu uns ziehst? In das Gästezimmer, bis das Zimmer in der WG frei geworden ist. Dann müsstest du nicht immer …« Was wollte sie eigentlich sagen? Verwirrt atmete Carla aus.

»Wirklich?« Damit hatte Hannes nicht gerechnet. Sie sah ihm an, dass er nicht wusste, wie er antworten sollte. »Das wäre … großartig. Ja, wirklich. Aber ich will dir nicht zur Last fallen.«

»Papperlapapp.«

»Und Willem?«

»In letzter Zeit reagiert er ganz freundlich auf junge Menschen.« Carla musste lächeln, sie verschwieg, dass es sich dabei um Kronaus Tochter und um eine junge Studentin im Café gehandelt hatte. »Ihr werdet euch nicht allzu häufig begegnen, denke ich.«

»Aber wenn …«

»Wenn es nicht geht, dann suchen wir etwas anderes für dich. Wann wird das WG-Zimmer frei?«

»In zwei Wochen.«

»Das werden wir schon schaffen.« Carla nickte ihm aufmunternd zu. Plötzlich freute sie sich darauf, Hannes in der Villa begrüßen zu können. Wie lange hatte das Gästezimmer schon leer gestanden? Bestimmt würde Frau Woldsen sich zu neuen kulinarischen Höhepunkten aufschwingen. Sie liebte es, mit ihrer Küche Eindruck zu machen. Das Lob war ihr Lebenselixier. Und Willem hatte ihr schon lange nicht mehr gesagt, wie gut es ihm schmeckte.

Oder würde sie etwa denken, dass …

Ja, was eigentlich? Dass sie sich etwas Junges ins Haus holte. Dass sie sich von ihm trösten ließ?

Wenn ich nicht mehr ich selbst bin, musst du gehen.

Carla schüttelte unwillkürlich den Kopf.

»Was ist?« Hannes hatte sie beobachtet, er sah sie fragend an.

»Ich dachte nur an unseren Hausdrachen.«

Verständnisloses Schweigen, Hannes hob fragend die Arme.

Carla lachte auf. »Agnes Woldsen, unsere Haushälterin. Sie hält sich, nein, sie ist die eigentliche Herrin des Hauses. Eine treue Seele. Und sie gibt Willem Halt. Wenn sie nicht wäre …«

Hannes legte den Kopf leicht schief, er grinste wie ein Bengel. »Eigentlich kann ich ganz gut mit älteren Damen.«

Carla nickte, ein amüsiertes Zucken in den Mundwinkeln. Doch insgeheim fragte sie sich, ob Hannes sie auch schon dazu zählte.

Agnes Woldsen ließ sich nichts anmerken. Ungerührt richtete sie das Gästezimmer her, und ebenso gelassen passte sie Einkäufe und Speiseplan an die vorläufig veränderten Verhältnisse an. »Isst er alles?«, fragte sie Carla lediglich. »Fisch, Fleisch?«

»Ja«, Carla hatte gelacht. »Hannes ist ein Allesesser.« Sie hatte ihn schon mit Fast Food, chinesischem Nudelallerlei, Pizza oder Müsli im Büro erlebt. Und er teilte gern. Immer fragte er sie, ob sie probieren wollte. »Gute alte Schule: Gluten, Lactose, Zucker, Fleisch, Fisch, Eier – er isst, was ihm schmeckt.«

Es gab Pasta bolognese, als Hannes Anfang der nächsten Woche mit seinem Rucksack in der Villa am Fleet erschien. Frau Woldsen hatte für drei gedeckt, im Gartenzimmer brannten die Kerzen auf dem Tisch. Carla suchte nach einem Klavierkonzert von Chopin, bevor ihr einfiel, dass sie Unterhaltung haben würde.

Willem schien der junge Mann, der da plötzlich zwischen ihnen saß, nicht zu stören. Die Nudeln auf seinem Teller waren interessanter: Er türmte die Pasta zu einem dampfenden Hügel auf, dann fuhr er mit der Gabel hinein und schaufelte sie sich in den Mund. Wenn Willem aufblickte, sah er nur Carla an. Hannes schien so präsent wie ein Möbelstück zu sein – er war da, unterhielt sich mit Carla, doch er hatte keine Bedeutung. Willem blendete ihn einfach aus.

»Das ist Hannes«, stellte Carla ihn trotzdem vor. »Wir arbeiten zusammen. Er hat noch keine Wohnung in Hamburg gefunden. Ich habe ihn eingeladen, er bleibt eine Weile bei uns.«

»Später …« Willem behielt seinen Teller im Auge, als fürchtete er, dass man ihm sein Essen wegnehmen könnte. Die Soße, die Frau Woldsen fast zwei Stunden hatte schmoren lassen, duftete nach Knoblauch und Speck.

»Die Pasta ist toll«, lobte Hannes und ließ sich von Carla nachfüllen.

»Frau Woldsen wird sich freuen. Vielleicht sagst du es ihr morgen noch einmal.«

»Da ist bestimmt Lorbeer drin – und ein Schuss Rotwein. Was meinst du?«

»Ja, vielleicht …« Carla legte das Besteck zur Seite, sie war schon satt. »Kochst du eigentlich auch?«

»Ja, wenn ich Zeit habe. Und eine Küche …« Hannes lachte und begann, über Rezepte und die besten Food-Blogs zu sprechen. Er war in seinem Element, kaute, schluckte und erzählte.

Carla lehnte sich zurück. Sie mochte es, Hannes beim Essen zuzusehen. Sie genoss seine Gesellschaft, das Tischgespräch, seine Ungezwungenheit. Seine Augen wanderten durch den Raum, neugierig sog er alle Eindrücke in sich auf.

»Und? Seltsames Gefühl?«

Nachdem Carla Willem zu Bett gebracht hatte, setzte sie sich noch eine Weile mit Hannes zusammen ins Gartenzimmer. Sie hatte eine Flasche Rotwein geöffnet und ließ sich in Willems Sessel fallen.

»Was meinst du?« Hannes hatte das Sofa gewählt und die Schuhe ausgezogen. Er schien sich wohl zu fühlen. Es war seltsam, ihn auf Strümpfen zu sehen. Eine merkwürdige Form von Nähe, dachte Carla.

»Das alles hier. Und Willem. Wird es gehen?«

»Alles wunderbar. Das Haus ist großartig, aber das weißt du auch. Und dein Mann – Willem ist noch immer eine imposante Erscheinung. Man sieht ihm die Krankheit nicht an. Und meine Anwesenheit scheint ihn ja nicht weiter zu beeindrucken. Ich hatte jedenfalls das Gefühl, ein Niemand zu sein.«

»Schauen wir mal, wie's läuft.« Carla schenkte Wein ein, sie dachte, dass sie sich zuletzt in dem großen, bequemen Haus beengt gefühlt hatte. Die abendliche Stille hatte sie bedrängt.

»Du bist skeptisch?« Hannes sah sie an.

Warum hatte sie das gesagt? Carla zuckte mit den Schultern und horchte in sich hinein. Es fühlte sich gut an, mit Hannes hier zu sitzen. Jedenfalls fühlte es sich nicht falsch an. »Ich glaube, ich hab's nur verlernt, abends nicht allein zu sein«, antwortete sie. Sie roch an dem Valpolicella – frische rote Blumen, Hagebutten, Mandel, intensiv und frisch –, bevor sie einen Schluck trank und ein Bein übers andere schlug. Etwas, das sie sonst nie tat. Plötzlich kam sie sich wie eine Schauspielerin vor. Bühnenlicht. Jede Bewegung, jedes Wort bekam Bedeutung, wirkte wie einstudiert. Welches Stück gab sie hier eigentlich?

»Keine Angst, ich werde nicht jeden Abend hier auf dem Sofa hocken.« Hannes hatte ihr Zögern bemerkt. Er sah sich wieder um, sein Blick fiel auf das Foto, das auf dem Sekretär stand: Willem und Carla. Er zeigte darauf. »Frankreich?«

Carla nickte. »Provence, ich kann die Lavendelfelder noch immer riechen. Unsere schönste Zeit.«

»Das sieht man. Euer Glück springt einem ja förmlich entgegen. Hast du nie gedacht …« Hannes roch an seinem Wein, doch er trank nicht davon. Purpurne Reflexe blitzten in der rubinroten Flüssigkeit auf.

»Dass er zu alt für mich ist?«

»Dass ihr nicht allzu viel Zeit haben würdet.«

»Denkt man über so etwas nach, wenn man verliebt ist?« Carla schüttelte den Kopf. »Wir hatten so viel Zeit.«

»Und wie denkst du jetzt darüber?« Hannes stellte sein Glas wieder ab, er lehnte sich gegen die Sofakissen, sah sie an.

»Willem ist noch da. Und ich kann mich erinnern – an jede schöne Stunde, an jeden Augenblick. Sie sind nicht fort, nicht verwischt. Meine Liebe ist nicht fort.«

»Und Willem? Denkst du, dass er sich noch an eure Liebe erinnert?«

Wenn ich nicht mehr ich selbst bin, musst du gehen.

Carla zog die Beine an, so dass sie im Schneidersitz saß. Sie schmiegte sich in den Sessel, legte den Kopf gegen die Lehne. Wieder musste sie an das *Apfelmädchen* denken. »Vielleicht erinnert er sich nicht mehr an den Beginn unserer Liebe. An die Details … Aber da ist ein Gefühl für mich, ganz sicher. Ich bin ihm vertraut, er sucht Trost bei mir. Gerade jetzt.«

»Gerade jetzt?«

»Da gibt es ein Gespenst …«

Hannes sah sie fragend an, und Carla begann zu erzählen. Von Willems heftiger Reaktion auf das *Apfelmädchen*, von der Gravur im Holz des Küchentisches, von Alma Reeds signiertem Porträtfoto, das sie in Willems Unterlagen gefunden hatte. Von der Signatur und ihren Vermutungen über den dritten Karton. Plötzlich fiel es ihr leicht, mit Hannes darüber zu sprechen. Die Atmosphäre des Hauses, die Spuren jener anderen Zeit, ließen die Geschichte weniger absurd erscheinen.

»Und das Gespenst ist tot, sagt Willem?« Hannes dachte nach, endlich trank auch er einen Schluck Wein. Er schien es ihr nicht übelzunehmen, dass sie so lange geschwiegen hatte. »Dann muss Willem es gesehen haben.«

»Das Gespenst?«

»Alma Reed, das tote Gespenst, wie auch immer.« Hannes nickte. »Kindermund tut Wahrheit kund, so heißt es doch.«

»Ich weiß nicht …« Carla schüttelte den Kopf. Sie drehte sich zum Fenster und griff nach dem Fernglas. »Wenn sich tatsächlich Alma Reed hinter dem Gespenst verbirgt und wenn Willem sie hier in diesem Haus gehört oder gesehen hat, dann wird man ihm vielleicht eingeredet haben, dass sie tot ist«, überlegte sie laut. »Also, dass das Gespenst tot ist. Willem sollte nicht mehr darüber sprechen. Schließlich war es gefährlich, es gab Personal im Haus, Lieferanten, die ein und aus gingen, Besucher. Das Ganze durfte nicht nach außen dringen.«

»Nicht man …«

Carla blickte irritiert auf, sie sah Hannes fragend an.

»Sein Vater wird ihm verboten haben, darüber zu sprechen.«

»Wie auch immer.« Carla drehte das Fernglas in ihren Händen. »Wo könnte sich dieses Versteck befunden haben?«

»Wo war Willem die meiste Zeit?« Hannes sah sie an, als ob er die Antwort schon kannte.

»Zu Hause. Hier, in der Villa.«

»Dann muss das Versteck auch hier gewesen sein. Gustav van Velden hat Alma Reed vor den Nazis versteckt, hier in diesem Haus.«

»Das glaube ich nicht.« Carla hielt sich das Fernglas vor die Augen, sie starrte gegen die Decke, so wie Willem es vor wenigen Tagen getan hatte. Was hatte er geglaubt, dort oben zu sehen?

»Warum nicht?« Hannes beobachtete, was sie tat.

»Weil ich es wüsste. Und weil hier nichts ist. Ich kenne das Haus. Und so eine unglaubliche Geschichte kann doch nicht für so viele Jahre in Vergessenheit geraten. Willem hätte es mir bestimmt erzählt. Und er hätte Alma Reeds Schicksal längst öffentlich gemacht – gerade er ... Er hat sein ganzes Leben der Moderne gewidmet. Er hat dafür gekämpft, dass die von den Nazis verfolgten Künstler rehabilitiert wurden. Warum hätte er ausgerechnet Alma Reeds Schicksal verschweigen sollen?«

»Weil sie die Geliebte seines Vaters war und weil ...« Hannes sah auf das Glas Wein in seiner Hand, er hatte kaum etwas getrunken. »Weil er seinen Vater geliebt hat.«

Weil er seinen Vater geliebt hat. War das die Antwort?

Carla beobachtete Hannes, sie bemerkte die Melancholie in seinem Blick. Seine Augen, ein instabiles mattes Grau. Wieder hatte sie das Gefühl, dass da etwas in ihm arbeitete.

»Du weißt, wovon du sprichst, oder?«

Hannes zuckte mit den Achseln, er zögerte kurz. »Vielleicht ...« Er nahm die Brille ab, als ob er sich gegen allzu viel Klarheit schützen wollte. Dann gab er sich einen Ruck. »Mein Vater, er war Alkoholiker. Und er lebt nicht mehr. Wir haben alle geschwiegen, weggesehen – jahrelang. Weil wir ihn liebten. Dabei hätten wir reden müssen, über seinen Dämon. Ganz bestimmt hätte man ihm helfen können.«

»Das tut mir leid«, murmelte Carla. Der hilflose Versuch,

mit Worten zu trösten. Sie legte das Fernglas zur Seite und trank einen großen Schluck Wein. »Wie lange ist das her?«

»Ich war fünfzehn, als er starb.« Hannes räusperte sich. »Für meine Schwester war es schlimm, sie hat ihn sehr vermisst.«

»Ja …« Carla trank noch einen Schluck Wein und noch einen. Sie spürte den Alkohol, eine warme, fast zärtliche Welle. »Ich war zwölf, als mein Vater meine Mutter verlassen hat. Als er uns verlassen hat. Und dann, die Abgründe der Pubertät. Ich dachte, dass ich nie wieder etwas fühlen würde.«

»Es ist vorbei, oder?« Hannes setzte die Brille wieder auf, er trank ihr zu. »Alles geht vorbei …«

»Alles geht vorbei.« Carla sah zu dem Bild auf dem Sekretär.

Sie schwiegen beide, hingen ihren Gedanken nach. Ein tröstliches Schweigen, warm und freundlich. Das Haus war still, die Dunkelheit schwappte herein.

Nach einer Weile bemerkte Carla, wie müde sie war. Langsam löste sie die Beine aus dem Schneidersitz. Ein Fuß war eingeschlafen, sie versuchte ihn zu bewegen. »Ich muss zu Bett, Hannes.«

Er nickte ihr zu, noch in Gedanken versunken. »Bis morgen.«

»Willem und ich – wir frühstücken gegen Viertel nach acht. Wenn du magst …«

Hannes schüttelte den Kopf. »Morgens reicht mir ein Becher Kaffee, auf die Hand.«

Carla hatte ihm sein Zimmer schon gezeigt, er ließ sie gehen.

»Ach Hannes …« In der Tür drehte Carla sich noch einmal um. »Vielleicht schließt du deine Tür besser ab. Willem wandert nachts manchmal herum.«

»Mach ich. Und … Danke, Carla. Dafür, dass ich hier sein darf.«

VIERZEHN

Am Morgen hörte sie die Gänse – wieder dieser Augenblick zwischen Traum und Tag. Noch vor dem Frühstück schaute Carla nach dem Nest. Als sie den Vorhang aus Weidenzweigen zur Seite zog, tauchte das Paar lautlos ins Wasser. Eine elegante, fließende Bewegung, wie Synchronschwimmen. Der Ganter blickte sich nach ihr um, sie sah die streifige Anordnung der Federn an seinem Hals. Das silbrige Grau erinnerte Carla an einen kostbaren Pelzkragen. Plötzlich hatte sie ein Gemälde vor Augen: Rembrandts *Herrenbildnis*, Licht und Schatten, ein Meisterwerk des Chiaroscuro. Lächelnd hörte sie dem Geschnatter des Paares zu. »Gaga, ongong?« Die Gänse versicherten einander, dass es ihnen gutging.

»Guten Morgen …« Hannes war ihr zum Fleet gefolgt. Seine Stimme verwehte über dem Wasser.

»Du bist schon wach?« Sie drehte sich nach ihm um. Er sah frisch aus, fast rosig. Sie hatte ihn im Gästebadezimmer rumoren gehört, das Rauschen der Dusche, eine fröhliche Morgentoilette.

»Ich wollte gerade los und mich verabschieden, als ich dich über den Rasen verschwinden sah. Du hast mich nicht gehört. Was …?« Er entdeckte das mit Daunen kunstvoll ausgepolsterte Nest. »Gänse?«, fragte er.

Carla nickte. »Graugänse. Sie werden bald Eier legen.«

»Schöne Vögel.« Hannes sah ihnen nach. Das Morgenlicht lag wie ein goldener Streifen auf dem ockerfarbenen Wasser.

Die Schatten der Weiden zeichneten Muster auf die Wasseroberfläche.

»Ich mag ihr Rufen, ihr liebevolles Miteinander. Wusstest du, dass sie ihr ganzes Leben zusammenbleiben?«

Hannes schüttelte den Kopf. Sein Blick blieb bei den Gänsen.

»Wenn sich ein junges Paar findet, leben sie einen oder zwei Sommer wie Verlobte zusammen«, fuhr Carla fort. »Dann erst legen sie Eier. Die Ehe gilt als geschlossen, wenn das Paar im Chor schreit. Große Oper also …«

»Ich habe ihr Trompeten heute Morgen gehört, sehr eindrucksvoll.«

Hannes wandte sich um, er verzog das Gesicht scherzhaft.

»Aber nein, sie singen!« Carla musste lachen, und Hannes fiel ein, ein warmes junges Lachen. Auch Willem hatte sie mit dem lauten Geschrei der Gänse aufgezogen. Auf einmal fiel es ihr wieder ein. »Klingt wie eine Junkers im Sturzflug«, hatte er bisweilen geseufzt, wenn ihn die Gänse frühmorgens geweckt hatten. »Psychologische Kriegsführung.« Einmal hatte er erwähnt, dass die Deutschen im Krieg Sirenen am Fahrwerk ihrer Kampfflugzeuge befestigt hatten. Im Sturzflug heulten diese unheilverkündend auf. Jericho-Trompeten, erinnerte sie sich, so hatte man das Sirenengeräusch genannt. Hollywood griff noch heute zu diesem dramatischen Sound, wenn es ein Flugzeug abstürzen ließ.

Merkwürdig, dachte Carla. Jetzt fiel ihr ein, dass Willem doch über seine Kriegserinnerungen gesprochen hatte. Hin und wieder. Bruchstücke nur, als ob er testen wollte, wie sie darauf reagierte. Hatte sie ihm nur nicht zuhören wollen? Sie sah Hannes an. »Hast du trotzdem gut geschlafen?«

Hannes nickte. »Bis halb sechs, aber ich gewöhn mich daran, ganz bestimmt.«

»Für mich gibt es nichts Schöneres, als von den Gänsen geweckt zu werden. Aber da bin ich wohl allein.«

»Euer Boot?« Hannes hatte das Kanu unter der Plane entdeckt, er trat auf den Steg. Prüfend, als ob er etwas davon verstand, hob er die Plane an und klopfte gegen den Rumpf.

»Meins.« Carla folgte ihm auf den Steg. »Ich bin dieses Jahr noch nicht dazu gekommen, durch die Fleete zu fahren. Ich mag Willem nicht mehr so lange allein lassen. Und Frau Woldsen ist sowieso schon beinahe rund um die Uhr hier, ich will sie nicht auch noch am Wochenende einspannen.«

»Vielleicht kann ich ja mal …«

»Bei Willem bleiben?« Carla schüttelte den Kopf. »Ich würde ihn gerne mitnehmen, aber er hat sich immer geweigert, mit mir hinauszufahren. Ich weiß nicht einmal, ob er überhaupt schwimmen kann.« Sie blickte den Fleet hinab. Die Gänse waren nun ein Paar unter anderen, ein Schwan kreuzte ihre Bahn mit dem anmaßenden, hochnäsigen Selbstbewusstsein eines Balletttänzers. Durch die Bögen der Fleetbrücke schob sich ein Doppelvierer. Die Ruder rissen die glatte Wasseroberfläche auf. Morgentraining, sie konnten die scharfen Kommandorufe vom Begleitboot hören. So viel Leben … Carla hatte keine Jacke übergezogen, und plötzlich spürte sie die Kälte.

»Lass uns reingehen«, murmelte sie. »Frau Woldsen wartet mit dem Frühstück.«

Beim Zurückgehen fiel ihr auf, dass die Weide noch nicht ausgeschlagen hatte. Carla blickte sich um, auf der gegenüberliegenden Fleetseite schimmerten die knospenden Weiden bereits gelblich grün. Nachdenklich folgte sie Hannes zurück ins Haus.

Die erste Mail des Tages galt Jasper Kronau. Noch beim Frühstück hatte Carla über das Ausbleiben des Weidenlaubs nachdenken müssen. Fast mechanisch hatte sie Willems Toast zubereitet, Honig war aufs Tischtuch getropft und hatte einen Fleck im Ärmel ihres Blazers hinterlassen. Sie hatte es erst im

Museum bemerkt. Auf dem Weg in die Stadt hatte Carla einen Blick in die Nachbargärten geworfen. Und auch die Weiden rings um die Alster flimmerten bereits zartgrün im Wind. Was war los mit ihrem Baum?

Eine erste schnelle Internetrecherche – »Der kranke Baum« – hatte sie mit einem Wust von Informationen zurückgelassen: Winterschlaf, Wasserhaushalt, Insekten, Pilze … Das Gelesene hatte sie nicht beruhigen können. Hatte die Weide etwa einen Frostschaden, fragte sie sich. Sollte sie den Baum düngen? Oder litt er plötzlich unter der Konkurrenz der benachbarten Riesen? Nach einer Viertelstunde des Zögerns und der Gedankenspiele – Was würde Jasper Kronau von ihrer Mail halten? Würde er denken, dass sie einen Vorwand suchte, um ihn zu kontaktieren? Würde er sich bedrängt fühlen, würde er also das *Apfelmädchen* nicht in die Ausstellung geben? – schilderte Carla ihm ihre Beobachtung und bat um einen Rat. »Vielleicht können Sie mir einen Kollegen empfehlen?«, schloss sie ihre Mail, bevor sie noch Grüße an Katinka hinzufügte.

Hannes hatte ihr Ringen um Worte von seinem Platz aus beobachtet. Während er nach dem Verbleib der wenigen bekannten Alma-Reed-Gemälde recherchierte, die Krieg und Nachkriegswirren in Privatbesitz überstanden hatten, war sein Blick immer wieder zu ihr herübergewandert. Carla hatte gespürt, wie er auf ihrem Gesicht nach einer Antwort forschte. Wem galt ihr nachdenklicher Blick?

»Das Gespenst?«, fragte er schließlich in die Stille hinein. Er knüpfte an ihre Abendunterhaltung an, und sie erinnerte seine Worte: »Gustav van Velden hat Alma Reed hier versteckt, hier in diesem Haus.«

Carla schüttelte den Kopf. Als sie im Bett gelegen hatte, waren ihr Hannes' Gedankenspiele nicht so absurd erschienen, wie sie ihn hatte glauben machen wollen. Die Dämmerung, der Wein und das Schweigen hatten den Satz lange in ihr nachklingen lassen – wie ein Echo, das sich zwischen den alten Mauern gebildet hatte. Doch bei Tageslicht betrachtet, beim Treppauf und Treppab durch das Haus, zwischen all ihren vertrauten morgendlichen Ritualen und Abläufen waren die Worte wie eine Fata Morgana zerstoben. Ein Spuk, der gewiss genauso wenig real war wie Willems Gespensterphantasien. Die fixe Idee eines Kranken.

»Hast du denn noch einmal darüber nachgedacht?«, ließ Hannes nicht locker. Er runzelte die Stirn.

»Hm …« Carlas Finger bewegten sich über die Tastatur ihres Computers, als spielten sie ein Musikstück. Sie wich ihm aus.

»Bist du eigentlich mal im Anne-Frank-Haus gewesen?« Hannes sah sie immer noch an, er ließ sie nicht entkommen.

»Hannes, es gibt kein verstecktes Hinterhaus in der Villa, keine geheime Tür in eine andere Welt. Da ist nichts, was ich nicht kenne. Selbst der Keller ist so wenig geheimnisvoll, wie ein Keller nur sein kann. Heizung, Fahrräder, Werkzeug, ein bisschen Gerümpel und Kartons mit Willems alten Akten. Wenn du willst, kannst du dich da heute Abend durchwühlen. Und selbst wenn …«

»Ja?« Er beugte sich noch weiter vor, unwillkürlich musste Carla an einen Sprinter denken, der im Startblock hockte. Bereit, die einhundert Meter in Weltrekordzeit zu absolvieren.

»Das Haus ist renoviert worden, vieles hat sich nach dem Krieg verändert. Was hoffst du zu finden?«

»Ich bin heute Morgen im Keller gewesen, mein Fahrrad …«, antwortete er ihr schnell. »Ich bin ganz nach hinten durchgegangen. Wusstest du, dass dort unten mal ein Luftschutzkeller war?«

»Ja?« Carla stutzte, sie hatte nie darüber nachgedacht, wo Willem und seine Eltern Schutz vor den nächtlichen Fliegerangriffen gefunden hatten. »Wie kommst du denn darauf?«

»Hier …« Er tippte auf seinen Computer. »Es gibt ein Verzeichnis der alten Bunkeranlagen in Hamburg. Ich hab nach möglichen Verstecken für Alma Reed gesucht. Die meisten Villen an der Alster hatten eigene Luftschutzkeller, jedenfalls hatten die meisten Besitzer ihre Keller entsprechend ausgerüstet. Feuersicher, rauchsicher, splittersicher«, zählte er auf. »Und verschüttungssicher, so nannte man das wohl, zum Garten raus gab es jedenfalls einen zweiten Ausgang.«

»Ein zweiter Ausgang?« Carla sah ihn fassungslos an. »Das hast du heute Morgen entdeckt, als du dein Fahrrad geholt hast?«

Hannes nickte, sein Körper immer noch gespannt nach vorne gerichtet, als warte er auf den Startschuss. »Hinter dem Heizungstank. Ich hab mich ein wenig umgeschaut. Ist irgendwann vermauert worden, aber man erkennt noch die Umrisse, der Stein ist heller.«

Carla schwieg, ein Durcheinander von Gedanken in ihrem Kopf. Wenn es einen Luftschutzraum gegeben hatte, hatte es dann auch ein Versteck für die Malerin gegeben? »Aber Alma Reed hast du nicht gefunden?«, seufzte sie schließlich.

»Nein.« Endlich lehnte Hannes sich zurück, ein belustigtes Zucken um die Mundwinkel. »Alma Reed habe ich nicht gefunden.«

Jasper Kronau antwortete am Nachmittag. »Komme am Samstag«, schrieb er in seinem Telegrammstil, der keine Widerworte duldete. »Vermutlich ein Pilz.«

»Danke.« Carla hatte die Mail sofort beantwortet, sie nannte ihm ihre Adresse. Sie war erleichtert, dass er sich um den Baum kümmern würde. Die Weide war bestimmt so alt wie Willem, sie zu verlieren, dachte Carla, wäre wie ein böses Omen.

Ihre Erleichterung betraf jedoch auch Hannes. Er wollte

am Freitagabend nach Berlin fahren. »Ich habe immer noch ein paar Sachen in meiner alten WG«, hatte er gesagt. »Die muss ich endlich nach Hamburg bringen.« Carla hatte nicht weiter nachgehakt, insgeheim froh darüber, dass die beiden Männer in der Villa nicht aufeinandertreffen würden. Sie erwartete keinen Showdown, keine abschätzigen Blicke und wortlosen Gesten, keinen Pistolenrauch. Ja, sie wusste nicht einmal, was sie eigentlich erwartete. Doch sie fürchtete sich vor einer hochgezogenen Braue Kronaus. Aha, so fürchtete sie, dass er denken könnte. Der Neue ist schon im Haus. Zu viele verwirrende Gedanken. Wie sollte sie ihm erklären, dass … Dass Hannes lediglich ihr Volontär war. Dass er noch ohne Wohnung war. Dass sie sich mochten. Und dass die Villa Platz genug für einen ganzen Jahrgang angehender Museumskuratoren bot. Carla verstrickte sich in alle möglichen Erklärungen.

Warum, so fragte sie sich, wollte sie sich partout erklären?

Donnerstag und Freitag, die wöchentliche Sprechstunde und die monatliche Seniorenführung, Katalogredaktion und Recherche, ein Telefonat mit der Mutter, ihr mahnendes Ceterum censeo – die Woche neigte sich in bedächtigem Tempo dem Ende entgegen. Carla saß an ihrem Computer und textete Seite um Seite des Katalogs. Wenn sie aus dem Fenster in den Hinterhof des Museums blickte, dachte sie, dass sie die letzten Monate an diesem Platz genießen sollte. Während sich Wolkengiganten, wie man sie eigentlich nur am Meer sah, über den Himmel schoben, irrten ihre Gedanke zu dem Tag hin, an dem sie die Ausstellung eröffnen würde. Ende Oktober, so die Planung, die Elke Schnibben abgesegnet hatte, wollte sie sich in ihre Auszeit verabschieden. Was danach käme, die Zeit mit Willem, jenes diffuse Bei-ihm-Sein und Abschied nehmen, versuchte Carla auszublenden.

Über die Geheimnisse der Villa am Fleet, jedenfalls darüber, was Hannes aus dem alten Mauerwerk herauslesen wollte, sprachen sie nicht mehr. Hannes schien ihre Zweifel zu akzeptieren. Während Willem geschlafen hatte, waren sie noch einmal gemeinsam durch die Villa gestreift. Carla hatte Hannes bereitwillig jeden Winkel des Hauses gezeigt, jede Tür geöffnet: Willems Arbeitszimmer, die Bücherwände, die kaum genutzten Räume im zweiten Stock, wo früher Gäste und Personal genächtigt hatten und Frau Woldsen heute Wäsche trocknete und bügelte. Ein nach frisch Gewaschenem duftendes Reich mit einem spektakulären Blick auf den Fleet und darüber hinaus. Wenn man den Kopf aus dem Fenster steckte, konnte man sogar bis hinauf zur Binnenalster blicken, dorthin wo einst das Bankhaus van Velden seinen Sitz gehabt hatte.

Carla hatte Hannes sogar das alte Bett von Willems Vater gezeigt. Sie waren die Treppe zum Dachgeschoss hinaufgestiegen, einem sich über die gesamte Länge und Breite des Hauses erstreckenden Raum mit vor Schmutz blinden Fenstern in den Gauben, in dem Spinnenweben, Staub und vertrocknete Vogelnester eine seltsam wehmütige Atmosphäre geschaffen hatten. Die Patina längst vergangener Epochen lag über allem – das alte Kaiserreich, die stürmischen Zeiten der Weimarer Republik, die Dreißiger- bis Fünfzigerjahre, Krieg und Nachkriegszeit schienen sich in den ausrangierten und vergessenen Möbelstücken widerzuspiegeln, die sich dort oben stapelten. Willem hatte sie gegen modernes Design ausgetauscht. Fassungslos hatte Hannes vor einem von Spatzen zerpflückten Biedermeiersofa gestanden, das in restauriertem Zustand ein kleines Vermögen wert gewesen wäre. Carla erinnerte sich nicht mehr daran, wann sie zum letzten Mal dort oben gewesen war.

Als sie die Treppen hinab ins Gartenzimmer gestiegen waren, spürten sie beide, dass sie an einem Punkt angelangt waren, der so etwas wie das vorläufige Ende ihrer Suche markierte. Es war, als ob Alma Reeds Schicksal ungelöst bleiben sollte. Alle Spuren, die sie verfolgt hatten, alle Spekulationen über Gustav van Velden und Alma Reed, alles, was aufgeblitzt war, und alles, was sie glaubten, in Händen zu halten, blieb – ein Gespenst.

Am Samstag regnete es, ein sanfter Nieselregen, der die Scheiben hinabperlte und die Pollen aus der Luft wusch. Carla war so lange im Bett geblieben, bis sie meinte, Willem nicht länger schlafen lassen zu dürfen. Doch als sie in sein Zimmer kam, lag er, verkehrt herum, aber zufrieden, da und lächelte sie an. Sie turnte ihren Sonnengruß in seinem Zimmer, während Willem in seinem Bett saß und wild klatschte, als ob sie eine Zirkusakrobatin wäre. Danach waschen und ankleiden, das gemeinsame Frühstück und eine kurze Runde durch den Regen. Frau Woldsen hatte ein Hühnerfrikassee fürs Wochenende vorbereitet, das Carla aufwärmte. Dazu gab es Bach und Pachelbel, danach Herumgetrödele, bevor sie Willem zu einem Mittagsschläfchen überreden konnte.

Carla hatte Willem von Jasper Kronaus anstehendem Besuch erzählt, davon, dass sie sich um die Weide am Fleet sorgte. Das Wort »Baumdoktor« hatte Willems Interesse erregt, und beim Mittagessen hatte er es immer wieder ausgesprochen, als schmecke ihm seine Konsistenz besser als das Frikassee.

Trotzdem war Carla froh, dass er schlief, als Kronau klingelte. Mit pochendem Herzen öffnete sie die Tür. Sie freute sich, ihn zu sehen.

»Hallo …«

Er sah verändert aus, weniger lässig, das Haar zu irgendeiner Art von Frisur gebändigt. War das etwa Gel in seinen Haaren oder doch nur der Regen? Dunkle Jeans und frühlingshafte Schuhe aus Segeltuch, die nass geworden waren. In der

Hand hielt er eine Arzttasche, wie man sie aus alten Filmen kannte. Heimatfilme. Sie fragte sich, was er darin transportierte.

»Darf ich?« Belustigt sah er sie an.

»Ja, natürlich.« Sie trat zur Seite und machte ihm Platz. Als er sich durch den Türrahmen schob, bemerkte sie, dass er größer war als Willem. Noch größer. Plötzlich hatte sie das Gefühl, dass sie wieder bei null begannen. Die vertraute Atmosphäre aus dem Museum, seine Offenheit, seine Anteilnahme, davon konnte sie nichts spüren.

»Danke, dass Sie gekommen sind.«

Förmlich, viel zu förmlich. Carla ärgerte sich. Sie ging voraus, durch die Halle in das Gartenzimmer, wo sie die Terrassentür öffnete. Als sie vor dem Haus standen, fiel ihr ein, dass sie ihm einen Kaffee hatte anbieten wollen.

»Da ist ja der Patient.«

Jasper Kronau war stehen geblieben, als wollte er den Baum in seiner Gesamtheit auf sich wirken lassen. Sein Blick wanderte durch den Garten, Carla bemerkte, wie er für einen Moment auf dem Apfelbaum ruhte. Die Kletterrose zeigte bereits erste Triebe.

»Schöner Garten …«

Er ging nun voran, hatte das Kommando übernommen, schnelle, zielstrebige Schritte. Seine Schuhe hinterließen Abdrücke im nassen Gras, sie konnte in seinen Spuren laufen. Carla dachte kurz, dass sie gerne mit ihm Kanu fahren würde. Der Wunsch zerstob, bevor er sich verfestigen konnte. Wie ein Traum.

»Da nisten Gänse unter der Weide.«

»Wollen Sie vorgehen?«

Abrupt blieb er stehen, und sie prallte fast gegen ihn.

»Was ist eigentlich in Ihrer Tasche?«, fragte sie ihn, weil sie nicht wusste, was sie sagen sollte. »Ihr Stethoskop?«

Er lachte, die Augenbrauen schnellten nach oben. Sein amüsierter Blick, dahinter die unglaublich grünen Augen. Efeugrün? Der Regen wurde stärker.

Die Gänse hatten sie schon bemerkt, Carla hörte sie schnattern und ins Wasser rutschen. Sie schob die Zweige zur Seite und zeigte auf das Nest. Ein Ei lag darin. Das erste Ei – leicht gelblich, zerbrechlich, schutzlos, das perfekte Oval. Wie viele würden noch folgen?

Schweigend standen sie einen Moment nebeneinander, als würden sie ein Wunder bestaunen, dann drückte er ihr seine Tasche in die Arme. »Assistieren Sie mir?«

Was wollte er von ihr?

Sie sah, wie er die Jacke auszog und nachlässig fallen ließ. Darunter trug er einen grauen Kapuzenpulli. Er schob die Ärmel hoch, bevor er ganz nah an die Weide herantrat und mit beiden Händen über die Rinde strich. Es sah so aus, als würde er den Baum umarmen. Verwundert und schweigend verfolgte Carla jede seiner Bewegungen. Schließlich legte er sein Ohr an den Stamm.

Ein Schamane.

Carla starrte ihn an. Was zum Teufel trieb er da?

»Stethoskop, bitte.«

»Aber …« Sie sah ihn noch immer fassungslos an, doch er parierte ihren Blick, ohne mit der Wimper zu zucken.

»In der Tasche.«

»Oh …« Sie stellte die Tasche ab und öffnete sie. Verbandszeug, Salben, Sprühpflaster, eine orangefarbene Weste. Es sah aus, als hätte er den Inhalt eines Verbandskastens darin ausgeleert. Und – tatsächlich – in der Ecke: die verhedderten Enden eines Stethoskops. Sie zog das Knäuel heraus und reichte es ihm. Ungerührt entwirrte er die Schläuche, bevor er begann, den Baum abzuhorchen.

»Hustet er manchmal?«

»Der Baum?«

»Nachts vielleicht?« Wieder sah er sie ungerührt an, er wartete auf ihre Antwort.

»Nein? Hören Sie mal …« Carla wusste nicht, was sie sagen sollte. Die Zweige der Weide raschelten im Wind, als wollten sie ihr etwas zuflüstern. »Was treiben Sie da eigentlich?«

»Na, Sie haben doch einen Baumdoktor bestellt.« Augenbraue hoch, Augenbraue runter.

»Aber …« Doch dann begriff sie sein Spiel, ein befreiendes, glückliches Lachen rollte durch ihren Körper. Und er stimmte ein.

»Aber ich mache mir wirklich Sorgen um den Baum«, japste Carla, als sie wieder sprechen konnte. Ihr Bauch tat weh vom Lachen, ein fast vergessenes Gefühl.

Jasper Kronau nickte. »Sehen Sie das?«

Er hatte sich das Stethoskop um den Hals gelegt und wies auf den Stamm.

»Was?« Carla begriff nicht, was er meinte.

»Die dicken Füße.« Er strich über eine Verdickung im unteren Bereich des Stamms.

»Dicke Füße?« Hatte er immer noch nicht genug?

Er bemerkte ihr Zögern und schüttelte den Kopf.

»Heißt wirklich so. Nicht unüblich bei älteren Bäumen. Pilze, wie ich Ihnen schon schrieb. Der Baum wehrt sich gegen die Eindringlinge und produziert in den betroffenen Bereichen noch einmal richtig Holz. Deshalb der flaschenförmige Wuchs hier unten, die Jahresringe werden breiter.«

»Und was heißt das nun?«

Er zuckte mit den Achseln. »Schwer zu sagen. Häufig halten sich Fäulnis und die Bildung gesunden Holzes die Waage, so dass der Baum nicht aus dem Gleichgewicht gerät. Auf jeden Fall müsste ich noch einmal in die Krone steigen und schauen, ob ich eine Verletzung entdecke, wo die Pilze eingedrungen sind. Ein alter Astbruch vielleicht, den könnte ich versorgen.«

»Und es gibt kein Mittel gegen die Pilze?«

Er schüttelte den Kopf. »Ich kann ihm jedenfalls keine Spritze geben.« Ein Lächeln zuckte um seine Mundwinkel. »Und ein Fungizid würde ich hier nicht verstreuen wegen der Gänse.«

Carla sah wieder auf das Nest, das zarte Ei, der kranke Baum – und dachte an Willem. Plötzlich hatte sie das Gefühl, das ihr Leben in Stücke zerbrach. Sie blinzelte, hielt das Gesicht in den Regen, der immer stärker durch das Weidendach rieselte, und schloss die Augen. Die Traurigkeit regnete auf sie herab.

»He …« Seine Stimme, ganz nah. Er zog sie an sich, sein Pulli kratzte an ihrer Wange. Der Regen rauschte, ein Wasserfall nun. »Vielleicht sollten wir reingehen? Du bist schon ganz nass.«

In der Küche trockneten sie sich die Haare mit Geschirrhandtüchern. Carla setzte einen Kaffee auf, bevor sie nach oben verschwand, um sich etwas Trockenes anzuziehen. Für Jasper, sie nannte ihn nun Jasper, hatte sie einen Pullover von Willem dabei.

»Wo ist dein Mann?« Jasper hängte den nassen Pulli über die Heizung, unter seinem T-Shirt zeichneten sich Muskeln ab. Schlanke Muskelstränge, wie man sie vom Klettern, Sägen und Holzhacken bekam. Sein Körper schien vor Kraft und Lebenslust zu vibrieren. Nach einem kurzen Zögern streifte er den Pullover über.

»Oben. Mittagsschlaf. Er wacht bestimmt gleich auf.«

»Wie geht es ihm?« Jasper öffnete den Kühlschrank, er fühlte sich wie zu Hause. »Milch?«

Carla nickte, sie reichte ihm einen Milchtopf und ließ ihn

machen, während sie nach Kaffeebechern und Keksen kramte. In einer Dose fand sie Selbstgebackenes von Frau Woldsen. Heidesand.

»Heute Morgen war er ganz heiter. Ein Gute-Laune-Tag.«

»Und die Schlechte-Laune-Tage?«

»Sehr still, sehr in sich gekehrt, fast abwesend. Manchmal scheinen ihn Kindheitserinnerungen zu quälen. Er nennt sie Gespenster.«

»Der Krieg?«

Die Milch war heiß, Jasper schäumte sie gekonnt mit einem Schneebesen auf, den er in einer Schublade gefunden hatte. Das Geräusch erinnerte sie an ihre Kindheit, an Kakao mit Schlagsahne.

Carla nickte. »Sein Arzt sprach von einem Trauma, das durch die Demenz verstärkt wird. Ich habe ihm dein Bild gezeigt, seitdem kommt er nicht mehr davon los. Das Gemälde hat irgendetwas in Gang gesetzt. Da kommen Erinnerungen hoch, die ihn quälen.«

»Das *Apfelmädchen*?« Jasper sah sie überrascht an, er schwang den dampfenden Milchtopf wie einen Tennisschläger in seiner Hand.

Carla schwieg einen Moment. Sie dachte, dass sie Jasper endlich einweihen musste. »Wir haben herausgefunden, dass Willems Vater Alma Reed kannte. Vielleicht war sie sogar in diesem Haus.«

Gespenster, Gespenster, Gespenster.

»Aber …« Jasper stellte den Milchtopf wieder auf dem Herd ab, er dachte nach. »Hattest du nicht gesagt, dass es nach 1939 keine Spur mehr von ihr gibt?«

»Wir gehen davon aus, dass sie vor den Nazis versteckt wurde. Und dann in diesem Versteck gestorben ist. Vielleicht in einer der Bombennächte. Ein Unglück.«

»Wer hat sie versteckt?«

»Gustav van Velden?« Carla zuckte mit den Schultern. »Es gibt einige Hinweise darauf.«

»Und wo …?«

Ein sprudelndes Zischen ließ sie zusammenfahren.

»Die Milch …« Fluchend zerrte Jasper den Topf von der heißen Platte. Der Geruch nach angebrannter Milch waberte durch die Küche, scharf und gleichzeitig irgendwie vertraut.

Carla lachte. »Wenn ich koche, passiert mir das mir ständig.«

»Milch heiß machen ist kein Kochen.«

Er ärgerte sich, Carla suchte nach einem Lappen und Scheuermilch. Dann teilte sie den Rest heißer Milch auf die beiden Kaffeebecher auf, setzte sich und sah Jasper zu, wie er mit der Bescherung kämpfte.

»Und wann wolltest du mich ins Boot holen?«

Ins Boot holen?

Jasper hatte ihr noch immer den Rücken zugekehrt und wischte auf dem Herd herum. Willems Pullover und Jaspers schnelle, ärgerliche Bewegungen. Wieder blitzte der Wunsch in ihr auf, mit ihm Kanu fahren zu gehen.

»Ich weiß nicht, im Museum vielleicht? Aber dann kam Willem dazwischen, ich musste mich um ihn kümmern. Und im nächsten Moment warst du schon wieder fort.«

»Es gibt eine Verbindung zwischen dem Bild und der Familie deines Mannes, und du wolltest mir das mal eben so zwischen Tür und Angel erzählen?«

Jetzt drehte er sich zu ihr um, seine Augen blitzten, er hatte sie zu schmalen Schlitzen zusammengekniffen.

Warum ging er sie so an?

»Nicht zwischen Tür und Angel. Ich dachte, dass wir Zeit haben würden, über alles zu reden. Jedenfalls hatte ich mir vorgenommen …«

»Wie eng war diese Verbindung?«

»Zwischen Willems Vater und Alma Reed?«

Er setzte sich zu ihr an den Tisch und schob die Ärmel des Pullovers hoch. Sein Geruch vermischte sich mit Willems Eau-de-Toilette-Spuren in den Fasern. Eine merkwürdige Mischung – wen würde sie vor sich sehen, wenn sie die Augen schloss?

Jasper nickte. Sein Groll schien so plötzlich verflogen, wie er aufgeflammt war.

»Mein Volontär vermutet, dass sie seine Geliebte war.«

»Und du, was meinst du?«

Er sah sie an, den Kopf leicht geneigt. Das Grün seiner Augen, da war es wieder. Stachelbeergrün vielleicht?

»Sie kannten sich, so viel steht fest. Und sie mochten sich. Aber alles Weitere … Spekulationen, nichts, was man als gesichert betrachten könnte. Nicht sehr befriedigend für eine Wissenschaftlerin.«

»Und wenn du den ganzen analytischen Kram mal beiseitelässt?«

Den analytischen Kram? »Du meinst …?«

»Ich meine, dass du in dich hineinhorchen solltest. Was sagt dir dein Gefühl?«

»Mein Gefühl?«

Da waren nicht genug Strähnen, die sie sich hinters Ohr streichen konnte. Carla schüttelte den Kopf. Ihr Herz schlug so laut gegen ihre Rippen, dass sie meinte, er müsste es hören.

»Carla … Dein Gefühl?«

»Ich weiß es nicht.«

Sie flüsterte, wich ihm aus, trank ihren Kaffee, sah aus dem Küchenfenster.

Er schwieg und fixierte sie immer noch, als wollte er sich ihr Gesicht einprägen.

»Kein Gefühl?«

»Ich bin Wissenschaftlerin, ich brauche Fakten.«

Ein armseliger Versuch davonzukommen. Sie sah noch immer an ihm vorbei.

»Carla ...«

Er sprach ihren Namen wie etwas Kostbares aus.

»Wovor hast du Angst?«

Wenn ich nicht mehr ich selbst bin, musst du gehen.

Sie schüttelte den Kopf, wieder diese verdammten Tränen. Er musste ja denken, dass sie ständig heulte.

»Du hast lange nicht mehr geweint, oder?«

Er legte seine Hand auf ihre, ganz leicht.

»Ich habe lange nicht mehr gelacht. Richtig gelacht, aus vollem Herzen. Du hast mich vorhin zum Lachen gebracht. Der Baumdoktor ...«

Sie zog die Hand zurück, wischte sich die Tränen aus den Augen, versuchte ein Lächeln.

»Ich weiß nicht, was ich von Alma Reed und Gustav van Velden halten soll. Und mein Gefühl sagt mir, dass ...«

Plötzlich stand Willem in der Tür. Sie hatten ihn nicht die Treppe hinunterkommen hören. Stumm sah er sie an, sein Blick wanderte zwischen ihnen hin und her.

»Willem.« Carla sprang auf, sie nahm ihn in den Arm, führte ihn an den Tisch. »Das ist Jasper Kronau.«

»Tinka, Tinka, Tinka ...«

»Katinka ...« Jasper nickte. »Ich soll Sie von meiner Tochter grüßen.«

Willem griff nach einem Keks, dann ließ er sich auf Carlas Stuhl fallen.

»Vater?« Er sah sie an.

»Wir haben über deinen Vater gesprochen.« Carla nickte, sie lehnte sich gegen den Geschirrschrank. Es rührte sie, die beiden Männer an einem Tisch sitzen zu sehen. Willem saß kerzengerade, die Handflächen auf die Tischplatte gelegt. Meins, schien seine Haltung zu sagen. Alles meins.

»Möchtest du vielleicht einen Tee, Willem?«

Willem nickte, endlich sah er sie an.

»Vater ist tot«, sagte er, seine Stimme ganz klein und brüchig vor Traurigkeit. Sie konnte das Kind in ihm sehen.

Carla hielt den Atem an. »Er ist im Krieg gestorben …«

»Es gab keine Milch.« Willem wies auf den angebrannten Topf. »Nichts.« Er schüttelte den Kopf, dann entdeckte er Jaspers Arzttasche, die neben der Tür stand.

»Endlich …«, murmelte er und stand schwerfällig wieder auf. Er bückte sich, griff nach der Tasche und machte sie auf. »Medizin?«

»Willem …« Carla wollte ihn aufhalten, doch dann fing sie Jaspers Blick auf. »Lass ihn«, schienen seine Augen zu sagen.

»Vater …« Willem durchwühlte die Tasche, als ob er etwas Bestimmtes suchte. Wieder und wieder, immer verzweifelter, bis er sie schließlich einfach umkippte.

»Willem, was suchst du denn?« Carla kniete sich neben ihn, seine Hilflosigkeit schnürte ihr die Kehle zu. Sie meinte, die Narben auf seiner Seele sehen zu können.

»Das Leben«, antwortete er. »Mein Leben.«

Und dann ist alles ganz anders.
Es ist so kalt – und trotzdem kommt
das Gespenst nicht zurück ins Haus.
Ich schlafe schlecht.
Am Morgen laufe ich hinunter zum Wasser.
Und da liegt ein Engel.
Ein Engel mit dunklen Haaren.
Vater trägt mich zurück ins Haus.
Ich sehe, dass er weint.

FÜNFZEHN

Am Montagmorgen stand sie vor August Engels verschlossener Ladentür. Machte er Urlaub? Carla versuchte, durch die Scheibe zu spähen. Im Laden war es dunkel, viel mehr als die Schemen der Blumenkübel konnte sie nicht erkennen. Normalerweise heftete Engel einen Zettel an die Tür, wenn er für ein paar Tage schloss: »Wir machen Pause!«

Im Museum konnte sie nicht aufhören, an Engel zu denken. Sie machte sich Sorgen. Nur halbherzig hörte sie Hannes' Berichten vom Wochenende zu. Er hatte Zeit gehabt, eine Nolde-Ausstellung in Berlin zu besuchen, die sie auch gerne sehen wollte. Sein Rucksack lehnte hinter ihm an der Wand, er war am Morgen direkt aus Berlin gekommen.

»Nolde Superstar«, sagte Hannes, denn die Ausstellung brach sämtliche Besucherrekorde. »Er ist immer noch ein Publikumsrenner und garantiert volle Säle, so wie vielleicht nur noch Monet und van Gogh. Niemand scheint sich an seiner Nazi-Vergangenheit zu stören.« Carla nickte zerstreut, nur mühsam lösten sich ihre Gedanken von August Engel. Obwohl die Bilder des Expressionisten im Dritten Reich verfemt gewesen waren und Nolde selbst ein Malverbot erhalten hatte, war er doch ein glühender Anhänger der Nazis geblieben, wie Briefe und andere jüngst aufgefundene Dokumente belegten. Doch offenbar galten Noldes Bilder weiterhin als unpolitisch. Wer so schön malen könne, so der Tenor der Ausstellungsbesucher, konnte einfach kein schlechter Mensch sein!

»Er hat sogar Max Pechstein bei Goebels als Juden denunziert«, fuhr Hannes fort. »Hier …«, er zog den Ausstellungskatalog aus seinem Rucksack und blätterte darin herum. »Überall glühende Bekenntnisse zu Volk und Vaterland und natürlich auch zum Führer.« Auffordernd sah er Carla über seine Brille hinweg an, als erwartete er ihren Kommentar dazu.

Carla seufzte, auch sie konnte Noldes Werk nur schwer mit dessen politischen Überzeugungen in Verbindung bringen. »Er hat uns alle getäuscht«, versuchte sie Hannes entgegenzukommen.

»Mal sehen, was von der Postkartenseligkeit bleibt.« Hannes klappte den Katalog lautstark zu und sah zu Carla. »Und dein Wochenende?«

»Merkwürdig …«

»Merkwürdig gut oder merkwürdig schlecht?«

»Ein Gänseei, eine Weide mit Pilzbefall, zu viel Regen und ein Besuch von Jasper Kronau – ich habe ihm endlich von unseren Recherchen erzählen können.«

»Und?« Hannes stutzte einen Moment, Carla sah, wie es in ihm arbeitete. »Wie hat er reagiert?« Reserviert verschränkte er die Arme. Carla fiel auf, dass er müde aussah, als hätte er nur wenig geschlafen. Er blinzelte gegen das Sonnenlicht, das durch die Fenster fiel. Der Regen war nach Osten abgezogen.

»Ich glaube, er braucht ein wenig Zeit, um sich an den Gedanken zu gewöhnen.«

Carla schwieg. Sie erzählte Hannes nichts von der Umarmung unter der Weide, von ihren Tränen und seinem Versuch, sie zum Lachen zu bringen. Jasper war zum Abendessen geblieben, gemeinsam hatten sie einen Salat zubereitet und Brot aufgebacken, während Willem immer wieder nach Katinka gefragt hatte. Nachdem Jasper gegangen war, hatte Carla bemerkt, dass er seine Arzttasche in der Küche vergessen hatte.

»Woran muss er sich gewöhnen?«

»Daran, dass es eine Verbindung zwischen Gustav van Velden und Alma Reed gab.« Carla sah auf die Vase auf ihrem Schreibtisch. Sie hatte die verwelkten Blumen aus der vergangenen Woche schon weggeworfen. »Sag mal«, wechselte sie das Thema, »war Engels Laden am Freitagabend noch geöffnet?«

»Ja?« Hannes schien einen Moment nachdenken zu müssen, wahrscheinlich hatte er nicht darauf geachtet, als er zum Zug gegangen war. »Ich glaube schon, warum?«

»Ich wollte heute Morgen Blumen kaufen, aber es war alles dunkel. Da war auch kein Schild.«

»Du machst dir Sorgen?«

Carla nickte. »Vielleicht ist er krank?«

»Du meinst, er liegt zu Hause im Bett und kann sich nicht helfen?«

Sie zuckte mit den Schultern, für einen Moment dachte sie an die Zeilen, die sie Brigitte Bardot in die Rue La Madrague in Saint-Tropez geschickt hatte. Die Blumengöttin, würde sie je antworten? »Ich glaube, er hat niemanden.«

»Ruf doch mal im Laden an.« Hannes tippte etwas in seinen Computer. »Da ist es ja: Blumen Engel …« Er begann, eine sechsstellige Nummer vorzulesen.

Carla zögerte einen Moment, sie konnte sich nicht an ein Telefon in Engels Laden erinnern. Schließlich tippte sie die Ziffern, die Hannes ihr vorlas, zögernd ein. Es klingelte einmal, zweimal, dreimal, mit einer unerträglichen Stille zwischen den Klingelzeichen. Dann nahm jemand den Hörer ab und legte wieder auf. Als sie es noch einmal versuchte, hörte sie das Besetztzeichen.

»Besetzt.«

»Dann ist er im Laden und will nicht gestört werden.«

»Aber das ist so gar nicht seine Art.«

Carla schüttelte den Kopf. Sie beschloss, später noch einmal bei Engel vorbeizuschauen.

Auch am Mittag war der Laden noch geschlossen. Aber Engels blauer Lieferwagen stand an der Straße. Carla klopfte an die Ladentür, als sie Engels Umrisse zu sehen meinte. Schließlich kam er an die Tür und schloss auf.

»Ja?«

Er ließ sie nicht herein. Carla forschte in seinem Gesicht nach einer Erklärung. Seine Augen waren gerötet, als plagte ihn ein dicker Schnupfen. Seine Stimme klang heiser und gequält.

»Herr Engel, ich habe mir Sorgen gemacht. Ist alles in Ordnung bei Ihnen?«

»Ich bin ein bisschen spät dran heute.«

Er stand noch immer in der Tür, als hätte er etwas zu verbergen.

»Sind Sie krank, kann ich Ihnen etwas bringen?«

Engel schüttelte stumm den Kopf, Blumenduft wehte ihr entgegen.

»Wo ist denn Brigitte?«

Engel hob die Arme, dann ließ er sie hilflos sinken.

O nein.

»Herr Engel …« Sie tastete nach seinen Händen, drückte sie. Seine Finger waren ganz kalt, eisig. »Was ist denn passiert?«

»Sie ist hinten.« Engel trat zur Seite und ließ sie herein. Dann schloss er die Tür wieder ab. »Auf dem Blumentisch.«

Auf steifen Seemannsbeinen ging er voran.

Der Hund lag in einem Blumenkarton, reglos, die Augen geschlossen. Carla sah, dass er nicht atmete. Vorsichtig strich sie über das glänzende Dackelfell, sie fühlte sich elend.

»Ich habe sie noch zum Tierarzt gefahren …« Engel rang

um Fassung, seine Stimme noch brüchiger, wie aus Glas. »Er hat sie eingeschläfert.«

Eingeschläfert?

»Aber was ist denn nur passiert?«

Carla konnte den Blick nicht von dem toten Tier lösen. Brigitte sah so friedlich aus, als schliefe sie tatsächlich. Bestimmt wachte sie gleich auf …

»Heute Morgen auf dem Blumenmarkt, normalerweise bleibt sie immer dicht bei mir. Aber heute …« Engel stockte, er zog sein Taschentuch aus der Hosentasche und wischte sich über die Augen und das Gesicht. »Plötzlich rannte sie los, als hätte sie etwas gesehen. Sie ist unter einen Gabelstapler geraten. Fünftausend langstielige Rosen …«

O nein, o nein.

Carla strich Engel über den Arm, sie hätte ihn gern umarmt, traute sich aber nicht.

»Ich war gleich bei ihr. Sie hat mich noch angeschaut, ganz lange, als würde sie Abschied nehmen«, flüsterte Engel. »Die Jungs vom Blumenmarkt haben mir dann ein Taxi zum Tierarzt spendiert. Ich habe ihn aus dem Bett klingeln müssen.«

Carla nickte, sie fühlte sich wie erstarrt. Engel tat ihr so leid. Brigitte war für ihn mehr als eine launige Dackeldame gewesen, er hatte sie immer wie seine Partnerin behandelt. Engel hatte mit ihr gesprochen, und sie hatte zu ihm aufgeschaut, ihre seelenvollen Knopfaugen hatten jede seiner Bewegungen verfolgt. Wenn Engel sich kaffeetrinkend in seinem Ohrensessel ausgeruht hatte, lag sie auf seinem Schoß – wie eine Katze. »Fehlt nur noch, dass sie schnurrt«, hatte er immer schmunzelnd gesagt. Carla musste zwei-, dreimal schlucken, um die Tränen, die in ihren Augen brannten, zurückzuhalten. Sie ersparte es ihnen, nach den Details der Verletzung zu fragen.

»Was mache ich denn jetzt?« Engel sah sie hilflos an.

»Wollen Sie Brigitte nicht beerdigen?«

»Und wo?« Engel nahm ein Bund Pflaumenzweige in die Hände und legte es gleich wieder zur Seite. »Ich habe doch keinen Garten.«

»Wo war sie denn gerne?« Carla dachte kurz über einen Tierfriedhof nach, verwarf den Gedanken aber gleich wieder. Zu umständlich, zu teuer.

»Im Stadtpark, auf der Wiese vor dem Planetarium.«

»Und wenn wir sie dort begraben? Unter einem Baum vielleicht?«

»Ach Deern, ich kann da doch nicht am helllichten Tage rumgraben.«

»Dann müssen wir es nachts machen.«

»Wir?« Engel sah sie an, die Augen noch immer rot – so viele nicht geweinte Tränen.

»Ich kenne da jemanden, der uns helfen könnte. Ganz bestimmt. So, und jetzt mache ich uns einen Kaffee, ja?«

Engel nickte benommen. Widerstandslos ließ er sich nach hinten in seinen Sessel bugsieren. Carla wickelte ihm ein Anisbonbon aus und setzte Wasser auf.

Sie blieb noch eine halbe Stunde bei ihm, ließ ihn nicht allein. Sie tranken Kaffee und lutschten Anisbonbons, während sie über Brigitte und über Willem redeten. Als Carla zum Museum zurückging, rief sie Jasper Kronau an.

»Was genau wollt ihr machen?«

Hannes sah Carla an, als hätte sie soeben verkündet, vom Fernsehturm springen zu wollen. Er konnte nicht glauben, was sie gerade gesagt hatte.

»Wir beerdigen Brigitte, heute Nacht, im Stadtpark«, wiederholte sie geduldig. Sie hatte sich mit Jasper abgesprochen. Er wollte sie gegen zweiundzwanzig Uhr von zu Hause abholen, etwas später würden sie Engel im Park am Planetarium treffen. »Er war ganz hilflos«, fuhr sie fort, weil Hannes' Blick sie noch nicht ziehen ließ. »Ich konnte ihn doch nicht mit der toten Brigitte alleine lassen.«

»Es gibt Tierfriedhöfe.« Hannes schüttelte den Kopf, ein merkwürdiges Unverständnis in der Stimme. Carla dachte, dass Jasper keine Sekunde gezögert hatte zu helfen. Wo waren Hannes' großes Herz und seine Einfühlsamkeit in diesem Moment, wunderte sie sich. Bestimmt hielt er ihr gleich vor, dass man Tiere nicht einfach so bestatten durfte. »Soll ich …?« Er tippte auf seinen Computer, das Gesicht hinter der Brille beängstigend korrekt.

Carla schüttelte den Kopf.

»Und ich bleibe also allein mit Willem?«

»Ja, bitte, ich bringe ihn noch zu Bett.«

Zweifel spiegelten sich auf seinem Gesicht. Hannes schien sich nicht mehr an sein Angebot zu erinnern, auch einmal auf Willem aufpassen zu wollen. Carla nickte ihm beruhigend zu.

»Hannes bleibt bei Willem?« Leonie platzte herein. Offenbar hatte sie einen Teil des Gesprächs mitbekommen.

»Sie will Engels toten Dackel beerdigen.«

Hannes zeigte mit dem Finger auf Carla, er suchte in Leonie nach einer Verbündeten.

»Engels Dackel?« Leonies Blick sprang zwischen ihnen hin und her, als sagte ihr der Name nichts.

»August Engel. Der Blumenladen am Hauptbahnhof …«, erläuterte Carla. »Engels Dackel ist heute Morgen auf dem Großmarkt überfahren worden.«

»O ja, der alte Engel.« Leonies Augen füllten sich mit Mitgefühl, der dunkle Lidstrich schien plötzlich weniger hart, er betonte das Katzenhafte ihrer Augen. »Der Arme …« Sie zupfte einen imaginären Fussel von ihrem schwarzen engen Minikleid. Eine Kette mit bunten Klunkern und turmhohe Stiefel gaben ihrem Outfit den unverwechselbaren Leonie-Look.

»O Mann …« Hannes schüttelte den Kopf über so viel weibliches Gefühl. »Aber warum denn bloß nachts im Stadtpark?«

»Hast du schon mal tagsüber ein totes Tier in der Öffentlichkeit vergraben?«, schnappte Carla zurück. »Im Übrigen wäre ich euch dankbar, wenn nicht gleich das ganze Museum etwas davon erfährt. Der alte Engel liegt mir halt am Herzen.«

»Ich mache mir ja nur Sorgen.« Wieder blickte Hannes zu Leonie, die sich nicht von der Stelle gerührt hatte.

»Ja«, pflichtete Leonie ihm bei, er hatte sie auf seine Seite gezogen. »Was ist, wenn der Engel … also, wenn er schlappmacht? Das Herz – in seinem Alter muss man ja auf alles gefasst sein.« Sie verzog das Gesicht.

»Ich bin ja nicht allein.« Carla lehnte sich in ihrem Stuhl zurück, sie wollte das Thema beenden, bevor die Diskussion vollkommen aus dem Ruder lief. »Hört mal, ich helfe nur einem Freund.«

»Sie nimmt Jasper Kronau mit«, fügte Hannes erläuternd hinzu. Seiner Miene nach zu urteilen, hielt er das für keine gute Idee.

»Der Baumdoktor …« Leonie zog das Wort kieksend in die Länge, als hätte Carla ein romantisches Date angekündigt.

»Leute …« Carla spürte, wie sie ungeduldig wurde. Am liebsten hätte sie mit der flachen Hand auf den Tisch gehauen. Ein Gefühl von Gereiztheit sickerte wie Sirup durch ihren Körper, dickflüssig und zäh. »Jasper Kronau kennt den Engel übrigens auch.«

»Der Bürgermeister kauft seine Blumen auch bei ihm, wusstet ihr das?«, konterte Leonie. Ihr Mund verzog sich zu einem versöhnlichen Lächeln, bevor sie weitersprach: »Geht mich ja auch nichts an.«

»Ihr hättet Engel sehen müssen, Brigitte war sein Ein und Alles«, setzte Carla zu einem letzten Erklärungsversuch an.

Sie dachte, dass sie sich nun wirklich nicht mehr länger rechtfertigen müsste.

Doch Leonie hörte ihr schon nicht mehr zu. »Hab schon gehört, du wohnst jetzt bei Carla?«, wandte sie sich an Hannes. Offenbar hoffte sie auf weitere Enthüllungen. »Meister Grote hat's mir erzählt.«

»Nur vorübergehend …« Carla und Hannes antworteten unisono. Das Ganze glitt nun ins Groteske ab. Sie sahen sich an und mussten grinsen. Die Spannung, die sich wie eine Wand zwischen ihnen aufgebaut hatte, fiel plötzlich in sich zusammen.

»Leonie«, Carla drehte sich zur Kollegin. »Was können wir für dich tun?«

»Ah …« Leonie räkelte sich wie eine Diva im Türrahmen und machte ein geheimnisvolles Gesicht. »Die ersten Leihgaben für die Ausstellung sind heute Morgen aus Berlin eingetroffen. Privatbesitz. Wir müssen sie ja noch für den Katalog abfotografieren. Ich dachte, wir packen die Bilder gemeinsam aus?«

Jasper Kronau war pünktlich, kurz vor zweiundzwanzig Uhr stand er vor der Villa. Willem schlief bereits, Carla hatte sich schlecht gefühlt, weil sie ihn früher als gewöhnlich zu Bett gebracht hatte. Schnell verabschiedete sie sich von Hannes, bevor sie ihren Mantel überzog, die Arzttasche griff und nach draußen eilte. Hannes wollte sie anrufen, falls Willem aufwachte und sich nicht von ihm beruhigen ließ.

»Hey …« Jasper, die Hände in den Hosentaschen. Für einen Moment standen sie reglos voreinander, unsicher, wie sie sich begrüßen sollten. Dann neigte er sich vor und streifte mit den Lippen ihre Wangen.

»Ich bin mit dem Auto da.« Er zeigte auf den dunkelgrünen Geländewagen, der am Straßenrand parkte. Der schwere

Land Rover wirkte so robust, als könnte man damit durch die Wüste und bis ans andere Ende der Welt fahren. »The Arbor Artists – falls jemand fragt, was wir da tun, ist das eben eine nächtliche Baumpflegeaktion.«

»Danke, dass du gekommen bist.« Sie hielt ihm die Arzttasche entgegen. »Vielleicht brauchen wir die noch?« Die Laternen, die das Grundstück beleuchteten, zeichneten Schatten auf sein Gesicht. Sie hatte nicht bedacht, wie dunkel es um diese Zeit schon war.

»Da ist auf jeden Fall eine Taschenlampe drin.«

Sie hörte ein Lächeln in seiner Stimme, dann half er ihr, in den Land Rover zu klettern.

Unterwegs sprachen sie nicht viel. Das Radio brachte Nachrichten, danach ein aufgezeichnetes Konzert. Paolo Conte live in der Musikhalle, Lieder wie ein Tag am Meer. Die Lichter der Stadt rauschten links und rechts an ihnen vorbei. Der Verkehr war noch dicht, Carla dachte, dass sie lange nicht mehr abends unterwegs gewesen war. Neugierig blickte sie von oben herab in die anderen Autos. Sie sah konzentrierte, amüsierte, müde und auch leere Gesichter, die meisten waren allein unterwegs.

Über einen Versorgungsweg, den Jasper kannte, fuhren sie durch den Park direkt hinters Planetarium. Eindrucksvoll ragte der ehemalige Wasserturm über ihnen auf. Strahler beleuchteten die ziegelrote Fassade. In seinem Kuppelsaal konnte man zu einer Reise zu den Sternen aufbrechen.

»Schon mal drin gewesen?« Jasper ließ den Wagen ausrollen, das Motorengeräusch erstarb. In der Stille sahen sie sich an.

»Ich …«

Ein Klopfgeräusch an der Scheibe ließ sie zusammenfahren: August Engel, er war schon da. Carla stieg aus, während Jasper noch einen Spaten aus dem Wagen holte, bevor er Engel mit einem wortlosen Handschlag begrüßte. Carla sah, dass Engel den Hund in einem karierten Einkaufstrolley in den Park transportiert hatte. Ein Hackenporsche, wie Frau Woldsen zu sagen pflegte. Sie musste zur Seite blicken. Für einen Moment kämpften ihr Mitgefühl für Engels Trauer und ein kaum zu unterdrückender Lachreiz in ihrem Inneren miteinander. Sie malte sich aus, wie sie Hannes später alles berichten würde.

»Wo wollen wir denn …?« Jasper wies auf die Wiese vor dem Planetarium, die sich in der Dunkelheit wie ein schwarzer See vor ihnen ausbreitete. Links und rechts rahmten Rabatten die Rasenfläche, kleinere Wege und Pfade führten zu allen Seiten in den gewaltigen Park, hinein in die grüne Lunge der Stadt.

»Vielleicht da hinten rechts, im alten Rosengarten?« Engel hatte ebenfalls an eine Taschenlampe gedacht. »Da sind wir sicher vor den Joggern. Die sind ja sogar nachts unterwegs.«

»Gute Idee …«

Es war kalt, nachtkalt. Feuchtigkeit schlug ihnen ins Gesicht. In den Büschen raschelte der Wind. Jasper stapfte voran, während Carla Engel mit dem Trolley half. Schweigend tasteten sie sich abseits der Wege voran, schreckten Vögel und anderes Getier auf. Engel stolperte einige Mal, bis sie ihm die Taschenlampe abnahm und er sich dankbar bei ihr einhakte.

»Hier?«

Sie waren am Rosenrondell angekommen. Eine Hecke rahmte das Beet, die sie vor neugierigen Blicken schützte. Vor ihnen, in der Mitte des Beetes, erhob sich eine Statue auf einem Sockel. Carla leuchtete sie mit der Taschenlampe an: Flora, die Blumengöttin, einen Blumenkranz in den Händen. Jasper rammte den Spaten in die Erde, er blickte sich fragend um.

»Vielleicht unter der Statue, was meinen Sie, Herr Engel?«

Engel nickte, er keuchte. Für einen Moment suchte er an seinem Trolley Halt. »Das kann ich mir merken«, murmelte er, »ich will sie ja auch mal besuchen.«

»Gut, dann fang ich an.«

Jasper begann zu graben, während das stumme steinerne Fräulein misstrauisch auf sie herabblickte.

»Ich hab sie noch mal gebadet.«

Engel war wieder zu Atem gekommen, Carla half ihm, den Trolley zu öffnen. Vorsichtig griff sie in die Tasche, Engel hatte den Hundekörper in eine flauschige Decke gehüllt. Sie reichte ihm das Bündel, und er hielt es wie ein Baby in seinen Armen. Ein letztes stummes Zwiegespräch. Carla fragte sich, ob er Brigitte gleich hergeben würde.

»Ich bin so weit.« Jasper winkte sie zu sich. Die Grube, die er ausgehoben hatte, war fast einen Meter tief. Es roch nach feuchter Erde und Abschied. Friedhofsluft.

»Kommen Sie?«

Vorsichtig lenkte Carla Engel durch das Rosengehölz, immer wieder blieben sie an Dornenzweigen hängen. Jasper leuchtete ihnen den Weg. An der Statue nahm er Engel kurz den Hund ab, während der Alte sich mit Carlas Hilfe auf die Knie sinken ließ.

Der Moment war gekommen. Carla spürte, wie sich ihr Herz zusammenzog. Sie versuchte, nicht an Willem zu denken. Sie hatten nie darüber gesprochen, wie er sich seinen Abschied wünschte.

Wenn ich nicht mehr ich selbst bin, musst du gehen.

Jasper legte den Hund in Engels Arme und trat einen Schritt zurück. Sie spürte, wie er nach ihrer Hand tastete und diese kurz drückte. Als sie ihn an sich ziehen wollte, war seine Hand wieder fort.

Carla sah ihn an, suchte seinen Blick, weil sie nicht sehen wollte, wie Engel den Hund noch einmal stumm an sich drückte, bevor er sich vorbeugte und das Bündel in die Grube gleiten ließ.

»Da sind noch Blumen in der Tasche.«

Jasper nickte, er holte den Wagen, trug ihn durch das dornige Gestrüpp. Carla sah, wie Engel einen Bund weißer Nelken aus der Tasche zog. Die Blüten leuchteten in der Dunkelheit.

Hatte sie Maiglöckchen erwartet?

»Hatte sie so gerne …«, murmelte Engel, dann legte er den Strauß in das Grab. Ein kurzer Moment des Innehaltens noch, dann ließ er eine Handvoll Erde auf die Blumen rieseln und gab Jasper ein Zeichen, dass er das Grab schließen durfte. Carla half ihm auf.

»Vielleicht gehen wir mal zusammen ins Tierheim?« Sie wollte ihn trösten, ein hilfloser Versuch.

Engel schüttelte den Kopf.

»Ich bin zu alt. Brigitte war mein letzter Hund, das habe ich mir geschworen.«

»Aber Herr Engel …«

»Was ist, wenn ich sterbe? Wer nimmt denn dann den Hund?« Seine Stimme ganz klar, bestimmt. Er schüttelte nachdrücklich den Kopf. »Nee, nee, das geht nicht mehr.«

Der Alte stand noch einen Moment still vor dem Grab, dann drehte er sich resolut um, dankbar drückte er Carlas Hand.

»So, und nun trinken wir noch was. Leichenschmaus, ich habe Rotwein und Schokolade dabei.«

»Das war das seltsamste Picknick, das ich je erlebt habe. Traurig, aber schön.«

Sie saßen wieder im Auto. Carla unterdrückte ein Gähnen, der Rotwein hatte sie müde gemacht. Sie sah durch die Windschutzscheibe und rieb sich die kalten Hände. Gemeinsam hatten sie Engels Wein auf einer Parkbank am Rande des Rondells ausgetrunken. Der Alte hatte zwischen ihnen gesessen und sie mit Nussschokolade gefüttert, während er seine Pfeife geraucht hatte. Die Schokolade hatte nach altmodischen Gewürzen und Weihnachten geschmeckt.

Zuletzt hatte Carla vor Kälte gezittert. Als sie zum Wagen zurückgingen, hatte Jasper ihr seinen Parka um die Schultern gelegt. Sie war fast darin ertrunken. Es war kurz nach Mitternacht gewesen, als sie vor Engels Wohnung gehalten hatten. Jasper hatte ihn noch die Treppen hinaufbegleitet.

»Ich habe noch einmal über das Bild nachgedacht und über die Ausstellung.« Jasper setzte den Blinker und schwenkte in ihre Straße ein, vor der Villa kam er zum Stehen. Paolo Conte hatte sein Konzert längst beendet, etwas, das wie Lounge-Musik klang, tröpfelte aus den Lautsprechern. Jasper drehte die Lautstärke herunter.

War das etwa ein Ja?

»Und?« Carla löste den Gurt, sie drehte sich zu ihm, betrachtete sein Profil. Jaspers eigenwilliger Kopf, die Lippen kaum geschlossen, als atmete er durch den Mund und nicht durch die Nase. Als wollte er die Luft schmecken.

»Wie willst du das Bild präsentieren? Ich meine …«, er schwieg einen Moment, seine Hände verharrten auf dem Lenkrad. »Wenn der Vater deines Mannes Alma Reed tatsächlich vor den Nazis versteckt hat, dann ist das doch eine unglaubliche Geschichte. Die Presse wird sich überschlagen … Und ich will da nicht mit hineingezogen werden.«

Oh – ein schwieriges Thema. Der Baumdoktor packte das Problem bei der Wurzel.

Carla atmete tief ein, sie versuchte sich zu konzentrieren. Die Freude über Jaspers Entschluss und der Wein wirbelten ihre Gedanken durcheinander. Ein Haufen bunter Luftballons, die in den Himmel stiegen.

»Wir brauchen einen Plan«, stimmte sie ihm zu. »Eine Strategie. Ich würde gern mit einem Redakteur von den *Hamburger Nachrichten* zusammenarbeiten und ihn vorab informieren. Wir kennen uns schon lange, ich vertraue ihm. Gemeinsam könnten wir mit der Geschichte an die Öffentlichkeit gehen.

Wenn du möchtest, kannst du als Besitzer natürlich anonym bleiben. Das Museum wird das *Apfelmädchen* dann als Leihgabe aus Privatbesitz präsentieren.«

Jasper nickte, er drehte sich zu ihr, sah sie an. In der Dunkelheit konnte sie das Grün seiner Augen nicht erkennen. »Und Gustav van Velden, welche Rolle fällt ihm zu? War er ein Held? So etwas wie ein zweiter Oskar Schindler vielleicht?«

»Ich weiß es nicht, Jasper.« Carla dachte, dass der Vergleich hinkte. Schindler hat über tausend jüdische Zwangsarbeiter vor der Ermordung retten können. »Er hat seiner jüdischen Geliebten geholfen«, fügte sie hinzu. »Mutmaßlich.«

Nachdenklich sah sie aus dem Fenster auf die Villa. Hannes hatte das Licht in der Halle brennen lassen. Vielleicht schlief er noch nicht, sondern wartete im Gartenzimmer auf sie?

»Und wenn er sie hier versteckt hat?«

Jasper war ihrem Blick gefolgt, er zeigte auf die Villa.

Carla schwieg, sie sah auf das makellose Haus, die mächtigen Bäume, die es rahmten, und plötzlich wünschte sie sich, dass die alten Mauern sprechen könnten.

»Da ist nichts, Jasper«, schüttelte sie den Kopf. »Ich kenne das Haus, und Willem hat fast sein ganzes Leben hier verbracht. Er hat nie …«

Sie stockte, plötzlich hatte sie wieder Willems Gespenstergeschichten im Ohr. »Hannes, mein Volontär, denkt auch, dass er sie hier versteckt haben könnte«, fuhr sie leise fort.

»O Mann …« Jasper fuhr sich durch die Haare, er sah sie an und wieder zur Seite. »Ich glaube, das ist der Wein. Komm, ich bringe dich noch zur Tür.«

»Jasper Kronau gibt uns das Bild für die Ausstellung.«

Erst im Bett hatte Carla begriffen, dass Jasper tatsächlich eingewilligt hatte, das Gemälde auszustellen. Noch einmal hatte sie ihr Gespräch in Gedanken vorüberziehen lassen. Und dann, Jaspers flüchtiger Kuss, als er sich von ihr verabschiedet hatte – irgendwo zwischen Mundwinkel und Wange. In der Nachtkälte war ihr die Berührung seiner Lippen noch intensiver erschienen, als würde er sie wirklich küssen. Im Traum hatte sie das *Apfelmädchen* durch das Museum springen sehen, das ausgelassene, fröhliche Spiel eines Kindes. Noch vor dem Frühstück hatte sie Elke Schnibben eine Mail geschickt.

Die Generalin hatte sofort geantwortet und ihr gratuliert. Für die Mittagspause hatten sie sich zum Essen verabredet, Elke Schnibben hatte einen Italiener in der Nähe des Hauptbahnhofs vorgeschlagen. Bei Salat und Pasta in tiefen Tellern brachte Carla sie auf den neuesten Stand und skizzierte ihre Pläne.

»Ich habe dem Gätjens von den *Hamburger Nachrichten* schon avisiert, das ich etwas Besonderes für ihn habe. Wir könnten ihn exklusiv vorab informieren und dann zur Ausstellungseröffnung noch zu einer Pressekonferenz einladen.«

Elke Schnibben nickte, sie war einverstanden. Resolut spießte sie Salat auf ihre Gabel. Sie hatte Spaghetti mit einem hausgemachten Bärlauchpesto und Parmesan bestellt, während Carla Penne mit Kirschtomaten und Ziegenfrischkäse gewählt hatte. Dazu ein Flasche Mineralwasser. Die beiden Herren vom Nachbartisch diskutierten noch, was sie essen wollten. Geduldig wartete der Padrone auf ihre Entscheidung, ein sanftes Gesicht, die Hände im Rücken verschränkt. Er verzog keine Miene, und Carla bewunderte seine Langmut.

»Ich möchte dich gern zu einem Symposium nach Wien schicken«, sagte die Generalin plötzlich zwischen zwei Bissen. »Das Museum von morgen, neue Ausstellungskonzepte, interaktive Geschichten, Raum für Innovationen, na, du weißt schon. Alt und neu – wie brechen wir die Strukturen auf, wie bekommen wir mehr Besucher ins Museum? Da sind einige interessante Leute dabei, ich habe die Einladung vor zwei Wochen bekommen.«

»Aber …«, Carla legte ihre Gabel zur Seite. »Meine Auszeit, Elke.«

»Eine Woche im November, Carla.« Die Generalin sah sie an, ein strenger Blick, der mehr befahl, als dass er sie ermutigte. »Das Museum bekommt Geld, Carla. Viel Geld, im nächsten Jahr. Eine riesige Spende, gutes altes Hamburger Mäzenatentum. Ich weiß es erst seit letzter Woche sicher. Die Stifter wollen, dass wir die Sammlung neu präsentieren. Nach der Herbstausstellung könnten wir endlich renovieren, den Eingangsbereich umbauen, den Ausstellungssaal erweitern, die Technik erneuern. Vielleicht schließt das Haus sogar für ein Jahr. Die Architekten planen bereits, was machbar ist.«

»Elke …« Carla wusste nicht, was sie sagen sollte. »Ich freue mich so für dich, für das Haus.«

»Ich werde in zwei Jahren fünfundsechzig, Carla. Das weißt du. Ich würde dich der Behörde eigentlich gern als meine Nachfolgerin vorschlagen.«

Oh.

Carla griff nach ihrem Wasserglas. »Das kommt jetzt … also damit habe ich nicht gerechnet.« Ihre Gedanken galoppierten in unterschiedliche Richtungen.

»Carla …« Die Generalin trank ebenfalls einen Schluck Wasser, auch sie hatte die Gabel zur Seite gelegt. Im Hintergrund öffnete der Padrone mit einem sanften Plopp-Geräusch eine Flasche Wein. Die Herren hatten einen Chianti gewählt. »Das Haus muss die Türen in eine neue Zeit aufstoßen. Und du hast bewiesen, dass du anders denken kannst. München wollte dich haben, und ich bin froh, dass du geblieben bist. Natürlich wird die Stelle ausgeschrieben, aber ich kann mir kaum vorstellen, dass es nicht auf dich hinauslaufen sollte. Deine Referenzen, dein Name … Und mit der Herbstausstellung wirst du in allen Feuilletons präsent sein. Du hast es dir verdient, Carla.«

»Elke …« Carla räusperte sich, ihr Mund war trocken, sie hatte einen metallischen Geschmack auf der Zunge. Sehnsuchtsvoll sah sie die Flasche Wein auf dem Nachbartisch an. »Das *Apfelmädchen* war ein Glücksfall, das ist nicht mein Verdienst.«

»Natürlich ist es dein Verdienst. Du hast es für die Ausstellung gewinnen können. Und seine Geschichte ist das Sahnehäubchen, genieße es!«

»Ich brauche die Auszeit, für Willem und für mich.«

»Die will ich dir auch nicht nehmen.« Die Generalin fuhr fort zu essen, ein öliger Glanz lag auf ihren Lippen. »Nimm dir die Zeit, die du brauchst. Wir finden eine Lösung, du könntest eine Zeitlang von zu Hause arbeiten. Und wenn das Haus für die Umbauarbeiten schließt, gewinnen wir Zeit. Ich bin ja auch noch eine Weile da, und ich bin auch nicht aus der Welt, wenn du mich brauchst. Zum Golfspielen bin ich jedenfalls gänzlich unbegabt.«

Wir finden eine Lösung.

Carla sah auf ihre Pasta, ihr Teller war noch halb voll, aber sie konnte nichts mehr essen. Irgendetwas saß in ihrem Hals fest. Sie nahm ihr Glas und stürzte das Wasser hinunter. Elke Schnibbens Enthusiasmus verschlug ihr die Sprache. Traute sie ihr tatsächlich die Leitung des Museums zu? Und was war mit Willem? Sie hatte vorgehabt, weniger zu arbeiten und nicht mehr. Sie wollte Abschied nehmen, ganz in Ruhe. Eine Antwort finden auf die Frage, die sie bedrängte.

War es Zeit zu gehen?

»Ich war Mitte vierzig, als ich das Haus übernommen habe.« Die Generalin drehte sich kurz um und gab dem Kellner ein Zeichen. »Ich war die erste Museumsdirektorin in Deutschland. Kein Partner, keine Kinder, da hat man's mir wohl zugetraut.« Sie lächelte spöttisch, es war bekannt, dass sie mit einer Juristin zusammenlebte. »Du wirst es schaffen, Carla. Wenn du es wirklich willst, dann hindert dich Willem nicht daran. Im Gegenteil, er würde sicherlich wollen, dass du zusagst. Ich bin mir sicher. Du musst dich nur trauen.«

»Si, Signora?« Der Padrone hatte auf den kleinen Wink reagiert. Resolut bestellte die Generalin zwei Espressi bei ihm und ließ abtragen.

»Also, was sagst du?«

»Ich muss darüber nachdenken, Elke.« Plötzlich fühlte Carla sich erschöpft, ein unangenehmer Schmerz pochte hinter ihren Schläfen. War das Engels Wein oder die Angst davor, sich entscheiden zu müssen?

»Ich brauche deine Zusage bis Ende August.«

Der Padrone kam mit dem Kaffee. Die bordeauxrote Schürze und die gestreiften Hosen verliehen ihm etwas Folkloristisches. Willem hätte sich darüber amüsiert. Carla sah, dass die Generalin sie beobachtete, als versuchte sie, ihre Gedanken zu lesen. Sie nahm die winzige Tasse und trank einen Schluck. Der Espresso war so heiß, dass sie sich die Zunge verbrannte.

Die Herren am Nebentisch erhoben ihr Glas, als tranken sie auf ein gutes Geschäft. Ein Paar kam herein und wählte den Tisch in der Ecke. Gemeinsam beugten sie sich über die Karte. Carla rieb sich die Schläfen. Sie wünschte sich, mit Willem reden zu können. Über das, was war, und das, was vor ihnen lag.

SECHZEHN

Die Gänse brüteten, die freundlichen Temperaturen hatten das Grün in den Hecken und Gärten geradezu explodieren lassen. Flirrendes Blattwerk, das in den Zweigen tanzte. Auch die Weide am Fleet hatte endlich Blätter bekommen. Carla freute sich so sehr, dass sie Jasper ein Bild von den schimmernden Trieben per Mail schickte.

»Ich wollte ja noch einmal vorbeikommen, um den Patienten zu versorgen«, hatte Jasper am Abend geantwortet. Die Buchstaben zwinkerten ihr zu. »Passt es dir am Wochenende?«

»Sonntag?«, hatte sie zurückgemailt, denn Hannes wollte am Samstag in sein WG-Zimmer umziehen, und sie hatte ihm ein paar der alten Möbel vom Dachboden versprochen. Hannes war noch einmal oben gewesen, er hatte sich für eine Kommode und einen Sessel aus den Dreißigern entschieden, die er mit einem Freund aufarbeiten wollte. Außerdem hatte er sie überredet, das Biedermeiersofa restaurieren zu lassen. Ja, hatte sie gedacht, es den Spatzen zu überlassen wäre zu schade. Am Samstag wollte er mit dem Freund kommen, um die Möbel vom Boden zu holen.

»Sonntagnachmittag, mit Katinka!« Jaspers Mail kam so schnell, als ob er auf ihre Antwort gewartet hätte. Carla schickte ein »Perfekt!!!« zurück. Drei muntere Ausrufezeichen … Sie starrte auf das Display ihres Handys, vielleicht meldete er sich noch einmal? Ihre Gedanken wanderten zu ihm. Sie sah ihn in seiner Wohnküche, die Katze strich um seine Beine. Oder war er noch unterwegs? Doch das Telefon blieb stumm. Schließlich legte Carla es zur Seite. Sie überlegte, Frau Woldsen um einen Apfelkuchen fürs Wochenende zu bitten. »Agnes' Apfeltraum«, so hatte Willem ihre Spezialität, ein komplexes Schichtwerk aus Äpfeln, Rosinen, Mascarponequark und luftigem Teig, einst getauft. Auch er würde sich darüber freuen.

Das Wochenende begann mit Hannes' Umzug. Wo waren die Tage nur geblieben? Hannes war ein angenehmer Gast gewesen, höflich, zurückhaltend, kaum präsent. Nachdem Carla ihn mit einem eigenen Schlüssel ausgestattet hatte, waren sie sich in der Villa nur selten begegnet. Meistens hatte Hannes das Haus am Morgen vor ihr verlassen, und wenn er am späten Abend zurückgekehrt war, hatte sie ihn lediglich auf der Treppe oder im Bad gehört.

»Du musst dich nicht vor mir verstecken«, hatte sie gescherzt, denn nach ihrem gemeinsamen Abend hatte sie tatsächlich das Gefühl gehabt, dass er ihr aus dem Weg ging.

Nach einem kurzen Zögern hatte Hannes gelacht. »Wir sehen uns doch den ganzen Tag im Büro«, hatte er ihr geantwortet und gezwinkert. »Wir haben mehr voneinander als so manches Liebespaar.«

»Was machst du denn abends?« Plötzlich war sie neugierig gewesen.

»Arbeiten ...«

»Aber?« Carla hatte nicht verstanden. Hannes verließ das Museum abends meist gemeinsam mit ihr.

»Bike 24 hours.« Er hatte gegrinst und einen Flyer aus seinem Rucksack hervorgekramt. »Fahrrad-Notdienst, rund um die Uhr. Vom Volontärgehalt kann ja kein Mensch leben.« Dann hatte er ihr versichert, dass er sich in der Villa sehr wohl gefühlt hatte.

Am Samstagmorgen tauchte Hannes' Freund mit einem

Van auf. Der Student – Carla nahm an, dass er noch studierte, denn er hatte das entspannte Benehmen eines Studenten an sich und behielt die Kopfhörer seines MP3-Players im Ohr – stellte sich ihr als Alexander vor. Interessiert verfolgte Willem, wie sie zu dritt die Treppen hinaufstiegen. Carla hatte ihm erzählt, dass sie ein paar Möbel vom Dachboden holen wollten. Er kam ihnen nach, das Fernglas um den Hals, als wollte er ihnen nachspionieren. Im ersten Stock bog er jedoch summend in sein Zimmer ab.

»Wahnsinn …«, schnaufte Alexander, als Carla die Tür zum Dachboden öffnete. Morgenlicht fiel durch die wenigen, schmutzigen Fenster, Staubpartikel wirbelten auf und ließen die Pracht noch gestriger erscheinen.

»Vielleicht sollte man das alles einmal genauer anschauen lassen.« Carla wies mit einer unbestimmten Geste auf die Möbel. Sie klemmte einen Keil unter die Tür, während Hannes seinem Freund das Biedermeiersofa zeigte. Als sie es kurz anhoben, um sein Gewicht zu prüfen, flatterte etwas auf und flog laut schimpfend davon.

»Schafft ihr das?« Carla hatte bereits mit einem Möbelrestaurator telefoniert, den Leonie Klimt ihr empfohlen hatte. Seine Werkstatt lag auf dem Weg, so dass Hannes und Alexander das Sofa bei ihm abliefern wollten.

»Ich denke schon.« Alexanders Blick wanderte noch einmal durch den Raum, er schüttelte den Kopf. »Jede Menge Erinnerungen, was?«

»Ja.« Carla folgte seinem Blick. Jede Menge Erinnerungen – aber es waren nicht ihre Erinnerungen, die an den Möbelstücken hingen. Es waren Willems Erinnerungen, die Erinnerungen an seine Eltern, seine Vorfahren, dachte Carla. Einige Stücke waren hübsch, vielleicht sogar wertvoll und außergewöhnlich, wenn man sich die Mühe machte und sie aufarbeiten ließ. Die staubigen Möbel hatten etwas Aufforderndes an sich, wie ein vernachlässigtes Auto, auf dessen schmutzige Windschutzscheibe jemand »Wasch mich!« gekritzelt hatte. Aber für Carla besaßen sie keinen sentimentalen Wert. Sie hatte nicht mit ihnen gelebt, und Willem hatte ihr nichts über die Möbelstücke erzählt. Als hätte er schon immer alles Vergangene vergessen und den Blick nur nach vorne richten wollen.

»Und das da?« Alexander zeigte auf Gustav van Veldens Mahagonibett, ein schönes Stück mit markantem Kopf- und Fußteil und geschwungenen Seitenwangen. Das Kopfstück war mit einer Schnitzerei verziert, die Pfosten erinnerten an antike Säulen und endeten in Messingfüßen. Massive Klauen, die sich in den Boden krallten. Er ging darauf zu.

Das Bett stand vor der rückwärtigen Giebelwand, der Lattenrost lehnte an der Mauer. Im diffusen Licht schimmerten die Messingfüße wie Gold. Hannes folgte Alexander, er betastete das Holz.

»Ist das wirklich Mahagoni?«

Carla zuckte mit den Achseln, sie hatte sich das Bett noch nie genauer angeschaut. Neugierig bahnte sie sich einen Weg durch die Möbelstücke, bis sie neben Hannes stand. Von nahem betrachtet, wirkte das Holz heller und weniger imperialistisch. Es hatte einen sanften, fast brüchigen Glanz wie altes Silber.

»Vielleicht ein anderes Tropenholz?« Sie strich mit den Fingern über die Schnitzerei am Kopfteil. Ein Greifvogel oder ein anderes geflügeltes Wesen, sehr aufwendig gearbeitet.

»Das wäre etwas für die Sprechstunde im Museum.« Hannes grinste. »Dachbodenfund. Leonie würde sich freuen.«

Carla lachte. »Wir müssten einen Spezialisten hinzuziehen. Mit Möbeln kennen wir uns beide nicht besonders gut aus.«

Sie strich noch einmal über das Bett, konnte die Finger nicht davon lassen. Warmes, glattes Holz, das seltsam lebendig wirkte – wie ein schlafendes Tier. Die Berührung löste etwas in ihr aus. Sie stellte sich vor, in dem Bett zu liegen. Eine luxuriöse Matratze, seidig glänzende Bettwäsche, die verspielten Schnitzereien. Eine Zeitreise … Im nächsten Moment blitzte Alma Reeds Gesicht vor ihrem inneren Auge auf. Sie sah den langen Zopf, der ihr prächtiges Haar bändigte. Dann das gelöste Haar, die dunkle, seidige Flut auf einem weichen Kissen. Und plötzlich die Gewissheit: Das hier war kein Ehebett. Das war ein Bett, in dem sich Gustav van Velden seinen Träumen hingegeben hatte.

Erschrocken trat sie einen Schritt zurück.

»Carla?« Hannes hatte bemerkt, dass sie zusammengezuckt war. Er sah sie prüfend an. »Alles in Ordnung?«

»Ja, ja …« Sie winkte ab, eine fahrige Bewegung, und drehte sich um. »Lasst uns die Sachen nach unten tragen, ich will Willem nicht so lange allein lassen.«

Am Sonntag klingelte Katinka an der Tür, während Jasper bereits jede Menge Gerätschaften durch den Vorgarten trug. Der Geländewagen parkte vor der Villa.

»Tinka, Tinka, Tinka …« Carla hatte Willem die Tür öffnen lassen, glücklich stürzte er auf Jaspers Tochter zu und zog sie ins Haus. Carla dachte, dass er noch immer über so etwas wie Erinnerung verfügte. Für alles, was ihm am Herzen lag.

Sie lächelte und versuchte Jaspers Blick einzufangen. Am Morgen hatte sie sich für Jeans und eine fließende Bluse entschieden. Dazu eine silberne Kette mit einem Anhänger aus Jade, den Willem ihr von einer Reise aus Kairo mitgebracht hatte. Isis, die Göttin der Liebe und der Ewigkeit.

»Mmh …« Jasper kam zu ihnen. Er beugte sich über Carla und streifte ihre Wange, dann schnupperte er. »Hast du gebacken?«

»Nein, das hat Frau Woldsen übernommen.« Carla begrüßte Katinka. Das Mädchen trug ein bunt bedrucktes Kleid aus Sweatshirtstoff, graue Overknees und schwarze, knöchelhohe Stiefel. Sie sah viel älter aus als beim letzten Mal. »Ich habe den Kuchen nur noch einmal kurz in den Ofen gestellt, warm schmeckt er am besten. Kommt ihr?«

Carla hatte im Gartenzimmer gedeckt, doch Jasper wollte sich erst um die Weide kümmern. Sie zog sich eine Strickjacke über und folgte ihm in den Garten, während Willem mit Katinka durchs Haus streifte.

»Was machen die Gänse?«

Es dauerte eine Weile, bis Jasper die Kletterseile am Baum befestigt hatte. Er trug Jeans und Arbeitsschuhe, eine Lederjacke und einen Bauchgurt mit Werkzeugen, den er nun mit den Seilen verband. Carla vermisste seinen Parka.

»Erinnerst du dich?« Carla zeigte auf das Nest, auf dem sich das brütende Weibchen klein machte. Sie war kaum zu sehen, während der Ganter etwas abseits wachsam Position bezogen hatte, um das Gelege im Notfall zu verteidigen. »Es sind fünf Eier geworden.«

»Ich beeile mich, damit wir sie nicht allzu lange stören.«

Geschickt zog Jasper sich an den Seilen in den Baum hinauf, bis er eine Höhe erreicht hatte, die Carla schwindeln ließ. Als er sich durch das schwankende Astwerk arbeitete, schien er für einen Moment schwerelos. Trotzdem ächzte der Baum wie ein alter Mann. Carla hielt den Atem an, sie hörte Klopfgeräusche. Metall auf Holz. Nach einer Weile kam Jasper wieder herunter.

»Dort oben ist eine verlassene Spechthöhle im Stamm, vielleicht zwei, drei Jahre alt, etwa dreißig Zentimeter tief. Wahrscheinlich sind die Pilze dort eingedrungen.«

Jasper griff nach einem Gerät, das aussah wie eine Heißklebepistole, und kletterte wieder nach oben.

»Was machst du?« Carla sah ihm nach. Als Kind war sie auf

dem Hof ihres Großvaters in alten, astverzweigten Bäumen geklettert, die Nachbarsjungen hatten ihr unter den Rock geschaut. Jetzt war sie nicht mehr sicher, ob sie überhaupt noch schwindelfrei war. Wann hatte sie zuletzt auf einer Schaukel gesessen und den Wolken zugelacht?

»Spechtabwehr ...« Jaspers Stimme verlor sich irgendwo in der Krone, er schien zu lachen. »Baumwachs ...«

Carla lehnte sich gegen den Stamm, der Ganter beobachtete sie, er legte den Kopf leicht schief, schien jedoch nicht übermäßig besorgt zu sein. »Ong, ong«, beruhigte er seine Partnerin.

»Willst du nicht auch?« Plötzlich hockte Jasper über ihrem Kopf, sein Atem in ihrem Haar. Er streckte seine Hand nach ihr aus, als ob er sie zu sich ziehen wollte.

»Nein, nein ...« Carla lachte, sie wehrte ihn ab. Der Anhänger ihrer Kette hüpfte auf ihrer Brust auf und ab.

»Aber es ist herrlich hier oben, du schwebst über dem Wasser.« Er versuchte, sie zu greifen, und immer noch lachend, gab sie ihm einen Stoß.

»Ah ...« Theatralisch warf er die Arme nach hinten, dann ließ er sich fallen. Ein artistischer Abgang: Rolle rückwärts vom Baum. Als er vor ihr stand, lachte er noch immer. Die Augen – jadegrün? Ein Blick, der fast zärtlich war. Die Weidenzweige schienen miteinander zu tuscheln. Dann: tosende Stille.

Wenn ich nicht mehr ich selbst bin, musst du gehen.

»Jasper ...« Carla trat einen Schritt zurück, sie hielt die Spannung zwischen ihnen nicht aus. »Kennst du dich eigentlich auch mit Tropenhölzern aus?«

»Tropenholz?« Er stutzte einen Moment, bevor er sich bückte und seine Gerätschaften einsammelte. »Altes Holz?«

Carla nickte, sie wies auf die Villa. »Komm, ich will dir etwas zeigen.«

Im Haus war es still. Carla holte den Kuchen aus dem Ofen und rief nach Willem und Katinka.

»Wir sind oben.« Katinkas Kopf erschien kurz über dem Treppengeländer. »Willem zeigt mir seine Bücher.«

»In zehn Minuten trinken wir Kaffee.«

»Jaaaa …« Katinka war schon wieder fort.

»Ich muss sie nachher noch zum Zug bringen.« Jasper kam herein, er hatte sein Werkzeug bereits im Auto verstaut.

»Nach oben?« Er zeigte auf die Treppe.

Carla nickte. »Ganz nach oben.«

Er ließ sie vorgehen. Sie bemerkte, dass er ab und zu stehen blieb, um eines der Bilder zu betrachten. »Die Sammlung deines Mannes?«

Carla schüttelte den Kopf. »Willems Vater. Wie ich schon sagte, er war ein einflussreicher Sammler. Den größten Teil hat Willem den Hamburger Museen gestiftet.«

»Kein Wunder, dass er das geworden ist, was er ist. Was er war …«

Willem? Gustav? Was wollte Jasper sagen?

»Und du?« Carla blieb stehen, sie drehte sich zu ihm um. Jasper stand zwei Stufen unter ihr, trockene Blätter und kleine Zweige hatten sich in seinem Haar verfangen, er sah aus wie ein Faun. Puck, der Waldgeist. Shakespeares Verse fielen ihr ein: »I am the merry wanderer of the night.«

»Oh.« Er holte tief Luft, die Hände verschwanden in den Hosentaschen. »K & K – schon mal gehört?«

»Die Spedition?«

»Kronau und Kramer.« Jasper nickte. »Worldwide, sozusagen. Der alte Kronau ist mein Vater, immer noch unterwegs, immer noch unter Dampf.«

»Das ist ein Riesenunternehmen.« Carla schüttelte den Kopf. Fast jeder zweite Container, der im Hamburger Hafen abgefertigt wurde, lief über K & K. »Kein Interesse?«

»Pfff …« Sie hörte, wie er Luft ausstieß. »Ich war schon immer gern in den Bäumen, nah am Himmel. Ich hab eine andere Sicht auf die Dinge, eine andere Perspektive. Absolut unvereinbar mit einem Vollblutunternehmer und Zahlenmenschen. Das schwarze Schaf, wenn du so willst. Aber Katinka – mein Vater liebt sie. Sie hat ihn genauso um den Finger gewickelt, wie sie Willem verzaubert hat. Nach der Schule will sie unbedingt für ein Jahr nach China und in der Shanghai-Dependance von K & K arbeiten. Sie lernt schon Chinesisch, eine AG in der Schule. Katinka muss nur noch ihre Mutter überzeugen …« Er lachte, ein ungläubiges Lachen.

»Sie hat ja noch ein bisschen Zeit.« Carla stieß die Tür zum Boden auf, sie konnte sich kaum vorstellen, dass Jasper seine Tochter freiwillig ziehen ließ. »Da sind wir …«

Sie trat zur Seite und ließ Jasper vorbei. Das Licht war nun ein anderes, diffuser als am Morgen zuvor. Die alten Möbel wirkten wie Requisiten aus einem anderen Leben.

Jasper schaute sich um, sein Blick schien den Raum zu vermessen. Er tat ein paar Schritte und drehte sich einmal um sich selbst, als hätte er etwas anderes erwartet.

»Dahinten, das Bett …« Carla zeigte auf das Möbel. »Ich dachte immer, es sei aus Mahagoni. Kannst du mir vielleicht sagen, was das für Holz ist?«

»Das ist Zeder, Himalaya-Zeder. Cedrus deodara.« Sie hatten sich durch das Durcheinander gearbeitet und standen vor dem Bett. Jasper rieb mit den Fingerspitzen über das Holz, noch mehr Spuren im Staub. »Ostafghanistan, Pakistan, Indien«, zählte er auf. »Unter optimalen Bedingungen kann der Baum fast vierzig Meter hoch werden. Ein Riese. Das Holz wurde früher für den Schiffbau verwendet. Aber ein Bett?«, er schüttelte den Kopf. »Ein Liebhaberstück.«

Ein Liebhaberstück. Jaspers Worte echoten durch den Raum.

»Das ist Gustav van Veldens Bett, er soll darin gestorben sein.« Carla schwieg einen Moment. »Als ich gestern Morgen davorstand …« Sie stockte und überlegte, wie sie fortfahren sollte. Wie sollte sie ihm das erklären, was nur ein Gefühl gewesen war? »Ich habe Alma Reed darin liegen sehen, Jasper. Ich weiß nicht, wie ich es ausdrücken soll. Plötzlich war ich sicher, dass dieses Bett hier kein Ehebett war.«

Jasper nickte ruhig, als wunderte er sich nicht. Seine Finger fuhren fort, über das Holz zu wandern. Er strich über die Schnitzerei am Kopfende. »Schönes Stück«, murmelte er. »Riech mal daran …«

»Ja?« Sie beugte den Kopf und versuchte einen Hauch des längst verwehten Zederndufts einzufangen.

»Sag mal …« Seine Finger spazierten immer noch über das Holz, als könnte er sich nicht davon trennen. »Ist hier oben mal etwas verändert worden?«

»Nein, nicht dass ich wüsste.« Carla richtete sich wieder auf, sie sah ihn an. »Warum fragst du?«

»Diese Wand hier …« Er klopfte gegen den grauen Ziegel hinter dem Bett. »Die ist nachträglich eingezogen worden, ganz bestimmt. Der Raum müsste viel größer sein, der Boden geht ja über die gesamte Grundfläche des Hauses. Überleg doch mal.«

»Meinst du?« Carla blickte sich um, dann drehte sie sich einmal um sich selbst, so wie Jasper es vorhin getan hatte. Wie ein vergilbtes Panoramabild zogen die alten Möbelstücke, Kisten und Truhen an ihr vorbei. Gelebtes Leben, der weite Horizont der Geschichte. »Tatsächlich …«

»Außerdem fehlt das Fenster.« Jasper zeigte auf das halbkreisförmige Fenster in der Giebelwand hinter ihnen. »Hier müsste auch eines sein, jedenfalls sieht man es von außen.«

Carla blickte die Wand hinauf. Ganz oben gab es eine Öffnung in der Mauer, aber kein Fensterglas darin.

»Du meinst …?«

Ein Schauer fuhr ihr über den Rücken. Plötzlich hörte sie Musik, einen ätherischen Klang. Nasse Fingerspitzen und Töne, die durch das Reiben von Glasscheiben entstanden. Sie schnappte nach Luft, wie ein Zierfisch in einem viel zu engen Goldfischglas.

Im nächsten Moment wurde ihr heiß. Unerträglich heiß. Sie hatte das Gefühl, am Rand eines Abgrunds zu stehen. Jede Sekunde würde sie hinabstürzen. Halt suchend tastete sie nach Jaspers Hand.

»Carla?«

Sie spürte seine Hand, aber sie sah ihn nicht mehr. Alles verschwamm, wo war oben, wo war unten?

»Carla?«

Sie wollte ihm antworten und drückte seine Hand, doch er schien sie nicht zu spüren. Das Blut rauschte in ihren Ohren, ihr Magen revoltierte, alles drehte sich.

»Carla?«

Da waren seine Hände, überall. Umarmte er sie etwa? Sie wollte ihn abwehren, und gleichzeitig wünschte sie, dass dieser Traum – es war doch ein Traum? – nicht aufhören sollte.

»Carla – wird es besser?«

Sie schien nun zu liegen, etwas Hartes schmerzte in ihrem Rücken. Und was war mit ihren Füßen passiert?

»Jasper?«

»Bleib liegen, du bist mir weggesackt.«

Oh.

Sie lag auf dem Boden, Jasper hatte ihre Beine hochgelegt. Sie fühlte sich wie ein umgestürzter Baum.

Er hockte neben ihr, sie drehte den Kopf zur Seite und sah ihn an. Wo waren seine Augen?

»Tut mir leid.«

Jasper schüttelte den Kopf, seine Hand beschrieb eine beschwichtigende Geste. Der Baumdoktor.

»Alles gut. Zu wenig gegessen heute Morgen?«

»Nein, nein …« Carla versuchte, den Kopf zu schütteln. Sie dachte an das Frühstück mit Willem zurück. Sie waren spät aufgestanden, gemeinsam hatten sie sich in der Küche an Rühreiern versucht. Bio-Eier, ohne Speck. Sie hatte Willem die Eier aufschlagen lassen. Der Schneebesen hatte ihn fasziniert, so wie ihn früher eine abstrakte Skulptur fesseln konnte.

»Ich glaube, es geht wieder.«

Er half ihr hoch, für einen Moment setzte sie sich auf einen der alten Sessel. Staubflocken wirbelten auf und kitzelten ihr in der Nase. Sie versuchte, den Reiz zu unterdrücken, und musste doch niesen. Noch mehr Staub. Die Mauer schien sie anzustarren.

»Meinst du, du kommst die Treppen runter?« Jasper sah sie zweifelnd an.

»Die Treppen?«

Ihr war immer noch flau. Ihre Gedanken waren woanders. Was verbarg sich dort, hinter dieser Mauer?

»Jasper?« Sie räusperte sich.

Er sah sie immer noch an, schien ihre Frage zu erahnen. »Man könnte …« Er sah auf seine Hände.

»Ja?« Wollte sie wirklich hören, was er ihr vorschlagen würde?

»Man könnte, also ich könnte ein paar Steine herausklopfen. Das ist ja keine tragende Mauer. Vielleicht können wir etwas sehen?«

Sie blickte gegen die Wand, dann auf das Bett. Wieder sah sie Alma Reed in den Kissen liegen. Atemlos.

»Wann?«

Er zuckte die Achseln. »Ich bräuchte einen Vorschlaghammer. Nächste Woche? Wann du willst.«

»Ich will nicht, dass Willem etwas davon mitbekommt. Vielleicht kann Frau Woldsen mit ihm spazieren gehen?« Sie dachte nach, plante, suchte nach dem perfekten Tag. »Freitag vielleicht? Freitagvormittag. Dann könnte sie mit Willem auf den Markt gehen.«

»Freitag.« Jasper nickte. »Alles klar.«

Noch fünf Tage. Carla holte tief Luft, was hoffte sie zu finden?

»Hör mal, Carla. Du musst das nicht tun. Nicht für mich …« Jasper schwieg, er spürte ihre Zerrissenheit. Er ließ sich auf die Sessellehne sinken und sah sie ruhig an. »Gustav van Velden, Alma Reed – das ist jetzt fast siebzig Jahre her. Ich muss nicht wissen, was in diesem Haus geschehen ist. Das *Apfelmädchen* ist etwas Besonderes für mich, und das wird es bleiben. Mit oder ohne Geschichte.«

»Nein.« Carla strich sich eine Strähne hinters Ohr. Für einen Moment wünschte sie sich, er würde sie berühren. Erschöpft lehnte sie den Kopf an seine Schulter. »Ich tue das nicht für dich, Jasper. Ich tue das für mich. Und für Willem.«

Die Tage tröpfelten dahin. Die Arbeit am Katalog, Texte und Bildauswahl, der Versuch, nicht über Freitag nachzudenken. Und Hannes, der ihr von seiner neuen WG erzählte. Seine beiden Mitbewohner studierten Jura und hatten ihn zum Einstand auf eine Kneipentour geschleppt. »Einmal Kiez und zurück«, grinste Hannes schief, er war noch immer angeschlagen. Schatten unter den Augen, seine Hände spielten mit Aspirin und Mineralwasser. Auch am Dienstag quälte ihn noch ein unbändiger Durst. Die Wasserflaschen sammelten sich in einer Tasche unter seinem Schreibtisch. Doch das Wochenende hatte ihm gutgetan, dachte Carla. Er kam ihr weniger nachdenklich vor, lebendiger, fast beschwingt, als hätte er sich von seinem Berliner Schatten gelöst.

Am Donnerstag lud Elke Schnibben per Rundmail zu einem Treffen in ihr Büro. Carla ahnte, was die Generalin verkünden wollte. Als sie in der Runde saß, fühlte sie sich unbehaglich, wie ein Kind, das die Weihnachtsgeschenke unter dem Bett der Eltern entdeckt hatte. Verstohlen beobachtete sie Hafen-Heinrich. Heinrich Jessen war nach Elke Schnibben der Dienstälteste in der Runde, sie wusste, dass er sich Hoffnungen auf ihre Nachfolge machte. Und bislang waren alle davon ausgegangen, dass er die Generalin beerben würde.

»… bekommt das Museum zwölf Millionen Euro.« Die Stimme der Schnibben riss sie aus ihren Gedanken. Ein Raunen ging durch die Runde, sie sah, wie Heinrich Jessen und Jörg Frentzen Blicke tauschten. Frentzen schien seinem Kollegen zu gratulieren, jedenfalls nickte er ihm beifällig zu.

»Die Stifter haben mich um absolute Diskretion gebeten. Sie wollen erst in Erscheinung treten, wenn die Bauarbeiten tatsächlich beginnen. Zum Spatenstich sozusagen …« Elke Schnibben blickte auf, ihr strenger Blick über den Rand der Lesebrille.

»Wer ist es denn?« Leonie Klimt, ihre Wangen leuchteten rot und glücklich, auch ihre Werkstatt würde eine neue Ausstattung bekommen.

»Das kann ich nicht sagen«, antwortete Elke Schnibben mit einem kleinen Lächeln in der Stimme, als amüsierte sie sich über den Eifer der Kollegin. »Noch nicht. Nur so viel vorab: ein Hamburger Unternehmerehepaar, sehr rührig, sehr hanseatisch, mehr als vermögend. Der neue Ausstellungssaal wird ihren Namen tragen.«

»Ah …« Die Runde nickte wissend, auch Carla konnte sich vorstellen, wer sich hinter dem noch anonymen Geldsegen verbarg. Ein Name machte flüsternd die Runde, bis die Generalin die Spekulationen mit einem Räuspern unterbrach.

»Ich habe noch etwas anzukündigen …« Elke Schnibben

wartete einen Moment, bis das Geraune verstummt war. »Carla bekommt das *Apfelmädchen* für die Herbstausstellung. Sie hat es geschafft, seinen Besitzer zu überzeugen. Ich möchte ihr dazu gratulieren, noch nie hat ein deutsches Museum nach dem Krieg ein Gemälde von Alma Reed ausstellen können. Ein bislang unbekanntes dazu. Und seine besondere Geschichte …«

So etwas wie Applaus brandete auf, die Runde klopfte anerkennend auf den Tisch. Elke Schnibben schwieg einen Moment, bevor sie fortfuhr: »Seine besondere Geschichte steht nicht nur diesem Haus, sie steht auch dieser Stadt gut zu Gesicht. Ich möchte hier nicht von Wiedergutmachung sprechen, aber es ist doch eine späte Genugtuung, dass Alma Reed endlich die Aufmerksamkeit bekommt, die ihr immer zugestanden hätte. Das haben wir auch Carla zu verdanken.«

Die Runde nickte. Carla senkte die Augen, die Blicke der Kollegen brannten auf ihrem Gesicht. Sie fühlte sich elend, denn das Lob der Generalin traf sie mitten in das Herz ihres Zweifels. Sie dachte an Jasper und daran, was sie morgen in Angriff nehmen wollten. Ihr Magen zog sich zusammen. Sie hörte nicht, was weiter gesprochen wurde. Erst als Stühle gerückt wurden, blickte sie wieder auf.

»Ich möchte euch in diesem Zusammenhang noch einmal daran erinnern, dass der Besitzer nicht genannt werden will«, schloss die Generalin die Sitzung. »Sein Name wird diese Runde nicht verlassen.«

»Geht's dir gut?« Hannes sah sie forschend an, sie waren zurück in ihrem Büro. Er hatte lange zu Alma Reed geschwiegen und Carlas Gefühle respektiert. Jetzt sah er, dass es in ihr arbeitete. »Du fühlst dich nicht besonders wohl in deiner Haut, stimmt's?«

Carla nickte, das Lob der Generalin hatte sie aufgewühlt.

Sie fühlte sich zu Unrecht herausgestellt. Wieder dachte sie, dass der Fund des *Apfelmädchens* nicht mehr als ein glücklicher Zufall gewesen war. Und alles Weitere …? Wie sollte sie Elke Schnibben und den Kollegen gegenübertreten, wenn sie morgen etwas auf dem Dachboden fanden? Wie sollte sie ihnen erklären, dass sie Willems Geheimnis zu ihrem gemacht hatte?

»Erinnerst du dich an die Wand, vor der Gustav van Veldens Bett steht?«, brach es plötzlich aus ihr heraus. »Ich war mit Jasper Kronau noch einmal oben, weil ich wissen wollte, aus welchem Holz … Na, ist ja auch egal. Jedenfalls meint er, dass die Wand nachträglich eingezogen worden ist.«

»Das Gespenst?« Hannes wusste sofort, worauf sie hinauswollte. Eine steile Falte erschien zwischen seinen Augenbrauen.

»Jasper Kronau kommt morgen zu mir. Wenn Willem mit Frau Woldsen unterwegs ist, wollen wir nachschauen, was sich …« Carla brach ab, sie wollte den Satz nicht beenden, den Gedanken nicht zu Ende denken.

»O Mann.« Hannes stieß sich mit den Füßen vom Boden ab und rollte mit seinem Stuhl zurück, bis er gegen die Wand stieß. Er ärgerte sich. »Das hätte ich auch sehen müssen.«

»Dann denkst du also auch …?«

»Irgendetwas wird sich hinter der Mauer verbergen, Carla. Einen leeren Raum trennt man nicht ab, oder?«

»Vielleicht ist es doch nur eine statische Notwendigkeit?« Carla hörte die Hoffnung in ihrer Stimme vibrieren. Ein leises Zittern, das ihre Ängste verriet. In den vergangenen Nächten hatte sie nur schwer einschlafen können und stundenlang gegen die dunkle Zimmerdecke gestarrt. Der Schlaf war erst gekommen, wenn sie sich einen absolut leeren Raum hinter der Wand vorgestellt hatte. Mehr als einmal hatte sie Jasper anrufen und ihm absagen wollen.

»Wovor hast du eigentlich so viel Angst?« Hannes, die Stirn immer noch gerunzelt, die Arme vor der Brust verschränkt.

»Ich …« Carla brach ab. Sie dachte, dass sie sich diese Frage selbst hätte stellen sollen. Hannes sah sie an, er wartete auf ihre Antwort. »Vielleicht will ich gar nicht wissen, was in diesem Haus passiert ist?« Sie tastete sich voran. Ihre Hände waren feucht, sie strich sich eine Strähne hinters Ohr. »Das ist mein Zuhause.«

»Und Willem?«

Willem.

Carla sah aus dem Fenster. »Er war ein Kind«, murmelte sie. »Wenn er überhaupt etwas davon wusste …«

In ihrem Inneren tanzten Dämonen, ihr war schlecht. Sie griff nach ihrem Kaffeebecher, um schnell einen Schluck zu trinken. Der Kaffee war kalt und schmeckte sauer.

Hannes beobachtete sie, er ging nicht auf ihre Antwort ein. Sie sah, wie es in ihm arbeitete. Er nahm die Brille ab und setzte sie wieder auf. »Meinst du, ich könnte morgen auch dabei sein?«, platzte es aus ihm heraus.

Am Freitagmorgen regnete es. Hartnäckig und ausdauernd, ein ungemütliches Wetter. Frau Woldsen war wenig begeistert von der Idee, mit Willem auf den Markt zu gehen.

»Ich hätte so gerne Bio-Eier und Frischkäse mit Rucola vom Käsewagen.« Carla hatte behauptet, zu Hause arbeiten zu wollen. Nun zählte sie eine Handvoll Leckereien auf, die es nur auf dem Markt gab. »Und Croissants und Pastete vom Franzosen.«

Frau Woldsen antwortete mit einem zweifelnden Blick, der Regen klopfte beharrlich gegen das Küchenfenster. Willem saß am Tisch und zeichnete mit den Fingern den Weg der Regentropfen auf der Scheibe nach.

»Außerdem ist es auf dem Markt doch trocken.« Die Marktstände befanden sich unter einem alten U-Bahn-Viadukt, der Händler und Besucher leidlich schützte. Verzweifelt schielte Carla auf die Uhr, Jasper würde in einer Viertelstunde vor der Tür stehen. »Und dann könnten Sie noch einen Abstecher in die Buchhandlung machen«, lockte sie. Frau Woldsen sammelte Kochbücher, und ab und zu spendierte Carla ihr eines für ihre Sammlung. »Vielleicht finden Sie etwas Schönes für sich? Ich hab gehört, dass dieser verrückte Italiener wieder was Neues hat: *Pasta fantastica* oder so ähnlich …«

»Oh …« Agnes Woldsens Miene hellte sich ein wenig auf. »Ja dann …« Sie blickte auf Willem, der nun seine Teetasse auf dem Tisch hin und her schob. »Vielleicht können Sie mir Ihr Regencape leihen?«

»Natürlich. » Die Minuten verstrichen, Carla atmete durch. »Es hängt im Keller.« Sie wechselte zur Garderobe und holte Willems Trenchcoat und einen Regenschirm hervor. Als Willem mit ihrer Hilfe in den Mantel schlüpfte, bemerkte sie wieder, dass er abgenommen hatte. Sie konnte den Gürtel um ein Loch enger stellen.

Er wird weniger, dachte sie, und der Gedanke schnürte ihr die Kehle zu. Der alte Willem blitzte in ihrer Erinnerung auf – wie er mit wehendem Mantel vom Taxi zum Zug eilte, wie er nach Hause kam, einen Strauß von Blumen Engel im Arm, und sie ihn durch das Küchenfenster beobachtete. Wie er ihr nach einem Konzert in den Mantel half und sie an sich zog.

Frau Woldsen stand schon in der Tür. Sie spannte den Schirm auf, dann hängte Willem sich bei ihr ein. Zum Abschied gab Carla ihm einen langen Kuss. »Hopp, hopp, hopp«, sagte er und ließ sich mitziehen. Carla sah ihnen nach. Ein roter Regenschirm, der die Straße hinaufschaukelte, bis er aus ihrem Blickfeld verschwunden war. Im nächsten Moment tauchte Jaspers Rover mit blitzenden Scheinwerfern auf.

»Alles klar?« Jasper schüttelte die Regentropfen ab und lehnte den mitgebrachten Vorschlaghammer gegen die Wand. Er zog die Mütze ab und fuhr sich durch die Haare.

Carla nickte, die Massivität des Hammers hatte sie instinktiv zurückweichen lassen, er hatte etwas Furchteinflößendes und äußerst Brutales an sich. Nun standen sie voreinander, fast linkisch. Carla versuchte, nicht daran zu denken, wie der Hammerkopf mit Wucht gegen die Mauer prallte. Würde er ihr Leben in Stücke zerschlagen?

»Hab ich geliehen.« Jasper bemerkte ihren Blick. Er beugte sich vor, um sie auf die Wange zu küssen, während sie sich zur Seite drehte, um den Hammer nicht länger ansehen zu müssen. Der Kuss verrutschte und landete irgendwo zwischen Ohrläppchen und Hals. Verlegen strich sie sich über die Wange, als müsste sie den Kuss fortwischen.

»Hör mal, wir müssen das nicht tun. Wirklich nicht.« Jasper schüttelte den Kopf, er zeigte die Treppe hinauf. »Es ist nur ein Bild.« Er sah sie an, und Carla versank in seinen Augen. Wildwassergrün?

Für einen Moment stellte sie sich vor, wie sie seine Hand packte und ihn mit sich hinaus in den Regen zog. Sie könnten durch den Garten laufen, ins Kanu springen, den Fleet hinunterfahren, nass werden, den Gänsen auf die Alster folgen, immer weiter fahren und noch nasser werden – bis auf die Haut.

»Doch, doch …« Carla musste sich räuspern, ihre Stimme flatterte. Sie sah die Treppe hinauf, folgte den Bildern Gustav van Veldens. »Ich will das tun. Unbedingt.«

»Also gut.«

Jasper griff nach dem Hammer und schulterte ihn. Er begann, die Treppenstufen hinaufzusteigen. »Wie viel Zeit haben wir?«

»Etwas mehr als zwei Stunden, denke ich. Frau Woldsen

geht mit Willem auf den Markt und in die Buchhandlung. Das müsste hinkommen.«

Carla folgte ihm. Jeder Schritt fiel ihr schwer. »Hast du so etwas schon mal gemacht?«

Jasper blieb kurz stehen, er drehte sich um. »Ich hab wohl mehr als fünfhundert Bäume gefällt, Carla. Ich glaub schon, dass ich ein Loch in eine Mauer schlagen kann. Alles andere ist deine Entscheidung.« Er stockte und sah sie an, als ob er noch etwas sagen wollte, schließlich drehte er sich wieder um.

Dann standen sie auf dem Boden. Es war fast nachtdunkel, der Regen war noch stärker geworden und rauschte wie ein Wasserfall über das Kupferdach. Eine ohrenbetäubende Sinfonie. Carla taste nach dem alten Lichtschalter. Als sie ihn drehte, gab es einen Knall.

»Mist, die Sicherung.«

»Wahrscheinlich ist die Lampe hin.« Jasper hielt sie fest, als sie sich umdrehen und wieder nach unten laufen wollte.

»Soll ich nicht …?« Der Sicherungskasten befand sich unten, versteckt hinter der Garderobe in der Halle. »Wir haben jede Menge Glühbirnen für die alten Fassungen gehortet.«

»Das geht schon. Die Augen gewöhnen sich an die Dunkelheit. Warte einen Moment.«

»Aber …«

»Warte einen Moment.«

Er hielt sie fest, nicht grob, aber bestimmt. Sie war ihm so nah, dass sie ihn atmen hörte. Ein und aus, ruhig und gleichmäßig. Wie in einer Yogaübung. Der Krieger vielleicht? Jasper wusste, was er tat. Der Regen trommelte aufs Dach, ein kräftiges Stakkato nun.

»Ich glaube, die Welt geht unter«, murmelte Carla. Der Gedanke an Willem und Frau Woldsen durchzuckte sie. Hoffentlich waren die beiden schon auf dem Markt und im Trockenen. Oder würde Frau Woldsen etwa umdrehen?

»Noch einen Moment, Carla. Schließ die Augen.« Jasper spürte ihre Unruhe. »Bist du schon einmal nachts im Wald unterwegs gewesen?«, flüsterte er. Seine Stimme versank in der Regenflut. Sie ging einen winzigen Schritt auf ihn zu, lehnte sich an ihn, um ihn besser hören zu können, und schloss die Augen.

»Eine Nachtwanderung, kein Licht, nur der Mond. Zuerst siehst du nichts, nur schwarze Schatten. Aber nach einer Weile vergisst du, dass es dunkel ist. Der Waldboden beginnt zu leuchten, und die Bäume bekommen Gesichter und fangen an zu tuscheln. Ein Wispern und Geraune. Du kannst alles sehen, wirklich alles. Und die Geräusche – da spielt ein ganzes Orchester.«

Stille. Regenstille. Ein verrückter Moment, in dem alles möglich schien.

»Augen auf!«

Jasper ließ sie los, ganz sanft. Sie bemerkte, dass er einen Schritt zurücktrat. Mit einem Gefühl von Bedauern öffnete sie die Augen.

Keine Schemen. Wie ein Theaterpublikum blickten sie die Möbel an. Sie sah Jasper an, und er lächelte zurück,.

»Wollen wir?« Er ging voran, den Hammer in der Hand, und bahnte sich einen Weg durch das Chaos. Das Zedernholzbett war ihr Ziel. »Wir müssen das Bett zur Seite schieben.«

Jasper lehnte den Hammer gegen die Wand. Er nahm den Lattenrost hoch und trug ihn zu einem Schrank, der neben einer alten Standuhr stand. Vorsichtig lehnte er ihn gegen Schrank und Uhr. Das Uhrenglas klirrte, ein hoher, irritierender Ton.

»Und der Bettkasten?«

Carla spürte das Holz unter ihren Händen, warm und glatt. Sie sah sich um.

»Vielleicht dahinten?« Jasper zeigte auf den Platz, wo das Biedermeiersofa gestanden hatte.

»Okay.«

Gemeinsam hoben sie den Bettkasten an.

»Geht's?«

Carla nickte. Der Holzrahmen war nicht so schwer, wie sie gedacht hatte. Trotzdem war sie froh, als sie ihn wieder abstellen konnte. Sie rieb sich die schmerzenden Hände.

»So …« Jasper war an die Wand zurückgekehrt. Etwas unschlüssig stand er davor, seine Hände tasteten sich über die Backsteine, als suchte er nach einem Angriffspunkt. Mörtel bröckelte zwischen den Steinen heraus und fiel herab.

»Das hat kein Profi gemauert.« Er griff nach dem Hammer und bedeutete Carla, ein Stück zurückzutreten. »Bereit?« Noch einmal drehte er sich zu ihr um und sah sie an.

»Ja.« Ihre Stimme kam kaum an gegen das Trommelfeuer der Regentropfen. »Ja«, probierte sie es ein wenig lauter. Sie versuchte, das flaue Gefühl in ihrem Magen zu ignorieren.

»Los geht's.«

Jasper trat noch einen Schritt zurück und schwang den Hammer in einer fließenden Bewegung über die Schulter nach hinten. Im nächsten Augenblick sah Carla, wie der Hammer gegen die Wand prallte.

Ein Geräusch wie ein dumpfer Schmerz. Sie zuckte zusammen und schloss reflexhaft die Augen. Mörtelbrocken rieselten herab. Sie roch den aufgewirbelten Staub und musste sich zwingen, die Augen zu öffnen.

»Noch einmal …« Jasper holte Schwung, das Mörtelgeprassel konkurrierte mit dem Regen. Die ersten lockeren Steine, die Wand schien aufzustöhnen.

»Jetzt …«

Schwung und Aufprall. Jasper sprang zurück. Steine polterten herab, noch mehr Staub, der sich in die Nase setzte. Carla schnappte nach Luft und hustete. Ein ranziger Geschmack lag auf ihrer Zunge, als hätte sie sich etwas Verdorbenes in den Mund gesteckt. Sie sehnte sich nach einem Schluck Wasser und blinzelte.

In der Mauer klaffte ein Loch, etwa so groß wie ein kleines Gemälde. Jasper ließ den Hammer fallen, vorsichtig zog er weitere Steine aus der Mauer und vergrößerte das Loch.

»Jasper …«

Sie konnten immer noch aufhören, sich umdrehen und die Treppen hinablaufen.

»Ja …« Jasper drehte sich um und sah sie auffordernd an. Sein Atem ging schnell, sein Brustkorb hob und senkte sich. »Komm!« Er legte ihr die Hände auf die Schultern und schob sie vor, auf das Loch zu. »Deine Baustelle.«

Deine Baustelle?

Carla starrte auf das Loch, in die Schwärze. Sie konnte sich nicht bewegen. Der Regen rauschte und rauschte.

»Keine Angst.«

Jasper, seine Stimme an ihrem Ohr. Die Worte gingen ihr durch und durch. Willems Worte und Jaspers Atem in ihrem Rücken. Sie wollte sich umdrehen, davonlaufen.

Und über allem der Regen – sein unaufhörliches Rauschen.

»Keine Angst, Carla.«

Jasper strich ihr über die Schultern, als könnte er so ihre Erstarrung lösen. »Stell dir vor, es ist ein Bild. Ein Bild, das du zum ersten Mal siehst.«

Ein Bild. So könnte es gehen.

Carla tat einen winzigen Schritt, das Loch gähnte sie auf Augenhöhe an. Wie ein Eingang zu einer anderen Welt. Sie hob die Hände, betastete seinen unebenen Rand. Und holte tief Luft, als müsste sie unter Wasser tauchen.

Da. Was sah sie?

Grau. Pudriges Grau – überall. Wie viele Grautöne konnte es geben?

Es roch muffig, noch staubiger, noch ferner, noch vergangener. Vergangene Vergangenheit.

Carla blinzelte. Hunderte Stufen Grau. Pudriger, geisterhafter Staub, der alles bedeckte. Dann einzelne Schatten. Schemen, die sich in ihrem Kopf zusammensetzten.

Ein Stuhl, war das da ein Stuhl?

Darüber ein Kleid, bläulich grün vielleicht?

Strümpfe. Ein paar Schuhe, zierliche Absätze. Beklemmende, herzzerreißende Kleinigkeiten. Alma Reed – ihr lautloser, ferner Geist, Willems Gespenst.

Carla atmete aus.

Draußen schrien die Gänse.

SIEBZEHN

»Carla?«

Sie starrte immer noch in das Loch. Zurück in die Vergangenheit und in das fremde Leben. Alma Reeds Leben, jedenfalls ein Ausschnitt davon. Hatte Gustav van Velden sie hier vor den Nazis versteckt?

»Siehst du etwas, Carla?«

Jasper stand hinter ihr, trotz des Regens hörte sie ihn atmen. Was sollte sie ihm antworten? Wortlos trat sie einen Schritt zur Seite.

Jasper verstand, er beugte sich vor, steckte den Kopf in das Loch.

Carla beobachtete ihn, die Reaktionen seines Körpers. Sie sah, wie seine Schulterblätter zuckten, während ihr die Tränen über die Wangen liefen.

»Sind das Leinwände?« Jasper sah sie an, fassungslos. Dann nahm er sie in den Arm. »Sie war da«, flüsterte er an ihrem Ohr, mehr Frage als Feststellung. »Sie war tatsächlich da.«

Und sie hielt sich an ihm fest, schlang ihre Arme um ihn, damit der Strudel aus Schock und Erkenntnis sie nicht mit sich riss. Wellen von Übelkeit und Kälte schlugen über ihr zusammen. Sie zitterte, klapperte mit den Zähnen. Warum hatte Willem nie darüber gesprochen?

»Wir müssen in den Verschlag rein, Carla.«

Der Baumdoktor – als ob ihr Leben nicht eben in Stücke zersprungen wäre. Als ob es noch etwas zu retten gäbe.

Carla schüttelte den Kopf, sie wollte sich nicht bewegen. Sich nicht von ihm lösen. Sein tröstlicher Geruch, nach dunkler Erde und Harz, wie eine Mischung aus Wald und Ewigkeit.

»Carla …« Er strich über ihr Haar, wieder und wieder. »Es ist doch nicht deine Schuld.«

Der Regen rauschte, und ihre Gedanken überschlugen sich: Er hätte es mir sagen müssen. Willem hätte es mir sagen müssen.

Wie hatte er das sein ganzes Leben lang verschweigen können? Wie hatte er sein Leben auf diesem entsetzlichen Schweigen aufbauen können? Ein Schweigen, das alles in Zweifel zog, was Willem für sie gewesen war. Seine Aufrichtigkeit, seine Haltung, seine Autorität. *Der* Willem van Velden …

Wie sollte sie damit leben?

Und dann, nur eine Antwort, die ihr möglich schien: »Wenn ich nicht mehr ich selbst bin, musst du gehen.«

»Carla …«

Jasper schob sie ein Stück zurück, und sie schüttelte den Kopf. Sie starrte auf ihre Füße, konnte ihn nicht ansehen.

»Wir können die Mauer nicht wieder verschließen und so tun, als ob da nichts wäre.«

Seine Hand unter ihrem Kinn. Er hob es an, suchte ihren Blick. Im Dämmerlicht konnte sie das Grün seiner Augen nicht erkennen.

»Du könntest nicht damit leben.«

»Ich weiß …« Sie räusperte sich, suchte ihre Stimme. In ihrem Inneren spürte sie noch immer die Nachwirkungen des Schocks. Beine wie aus Gummi, Übelkeit, die durch ihren Magen schwappte, ein flatternder Atem. Die Angst zu ersticken wie bei einem Ertrinkenden.

»Es ist nur … Ich weiß nicht mehr, wer er ist. Wer er war«, keuchte sie.

»Willem?«

Carla nickte, noch immer hielt sie sich an Jaspers Armen fest. Ihre Finger hatten sich in seinen Pullover gekrallt.

»Er war ein Kind, Carla. Er hatte doch nichts damit zu tun. Es war Krieg, er hat seinen Vater verloren. Er wird sich genauso elend gefühlt haben, wie du dich jetzt fühlst.«

Carla schnappte nach Luft. »Warum verteidigst du ihn? Er hat sie nicht vergessen, er hat sie verschwiegen.« Ihre Hände schmerzten. Sie ließ ihn los und trat noch einen Schritt zurück, bis sie in ihrem Rücken gegen etwas stieß. Gerümpel. »Er war nicht immer ein Kind.« Sie schleuderte die Worte aus sich heraus. »Er war Willem van Velden, *der* Willem van Velden. Er hat die Moderne Kunst nach Deutschland zurückgeholt. Und er hat die Hamburgische Sezession wiederentdeckt. Ich habe Notizen zu Alma Reed in seinen Unterlagen gefunden. Es gab so viele Gelegenheiten, über sie zu sprechen und an sie zu erinnern. Er wäre es ihr schuldig gewesen, sie aus dem Gefängnis des Vergessens zu befreien.«

»Ich verteidige ihn nicht.« Jasper fuhr sich mit den Händen über das Gesicht und durch die Haare. Seine Stimme klang belegt. »Aber …« Er drehte sich zur Mauer und zeichnete mit den Fingern das Muster der Ziegelsteine nach. »Aber wir wissen doch nicht, was hier oben passiert ist. Lass uns doch erst einmal nachsehen, was wir finden.«

Er hatte recht. Natürlich hatte er recht. Carla versuchte, ihren Atem zu beruhigen. Rechtes Nasenloch, linkes Nasenloch. Ein und aus. Ein staubiger Luftstrom sickerte durch ihren Körper.

Jasper drehte sich wieder um. Er sah sie an, wartete auf eine Antwort. Der Regen rauschte, und sie dachte an Willem. Sah ihn, wie er mit Frau Woldsen aufgebrochen war. Der rote Regenschirm.

Hopp, hopp, hopp.

Er wäre bald zurück. Und plötzlich fühlte sie sich unendlich müde.

»Nicht jetzt«, sagte sie. »Nicht jetzt.«

In der Küche setzte sie Wasser für einen Tee auf. Jasper stand schweigend am Fenster und starrte in den Regen.

Als sie die Haustür hörte, wünschte sie sich, dass er bleiben könnte.

»Frau van Velden?«

Sie waren zurück. Agnes Woldsen rief aus der Halle nach ihr. Fahrig schaltete Carla den Wasserkocher aus und suchte nach Tee, ihre Hände zitterten.

»Carla …«

Jasper kam zu ihr und nahm ihr die Dose mit dem Tee aus der Hand.

»Du musst ihm verzeihen.«

Sie lachte kurz auf, oder war das vielleicht ein Schluchzen?

Dann zwang sie sich, in die Halle zu gehen. Wie sollte sie Willem begegnen?

»Frau van Velden?«

Die Haushälterin kam ihr entgegengelaufen und schwenkte den Korb mit den Einkäufen. Wasser tropfte das Regencape hinab und hinterließ eine Spur auf den Dielen.

»Wir haben versucht, ein Taxi zu bekommen«, sagte sie, eine Mischung aus Aufregung und Empörung in der Stimme. »Aber da war nichts zu machen. Ganz Hamburg fährt bei diesem Wetter mit dem Taxi. Ihrem Mann geht's nicht gut, ich glaube, er wird krank.«

Sie drehte sich um und zeigte auf Willem, der zusammengesunken auf einem Stuhl neben der Treppe saß. Sein Trenchcoat war vollkommen durchnässt, zu seinen Füßen hatte sich eine Pfütze gebildet.

»Willem …« Ein Gefühl von Schuld rieselte durch ihren

Körper. Carla ging auf ihn zu, und er versuchte sich aufzurichten. Sie bemerkte, dass er zitterte.

»Wir waren schon nass, als wir auf dem Markt angekommen sind.« Agnes Woldsen wand sich aus dem Cape und hängte es über den Treppenpfosten, wo es weiter vor sich hin tropfte. »Wir hätten sofort umkehren sollen, aber ich wollte doch noch schnell die Einkäufe besorgen.«

»Ich hätte Sie nicht vor die Tür jagen dürfen.«

Carla versuchte, Willem aus dem nassen Mantel zu bekommen. Auch sein Pullover war nass geworden. Sein Zittern verstärkte sich, regelrechte Schauer nun. Er klapperte mit den Zähnen. Sorge und Schuldgefühle überdeckten ihren Zorn.

»Soll ich ihm ein Bad einlassen?«

Frau Woldsen nahm den nassen Mantel entgegen.

»Ich mach das schon.« Carla half Willem hoch, und er hakte sich bei ihr ein. Langsam, Stufe um Stufe, bugsierte sie ihn die Treppe hinauf.

»Ach, Frau Woldsen«, sie drehte sich noch einmal um. »In der Küche sitzt Herr Kronau. Der Baumdoktor. Er war neulich schon einmal wegen der Weide da. Vielleicht können Sie ihm etwas von Ihrem Selbstgebackenen anbieten?«

Das heiße Wasser tat Willem gut. Er schloss die Augen und seufzte wohlig auf, als er sich in der Wanne ausstreckte. Das Zittern ließ nach.

Carla setzte sich zu ihm auf den Wannenrand. Sie betrachtete ihn, Willems nackten Körper, der ihr früher geradezu unverwüstlich erschienen war. Am Tag ihrer Hochzeit hatte er sie sogar über die Schwelle des Hotelzimmers getragen, als ob er sich beweisen musste, dass er stark genug für sie war. Und jung genug. Dass er sie wie ein junger Mann tragen konnte. Sie hatte gelacht und ihre Schuhe abgestreift. Ihre silbernen Hochzeitsschuhe, unbenutzt seit jenem Tag. Immer noch schön, immer noch glänzend, eingeschlagen in Seidenpapier lagen sie in einer Schachtel ganz unten in ihrem Schrank.

Und Willems Körper? Er hatte Muskeln verloren, überall. Aber auch Bauch. Carlas Blick tastete sich über den Oberkörper und das Geschlecht die Beine hinab. Ein alter Mann, sein Anblick rührte sie und löschte die letzten Funken ihres Zorns. Da war nur noch Traurigkeit, ein stiller schwarzer See.

»Es tut mir leid, Willem«, hörte Carla sich sagen.

Er schlug die Augen auf und sah sie an.

»Vater?«

Sie schüttelte den Kopf. »Ich wollte dich nicht im Haus haben«, fuhr sie fort, die Worte drängten aus ihr heraus. Keine Geheimnisse mehr, sie wollte nicht mehr schweigen. Nichts mehr verschweigen. »Deshalb habe ich euch zum Markt geschickt. Jasper, der Baumdoktor und ich, wir haben das Versteck auf dem Dachboden entdeckt.«

Schweigen. Willems Schweigen.

Hatte er sie verstanden? Willem sah sie nicht an. Seine Hände bewegten sich auf und ab, sein Blick folgte den Wellenbewegungen des Wassers.

»Das Versteck deines Vaters …« Carla zögerte, sie dachte an das Gespräch mit Willems Arzt zurück. Durfte sie noch einen Schritt weitergehen? »Alma Reeds Versteck«, flüsterte sie.

Keine Reaktion.

»Dein Vater hat Alma Reed da oben vor den Nazis versteckt.«

Jetzt drehte sich Willem zu ihr. Carla sah die verwaschene Farbe seiner Augen. Mehr Grau als Blau und kein Versprechen darin. Als Kind hatte er blaue Augen gehabt, strahlend blau, hatte er ihr einmal versichert. Sie konnte seinen Blick nicht deuten. Sah Willem sie an, oder sah er durch sie hindurch?

»Willem … Warum? Warum hast du denn nie mit mir darüber gesprochen?«

Kein Wort.

Und dann – ein Hinabgleiten. Plötzlich war Willems Kopf unter Wasser. Mit aller Kraft drückte er sich auf den Grund der Badewanne, er ließ sich nicht wieder hochziehen. Er war immer noch stärker als sie.

»Willem!!«

Die Panik fiel sie an wie ein wildes Tier. Carla sprang auf und zerrte an seinen Armen. Wasser spritzte auf, sofort war sie nass, von oben bis unten.

»Willem!!«

Sein Gesicht, ganz friedlich, die Augen geschlossen, als ob er schlief. Konnte man so ertrinken?

Sie schrie und schrie und schrie. Versuchte, das Wasser abzulassen, doch Willem lag über dem Abfluss. Und wenn überhaupt etwas Wasser abfloss, dann sank der Wasserspiegel nur um wenige Millimeter.

»Willem!!«

Sie begann, das Wasser mit den Armen aus der Wanne zu schaufeln.

Endlich, sie hörte Geräusche auf der Treppe.

»Carla?«

Jasper stand vor ihr. Er hatte begriffen, bevor sie etwas sagen konnte. Ohne nachzudenken, schlang er seine Arme unter Willems Körper, und Willem tauchte schreiend auf, wild um sich schlagend.

Alles Weitere sah sie wie im Zeitraffer: Wasser, das durchs Badezimmer spritzte. Willems dumpfes Schreien und Toben. Agnes Woldsen in der Tür, die Hände vor dem Mund. Willem, noch immer tobend. Er schlug weiter um sich, strampelte mit den Beinen. Und Jasper, der versuchte, ihn in ein Handtuch zu wickeln. Eine Lampe, die kaputtging. Scherben. Blut an Willems Händen.

»Willem …«

Carla versuchte, ihm nahe zu kommen. Ihn zu beruhigen, doch er schlug ihr mit der flachen Hand ins Gesicht. Sie prallte zurück.

Der Schock war stärker als der Schmerz.

»Willem …«

»Ich hole einen Arzt.« Agnes Woldsen lief wieder nach unten.

Jasper versuchte, Willem aus dem Badezimmer zu bekommen. Weg von den Lampen, Spiegeln, Parfümflaschen und Tiegeln. Noch mehr zerbrochenes Glas, Blutspritzer auf dem Badvorleger. Ein heruntergerissener Duschvorhang.

»Lieber, lieber Willem …«

Endlich waren sie in Willems Zimmer. Und plötzlich, als hätte er alle Energie verbraucht, sank Willem auf dem Bett zusammen.

»Willem …«

Carla bemerkte, dass sie schluchzte. Sie drückte einen Waschlappen auf seine blutenden Handflächen.

»Lieber, lieber Willem …«

Willem zitterte, und sie versuchte ihn abzutrocknen, ihn irgendwie trocken zu bekommen und ihm etwas überzuziehen. Jasper reichte ihr Handtücher, zog ein Hemd und eine Hose aus dem Schrank.

Dann die Rettungssanitäter, ein Arzt, grelles Orange, routinierte Handgriffe, ein freundlich abgeklärter Ton. Carla, die nach Worten suchte, und Agnes Woldsen, die das Nötigste erklärte. Jasper, irgendwo im Hintergrund.

Blutdruck, Puls, Lunge, Reflexe. »Welche Medikamente bekommt Herr van Velden?«

Frau Woldsen zählte die Antidementiva und Blutdrucksenker auf.

»Gut. Wir geben ihm etwas zur Beruhigung. Er wird schlafen.«

Das Medikament sickerte in Willems Vene. Er schloss die Augen, bekam einen Verband um die rechte Hand.

»Bleiben Sie bei ihm.« Der Arzt verabschiedete sich mit einem aufmunternden Nicken. »Er wird sich nicht erinnern.«

»Wie geht es dir?«

Carla schreckte auf. Wie spät war es inzwischen? Sie suchte nach ihrer Uhr. Dann fiel ihr ein, dass sie die Uhr im Badezimmer abgelegt hatte. Willem lag auf dem Rücken in seinem Bett. Jemand hatte ihn zugedeckt, er schlief fest, die verbundene Hand auf der Brust. Sein Ehering fehlte, hatte er ihn im Bad verloren?

»Es ist noch nicht so spät. Du bist kurz eingenickt.«

Jasper beugte sich über sie und strich ihr die feuchten Haare aus der Stirn. »Du solltest dir etwas Trockenes anziehen.«

»Hm.« Carla versuchte sich aufzurichten. Sich aus dem Sessel zu befreien, in den sie sich nach dem ganzen Durcheinander hatte fallen lassen.

»Willem wird noch eine ganze Weile schlafen.«

Ihr war kalt, und ihr Körper schmerzte. Jasper half ihr aufzustehen.

»Wo ist Frau Woldsen?« Sie schlang fröstelnd die Arme um ihren Körper.

»Sie hat ein bisschen im Badezimmer aufgeräumt. Jetzt ist sie unten, sie wollte etwas kochen. Ich habe ihr gesagt, dass ich mich um dich kümmere.«

»Oh …«

Sie konnte keinen klaren Gedanken fassen. Jasper sah sie fragend an.

»Ich hoffe, das war in Ordnung.«

»Ja, ja …«

Carla zitterte, sie bemerkte, dass sie schwankte.

»Warte, ich helfe dir. Willst du ins Badezimmer?«

Sie nickte erst, dann schüttelte sie den Kopf.

»Vielleicht kannst du mir etwas aus meinem Zimmer holen? Die Tür gleich neben Willems Arbeitszimmer … Jeans und einen Pulli, mach einfach den Schrank auf.«

»Okay.«

Sie lehnte sich gegen den Sessel, und nach einem letzten kurzen Blick verließ Jasper das Zimmer.

Kurz darauf war er wieder zurück. Er hatte ein trockenes Handtuch mitgebracht, ihre Lieblingsjeans, einen kobaltblauen Pullover, ein weißes Shirt, einen schwarzen BH, einen champagnerfarbenen Slip, ein paar grau-blau geringelte Socken.

»Ich habe einfach in jedes Fach gegriffen«, murmelte er und hielt ihr das Wäschepaket entgegen.

»Danke.«

Carla versuchte, auf die Füße zu kommen. Wieder schwankte sie, die Kleider rutschten ihr aus den Händen.

»Warte, ich helfe dir.«

Jasper drückte sie auf die Sessellehne und befreite sie von ihrem nassen Pullover.

Und sie ließ ihn machen, hinderte ihn nicht, als er sie nach und nach aus ihren Sachen schälte. Schicht um Schicht, alles Schwere fiel von ihr ab.

Der Baumdoktor.

Seine Hände auf ihren Schultern, warm, vorsichtig, liebevoll. Jede Bewegung ohne Absicht, ohne Hast. Er schlang das Handtuch um sie, rieb sie trocken wie ein Kind.

Carla spürte, wie sich etwas in ihr löste. Wie sie seine Berührungen genoss. Ein heißer Strom in ihrer Mitte. Milch und Honig.

Und dann, alles auf Anfang. Er streifte ihr den trockenen Slip über die Füße, über die Knie, bis auf die Hüftknochen, und sie schloss die Augen, eine Explosion in ihrem Inneren.

Dann der BH, ein kurzes Verhaken. Improvisation, Jazz. Das Shirt, die Jeans, Zentimeter um Zentimeter. Zuletzt der Pulli, ganz weich auf ihrer Haut. Wie lange war sie nicht mehr so berührt worden?

»So …« Ein Kuss auf ihre Lippen, seine Hände auf ihren Schultern. »Besser?«

»Viel besser.« Sie musste sich räuspern, die Lider noch immer geschlossen. Wenn sie die Augen öffnete, würde ihr Blick auf Willem fallen.

»Möchtest du etwas essen? Einen Tee?«

»Ja bitte.«

»Alles ja?«

»Alles ja.«

Die Augen noch immer geschlossen. Seine Hände wanderten ihre Arme hinab, lagen auf ihren Händen.

Sie wünschte, er würde …

»Ich hole dir etwas.«

Er drückte ihre Hände, ließ sie los. Sie hörte, wie er aus dem Zimmer ging, die Treppe hinunter, dann die leisen Küchengeräusche, Musik, die hinaufwehte. Kochmusik.

Carla öffnete die Augen.

Willem hatte sich nicht bewegt, sein Brustkorb hob und senkte sich unter der Decke. Sie betrachtete ihn, suchte nach ihren Gefühlen.

Er war ihr so vertraut und jetzt doch so fremd.

»Ich wünschte, ich wäre dem Gespenst nie begegnet«, hörte sie sich flüstern.

Ich habe Vater versprochen, nichts zu erzählen.
Nicht zu erzählen, dass der Engel in unserem Haus gewohnt hat.
Und nicht zu erzählen, dass der Engel unten am Fluss schläft.
Dort, wo Vater nachts ein Loch
in den gefrorenen Boden gehackt hat.
Es ist unser Geheimnis.
Und es bleibt unser Geheimnis.
Für immer.
Ich werde nie wieder darüber sprechen.

ACHTZEHN

»Na, min Deern …«

August Engel kam ihr entgegen, ein Bund Bauernrosen in den Armen. Die Tulpenzeit war vorbei. Prüfend schaute er sie an.

Carla versuchte ein Lächeln. »Guten Morgen, Herr Engel.«

»Farbe?«

Er hatte ihr angesehen, dass ihr das Wochenende noch in den Knochen steckte.

»Farbe!« Carla nickte, sie beobachtete, wie Engel Anemonen, Terzetten und Wicken aus den Vasen und Kübeln zupfte.

»Ihr Mann?«

Er sah sie nicht an, sondern begann, den Strauß zu binden.

»Auch …«

Carla war ihm gefolgt und lehnte sich gegen seinen Arbeitstisch. Mit dem alten Engel konnte man reden, aber auch hervorragend schweigen. Ein kurzer Aufschub, bevor das Montagsmeeting begann und sie sich offenbaren müsste. Der Dachbodenfund, Alma Reeds letzte Zuflucht. Das Geheimnis der Villa am Fleet. Willems Geheimnis.

Engel hatte verstanden. Wortlos schob er ihr eine Dose mit Anisbonbons zu. Als sie ein leises Knurren hörte, zuckte sie zusammen.

»Herr Engel …?«

»Darf ich vorstellen?« Er zeigte schmunzelnd auf seinen

Ohrensessel. »Das ist Gina. Sie muss sich noch an die Kundschaft gewöhnen.«

»Gina?« Vorsichtig näherte Carla sich dem Sessel. Ein Paar Dackelaugen glimmten sie von unten herauf an, das eine leicht getrübt, wie von Grauem Star.

»Vielleicht von Gina Lollobrigida?« Der alte Engel war ihr gefolgt, er lachte über Carlas verblüfftes Gesicht. »Den Namen hatte sie schon. Eine gebrauchte Dackeldame, wenn Sie so wollen, schon etwas älter.«

»Und woher?« Carla spürte, wie sich ein Lächeln auf ihr Gesicht malte. Sie ließ Gina an ihrer Hand schnuppern.

»Na, aus dem Tierheim.« Engel breitete die Arme aus, die Worte sprudelten aus ihm heraus. »Ich hab's nicht ausgehalten, so allein. Eigentlich wollte ich nur mal gucken. Und dann saß da tatsächlich diese Dackeldame, auf einem Auge blind. Schwer vermittelbar sozusagen. Vielleicht haben wir ja noch ein paar gemeinsame Jährchen. Und meine Brigitte, die hätte bestimmt nichts dagegen gehabt.«

»Ach Herr Engel, ich freu mich so für Sie!« Carla begann, die Hündin vorsichtig zu kraulen.

»Man braucht doch was fürs Herz – und für die Seele.« Engel beugte sich ebenfalls über den Sessel und nahm Gina auf den Arm. Er vergrub die Nase in ihrem Fell. »Müssen Sie gleich weiter ins Museum, oder haben Sie noch Zeit für einen Kaffee?«

Die Generalin schüttelte den Kopf. »Ist das wirklich wahr?«, fragte sie, ihr ratloser Blick streifte die Runde. Eine ganz spezielle Montagsrunde: Hannes, Leonie, Carla und Jasper – zu fünft saßen sie am Besprechungstisch in Elke Schnibbens Büro. Eine Kanne mit grünem Tee stand samt Stövchen mitten auf dem Tisch, die Flamme des Teelichts flackerte. Es duftete nach feuchtem Wiesenheu.

Carla nickte, Sonnenlicht fiel von hinten durch die Fenster und wärmte ihren Rücken. Ihre Hand suchte in der Blazertasche nach der Figur, die sie am Freitagabend auf dem Tisch an ihrem Bett entdeckt hatte. Eine kleine Gans, aus Holz geschnitzt. Silbrig schimmerndes Treibholz, magisch wie ein Talisman. Sie sah Jasper an. »Herr Kronau hat mir geholfen«, fuhr sie fort, sie tastete sich voran. »Wir konnten nicht viel erkennen, ein paar Leinwände, ein Tisch, ein Stuhl, Kleidungsstücke. Ich wollte das Versteck nicht betreten, ohne euch zu informieren.«

»Gustav van Velden hat Alma Reed vor den Nazis versteckt. Und dein Mann hat nie was gesagt?« Hannes schüttelte den Kopf, er fixierte sie. Seine Stimme klang ein wenig frostig, vielleicht nahm er ihr noch übel, dass sie ihn nicht mitgenommen hatte?

Carla bemerkte, dass Jasper ihm einen Blick zuwarf, die Augen zusammengekniffen, eine steile Falte zwischen den Brauen. Grüne Blitze.

»Ich denke, es ist müßig, über Willem van Veldens Verhalten in dieser Sache zu spekulieren«, ging Elke Schnibben dazwischen. »Er war ein Kind, und er hat Großes für die Kunst geleistet. Wir alle wissen das.«

»Aber … Er muss doch …« Leonie, gedankenverloren. Kleine Anhänger klimperten an ihrem Bettelarmband – Kleeblatt, Fliegenpilz, Hufeisen, dazwischen ein silbernes L.

»Ich habe versucht, ihn darauf anzusprechen. Ich habe ihm gesagt, dass wir das Versteck entdeckt haben. Er war außer sich.« Carla suchte Jaspers Blick, ihre Finger strichen über die Gans.

»Wir mussten einen Arzt rufen, es ging Herrn van Velden sehr schlecht.« Jasper sprang ihr zur Seite. »Ich denke nicht …«

»Ich kann nicht mit Willem darüber sprechen. Es ist zu spät. Er kann nicht mehr zwischen gestern und heute unterscheiden. Alles fließt ineinander, für ihn verschwimmt die Zeit.« Carla ließ die Gans zurück in die Tasche gleiten und legte ihre Hände auf den Tisch. »Ich weiß nicht, was ich tun soll. Ihr müsst mir helfen. Bitte …«

Schweigen.

»Wie ist die rechtliche Lage?« Elke Schnibben wagte sich als Erste aus der Deckung. »Das Haus gehört deinem Mann, Carla, er hat das Erbe seines Vaters angetreten. Sicherlich habt ihr darüber gesprochen, was mit allem geschieht, wenn er keine Entscheidungen mehr treffen kann.«

Wenn ich nicht mehr ich selbst bin, musst du gehen.

Carla dachte an die Schublade in Willems Schreibtisch. »Es gibt ein paar Verfügungen«, antwortete sie vage. »Eine Vollmacht, ich kann entscheiden.«

»Ich würde hineingehen, den Zustand dokumentieren, Fotos machen, ein Video vielleicht, die Bilder sichern.« Leonie lehnte sich vor, ihre Stimme klang jetzt nüchtern, vernünftig. Die alte Restauratorenregel, dachte Carla: Tue nichts, was du nicht wieder rückgängig machen kannst.

Elke Schnibben nickte, sie suchte Carlas Blick. »Keine Emotionen, Carla. Wir müssen versuchen, den Fund wissenschaftlich zu betrachten. Ein Kunstfund aus der Nazizeit. Jetzt geht es zuerst einmal darum, zu sichern und zu bergen. Was finden wir, was müssen wir konservieren, um weiteren Verfall aufzuhalten? Erst im zweiten oder dritten Schritt geht es darum, die Öffentlichkeit zu informieren.«

Die Öffentlichkeit zu informieren.

Carla schloss die Augen, sie sah die Schlagzeilen vor sich: »Willem van Velden – Unterschlug der Bilderpapst wertvolle Gemälde aus der Nazizeit?« Sie würden Willems Ruf in der Kunstwelt zerstören. Sein Lebenswerk: dahin. Die Welt würde urteilen, und er konnte sich nicht mehr verteidigen.

»Carla?«

Sie öffnete die Augen, Elke Schnibben sah sie immer noch an.

»Wir helfen dir, Carla. Wir werden eine Lösung finden, einen Weg, der Willems Würde nicht verletzt. Gemeinsam.«

Wieder tastete Carla nach der Gans. Sie hätte sie gerne aus der Tasche gezogen, um sie zu betrachten. Anser anser. Wie hatte Jasper das Charakteristische der Graugänse in diesem kleinen Stück Holz einfangen können? Die breite Brust, der kühne Blick, der beiläufige Stolz.

»Carla, du kannst nicht zurück. Wir alle können nicht zurück.«

Elke Schnibbens Stimme war voller Mitgefühl, als könnte sie ihren inneren Kampf spüren. Unter dem Tisch tastete Jasper nach Carlas Hand. Hannes und Leonie sahen sie an.

»Wir brauchen einen Plan.« Carla atmete tief durch, straffte die Schultern, strich sich eine Strähne aus dem Gesicht. »Ich will nicht, dass Willem etwas von den Arbeiten auf dem Dachboden mitbekommt.«

»Gut …« Elke Schnibben drehte sich zu Leonie und zeigte auf die Kanne mit Tee. »Würdest du bitte?«

Bei einer Tasse Sencha mit Honig begannen sie, über alles Weitere zu sprechen.

Am Abend saß Carla in Willems Arbeitszimmer. Willem schlief, das Haus war still. Die Lampe auf seinem Schreibtisch brannte, sie hatte die Carla-Schublade aufgezogen.

Da war eine Mappe mit ihren Zeichnungen. Willem in Frankreich, die Sonne im Gesicht, ein Netz fröhlicher Fältchen um die Augen. Der kratzige Bart, den er sich damals für wenige Wochen hatte stehen lassen. Die flüchtigen Skizzen waren auf ihrer Hochzeitsreise entstanden. Sie hatte sich nicht sattsehen können an seinem Gesicht. An dem Leben darin. Damals hatte sie noch gezeichnet.

Und Fotografien: Carla und Willem, Willem und Carla, innig, lächelnd, unterwegs, verliebt. Die Stationen ihrer Ehe, eine glückliche Reise. Immer mit, nie gegen den Strom. Sie hatten sich kaum gestritten. Manchmal hatte ein Blick gereicht, um dem anderen etwas mitzuteilen. Ein kleines Lächeln, ein Zwinkern, eine Geste, ein Lidschlag nur. Wortloses Einverständnis: Ich bin du, und du bist ich.

Carla strich mit den Händen über die Bilder. Sie hatte so ausgesehen, wie Katinka vielleicht in zehn Jahren aussehen könnte – langes, vom Wind zerzaustes Haar, ein frühlingshafter Teint, dazu ein Hauch von Sommersprossen auf den Armen und Schultern. Vor ein paar Tagen noch hatte sie sich gewünscht, mit Willem wieder von vorne beginnen zu können.

Darunter eine Mappe aus dunklem Leder. Carla versuchte, den Verschluss der Mappe zu öffnen. Eine silberne Schnalle, sie brauchte ein paar Sekunden, bis sie den Mechanismus verstanden hatte. Haken und Ösen. Für einen Moment musste sie an Jasper denken, an seine Hände auf ihrem Rücken. Sie konnte die Berührung noch immer spüren. Als hätten seine Finger Spuren hinterlassen. Sie lehnte sich zurück.

Die Mappe sprang auf. Darin eine Patientenverfügung und Willems Testament. Carla hielt die Dokumente in den Händen, starrte darauf. Sie kannte die Texte, schließlich hatten sie gemeinsam beim Notar gesessen und sie besprochen. Ein Teil von Willems Kunstsammlung würde nach seinem Tod an das Museum für Moderne Kunst gehen. Sie sollte die Villa am Fleet bekommen, die übrigen Bilder, Bücher, Schätze. Alles, alles, alles – auch die Verantwortung für sein Erbe?

Dann das Liebesversprechen mit dem strengen Siegel des Notars. »Für uns gibt es nur gute Zeiten. Wenn ich nicht mehr ich selbst bin, musst du gehen.« Willems Schrift, grüne Tinte und neben seiner Unterschrift ihr alter Name: »Carla Rothemund«. Zum letzten Mal, danach nur noch van Velden. Carla van Velden.

Carla legte die Papiere vor sich auf den Tisch und starrte auf die Bücherwände. Am Morgen hatten sie im Museum besprochen, wie sie den Dachbodenfund sichern könnten. Alma Reeds Nachlass. Sie hatten sich auf ein kleines Team geeinigt: Carla mit Leonie und Jasper, der ihnen helfen würde. Keine Fremden in dieser heiklen Sache. Hannes sollte im Museum die Stellung halten, Elke Schnibben hatte ihr Einverständnis gegeben. Leonie würde sich um alles Nötige kümmern, die Ausrüstung besorgen. In der nächsten Woche wollten sie beginnen. Morgen müsste Carla mit Agnes Woldsen sprechen: Dass sie Bilder auf dem Dachboden gefunden hatten. Vergessene Bilder aus der Sammlung Gustav van Veldens. Und dass sie diese ins Museum bringen wollten. Keine Lügen, aber auch nicht die ganze Wahrheit. Noch nicht.

Nach dem Gespräch war Carla erschöpft gewesen, aber sie hatte sich auch unendlich erleichtert gefühlt. Es gab einen Plan, eine Strategie. Sie hatte sich entschieden. Und Willems Verfügungen bestätigten ihr, dass sie entscheiden durfte.

Für einen Moment lehnte sie sich zurück und tastete nach der Gans in ihrer Jackentasche. Sie zog die Figur hervor und betrachtete sie im Licht der Schreibtischlampe. Die Gans war nicht größer als eine der japanischen Netsukes, die vor ihr auf Willems Schreibtisch standen. Eine Miniatur – und genauso schön. Sie setzte die Gans zwischen Willems Figuren, die Versammlung schien ihr zuzunicken.

Als sie die Mappe zur Seite legen wollte, fiel ein weiterer Umschlag heraus. Ein Brief, auf Hotelpapier geschrieben. Le Terrasses, Gordes, ein malerischer Ort, irgendwo in der Provence. Dort hatten sie ihre Hochzeitsnacht verbracht.

»Im Zweifel – für Carla«. Willems Schrift quer über dem Umschlag. Energisch, resolut. Der alte Willem.

»Im Zweifel« – was hieß das? Carla drehte den Brief in ihren Händen. Sie hatte ihn noch nie gesehen. Wann hatte Willem ihn geschrieben? Und: Durfte sie ihn jetzt schon lesen?

Willems Netsukefiguren nickten ihr noch immer zu.

Vorsichtig öffnete Carla den Umschlag, sie starrte auf die Schrift, dann begann sie zu lesen.

Gordes, 25. Juli 1998

Liebste Carla,

ich schreibe Dir diesen Brief in unserer Hochzeitsnacht. Es ist drei Uhr früh, und Du bist eingeschlafen. In meinen Armen, Dein Kopf an meiner Schulter. Als ich mich davonstehlen wollte, bist Du kurz aufgewacht. Nur einen Moment. Du hast mich angelächelt und bist wieder eingeschlafen. Und in diesem Augenblick, ich weiß nicht, wie ich es Dir beschreiben soll. Mir gehen tausend Worte durch den Kopf, Liebste, aber keines trifft Dich, so wie Du bist. Wenn ich ein Maler wäre, würde ich in dieser Nacht mein schönstes Bild malen. Farben wie ein blühendes Lavendelfeld. Und wenn ich ein Bildhauer wäre, dann wäre ich in dieser Nacht wohl Michelangelo und ich hätte einen Berg weißen Marmors vor mir. Marmor aus Carrara. Und eine Madonna im Sinn.

Und wenn ich jünger wäre, Carla, würde ich mir ein Kind mit Dir wünschen.

Aber ich bin alt, Liebste. Noch nicht ganz alt, aber zu alt. Und so kann ich Dir nur schreiben: Ich liebe Dich. Du machst mich so glücklich, Du machst mich vollkommen. Du bist mein Alles. Immer.

Ich will keine Sekunde verpassen von dieser Nacht, Carla, und so sitze ich am Fenster und schaue Dir zu, wie Du schläfst. Dein weißes Kleid liegt vor dem Bett, die silbernen Schuhe. Ich weiß nicht, wo wir die Margeriten vergessen haben. Vielleicht in dem kleinen Restaurant am Markt, wo wir heute Mittag saßen? Alle Kellner haben mich beneidet, ich sehe noch ihre Blicke. Ich konnte ihre Gedanken lesen.

Das war der schönste Tag in meinem Leben, Carla. Noch schöner als jener Tag, an dem ich Dich kennenlernte. An dem Picasso uns zusammenführte. El abrazo, natürlich. Vielleicht hat er das Bild nur für uns gemalt?

Ich sah Dich und wollte Dich gleich kennenlernen. Und als Du den Kopf zu mir drehtest, als Du mich angesehen hast, wusste ich, was mir fehlte. Carla, Carla, Carla.

Ich bin froh um unser Liebesversprechen, Carla. Und ich bin froh, dass Du ihm zugestimmt hast. Ich weiß, dass Du Dir jetzt nicht vorstellen kannst zu gehen. Ich habe bemerkt, wie Du aus dem Fenster gesehen hast, als der Notar unser Versprechen verlas.

Ich kann es mir auch nicht vorstellen, Liebste. Aber ich weiß, dass der Tag kommen wird. Nicht heute, nicht morgen, nicht bald, aber irgendwann.

Ja, der Tag wird kommen, an dem Du mich nicht mehr zu kennen glaubst. Vielleicht wird es eine der grausamen Launen des Alters sein, die uns trennen wird. Vielleicht wird es aber auch etwas sein, dem du begegnen wirst. Das Gespenst meiner Kindheit.

Ich kann nicht darüber sprechen, Carla. Ich konnte nie darüber sprechen. Ich bin schon einmal daran gescheitert. Ein anderes Liebesversprechen, zu einer anderen Zeit. Ich habe versprochen zu schweigen.

Vater starb elend, eine Blutvergiftung, ein mörderisches Fieber. Er hat uns alle sehr geliebt. Und er dachte, dass er sie retten könnte.

Ich habe das nie so sehr verstanden wie in diesem Moment, wo Du vor mir liegst und schläfst.

Die Hybris der Liebe, Carla. Alles scheint möglich, nur das Scheitern nicht.

Wenn es so weit ist, musst Du gehen, mein Herz.

Heute, in dieser Nacht, hoffe ich, dass dieser Augenblick nie kommen wird. Mit etwas Glück liegt er am Ende eines langen gemeinsamen Weges.

Und wenn Du dorthin gekommen bist, Carla, dorthin, wo sich die eine Tür schließt und eine andere öffnet, dann denke an mich, so wie Du mich kanntest. Und trage mich mit Dir in Deinem Herzen. Das ist mein Wille. Und mein Wunsch.

Ich umarme Dich, Liebste.

Jetzt und immer,

Willem

Carla ließ den Brief fallen. Willem. Er hatte immer gewusst, dass dieser Moment kommen würde. Und dass sie zweifeln würde. Dass sie sich nicht von ihm trennen könnte. So gut hatte er sie gekannt – schon damals.

Carla schloss die Augen, sie reiste zurück zu jenem Tag, an dem sie in der Kanzlei des Notars gesessen hatten. Ein kleines Büro mit Blick auf die Elbe, holzvertäfelt, ein dunkler Teppich, Hamburgensien an den Wänden. Dreimaster, Lotsen, Fischer in goldenen Rahmen, Beschläge aus Messing an den Türen. Ein seltsamer Kontrast zu Willems weitläufiger Museumswelt. Die schleppende Stimme des Notars, seine Uhrkette, die blitzblank gewienerten Schuhe. Ganz und gar aus der Zeit. Willem hatte sehr ernst ausgesehen, während sie in Gedanken schon in Frankreich war. Sie hatte es kaum abwarten können, ja zu sagen. Ja zu Willem und ja zu ihrem gemeinsamen Leben.

Das Liebesversprechen war zum Schluss verlesen worden. Ja, sie hatte kaum noch zugehört, jetzt erinnerte sie sich. Tatsächlich hatte sie aus dem Fenster gesehen und eine Gruppe von Touristen zwischen den Fischbuden beobachtet, die ein Schiff fotografierten. Einen Containerriesen, der sich im Hafenbecken drehte. Sie hatte Hunger bekommen und überlegt, ob sie Willem im Anschluss zu einem kurzen Abstecher an die Strandperle überreden könnte. Runter an die Elbe, Hafenblick und Sand unter den Füßen. Alles Schwere vergessen, und später über die Himmelsleiter zurück auf die Elbchaussee.

Vielleicht hatte sie sogar über ein mit Räucherlachs belegtes Brötchen nachgedacht?

Ihre Gedanken stockten. Carla versuchte, sich an Willems Blick zu erinnern, an eine Geste. Denn das war der Moment gewesen, in dem Willem sich ihr offenbart hatte. Auf seine Art – hintergründig, bedingungslos, voller Liebe. Er hatte nicht geschwiegen, nie. Sie hatte ihm nur nicht zugehört, das Ungesagte zwischen den Worten nicht verstanden. Seine Liebe hatte ihr die Freiheit geschenkt zu gehen. Damals – und jetzt, in diesem Moment.

Carla öffnete die Augen. Da waren keine Tränen, nur ein Schmerz, der sich durch ihren ganzen Körper zog. Ihr Herz schlug hart in ihrer Brust. Sie suchte zwischen den Netsuke nach der Gans, dann löschte sie das Licht und ging leise in Willems Zimmer, wo sie sich zu ihm legte. Auf ihren alten Platz an der Fensterseite.

»Carla … Geht es dir gut? Rufst du mich an?«

Jaspers Stimme auf der Mailbox. Carla saß am Frühstückstisch, sie starrte auf das Display ihres Handys. Er hatte schon dreimal angerufen, aber sie hatte so viel zu tun. Zuallererst musste sie Frau Woldsen über die Pläne für die kommende Woche informieren. Sie musste sich mit Leonie absprechen und Hannes durch die Woche lotsen. Er musste ihre Führungen übernehmen, das wöchentliche Meeting mit dem Ausstellungsarchitekten, die Katalogredaktion, die Wandtexte für die Ausstellung, die Homepage. Sie durfte nichts vergessen.

Und dann war da Willem. Er war gut gelaunt aufgewacht und hatte seine Arme um sie geschlungen, begeistert, sie an seiner Seite zu finden.

Gemeinsam waren sie aufgestanden, gemeinsam hatten sie einen Moment am Fenster gestanden und auf den Fleet geblickt. Willem hatte ihr das Fernglas gereicht, das auf seinem

Nachttisch stand. Der Garten war noch grüner geworden, der Apfelbaum begann zu blühen. Das Morgenlicht hatte sich langsam über die dichte Kuppel der Weide getastet. Ein zwinkernder Gruß, der die Alsterwiesen in einen See aus flüssigem Gold verwandelt hatte.

»Gänse«, hatte Willem gesagt und auf einen Schwan gezeigt, der den Strom hinab schwamm. Weil er wusste, ihr damit eine Freude zu machen. Er hatte ihre Hand gedrückt. Und Carla hatte ihn umarmt, ihn an sich gezogen. Willem, Willem, Willem. Sie hatte seinen Herzschlag gespürt.

Dann waren sie ins Badezimmer gegangen. Frau Woldsen hatte eines ihrer kleinen Wunder vollbracht, nichts erinnerte mehr an die dramatischen Ereignisse. Und auch Willem erinnerte sich nicht mehr daran. Zum ersten Mal war Carla dankbar dafür.

Nun saßen sie gemeinsam am Frühstückstisch. Willem aß seinen Toast, dazu eine Schale mit Obst und trank Tee. Immer wieder blickte er zu ihr herüber.

»Vater?«, fragte er, als er sah, dass sie mit ihrem Telefon beschäftigt war.

»Das Museum …« Carla legte das Handy zur Seite, sie wollte jetzt nicht an Jasper denken. Später vielleicht. »Ich denke, ich arbeite heute zu Hause, was meinst du?«

»Oben?« Willem schaute zur Decke und summte.

»Ja, in meinem Zimmer.«

Carla trank einen Schluck Tee, ihr fiel auf, dass sie keine Musik aufgelegt hatte.

»In meinem Zimmer«, sagte Willem mit Nachdruck.

Carla suchte seinen Blick. Meinte er, was er sagte, oder sprach er ihr nach?

»Ich soll in deinem Zimmer arbeiten?«, fragte sie.

Willem nickte und sah wieder zur Decke. »Vater.«

»Gut, dann setze ich mich in dein Arbeitszimmer.«

»Kalt«, antwortete Willem und machte eine feierliche Miene. »Handschuhe?« Er rieb die Hände gegeneinander, vermisste er seinen Ring?

Carla lachte. »Möchtest du ein bisschen Mozart hören, Willem?«

»Nein, nein …« Er winkte ab. »Es geht mir gut.«

Das Gespräch mit Jasper hatte warten müssen. Aus dem Später war, nach einem langen Tag, der späte Abend geworden. Carla hatte sich eine Jacke übergezogen und war durch den Garten hinunter zum Fleet gegangen. Im Dunkeln hatte sie sich auf das Kanu gesetzt und ihr Handy aus der Tasche gezogen.

»Carla?« Jasper hatte nach dem ersten Klingelton abgenommen. »Alles gut?«

Als sie seine Stimme hörte, konnte sie ihn vor sich sehen. Sie spürte ihre Erschöpfung. Sie hätte sich gern an seine Schulter gelehnt. »Ich habe den ganzen Tag telefoniert«, antwortete sie. »Die nächste Woche geplant, alles angeschoben.«

»Was sagt Frau Woldsen?«

»Wir haben lange gesprochen. Sie wird mit Willem zu einer dieser Alzheimer-Selbsthilfegruppen gehen. Dann sind sie vormittags aus dem Haus. Sie hat sich dort schon angemeldet.«

»Und Willem – kommt ihr klar?«

»Er schläft.« Ihre Augen suchten die dunklen Fenster seines Zimmers. »Er hat sich gefreut, dass ich zu Hause arbeite. Er wollte, dass ich an seinem Schreibtisch sitze.«

Ein Windstoß fuhr durch die Weide, die Zweige raschelten.

»Wo bist du?«

Jasper hatte das Rauschen des Windes gehört.

»Bei deinem Patienten …« Carla lachte leise. »Ich musste raus, noch einmal durchatmen, bevor ich schlafen gehe.«

»Die Weide, hustet sie noch?« Jasper, seine Stimme war so nah, als ob er neben ihr sitzen würde.

»Nein, nein, alles gut. Ich glaube, sie schläft auch.«

»Und die Gänse?«

»Alles ruhig.«

Carla schwieg einen Moment, sie tastete nach der kleinen Gans in ihrer Tasche. Sie hatte sich noch nicht für sein Geschenk bedankt.

»Jasper …«

Er unterbrach sie. »Hör mal, Carla. Du musst jetzt nichts sagen. Ich wollte einfach nur hören, wie's dir geht.«

Saß er in seiner Küche, oder war er in Katinkas Zimmer und betrachtete das *Apfelmädchen*?

»Und ich möchte nur, dass du weißt, dass ich …«

Carla dachte an die vergangene Nacht und verfranzte sich. Sie wusste nicht mehr weiter. Jasper schwieg. Ein erwartungsvolles Schweigen.

»Dass ich …«

»Carla …«

Jetzt schwiegen sie beide, der Wind raschelte in der Weide. Carla betrachtete das Haus, ihr Blick sprang von Fenster zu Fenster hinauf in das Dachgeschoss. Sie spürte ein Ziehen unterhalb ihres Bauchnabels. Die Liebe, dachte sie, war wie ein Haus mit vielen Zimmern.

»Das war sehr schön, Carla.«

Jaspers Stimme holte sie zurück. Sie wusste, was er meinte.

»Ich habe letzte Nacht bei Willem geschlafen«, antwortete sie, obwohl sie eigentlich etwas anderes sagen wollte. Sie dachte an das Liebesversprechen, von dem Jasper nichts wusste. Und an Willems Brief.

Jasper schwieg.

»Wir beide …«

Sie schüttelte den Kopf, weil sie nicht wusste, wie sie ihn um Geduld bitten sollte. Wenn er bei ihr wäre, könnte sie ihm ins Gesicht blicken und er würde verstehen. Vielleicht zöge er eine Augenbraue hoch, aber er würde verstehen.

»Soll ich kommen?«

Ja.

»Nein …« Sie holte tief Luft. »Ich kann das nicht, Jasper. Willem – er ist mein Mann.«

In guten wie in schlechten Zeiten.

Die Weide rauschte, Wasser schwappte gegen den Steg, schlug leise gegen das Holz. Nachtgeräusche.

»Dann sehen wir uns nächste Woche …«

»Jasper?«

Streichelte er die Katze?

»Schlaf gut, Carla.«

Sie wollte ihm antworten, doch er hatte schon aufgelegt.

NEUNZEHN

Leonie hatte Lampen mitgebracht. Starke Lampen, Halogenstrahler, vierhundert Watt, sie schraubte daran herum. Carla dachte, dass sie jeden Winkel von Willems Vergangenheit ausleuchten würden. Kabel schlängelten sich zwischen den Möbeln hindurch, Kameras, Stative, eine Szene wie im Film. Hollywood.

Und Jasper, welche Rolle spielte er darin?

Er hatte sie am Morgen mit einem Kuss auf die Wange begrüßt – lächelnd, freundlich, freundschaftlich. Ein aufmunterndes Nicken, eine kurze Berührung. Kein Groll. Carlas Herz hatte wie ein Vogel geflattert. Gemeinsam mit Leonie hatten sie die Kisten und Kabeltrommeln auf den Dachboden getragen.

»Expedition ins Herz der Finsternis«, hatte Leonie gescherzt und Jasper dabei angesehen. Sie trug schwarze Jeans, knalleng, und zum ersten Mal flache Schuhe. Die Kisten mit der Ausrüstung waren schwer. In jedem Stockwerk hatten sie absetzen müssen und sich einen Moment ausgeruht.

»Ich bin so weit.«

Leonie hatte erste Fotos von den Gegebenheiten auf dem Dachboden gemacht, sie drehte sich zu ihnen um. Die Wand in ihrem Rücken reflektierte das Licht der Lampen. Das Loch darin, es sah aus wie ein schwarzer Schlund. Alle Helligkeit schien darin zu verschwinden.

»Kann ich anfangen?«

Jasper sah Leonie an, und sie streckte den Daumen in die Höhe. Carla trat einen Schritt zurück.

»Okay …«

Sie hatten sich darauf verständigt, nur so viel von der Mauer wegzuschlagen, wie es unbedingt nötig war. Jasper schwang den Hammer über die Schulter nach hinten, dann traf der Hammerkopf auf den Bereich der Mauer auf, den Leonie mit Kreide markiert hatte.

Es war wie beim ersten Mal. Mörtel rieselte, Steine polterten herab. Jeder Schlag ein dumpfer Schmerz. Carla versuchte, ruhig zu atmen, sich nicht wegzudrehen. Als das Loch groß genug war, um sich hindurchzuzwängen, hörte Jasper auf. Er begann, die Öffnung mit Balken abzusichern, während Leonie die Lampen neu ausrichtete.

»Carla?«

Leonie winkte sie heran. »Du zuerst …« Sie hielt ihr ein paar Stoffhandschuhe entgegen.

Einatmen. Ausatmen. Carla streifte die Handschuhe über. Sie spürte keine Angst mehr, aber eine unerträgliche Spannung. Das Herz hämmerte in ihrer Brust, kleine, schnell aufeinanderfolgende Schläge. Würden sie auch Alma Reed finden, fragte sie sich. Carla zögerte kurz, dann trat sie wie durch einen Zauberspiegel in eine andere Welt.

Der vom Dachboden abgetrennte Raum war schmal, kaum zwei Meter breit, aber lang wie ein Flur. Er erstreckte sich über die gesamte Breite des Hauses. Carla sah sich um. Das Licht, das durch die Öffnung fiel, beleuchtete den Stuhl, einen Tisch. Kleider, Schuhe, ein paar Bücher, Leinwände, einige waren mit Tüchern abgedeckt. Je länger sie schaute, desto mehr Einzelheiten nahm sie wahr. Das Durcheinander auf dem Tisch, vertrocknete Farbtuben, Pinsel, die Borsten hart wie Holz, alte Zeitungen, ein blinder Spiegel, eine Waschschüssel, eine schmale Liege, eine Wolldecke, von Motten zerfressen, ein klumpiges Kissen. Und so viel Staub. Sie hielt sich eine Hand vor Mund und Nase, mit der anderen winkte sie Leonie zu.

»Liegt sie etwa da drin?« Leonies Stimme kiekste alarmiert.

Carla nahm die Hand herunter, sie schüttelte den Kopf, für einen winzigen Augenblick amüsiert.

»Nur Staub«, antwortete sie beschwichtigend. »Kommst du?« Sie reichte Leonie eine Hand, zog sie zu sich herüber, in die Welt von Alma Reed.

Auch Leonie brauchte einen Moment, bis sie die Eindrücke verarbeitet hatte. »Sie hat hier gemalt, oder?« Mit einer Handbewegung wies sie auf die Leinwände, Farbtuben und Pinsel.

Carla nickte. »Dahinten steht auch eine Staffelei.«

»Mieses Licht für eine Malerin.« Leonie sah hinauf zur Fensteröffnung in der Giebelwand. »Sie wird sich ihre Augen ruiniert haben.«

Carla folgte ihrem Blick. Das halbrunde Fenster, da war es, etwa drei Meter über ihnen.

»Sie konnte noch nicht einmal hinaussehen«, murmelte sie. Ihre Gedanken begannen zu fließen. Sie versuchte sich vorzustellen, wie Alma Reed sich gefühlt haben musste. Wie es gewesen war, über Monate in dieser Kammer zu leben. Eingeschlossen, abgeschlossen, aus der Welt. Eine Welt, die sie nicht haben wollte. Und dann die Angst – die Furcht vor Entdeckung, vor den Bomben, vor dem Ende, vor dem Tod. Gustav van Velden musste sie mit dem Nötigsten versorgt haben. Hatte er ihr auch Hoffnung schenken können?

»Ich hole die Kamera …«

Leonie tat einen Schritt zurück in die andere Welt. Carla hörte, wie sie ein paar Worte mit Jasper wechselte.

Dann war sie zurück, Jasper reichte eine der Lampen durch die Öffnung. Immer mehr Staub wirbelte auf, dazu die Hitze der Strahler. Carla trat zurück, und Leonie begann wieder zu fotografieren. Sie tasteten sich durch den Raum, versuchten jeden Quadratzentimeter zu erfassen. Wie lagen die Pinsel auf dem Tisch, wie stapelten sich die Zeichnungen, wie lehnten die Leinwände an der Wand? Bevor sie auch nur eine Sache in die Hand nahmen und genauer untersuchten, mussten sie den Urzustand dieser Welt dokumentieren.

Jasper sah ihnen von außen schweigend zu.

Am Mittwoch waren sie so weit, dass sie die Leinwände aus dem Versteck holen konnten. Sie hatten fünfzehn Bilder gefunden, dazu einige Briefe, Notizen und Verfügungen, die Alma Reeds Nachlass betrafen. Darin hatte die Malerin bestimmt, dass das *Apfelmädchen* aus Gustav van Veldens Sammlung an die Familie Paulsen gehen sollte. »Sie haben ihre Tochter verloren«, schrieb Alma Reed, »das Bild soll dort sein, wo es geliebt wird.« Alles Weitere, das, was auf dem Dachboden entstanden war, sollte dort bleiben – »bis in eine andere Zeit«.

Eine andere Zeit. Jasper und Leonie trugen die Gemälde in den zweiten Stock, wo Carla das Bügelzimmer in Beschlag genommen hatte. Auf Tapeziertischen, die Jasper hinaufgeschleppt und Leonie mit Tüchern in provisorische Arbeitstische verwandelt hatte, legten sie die Gemälde ab. Bilder, die Alma Reed während der Monate im Versteck gemalt haben musste. Jedes einzelne war ein berührendes Zeugnis ihres Martyriums, und alle zusammengenommen waren sie eine kunsthistorische Sensation.

Da waren Selbstbildnisse, beklemmende Farben, das schmale Gesicht Alma Reeds in die Länge gezogen. Ein ahnungsvoller Blick, der nicht mehr von Rettung zu träumen wagte.

Da waren Porträts von Gustav van Velden, eine Zigarette in der Hand, ein Einstecktuch in der Brusttasche seiner Anzugjacke. Ein seltsam distanzierter Blick, als ob er ein Fremder gewesen war. Hatte er Alma Reed in ihrem Versteck Modell gesessen? Hatte er die Bilder gar für einen offiziellen Anlass in Auftrag gegeben?

Und da waren Kinderbildnisse – ein schlafender Junge, Spielzeug um ein weißes Bettchen verstreut. War das Willem? Hatte Alma Reed nachts an seinem Bett gestanden und über seinen Schlaf gewacht? Hatte sie sich gar in seine Träume geschlichen? Das Gespenst, Willems Gespenst … Auf der Rückseite ein paar Zeilen: »Ein schöner Mann, ein schönes Kind. Nie ganz mein.«

Und mehr noch: ein Liebespaar, die nackten Körper aneinandergeschmiegt in einem abstrakten Raum. Ein Blick in den Sternenhimmel, bedrohlich kreisendes Funkeln. Gänse, vor einem Gewitterhimmel weidend. Die Villa am Fleet, Fratzen, die aus den Fenstern lugten. Ein Engel in einem gespenstisch weißen Kleid, den Mund wie zum Schrei geöffnet. *Der Ruinenengel*, hatte Alma Reed anstelle einer Signatur notiert.

Die Gemälde waren in einem weniger guten Zustand als das *Apfelmädchen*. Hastig gemalt, ein schneller Pinselstrich. Abgeplatzte Farbe, wellige Leinwände, verrostete Nägel in den Rahmen. Offenbar war es auf dem Dachboden feucht gewesen. Leonie begann die Leinwände zu vermessen und ihren Zustand zu dokumentieren, während Carla die Reihe der Bilder immer wieder abschritt – wie in einer Ausstellung. Sie konnte sich nicht von den Bildern losreißen, jedes einzelne berührte sie bis tief in ihre Seele.

»Du kannst es immer noch nicht glauben, oder?«

Jasper folgte ihr, seine Stimme war ein Flüstern an ihrem Ohr, als wollte er die besondere Aura der Bilder nicht stören.

»Nein«, Carla schüttelte den Kopf, sie hatte ihre Stimme ebenfalls gesenkt. »Es kommt mir noch immer unwirklich vor, fast wie ein Traum. Ein Traum, der für kurze Zeit greifbar scheint und sich dann doch verflüchtigt.«

»Die Bilder sind so …«, Jasper suchte nach Worten, »ganz anders als das *Apfelmädchen*.«

»Sie hat das *Apfelmädchen* ja auch viel früher gemalt, noch in Freiheit. Als sie noch ausstellen konnte.« Carla zeigte auf eines der Kinderbildnisse. Es ähnelte Jaspers Bild in den Farben, war aber radikaler, ein Schritt hin zur Abstraktion. Als hätte Alma Reed keine Rücksicht auf Konventionen mehr nehmen wollen. »Anfang der Dreißigerjahre hatte sie noch Hoffnungen und Ziele, war ambitioniert. Eine Künstlerin der Avantgarde, aufgeschlossen für alles Neue«, fuhr sie fort. »Und auch Hamburg war damals noch weltoffen, jedenfalls schloss man die Moderne nicht aus. Für eine kurze Zeit schien alles möglich.«

Sie standen vor einem der Porträts von Gustav van Velden, das Leonie bereits abfotografiert hatte. Jasper sah sie an, und Carla meinte, seine Gedanken lesen zu können.

»Wir lagen gar nicht mal so falsch«, fuhr sie schnell fort und wies auf eines der kleinen Notizhefte, die sie gefunden hatten. »Sie haben sich tatsächlich auf einem der Sezessionsfeste kennengelernt. Der reiche Gönner und die aufstrebende Künstlerin. Sie muss einen ungeheuren Eindruck auf ihn gemacht haben, eine starke, selbstbewusste Frau, ganz anders als Martha van Velden. Dazu ihre exotische Schönheit, das prachtvolle Haar, der andere Blick auf die Welt …« Carla versuchte ein Lächeln. »Eine Verbindung gegen alle Konventionen.«

»Vielleicht hat sie gehofft, dass er sich eines Tages zu ihr bekennen würde?« Jaspers Blick verschlang sie, seine Wildwasseraugen blitzten. Carla blickte zur Seite, sie versuchte, seinem Sog zu entkommen. »Und dann kamen die Nazis an die Macht, ihre Welt geriet aus den Fugen.«

Sie zog weiter, zum nächsten Bild. Das Liebespaar – Zärtlichkeit, jenseits von Zeit und Raum. Alma Reeds Notizen hatten ihnen verraten, dass sie fast bis zum Schluss bei ihrer Familie in ihrem Elternhaus hatte bleiben können. Wohl auch, weil Gustav van Velden seinen Einfluss hatte geltend machen können. Und dann, im Frühjahr 1944, doch noch der Befehl zum Abtransport. Theresienstadt. Während ihre Familie sich, zermürbt von den Schikanen, wohl gefügt hatte, holte Gustav van Velden die Geliebte zu sich in die Villa. Er hatte sie retten wollen, auch ihre Kunst hatte er retten wollen. Er hatte Alma Reeds Bilder in Otto Waldburgs geheimes Lager gebracht, wo sie bei einem Bombenangriff verbrannt waren.

»Aus der Dunkelheit in die Dunkelheit«, hatte Alma Reed geschrieben, denn sie hatte ihr Versteck nur einige wenige Male nachts verlassen können. »Meine Liebe, so nah und doch so fern.«

Carla betrachtete eines der Kinderbilder. »Sie hat ihre Familie nie wiedergesehen.« Ein Anruf bei der Jüdischen Gemeinde hatte ergeben, dass der Transport nach Theresienstadt nie angekommen war. Ein Angriff der Briten hatte die Gleise zerstört. Die Gefangenen waren in einem Wäldchen erschossen worden.

Sie hatten Alma Reeds Notizen und die eigenen Recherchen zu einem Leben zusammengefügt.

»Der Krieg nahm kein Ende, die furchtbaren Bombennächte … Hier oben muss es in diesem grausamen letzten Kriegswinter bitterkalt gewesen sein, und Gustav van Velden konnte sich nur sporadisch hinaufschleichen. Ihre Hoffnungslosigkeit wuchs, sie sah keinen Ausweg mehr …« Carla stockte, sie meinte, die Verzweiflung Alma Reeds spüren zu können.

Jasper schwieg. In einem der Notizhefte hatten sie einen Abschiedsbrief an Gustav van Velden gefunden. Alma Reed hatte ihm für seine Hilfe gedankt – und für seine Liebe. »Ich kann nun nicht mehr weiter«, hatte sie geschrieben. »Ich möchte gehen, wieder frei sein, Ich sein, auch wenn es für uns das Ende bedeutet. Dieses Ende wird ein Anfang sein …« Dann hatte sie davon geschrieben, »in das Eis zu tauchen«. Sie wird sich im Fleet ertränkt haben, hatte Leonie daraus geschlossen. »Eine Handvoll Veronal, das eiskalte Wasser, vielleicht ging es ganz schnell?«

»Ob man sie gefunden hat?« Carla sah Jasper an. Alma Reeds Abschiedsbrief datierte vom 2. Januar 1945. Doch sie hatten keinen Hinweis darauf, ob man ihren Leichnam bestattet hatte.

Jasper schwieg. »Und Gustav van Velden«, sagte er schließlich, »ist er an gebrochenem Herzen gestorben?«

»Nein. Sein Tod war ein Unglück, ein tragisches Unglück.« Carla musste an Willems Brief denken, von dem niemand etwas wusste. Das Geheimnis ihrer Ehe. »Ein Fieber«, fuhr sie fort, »ich denke, dass es ein Fieber war. Wir sollten Willems Erinnerungen in diesem Punkt einfach trauen. Vielleicht hat er sich übernommen, als er das Versteck zumauerte? Der eiskalte Winter, der Kummer, die Angst …« Ihre Stimme flatterte wie ein Vogel davon.

Jasper atmete hörbar aus, er sah sie an, aber er antwortete ihr nicht. Sein Blick tastete sich von ihrem Gesicht abwärts über die Schultern, bis seine Augen sie verließen. Etwas hatte ihn abgelenkt. Carla folgte seinem Blick. Sie sah, dass er Leonie beobachtete, wie sie das nächste Gemälde von allen Seiten abfotografierte. Wenn sie sich über die Kamera beugte, gab ihr tief ausgeschnittener Pullover den Blick frei auf ein stolzes Dekolleté. Carla bemerkte, dass Jasper sich ein Lächeln verkneifen musste. Seine Heiterkeit versetzte ihr einen Stich.

»Soll ich dich nach unten bringen?«, fragte sie.

Alle schwere körperliche Arbeit war getan, alles Weitere betraf Carla und Leonie. Sie würden noch einige Zeit mit dem Erfassen der Fundstücke beschäftigt sein. Dann musste Carla entscheiden, was mit den Bildern geschah. Sollten sie ins Museum gehen? Jasper hatte angekündigt, dass er am Nachmittag zu Baumarbeiten erwartet wurde.

»Wenn du möchtest …«

Jaspers Blick löste sich von Leonie, sie sah, dass er irritiert war. Dachte er, dass sie ihn loswerden wollte?

»Tschüs, Leonie …« Er winkte Leonie zu. »Wir sehen uns.«

»Danke für deine Hilfe.« Leonie legte die Kamera zur Seite und kam zu ihnen herüber. Sie verabschiedete sich mit Handschlag von Jasper. »Irre Geschichte, oder?« Sie boxte ihm noch einmal freundschaftlich in die Seite. »Du hast den Stein ins Rollen gebracht. Wenn du uns nicht das *Apfelmädchen* ins Museum gebracht hättest …«

»Ja …« Jasper nickte und sah von Leonie zu Carla. »Irre Geschichte, total irre.«

Carla blickte zur Seite, sie tastete sich über die Bilder, bis sie Alma Reeds Liebespaar gefunden hatte.

»Das sind so die Momente, die ein Leben verändern können«, plapperte Leonie weiter. Jeder Gedanke ein weiterer, unbeabsichtigter Stich in Carlas Herz. »Na, wir sehen uns, wenn du das *Apfelmädchen* für die Ausstellung bringst. Ich würde gern noch die kleine Macke unten in der Ecke ausbessern. Du kannst dich ja melden, wenn es dir passt.«

»Mach ich, Leonie.« Jasper lächelte wieder, amüsiert. »Ich melde mich bei dir.«

»Und du? Meldest *du* dich bei mir?« Sie standen vor dem Haus, vor Jaspers Wagen. Jasper sah sie an, schon auf dem Sprung, eine Hand auf die Kühlerhaube seines Wagens gelegt. Die Sonne setzte funkelnde Reflexe in seine Augen. Ein kalter, stürmischer Gebirgsbach. Wildwasserstrudel. Unmöglich, darin Kanu zu fahren, ohne zu kentern. Als sie die Haustür öffnete, hatte Carla gedacht, dass sie sich noch einen Moment in die Küche setzen und reden sollten. Doch Jasper war so schnell aus dem Haus gewesen, dass sie den Mut verloren hatte.

»Natürlich melde ich mich bei dir. Wie Leonie schon sagte,

die Übergabe des *Apfelmädchens* … Und dann müssen wir uns wegen der Pressearbeit abstimmen. Vielleicht hast du Lust, die Ausstellung schon einmal vor der Eröffnung zu sehen? Ohne den ganzen Trubel der Vernissage.«

Formalien, keine Emotionen. Carla spürte ein verzweifeltes Ziehen in ihrer Brust. Sie kämpfte mit sich. Was wollte sie Jasper sagen? Sie hätte so gerne die Arme um ihn geschlungen und sich an ihn geklammert. Wie an einen Rettungsring, der sie über Wasser halten würde.

»Ich möchte dich sehen, Carla.« Jasper streckte seine Hand nach ihr aus und zog sie zu sich. »Nicht erst in zwei Monaten und auch nicht in drei Wochen. Ich möchte dich morgen wiedersehen.« Seine Stimme klang rau, als hätte er eine Hand voll Sägespäne verschluckt. »Ich möchte, dass wir zusammen sind.«

Wir. Sein Atem in ihrem Haar.

»Das geht nicht, Jasper.«

Carla spürte, dass sie ganz steif war in seinen Armen. Sie musste sich zwingen, ihm nicht in die Augen zu schauen. Ihr Blick wanderte über den Rover, suchte sich einen Punkt auf dem glänzenden Wagen. Der Griff der Fahrertür. Willems Brief hatte alles verändert. Er war immer noch da. *Der* Willem van Velden. Seine Liebe. Und ihre Liebe. Sie konnte ihn nicht verlassen.

»Ich habe Willem versprochen, für ihn da zu sein.«

In guten wie in schlechten Zeiten.

»Um Gottes willen, Carla. Ich habe nicht gesagt, dass du Willem verlassen sollst. Natürlich bist du seine Frau – und natürlich bist du für ihn da. Ich mag es, dass du dich um ihn sorgst. Wie du dich um ihn sorgst. Sehr sogar … Ich möchte nur, dass wir ab und zu zusammen sein können.«

»Wie stellst du dir das vor, Jasper?« Der Türgriff glänzte in der Sonne. Sie streckte die Hand danach aus, spürte das warme Metall auf der Haut. »Wenn wir zusammen sind, bemerke ich nur noch stärker, was mir bei Willem fehlt. Was er mir nicht mehr geben kann. Du bist alles, was Willem nicht mehr ist. Du würdest mir seine Mängel, seine Unzulänglichkeiten, seinen Verfall doch täglich vor Augen führen.«

»Du sollst dich nicht zwischen uns entscheiden, Carla. Du könntest mich dazunehmen, wie …« Jasper suchte nach Worten. »Vielleicht wie einen Baum, den du in deinen Garten pflanzt.«

»Du würdest immer in seinem Schatten wachsen.« Carla zog an dem Türgriff. Das Auto war nicht abgeschlossen, mit einem Ruck sprang die Fahrertür auf. »Du müsstest dich verbiegen.«

»Ich bin stark, Carla.« Jasper lachte leise auf. »Ich würde mich nach der Sonne strecken.«

Ein merkwürdiges Bild. Jetzt musste auch Carla lächeln. Jasper, er schaffte es immer wieder, sie zum Lachen zu bringen.

»Weißt du …« Carla löste ihren Blick vom Türgriff des Rovers. »Ich weiß wirklich nicht, ob ich aus dir einen Baum machen will.« Sie sah zu ihm hoch.

In diesem Moment beugte er sich herab und küsste sie. Ein langer Kuss, sein fester Mund auf ihren Lippen. Als er sich von ihr löste, musste sie nach Luft schnappen.

»Überleg es dir …« Er zog die Fahrertür weiter auf und schwang sich auf den Sitz. »Du weißt, wie du mich erreichen kannst.«

Verblüfft bemerkte Carla, dass er den Motor anließ.

Dann schloss er die Tür und fuhr davon.

Kein Blick zurück, nur ein Aufblitzen der Bremsleuchten am Ende der Straße.

Der Baumdoktor.

Carla schüttelte den Kopf.

Dann begriff sie, dass er fort war. Dass sie ihn fortgeschickt hatte. Weil sie Willem nicht verlassen wollte. Weil sie ihn nicht verlassen konnte.

Der Himmel kippte. Da war etwas, das sie taumeln ließ. Plötzlich fand sie sich auf dem Bordstein wieder. Sie stöhnte auf und schlang die Arme um die Beine, vergrub den Kopf in diesem Nest aus Armen und Beinen.

Das Liebespaar flackerte vor ihrem inneren Auge auf. Alma Reeds Liebespaar. So viel Leid – durch alle Zeiten.

Ihr Herz war wund, wie von Axthieben verletzt.

Sie wünschte, dass sie weinen könnte. Doch da war nur noch ein Gefühl der Leere und der Verzweiflung.

Der Baumdoktor. Er war fort.

Als sie wieder nach oben kam, sah Leonie sie augenrollend an. »Du bist verrückt, dass du ihn einfach so gehen lässt«, sagte sie.

Ich träume oft von Vater.
Er fehlt mir so sehr.
Mutter spricht nicht mehr über ihn.
Ein rostiger Nagel.
Ein rostiges Fieber.
Das ist kein Heldentod, sagt Mutter.
Wenn der Krieg vorbei ist, gehen wir von hier fort.

ZWANZIG

Die Gänseküken waren Ende Mai geschlüpft. Eine Handvoll flaumiger Wesen, die unter der Weide heranwuchsen und ihren Eltern auf den Fleet hinaus folgten oder Ausflüge in den Garten unternahmen. Ein heiteres Schauspiel.

Carla und Willem besuchten die Gänsekinder jeden Morgen und brachten ihnen Sonnenblumenkerne und Haferflocken. Gegen Ende des Sommers fraßen die jungen Gänse Willem aus der Hand. Teenager nun, mutig und keck. Er durfte ihnen sogar über das silbrige Federkleid streichen, das den Flaum ersetzt hatte. »Tinka, Tinka«, rief er, wenn er die Gänse heranlocken wollte. Die Beschäftigung mit den Tieren hatte das Gespenst vertrieben.

Tinka, Tinka. Carla unterdrückte ein Lächeln, während sie mit Elke Schnibben eine letzte Runde durch den Ausstellungssaal drehte. Ihre Absätze klackerten auf dem frisch gebohnerten Parkett. Die Herbstausstellung – morgen würde sie mit einer Vernissage feierlich eröffnet werden. Die Bilder der Sezessionisten schimmerten und leuchteten, wie zu einem Fest herausgeputzt. Und mittendrin, Alma Reed, die heimliche Königin. Neben dem *Apfelmädchen* hatte Carla eines ihrer Selbstbildnisse mit in die Ausstellung genommen. Alma Reeds suchender Blick schien ihnen zu folgen.

»Großer Tag morgen«, sagte Elke Schnibben. Sie trat vor eines der Bilder, kniff die Augen kritisch zusammen und ruckelte dann an seinem Rahmen. Das Bild bewegte sich um eine winzige Nuance nach oben. Millimeter nur. »Viel besser«, hörte Carla sie murmeln.

»Ja, großer Bahnhof«, antwortete sie. Sie sah auf ihre Checkliste für den morgigen Tag. Um elf Uhr würden sie mit einer Pressekonferenz in der Ausstellung beginnen, die Nachricht von dem sensationellen Kunstfund aus der Nazizeit würde parallel per E-Mail-Verteiler in die Welt hinausgehen. Auch die *Hamburger Nachrichten* berichteten, Carla hatte sich im Vorfeld einige Male mit Werner Gätjens getroffen. Als einziger Journalist hatte er bislang Alma Reeds Versteck in der Villa sehen dürfen. Carla hoffte, dass ihm ein differenziertes Stück über Alma Reeds Schicksal und die Geschichte ihrer Bilder gelingen würde. Sie wollte Willem nicht an den Pranger stellen, aber sie hatte sein Schweigen auch nicht für sich behalten. Am Abend dann die große Vernissage, der übliche Rahmen: Gäste und Gönner, Kulturschickeria, Häppchen und Weißwein. Auch ihre Mutter wollte kommen. Sie alle würden eine kurze Begrüßung durch die Kultursenatorin hören, danach eine Rede der Generalin, schließlich würde Carla in die Ausstellung einführen. Sie wollte auch über die kunsthistorische Bedeutung des Gemäldefundes sprechen. Und über Alma Reeds Vermächtnis.

»Ich hätte dich der Senatorin morgen gern als meine Nachfolgerin empfohlen.« Elke Schnibben sah Carla eindringlich an. Ihr Blick schien sie zu bitten, ihre Entscheidung noch einmal zu überdenken. Der Ring an ihrem Finger funkelte im Ausstellungslicht.

Carla schüttelte den Kopf. »Alles bleibt so, wie besprochen, Elke. Ich brauche diese Auszeit, für mich und für Willem. Außerdem läuft das Alma-Reed-Projekt ja weiter, ihre Bilder müssen restauriert und publiziert werden. Mein Antrag läuft, die Villa unter Denkmalschutz zu stellen. Und ich werde eine Stiftung ins Leben rufen, die Alma Reeds Nachlass verwaltet.

Das wäre sicherlich auch in Willems Sinne. Ich werde mich bestimmt nicht langweilen. Hannes wird mich auf Trab halten, ich bin froh, dass er meine Vertretung hier im Haus übernehmen kann.«

»Er ist ein Guter …« Elke Schnibben nickte. Hannes hatte in den vergangenen Wochen und Monaten wie ein Besessener gearbeitet, ohne seine Hilfe wären sie nie fertig geworden. »Er hat es sich verdient. Und unser finanzieller Spielraum hat sich ja auch deutlich verbessert.«

»Wir könnten das Haus mit Alma Reed wiedereröffnen«, überlegte Carla. »Bis dahin sollten alle Bilder restauriert sein – und wer weiß, was sich durch die Berichterstattung tut. Vielleicht stolpert noch jemand über ein Bild von Alma Reed? Hannes wird morgen unsere Alma-Reed-Seite im Netz freischalten.«

»Ihr braucht auf jeden Fall einen Stolperstein vor dem Haus und eine Gedenktafel, die an Alma Reed erinnert.« Elke Schnibbens Gedanken kehrten zur Villa zurück. Sie selbst war einige Male auf dem Dachboden gewesen und hatte das Versteck auf sich wirken lassen. Sie hatte Carla ermuntert, sich ganz dem Schicksal Alma Reeds zu widmen und die Familiengeschichte der van Veldens aufzuarbeiten.

»Man könnte auch darüber nachdenken, die Villa für Besucher zu öffnen. Irgendwann, wenn Willem …« Carla stockte, sie mochte den Gedanken nicht zu Ende denken. Mit den Augen suchte sie das *Apfelmädchen*, stolz schien es sich dem Raum zu präsentieren. Perfekt ausgeleuchtet, brillierten seine Farben, die Apfelwangen glühten, als ob es sich auf den morgigen Tag freute.

»Kommt er noch?« Die Generalin war ihrem Blick gefolgt.

»Ich weiß es nicht, Elke.« Carla sah auf ihre Uhr, dann zuckte sie mit den Schultern. Sie hatte Jasper eingeladen, die Ausstellung gemeinsam mit ihr anzusehen – vor dem Trubel der

Ausstellungseröffnung. »Eigentlich hätte er vor einer halben Stunde hier sein sollen.«

»Was hat er denn gesagt?«

»Ich habe ihm eine Mail geschickt.«

»Ihr habt gar nicht miteinander gesprochen?« Elke Schnibben sah sie fragend an, ihre Hände beschrieben eine erstaunte Geste. »Aber ich dachte …«

Carla seufzte, sie wusste nicht, was sie sagen sollte. »Irgendwie hat er in letzter Zeit mehr mit Leonie als mit mir gesprochen«, antwortete sie. »Leonie hat das Bild gesäubert und die kleine Macke unten rechts ausgebessert. Er hat es ihr in die Werkstatt gebracht, und von dort ist es direkt in die Ausstellung gewandert. Wir haben uns lange nicht gesehen.«

»Aber ich hatte den Eindruck, dass ihr … Wie soll ich das sagen? Dass ihr euch ganz gut versteht.«

»Ja …« Carla schwieg. Sie dachte an jenen Tag im Frühjahr zurück, an dem sie Alma Reeds Versteck auf dem Dachboden der Villa entdeckt hatten. Als für einen kurzen Moment alles möglich gewesen war. Und dann hatte sie Willems Brief gefunden. »Ganz gut reicht manchmal nicht«, murmelte sie. »Irgendwie …«

Die Generalin sah sie von unten herauf an, ihr Blick sprach Bände. Wenn sie jünger wäre, dachte Carla, würde sie wie Leonie mit den Augen rollen.

»Irgendwie falsch, oder?« Carla drehte den Kopf zur Seite und sah das *Apfelmädchen* wieder an. Jasper fehlte ihr. Sehr sogar. Sie erinnerte sich an seinen Kuss. Plötzlich musste sie nach Luft schnappen, das *Apfelmädchen* schien die Augenbrauen in die Höhe zu ziehen.

»Ganz falsch.« Elke Schnibben nickte vehement, sie stemmte die Hände in die Hüften.

»Vielleicht erreiche ich ihn noch?«

Carla fischte in ihrem Blazer nach dem Handy. Als sie es

in der Hand hielt, klingelte es, ein muntere Abfolge von Tönen. »Willem« leuchtete auf dem Display auf. Frau Woldsen benutzte Willems altes Handy, wenn sie mit ihm unterwegs war.

»Ja?« Carla entschuldigte sich mit einer Handbewegung bei Elke Schnibben für die Störung.

Die Stimme der Haushälterin klang verstört. »Ihr Mann ist verschwunden, Frau van Velden«, hechelte sie kurzatmig. »Ich kann ihn nicht finden.«

»Was heißt das, er ist verschwunden?«

Carla bemerkte, wie sich ihr Herzschlag beschleunigte. Ihr wurde heiß. Willem ging nie alleine vor die Tür.

»Er hat mit dem Fernglas im Gartenzimmer gesessen. Und als ich ihm sein Abendbrot bringen wollte, war er nicht mehr da. Ich habe schon das ganze Haus auf den Kopf gestellt.«

»Vielleicht ist er draußen, im Garten? Haben Sie schon bei den Gänsen nachgeschaut?«

»Ich habe überall nach ihm gerufen, Frau van Velden.«

»Ich bin gleich da, ich nehme ein Taxi.«

»Soll ich nicht die Polizei rufen?«

»Ich komme, Frau Woldsen. Beruhigen Sie sich …«

»Es tut mir leid, Elke.« Carla drückte der Generalin die Checkliste in die Hand. »Ich muss unbedingt nach Hause.«

»Natürlich. Mach dir keine Sorgen, wir sind ja so gut wie fertig.« Elke Schnibben strich ihr über den Arm.

»Hannes druckt noch die letzten Handzettel aus. Er weiß, was noch zu tun ist.«

»Alles gut, Carla. Wir kriegen das hin. Los, lauf! Ich ruf dir ein Taxi zum Eingang.«

»Danke, Elke …«

Carla drehte sich um und lief aus dem Ausstellungssaal heraus in die Eingangshalle. Meister Grote war schon nach Hause gegangen, die Garderobe war verwaist, die Türen waren abgeschlossen. Carla suchte an ihrem Schlüsselbund nach dem Schlüssel für die kleine Seitentür und eilte hinaus.

Das Taxi war noch nicht zu sehen. Kurz überlegte Carla, ob sie nicht doch das Fahrrad nehmen sollte. Dann beschloss sie, über die Straße zum Hauptbahnhof hinüberzulaufen. Dort standen die Taxen auf dem Vorplatz Schlange.

»Carla …«

Auf dem Parkplatz vor dem Museum rief jemand ihren Namen. Hatte sie das Taxi übersehen? Verwirrt sah sie sich um.

»Bin ich zu spät, Carla?«

Plötzlich entdeckte Carla den grünen Land Rover mit dem silbernen Logo. Sie war direkt darauf zu gelaufen. Jasper hatte die Fahrertür geöffnet.

»Ich muss nach Hause. Willem …«

»Steig ein, ich fahr dich schnell.«

Der Baumdoktor.

Carla zögerte einen winzigen Moment, dann lief sie um das Auto herum. Jasper hatte die Beifahrertür von innen geöffnet und streckte ihr seine Hand entgegen. Er zog sie auf den Sitz. Bevor sie die Tür zuschlagen konnte, brauste er los.

»Danke …«

Carla versuchte, sich anzuschnallen und zu Atem zu kommen. Jasper blickte konzentriert auf die Straße und wechselte von Spur zu Spur. Hinter dem Hauptbahnhof rutschte der Rover bei Dunkelgelb über die Kreuzung.

»Was ist passiert?«

An der Alster floss der Verkehr zügig voran, Jasper wagte einen kurzen Seitenblick. Seine Augen waren dunkel, er trug das Haar inzwischen länger als im Frühjahr.

»Frau Woldsen hat mich angerufen. Sie kann ihn nicht finden. Er scheint nicht im Haus zu sein.«

»Vielleicht ist er irgendwo im Garten?«

Jaspers Stimme klang ruhig, vernünftig. Er wollte sie beruhigen.

Carla nickte, sie versuchte die aufsteigende Panik zu bekämpfen. »Bei den Gänsen vielleicht«, murmelte sie, bevor sie stockte. Ihr fiel ein, dass sie am Morgen nicht wie üblich die Gänse gefüttert hatten. Sie hatte pünktlich im Museum sein wollen, weil noch so viel zu tun gewesen war, und ihn auf später vertröstet. »Wir füttern die Gänse heute Abend«, hatte sie ihm beim Weggehen versprochen.

Sie waren schon auf der Fleetbrücke, das Abendlicht spiegelte sich in den Fenstern der Villa. Vor einer roten Ampel mussten sie warten. Der letzte Alsterdampfer legte soeben Richtung Norden ab.

»Er nennt die Gänse Tinka«, fuhr Carla leise fort, ihr Blick folgte für einen Moment dem davonziehenden Dampfer. Ein Stand-up-Paddler geriet in seinem aufgewühlten Fahrwasser ins Schlingern. »Das ist sein Begriff für alles, was ihm am Herzen liegt.«

»Katinka hat auch nach ihm gefragt.« Jasper fuhr wieder an, in seiner Stimme eine Spur von Weichheit. »Und nach dir.«

Nur noch zweimal abbiegen, dachte Carla. Plötzlich konnte sie es kaum noch ertragen, Jasper so nah zu sein. Der betäubende Geruch nach frisch geschlagenem Holz erfüllte den ganzen Wagen.

»Wusstest du, dass der alte Engel wieder eine Dackeldame hat?«, fragte sie, um die Stille zu durchbrechen. »Die beiden wollen sogar verreisen, drei Wochen Frankreich. Nächste Woche geht's los.« Trotz ihrer Anspannung musste Carla schmunzeln. August Engel hatte sich lange mit ihr über die Reiseroute beraten. Er hatte auch einen Abstecher nach Saint-Tropez geplant.

»Auf den Spuren der Blumengöttin, was?«

Jasper setzte den Blinker, um rechts abzubiegen. Wieder ein kurzer Seitenblick.

»Du kennst die Geschichte?«

Verblüfft erwiderte Carla seinen Blick. Jaspers Augen hatten sich eine Spur aufgehellt, ein grünes Zwinkern darin. Seine Augenbrauen tanzten.

»Du meinst seinen Flirt mit Brigitte Bardot?« Jaspers Mundwinkel schienen seinen Brauen zu folgen, er grinste amüsiert. »Hat er mir mal anvertraut – unter Männern sozusagen. Ist schon eine Weile her. Ich habe ihm dann ihre Adresse besorgt, na ja, jedenfalls die für Autogrammwünsche. Rue Margot, Saint-Tropez, wenn ich mich richtig erinnere. Vielleicht hat er ihr ja mal geschrieben?«

Carla sah Jasper noch immer an, sie schüttelte den Kopf. »Ich habe ihr geschrieben, als er mir davon erzählt hat. In seinem Namen, ohne ihm etwas davon zu sagen. Ich dachte, sie erinnert sich vielleicht an ihn.«

Jasper sah wieder auf die Straße. Er lachte, ein unbekümmertes, unbeschwertes Lachen. Sie bogen in Carlas Straße ein. »Frauen …«, murmelte er, und Carla wusste, was er meinte.

Als sie um die Ecke bogen, kam ihnen Frau Woldsen entgegen. Aufgeregt begann sie zu winken und zu gestikulieren. Carlas Herz galoppierte. Noch bevor Jasper den Schlüssel gezogen hatte, war sie aus dem Wagen gesprungen.

»Wo ist er?«

»Das Kanu ist weg.«

Frau Woldsen zeigte vage in Richtung Fleet. »Ich war unten am Wasser, da hab ich's bemerkt.«

Das Kanu – war Willem den Gänsen etwa mit ihrem Kanu gefolgt? Carla schlug die Hände vors Gesicht.

»Rufen Sie die Feuerwehr!« Jasper griff nach ihrer Hand, zog sie mit sich. Sie stolperte ihm nach, durch den Garten, hinunter zum Fleet. Die Plane des Kanus lag halb auf dem

Steg, halb dümpelte sie im Wasser. Die Gänse waren nicht zu sehen.

»Kann Willem schwimmen?«

Der Alsterdampfer war aus ihrem Blickfeld verschwunden, doch das Wasser war noch immer aufgewühlt. Jasper spähte den Fleet hinab.

Carla schüttelte den Kopf. Sie konnte nicht klar denken.

»Wo will er hin?« Jasper sah sie an, dann packte er sie an den Schultern und schüttelte sie leicht. »Hast du eine Idee, Carla?«

»Vielleicht ist er den Gänsen nach, runter zur Alster?«

Carla sah in das aufgewirbelte Wasser. Blätter und Zweige schwammen darin, es roch nach Regen.

»Wir brauchen ein Boot. Gibt es nebenan auch ein Kanu?« Jasper schüttelte sie wieder.

Carla zuckte mit den Achseln, sie konnte sich immer noch nicht rühren. Plötzlich hatte sie Willem vor Augen, wie er sich auf den Grund des Fleets sinken ließ. Sein Gesicht war fahl, er hatte die Augen geschlossen. Als wollte er nicht mehr leben.

»Komm mit!«

Jasper zog sie unter der Weide hindurch auf die Hecke zu, die ihren Garten vom angrenzenden Grundstück trennte.

»Wie willst du …?«

Er antwortete ihr nicht, sondern bog die Zweige zur Seite. Eine Amsel flatterte laut schimpfend auf. Jasper gab ihr einen sanften Schubs. Carla fiel mehr auf die andere Seite, als dass sie durch die Hecke kletterte. Ein Zweig kratzte ihr über die Wange. Jasper folgte ihr.

»Da …« Er zeigte auf ein Surfbrett mit Paddel, das auf dem Rasen lag. »Stand-up-Paddling. Soll kinderleicht sein.«

»Aber …«

»Du legst dich flach rauf, ich paddele.«

Jasper begann, das lange Brett in Richtung Wasser zu ziehen.

»Schuhe aus!«

Sein Kommandoton brachte Carlas Körper auf Trab. Sie folgte ihm ans Wasser, schlüpfte aus ihrem Blazer und schleuderte die Pumps von den Füßen.

»Knie dich drauf, dann leg dich langsam hin!«

Das Surfbrett kippelte auf dem Wasser. Jasper hielt es fest, so dass sie sich flach auf das Board legen konnte. Atmung und Balance. Das Brett war kalt, Feuchtigkeit drang durch ihre Kleider. Ein Hund bellte hinter ihnen, er schien näher zu kommen.

»Und los …«

Mit einem Satz stand Jasper breitbeinig über ihr und stieß das Brett mit dem langen Paddel vom Ufer ab.

Das Board wackelte wie ein Schiff im Sturm. Carla schloss die Augen, gleich würden sie im Fleet landen. Ein Schwall Wasser strömte über das Brett, doch irgendwie bewegten sie sich fort. Carla hörte ein Rauschen, sie öffnete die Augen. Jasper zog das Paddel gleichmäßig von vorne nach hinten durchs Wasser, nach jedem dritten Schlag wechselte er die Seite.

»Siehst du was?«

Carla stützte sich vorsichtig auf die Ellenbogen und hob den Kopf. Die Kobra – ein Übung aus dem Yoga. Gut für den Rücken und zur Öffnung des Herzens, dachte sie. Der Wind kam von vorn, kleine Wellenhügel strömten ihr entgegen.

Da war ein Wasserhuhn neben ihnen, erstaunt registrierte sie seine tintenblauen Füße, die unter der Wasseroberfläche paddelten. Gelassen sah das Huhn ihr in die Augen, als ob es sich nicht über das merkwürdige Gefährt wunderte, dann tauchte es ganz plötzlich ab. Carla ließ den Blick über die Uferböschung gleiten. In einigen Gärten sah sie Gänse hocken, schon in Schlafposition: den Kopf nach hinten gelegt, den Schnabel zwischen den Flügeln verborgen. Gänse-Yoga.

»Nichts. Und du?«

»Gänse, Schwäne, Enten, Bäume.«

Tatsächlich war der Fleet wie ausgestorben, kein Ruderboot, kein Achtertraining, kein Angler, der sein Glück versuchte. War es schon so spät? Carla konnte das Zifferblatt ihrer Uhr nicht erkennen.

Jasper zog das Paddel mühelos durchs Wasser. Ein schwereloses Gleiten. Dem Wasserlauf folgend, bewegten sie sich auf die Fleetbrücke zu. Carla sah die mächtigen Rundbögen aus dem Wasser ragen. Ein paar Jogger überquerten die Brücke. Vor ihnen verbreiterte sich der Fleet zu einer Art Becken. Trauerweiden säumten das Ufer, rechts lag die Anlegestelle für den Alsterdampfer, dahinter ein kleiner Park mit alten Eichen.

»Auf die Alster?«, hörte sie Jasper fragen. Er hörte auf zu paddeln und wartete auf ihre Antwort. Geräuschlos trieben sie auf dem Wasser, das immer dunkler zu werden schien. Die Dämmerung kroch aus der Uferböschung heran, samtenes Licht. Hinter den Fenstern der Villen leuchteten die ersten Lampen auf. Familienzeit.

»Auf der Außenalster finden wir ihn nie.«

Der Alstersee war riesig, ein anspruchsvolles Segelrevier, mehr als hundertfünfzig Hektar Wasserfläche und fast acht Kilometer Ufer. Außerdem erschwerte die aufziehende Dunkelheit ihre Suche. War Willem tatsächlich unter der Brücke hindurchgefahren, überlegte Carla. Oder war er doch den Fleet hinauf und nach Norden in Richtung Stadtpark unterwegs?

Carla hob den Kopf noch etwas höher, ihr Nacken begann zu schmerzen. Sie kniff die Augen zusammen und suchte das Ufer an der Brücke ab. Unter den Trauerweiden und im Park hielten sich nachts viele Gänse auf. Irgendwo hörte sie ein Martinshorn, ein blaues Licht flackerte über die Fleetbrücke und verschwand wieder.

»Lass uns da rüber …« Sie zeigte nach rechts auf das Ufer. Ein Gefühl nur, aber irgendetwas zog sie dahin.

Jasper begann, das Paddel wieder durchs Wasser zu ziehen, ein Ruck ging durch das Board. Die plötzliche Bewegung ließ Carla kurz aus dem Gleichgewicht geraten, sie rutschte nach rechts, das Brett kippelte, bis Jasper es wieder ausbalancieren konnte.

»Geht's?«

»Ja …« Carla schob sich zur Mitte zurück. Sie legte ihren Kopf kurz auf den Armen ab und schloss die Augen. Sie war nass, und ihr war kalt. Auf einmal bemerkte sie, dass sie zitterte. Wieder sah sie Willem vor sich, von Wasserpflanzen bedeckt. Wie in einer anderen Welt. Er bewegte sich nicht.

»Carla! Da vorne.«

Jaspers Stimme riss sie aus ihren Gedanken. Sie spähte in die Dämmerung, aus dem Park hörte sie alarmiertes Gänsegeschrei.

»Wo?«

»Rechts, auf drei Uhr.«

Jasper zog das Paddel noch schneller durchs Wasser. Das Gänsegeschrei und das Geheul einer Sirene jaulten um die Wette. Ein ohrenbetäubendes Spektakel. Die ersten Gänse flüchteten aus dem Park ins Wasser hinein. Sie kamen ihnen entgegen, ein Zischen und Fauchen. Carla starrte in aufgerissene Schnäbel.

»Siehst du?«

Tatsächlich, da war etwas, fast ganz und gar verborgen hinter dem Vorhang einer Trauerweide. Etwas Oranges leuchtete zwischen den Zweigen auf. War das ihr Kanu?

»Lass mich noch etwas näher heranfahren.«

Jasper hatte bemerkt, dass sie sich ins Wasser gleiten lassen wollte, doch seine Stimme hielt sie zurück. Vorsichtig versuchte Carla, sich auf das Board zu hocken. Jasper verstand. Er ging in die Knie, dann setzte er sich hinter sie. Sie spürte seine Wärme in ihrem Rücken.

Da war das Boot. Sie bekamen es zu fassen und zogen es gemeinsam unter der Weide hervor.

»Willem …«

Das Kanu war umgekippt – und leer.

»Willem!!« Carla schrie seinen Namen heraus. Die Verzweiflung schlug wie eine Welle über ihr zusammen. Jasper hatte seine Arme um sie geschlungen. Er hielt sie fest, als ob er Angst um sie hatte. Immer noch rauschten Gänse in das Wasser und flüchteten in Richtung Brücke. Das Becken glich einem brodelnden Kessel. Ihr Paddel schwamm davon.

»Willem!!«

Carla schrie und schrie und schrie. Ihre Stimme war die eines verwundeten Tieres. Die Gänse zeterten im Chor. Jericho-Trompeten. Weltuntergang.

»Carla, da …«

Jasper ließ sie los. Er begann, mit den Händen zu paddeln. Zentimeter um Zentimeter bewegte sich das Surfbrett auf die benachbarte Trauerweide zu.

»Willem …«

Carla ließ sich ins Wasser fallen. Die Kälte nahm ihr den Atem. Ihr Kopf glitt unter Wasser, ihre Füße suchten nach Halt. Sie sah nichts, fühlte nur, wie sie weiter sank bis auf den morastigen Grund. Im Mund der dumpfe Geschmack nach trübem Wasser und Algen. Sie würgte, versuchte nach Luft zu schnappen und schluckte noch mehr Wasser.

Dann eine Bewegung, ein Instinkt. Ihre Füße stießen sich vom Grund ab, ihre Arme teilten das Wasser. Sie tauchte auf, spuckte aus, schnappte nach Luft. Ein Schmerz in ihren Lungen, ihr Herz – ganz und gar aus dem Takt. Wie ein feuchter, schwerer Klumpen baumelte es in ihrer Brust.

»Carla …«

Jasper war neben ihr. Sie spürte seinen Griff um seine Taille. Er zog sie Richtung Ufer, unter den Zweigen der Trauerweide hindurch.

Da.

Sie kniff die Augen zusammen und riss sie wieder auf. Ihr Herz tat einen Satz, wie durch einen elektrischen Stoß.

Willem. Er hing in den Ästen der Trauerweide, den Kopf nach hinten gelegt, als suchte er nach den Sternen. Die Weide hatte ihn aufgefangen, ihn nicht untergehen lassen.

»Willem …«

Carla riss sich von Jasper los und schwamm auf Willem zu. Drei Züge, zwei Züge. Noch ein Zug.

»Willem …«

Und er sah sie an. Ein langer Blick, wie beim ersten Mal.

»Tinka …«, sagte er, ein Lächeln auf den Lippen.

»Willem, Liebster, häng dich an mich, wir müssen hier raus. Das Wasser ist so kalt.«

»Ja«, sagte er und schlang die Arme um ihren Hals. Sein Gewicht drohte, sie wieder hinabzuziehen. Und doch war da ein unbeschreibliches Glücksgefühl, das sich durch ihren Körper rollte. Willem – sie hatte ihn nicht verloren.

Und dann kam Jasper. Sein starker Griff um ihre Taille, er zog sie beide an Land. Kalt, nass, schmutzig, von oben bis unten. Der Park hatte sich inzwischen gefüllt. Feuerwehr und Polizei, Jogger, außer Atem. Auch in den Gärten eine Handvoll Schaulustige. Blaues Licht, Stimmen an ihrem Ohr. Ihre Uhr war stehen geblieben. Bevor Carla noch einen klaren Gedanken fassen konnte, hatte ihr jemand eine Decke um die Schultern gelegt.

Es war spät geworden, bis sie zurück in der Villa waren. Die Erstversorgung im Krankenwagen, heißer Tee und noch mehr

Decken, die Fragen der Polizeibeamten. Alles, was Carla nicht beantworten konnte, hatte Jasper geregelt.

In der Villa dann eine weitere ärztliche Untersuchung. Willem ging es gut, er wollte schlafen. Der Arzt ließ ihnen ein leichtes Beruhigungsmittel da, falls er in der Nacht doch noch unruhig werden sollte.

Dann war auch Frau Woldsen nach Hause gegangen, noch immer von schlechtem Gewissen gepeinigt. »Ich hätte besser aufpassen müssen«, warf sie sich vor. Carla hatte ihr versichert, dass sie keine Schuld traf.

Jasper hatte im Gästebadezimmer geduscht und sich umgezogen. Er stand in einem Hemd von Willem vor ihr, die Hose war ihm zu kurz. Hochwasserbeine. Ein Stück Wade und schlanke, leicht gebräunte Füße. Ein letzter Hauch von Sommer.

»Wird langsam zur Gewohnheit, oder?«, murmelte er, als er ihren Blick bemerkte.

»Ja …« Sie lächelte, eine bleierne Müdigkeit in den Knochen. »Bleibst du bei ihm, dann springe ich schnell unter die Dusche?«

»Lass dir Zeit.« Er nickte und ließ sich in den Sessel sinken.

Die heiße Dusche tat ihr gut. Carla wusch sich die Haare, dann schloss sie die Augen und ließ das Wasser einfach nur über Gesicht und Körper laufen.

Nur spüren, nicht denken.

Ihr Körper entspannte sich. Das Wasser floss über ihre Brüste, über den Bauchnabel, über die Scham, die Beine hinab. Jeder Tropfen eine zarte Berührung, ein Tasten wie von Fingerspitzen.

Plötzlich war da eine Melodie in ihrem Kopf, ein heiteres Summen. Wassermusik. Sie lehnte sich gegen das Fliesenmosaik in ihrem Rücken und vergaß die Zeit.

Als Carla aus der Dusche stieg, war das Bad in Wasserdampf gehüllt. Sie trocknete sich ab, öffnete ein Fenster und wartete einen Moment, bis sie sich im Spiegel sehen konnte.

Da war ihr Gesicht. Die klare Stirn, der deutliche Mund, Cate-Blanchett-Wangen und eine Schramme darauf. Erste Fältchen. Die Augen, ganz schwer. Sie kämmte sich die feuchten Haare zurück und zog sich ihren Pyjama über.

»Er schläft ganz ruhig.«

Jasper drehte sich zu ihr, als sie in Willems Zimmer kam. Sie bemerkte ein kurzes Zögern in seiner Stimme, sein Blick hangelte sich die Streifen ihres Pyjamas entlang. Von unten nach oben, bis er auf ihren Lippen ruhte.

»Bringst du mich zu Bett?«

»Ja.« Er lächelte.

In ihrem Zimmer schloss sie die Vorhänge und knipste die Nachttischlampe an. Jasper zog die Tagesdecke von ihrem Bett.

»Gut so?«, fragte er, als sie unter die Decke schlüpfte.

Sie nickte. Jasper setzte sich auf die Bettkante und gab ihr einen Kuss, der sie in ihr Kissen sinken ließ.

Dann: ein Wirbel von Gedanken und Bildern.

Das *Apfelmädchen*.

Alma Reed.

Das Liebesversprechen.

Und das Gespenst.

Willems Brief.

Seine Liebe.

Und ihre Liebe.

Und Jasper.

Da war eine Tür, die sich öffnete.

Die alten Wände knackten, sie hörte Jaspers Atem.

Carla tastete nach seiner Hand und zog ihn zu sich.

Schweigen. Und doch keine Geheimnisse mehr.

Das Letzte, was sie sah, bevor sie das Licht löschte, war die hölzerne Gans auf ihrem Nachttisch.

Schatz aus der Nazizeit

Bislang unbekannte Gemälde von Alma Reed entdeckt

von Werner Gätjens

In Hamburg wurden fünfzehn Bilder der Sezessionskünstlerin Alma Reed gefunden. Pikant: Die Gemälde tauchten in der Villa des Kunsthistorikers Willem van Velden auf. Die Kunstwelt rätselt: Warum verschwieg der Bilderpapst den Kunstschatz?

Hamburg. Ein Denkmal zu stürzen ist kein Leichtes. Zu Recht galt Willem van Velden, der langjährige Direktor des Museums für Moderne Kunst, den Deutschen als Magier und Bilderpapst. Van Velden, 1939 in Hamburg geboren, setzte sich in den 1960ern für die Wiederentdeckung der Modernen Kunst in Deutschland ein. Immer wieder gelang es ihm, die Meisterwerke der Moderne in die Hansestadt zu holen. Seine Ausstellungskonzepte sind legendär, seine Bilderschauen brachen Besucherrekorde. 1998 wurde er für seine Verdienste um die Kunst mit dem Bundesverdienstkreuz ausgezeichnet.

Nun fällt ein Schatten auf das Lebenswerk des großen Kunsthistorikers. Auf dem Dachboden seiner Villa wurden fünfzehn bislang unbekannte Werke der Hamburger Künstlerin Alma Reed (1903–1945) gefunden. Die Malerin jüdischer Abstammung gehörte zur Künstlergruppe der Hamburgischen Sezession und wurde in der NS-Zeit verfolgt. »Die Nazis brandmarkten ihre Werke als entartet, seit 1939 hatten wir keine Spur von ihr, ihr Werk galt als verschollen«, sagt Carla van Velden vom Museum für Stadtgeschichte. Durch einen Zufall stieß sie während der Vorbereitungen zur heute beginnenden Herbstausstellung *Der Tanz mit dem Dämon – Avantgarde am Abgrund* auf das Bild *Mädchen mit Äpfeln* von Alma Reed. »Der Fund hat uns diese faszinierende Malerin wieder in Erinnerung gerufen und uns recherchieren lassen«, so die Kunsthistorikerin. »Zudem mussten wir klären, ob es sich bei dem Gemälde um Beute- oder Raubkunst handelt.« Ein Kunstkrimi nahm seinen Lauf. Auf verschlungenen Wegen sei man dem Schicksal Alma Reeds schließlich auf die Spur gekommen. Bislang bekannt: Offensichtlich war die Künstlerin die Geliebte des Hamburger Bankiers Gustav van Velden (1892–1945), der sie in seinem Haus vor der Verfolgung durch die Nazis versteckte. Kurz vor Ende des Krieges setzte sie ihrem Leben ein Ende, Gustav van Velden starb wenig später. Nach dem Krieg erbte Willem van Velden, das einzige Kind des Hamburger Kunstmäzens, die herrschaftliche Villa am Alsterfleet – und ihr dunkles Geheimnis.

Dass Carla van Velden (39) ausgerechnet in ihrem Zuhause fündig werden sollte, ist ein Kuriosum dieses spektakulären Fundes. Seit fünfzehn Jahren ist die Kunsthistorikerin mit Willem van Velden verheiratet. »Es handelt sich hierbei um Ereignisse aus seiner Kindheit, die ihn nach ärztlicher Meinung traumatisiert haben müssen. Mein Mann ist seit drei Jahren an Demenz erkrankt, seine Erinnerungen an die Kriegszeit sind lückenhaft«, weist sie Spekulationen von sich, Willem van Velden habe den Bilderschatz bewusst verschwiegen. »Das Versteck war vermauert und nicht zugänglich. Ich bin froh, dass wir durch den Fund etwas mehr Licht in das Dunkel um Alma Reeds Schicksal bringen konnten.«

Carla van Velden hat sich entschieden, die Bilder zu veröffentlichen und die Gemälde in eine Stiftung einzubringen. »Die Alma-Reed-Stiftung wird sich dem Gedächtnis aller Hamburger Künstler widmen, die während der Nazizeit verfolgt und ermordet wurden.« Neben dem *Mädchen mit Äpfeln* ist in der Sezessionsausstellung noch ein Selbstporträt von Alma Reed zu sehen. Der Großteil der Werke muss jedoch zunächst restauriert werden, bevor die Bilder der Öffentlichkeit zugänglich gemacht werden können. Einen ersten Eindruck bietet die neu eingerichtete Homepage www.alma-reed.de. Die Seite zeigt den aktuellen Stand der Alma-Reed-Forschung und ist mit weiteren Informationen zum Thema »Entartete Kunst« und zur »Hamburgischen Sezession« vernetzt.

Welchen Wert der Bilderfund besitzt, ist derzeit noch nicht abzusehen. Experten sprechen jedoch von einem hohen zweistelligen Millionenbetrag.

NACHWORT

Die zeitgenössische Kunst in Hamburg zu fördern – das war das Ziel der 1919 gegründeten Künstlervereinigung, die sich nach Vorbildern aus Berlin und München »Hamburgische Sezession« nannte. Neben Ausstellungen versuchten die Sezessionisten, das kulturelle Leben der Hansestadt auch durch Lesungen, Konzerte und Künstlerfeste bunter zu gestalten. »Duldsamkeit in jede Richtung«, heißt es im Katalog zur ersten Sezessionsausstellung, und so gab es keinen einheitlichen gemeinsamen Malstil, wohl aber eine Orientierung an französische Maler wie Henri Matisse und Paul Cézanne. Ein Großteil der Sezessionskünstler arbeitete nach dem Ersten Weltkrieg expressionistisch oder fand zur Neuen Sachlichkeit, einige wenige malten abstrakt. Allen gemeinsam war ihre Experimentierfreude – die Hamburgische Sezession zählte zur Avantgarde.

Die Zwanzigerjahre waren auch in Hamburg von der Hoffnung auf einen politischen und kulturellen Neuanfang geprägt. Mit der Machtübernahme durch die Nationalsozialisten 1933 erlebten die Künstler jedoch massive Ausgrenzung, Verfolgung und Gewalt. Kunst, die nicht den NS-Vorstellungen entsprach, wurde als »Judenkunst«, »Kulturbolschewismus« oder »Verfallskunst« geächtet. Die zwölfte Ausstellung der Hamburgischen Sezession musste nur zwei Wochen nach ihrer Eröffnung am 27. März 1933 schließen. Es war der erste Ausstellungsabbruch im Dritten Reich. Kurz darauf verlangten die Nazis von der Künstlergruppe, ihre jüdischen Mitglieder auszuschließen. Daraufhin löste sich die Vereinigung am 16. Mai 1933 auf. Das Vereinsvermögen wurde vertrunken, eine Ära endete.

Einigen der verfolgten Künstler gelang in den folgenden Jahren die Flucht ins Exil, wem es nicht gelang, sich zu verbergen, wurde inhaftiert, in Konzentrationslager deportiert oder sogar hingerichtet. Andere setzten ihrem Leben ein Ende. Erst spät wurden die Künstler der Hamburgischen Sezession wiederentdeckt und in Ausstellungen gewürdigt.

Zu den bekanntesten Künstlern der Hamburgischen Sezession gehören u. a. Friedrich Ahlers-Hestermann, Alma del Banco, Eduard Bargheer, Arnold Fiedler, Karl Kluth, Anita Rée und Gretchen Wohlwill. Ihre Werke sind heute etwa in der Hamburger Kunsthalle (www.hamburger-kunsthalle.de) zu sehen.

Die Künstlerin Alma Reed hat es nie gegeben. Ihre Figur ist jedoch angelehnt an die Hamburger Sezessionistin Anita Rée (1885–1933), die – lange Zeit fast vergessen – heute als eine der wichtigsten Malerinneren der Moderne gilt. Anita Rée wählte den für eine Frau ihrer Zeit ungewöhnlichen Weg der künstlerischen Ausbildung. Nach Aufenthalten in Paris und Italien, geschult an den Vorbildern Cézanne, Matisse, Picasso und Léger, kehrte sie 1925 in ihre Heimatstadt zurück. Mit ihren modernen, neusachlichen Landschaften, den sinnlichen Akten und zahlreichen Porträtaufträgen erwarb sie sich große Anerkennung. Zu Beginn der Dreißigerjahre häuften sich jedoch Diffamierungen, die zur Ausgrenzung der jüdischen Künstlerin führten. Im Dezember 1933 nahm sich Anita Rée in Kampen auf Sylt das Leben.

Mehr zu Anita Rée: Nachtmahre und Ruinenengel. Hamburger Kunst 1920 bis 1950, Kunsthaus Hamburg 2013.